铁流　徐锦庚　著

国家记忆

—— 一本《共产党宣言》的中国传奇

山东文艺出版社

万国劳动者团结起来呵！（全世界无产者，联合起来！）

————摘自陈望道译本《共产党宣言》

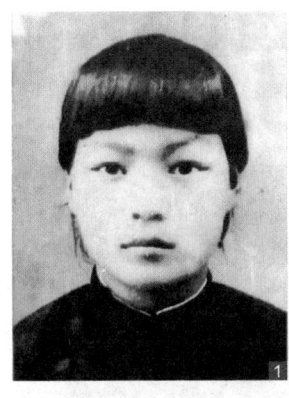

❶ 将《共产党宣言》带回刘集村的刘雨辉。

❷ 把自己用生命守护了半个世纪的《共产党宣言》捐献给国家的刘世厚老人。

❸ 刘集支部第一任书记刘良才。他牺牲后，后人根据描述为他画了这张遗像。

❹ 延伯真长子延志宁。

❺ 李耘生全家。

❻ 传奇英雄刘百贞。

❼ 刘集村当年学习《共产党宣言》的老党员们。

❽ 刘百贞（前排右一）受伤后腿残疾了，可坐下后还是腰板挺直，一副军人模样。

❶ 山东早期党组织领导人。前排右二为延伯真。

❷ 我国首版中文译本《共产党宣言》封面。

❸ 寻找了二十年党组织的延伯真（前排右一）、刘雨辉（前排右二）夫妇，终于在1946年走进了自己的队伍。

❹ 只身一人在东北森林里被困三个月，最后终于找到抗日联军的延安吉。

❺ 延集村这间百年老屋，是山东省第一个农村支部的旧址。

❻ 广饶县大王镇踊跃参军的农民兄弟们。

❶ "砸木行"遗址。

❷ 中共刘集支部旧址，当年刘良才组织大家在此学习《共产党宣言》。

目　录

　　1975年1月，全国人代会期间，在北京人民大会堂休息室，周恩来总理和陈望道先生坐在了一起。病中消瘦的周恩来，紧握着陈望道的手说：这是马列老祖宗在我们中国的第一本经典著作，也是中国共产党的指路明灯。找不到它，始终是我的一块心病啊！两位世纪老人的一番对话，给后人带来了一段什么样的国家记忆？

　　经典往往诞生在历史的黑夜中。1848年，三十岁的马克思与二十八岁的恩格斯发表了《共产党宣言》。这本薄薄的小册子，成为马克思主义的奠基石，人类由此开辟了一个新的时代。《共产党宣言》问世一百六十多年来，已译成二百多种语言出版，被公认是全世界传播最广泛、影响最大的社会政治文献。它改变了人类历史，也改变了数亿人的生活方式。每一个到巨人卡尔·马克思墓前拜谒的人，都会在墓碑上看到这样一句话：全世界无产者，联合起来！

第二章　传薪者　/35

《共产党宣言》最初在中国被提及，只有只言片语。很多人欲知晓其全部内容，可都被外文"拦路虎"挡住去路。革命先驱李大钊等人，为了能有一本中文版的《共产党宣言》，曾四处物色可靠翻译，几经周折、搜寻，最终由陈望道担当此任。在家乡茅屋，陈望道冒着危险夜以继日，终大功告成。在上海匆忙付印时，误把封面上的"共产党宣言"排为"共党产宣言"。后来，《共产党宣言》成为中国革命的燎原之火，唱响了那个年代的最强音！

第三章　一个红色幽灵在中国乡村　/73

《共产党宣言》是一本写给全世界无产阶级的书。它影响了欧洲，也影响了整个世界。大革命初期，一位年轻的女共产党员，把一本《共产党宣言》带回了鲁北平原上的偏僻小村庄，由此演绎出一段《共产党宣言》与农民兄弟的传奇故事。一个只念过几年私塾的农民，反复学习研读，把《共产党宣言》的思想转化成最通俗易懂的道理，传给了广大农民。农民兄弟都说：听大胡子（马克思）的话没错！《共产党宣言》犹如星星之火，在鲁北平原上点燃了一场场农民革命风暴。

第四章　枪杆子里面出政权　/159

《共产党宣言》说：共产党人可以用一句话把自己的理论概括起来：消灭私有制！对于如何消灭私有制，《共产党宣言》给出了这样的回答：用暴力推翻资产阶级而建立自己的统治。1926年，刘集村的农民兄弟受到启发，开始组织起来斗地主，建立自己的武装组织。一年以后，毛泽东提出了"枪杆子里面出政权"和"农村包围城市"的战略方针。

第五章　忠诚与信仰　

马克思、恩格斯在《共产党宣言》中写道：共产党是为整个无产阶级谋利益的政党，除此之外，再没有任何别的特殊利益。共产党人的理想，就是消灭私有制，并最终实现共产主义。抱着这个信仰，鲁北平原上农民兄弟在战火中不畏生死，矢志不渝。当年一个村姑喊出了"谁报名参军我就嫁给谁"。她陆续送出去的五个后生都先后牺牲在了战场上。

第六章　寻找《共产党宣言》　

1975年的一天，一位叫刘世厚的老人，把他用生命守护了近半个世纪的《共产党宣言》献给了国家。战争年代，这本书有时被刘世厚藏在屋檐下"雀眼"里，有时藏在粮囤透气孔里。日本鬼子进村扫荡，为保护它，刘世厚冒着生命危险又跑回村里，将它转移到安全地方。这本薄薄的小册子，已被国家定为一级文物，现珍藏在山东省东营市历史博物馆的一个保险柜里，三个特定的工作人员同时在场，才能打开保险柜的门。当年，大王的农民因它起来闹革命，二十世纪八十年代，又因它从农耕经济走上了商品经济的道路。《共产党宣言》的魅力，历久弥新。

引子　　周恩来的一个遗憾

　　1975 年 1 月，全国人代会期间，在北京人民大会堂休息室，周恩来总理和陈望道先生坐在了一起。病中消瘦的周恩来，紧握着陈望道的手说：这是马列老祖宗在我们中国的第一本经典著作，也是中国共产党的指路明灯。找不到它，始终是我的一块心病啊！两位世纪老人的一番对话，给后人带来了一段什么样的国家记忆？

1975 年的新年刚过，一些细心的人在不经意中发现，曾一度沉寂的北京人民大会堂，忽然热闹了起来。工作人员进进出出，一片忙碌。再仔细打量这座庄严的建筑物，人们又看到，大会堂的门外张灯结彩，楼顶上也新换了一排国旗，在寒风中猎猎作响。

第四届全国人民代表大会就要召开了。

消息传开，国人这才忽然想起：在我们的政治生活中，原来还有这么一件大事。

第三届全国人大是何时召开的？人们在脑海深处搜寻，许久，才打捞出记忆碎片：1964 年 12 月至 1965 年 1 月（只召开了第一次会议）。也就是说，从那时开始，原本每届五年、每年一次的全国人大会议没再举行过，至今整整十一年了。

张劲智是人民大会堂的一名普通服务员。会议开始前，他被叫到主席台一侧的四川厅。

进门一看，张劲智愣了：空荡荡的大厅里，邓颖超大姐孤零零地坐在角落。

张劲智是经验丰富的老服务员，参加过第三届人代会的服务工作，多次见过邓大姐。他赶紧趋步向前，想打声招呼，忽然发觉气氛不对。

邓大姐一向亲切随和，没有一点架子，往常见了工作人员，笑容可掬，一脸阳光。今天，她却是满脸忧郁，若有所思。

见张劲智进来，邓大姐向他招招手，示意他坐到身边。张劲智心怀忐忑，侧着身子坐下。

小张，听说今天是你在主席台服务？邓大姐上来就问。

是。张劲智小心回答。

总理身体越来越虚弱了，只喝了多半碗粥，一点干的都没吃。他讲完话后，你盯着点，别让他晕倒了。邓大姐一脸的牵挂。

张劲智心里咯噔了一下，这才明白邓大姐为什么如此忧郁。

周恩来三年前就病了。

1972年5月，保健医生张佐良按惯例，为总理做小便常规检查时，从显微镜里发现了四个红细胞。几天刚过，红细胞的数量猛增，一下子到了八个。到北京医院复检时，确诊为膀胱移行上皮细胞癌。

那一年，周恩来七十四岁。

过度的操劳，加上一再延迟治疗，到1974年，周恩来的病情越来越重，膀胱里淤积了大量的血液，血尿不止。血液凝结成血块后，堵住了尿道内口，排尿时异常痛苦。每次排尿，周恩来都像是干了一件重体力活，被折磨得筋疲力尽。工作人员心痛不已，背地里暗暗落泪。

在医生的强烈要求下，1974年6月1日，周恩来被迫住院治疗，先后接受大小手术十三次，平均四十天左右要动一次手术。

即使如此，周恩来仍在医院批阅文件，频繁会客。

1974年9月30日晚，国务院在人民大会堂举行盛大招待会，纪念中华人民共和国成立二十五周年，周恩来抱病参加。这是他最后一次主持国庆节招待会。

四届人大开幕前，工作人员得知周总理将出席，私下里兴奋地传递喜讯。张劲智也不例外，他并不知道总理患不治之症，以为总理身体好了。听了邓大姐的话，他才明白问题的严重性，不由得心情沉重起来，也深感责任重大。

1月13日晚八时，人民大会堂大厅内灯火辉煌，第四届全国人民代表大会开幕。面对代表们的热切目光，七十七岁的周恩来开始作《政府工作报告》。

代表们发现，与昔日神采奕奕的形象相比，眼前的周恩来恍若两人。他步履蹒跚，瘦削的脸庞上布满了老年斑，声音里也透着疲惫。

谁能知道，出席四届人大，竟成了周恩来生命中最后的一件大事。

政府工作报告本该由周恩来主持起草，大会开始前，为了照顾周恩来的身体，毛泽东主席指定邓小平组织起草，并要求字数限制在三千字左右，以便周恩来能在大会上顺利读下来。

接受邓大姐重托的张劲智，站在主席台侧面隐蔽处，一直处于高度紧张状态，目不转睛地盯着周恩来的一举一动。

他注意到，做完报告后，总理原本一直挺直的腰板塌了下来，整个人陷进座位里。他右手伸向茶杯，三指捏住杯把，却端不起来，又伸出左手，两手合力，才将茶杯端起，颤巍巍地送到嘴边，由于手抖得厉害，茶水溢出来，洒到了胸前。

张劲智心里一阵悸动：总理已经虚弱得连端茶的力气也没有了！若是平时，他早就冲过去帮忙了，可是今天不能。他急得暗地里直跺脚。

晚年的周恩来，在愈演愈烈的"文革"中，虽然自身处境日渐艰难，可为了保护老干部，减少动荡带来的损失，拖着重病之躯不停地奔走呼吁，用他的镇定自若，随时化解着来自四面八方的矛盾。

我们看到过这样一份资料：周恩来总理在 1974 年 1 月至 5 月的一百三十九天中，有九天连续工作十二至十四小时，有七十四天连续工作十四至十八小时，有三十八天连续工作十九至二十三小时，有五天连续工作二十四小时，只有十三天的工作量在十二小时以内。

自知时日无多的周恩来，在本届人代会上有太多的事要做。既要为国家发展的大政方针定调子，又要排除"四人帮"的严重干扰，还要全力举荐邓小平。

大事没有耽搁，小事他也放不下。这天会议间隙，他让人把参加会议的陈望道请来。

不一会儿，走廊上出现了一位身材瘦削、步履蹒跚的老者，他挂着拐杖，嘴角略有点歪，是轻度中风留下的后遗症。

他就是陈望道，复旦大学的校长，也是全国人大的常委。那时，他已八十五岁高龄，比周恩来年长七岁。

陈望道出现在门口，周恩来艰难地站起身，挣脱工作人员的搀扶，身子前倾着迎了上来。两位老友双手紧紧握在一起，彼此都专注地打量着对方。

陈望道惊讶地发现，周恩来身体单薄得像层纸（这时总理体重仅有六十一斤），原本温暖有力的双手柔弱无力，手背上尽是斑斑点点。

他的心一下子收紧了，脸上满是忧戚，嘴唇嚅动着，难过得不知说什么好。

周恩来读懂了他的心思，淡淡一笑，用左手轻轻拍了拍他的手背，安慰道：这是血液循环不好造成的，不碍事。

两位老人互相搀扶着，挪到沙发前坐下。工作人员给陈望道泡了一杯茶，盖上杯盖。

周恩来细心地帮陈望道取下杯盖，示意他喝口热茶。待陈望道放下茶杯后，周恩来定定地望着他：首印本找到没有？

这不是总理第一次询问了。

陈望道依然无奈地摇摇头：没有。

周恩来轻轻叹口气：长征的时候，它是我的贴身伙伴啊。本来还想再看它一眼，看来，这个愿望是无法实现了。

陈望道顿了顿拐杖，也叹了口气：我已经寻访了多年，一直没有消息。如今我老朽了，恐怕满足不了总理的愿望喽。

周恩来轻轻拍了一下沙发扶手，露出了焦虑的神情。

旁人不知道周恩来要找什么，但陈望道知道，总理是在询问《共产党宣言》中文版首印本的下落。

而陈望道，正是这个版本的译者。

在非常的年代，周总理这样关心最早的中文版本《共产党宣言》，格外意味深长。

临别时，周恩来握着陈望道的手，摇了又摇，怅然若失又心有不甘：这是马列老祖宗在我们中国的第一本经典著作，也是中国共产党的指路明灯。找不到它，是我的一块心病啊！

当年，马克思和恩格斯撰写《共产党宣言》时，绝对想不到，一百三十七年之后，在遥远的东方，一个泱泱大国的总理，竟然在重病缠身的垂暮之年，仍对这部著作牵肠挂肚。当然，他们也绝对想不到，在这个古老的东方国度里，这本著作，会拥有数量如此庞大的忠实追随者。

翻开中国共产党的历史，就会发现，在开疆拓土的早期领导人身上，都留有《共产党宣言》的深深烙印。

刘少奇最早接触《共产党宣言》，是在 1920 年秋季。

当时，成立不久的上海共产主义小组，在上海创办了一所干部学校，对外宣称"外国语学社"。二十二岁的刘少奇和十六岁的任弼时、十八岁的罗亦农、十七岁的萧劲光等，都是这里的学员。学习的教材之一，就是刚刚出版、还散发着油墨清香的中文译本《共产党宣言》。给他们讲授的，正是译者陈望道先生。

那时，刘少奇还是一个进步青年，正在为要不要入党而犹豫。听了陈望道的讲授后，他反复阅读《共产党宣言》，了解共产党是干什么的，是怎样的一个党，开始思考中国革命的问题。

1921 年 5 月，莫斯科东方劳动者共产主义大学成立。经上海共产主义小组介绍，刘少奇、任弼时、罗亦农、萧劲光、任岳、蒋光慈等一批热血青年，怀着寻找救国之路的急迫心情，来到东方大学的中国班学习，主要课程就有《共产党宣言》。

在刘少奇后来所写的《论共产党员的修养》等著作中，都能看到《共产党宣言》的影子。

朱德 1922 年 9 月赴欧洲时，与周恩来一见如故。经周恩来介绍，当年 11 月，他加入了中国共产党。周恩来还送给他一本珍贵礼物——陈望道翻译的中文版《共产党宣言》。

在这之前，朱德从未学习过马克思主义文献，这是他第一次接触如此新鲜而又深奥的革命道理。他如饥似渴地反复诵读，犹如醍醐灌顶。在柏林支部，他和同志们经常围绕《共产党宣言》中的观点，展开热烈讨论。

《共产党宣言》就像是一盏指路明灯，照亮了立志拯救中国的一代有志青年前进的方向。恽代英、刘志丹、董必武、邓子恢、彭德怀、贺龙等热血青年，都是在《共产党宣言》的启蒙下，走上革命道路的。

1949 年 4 月 24 日凌晨，一阵激烈的枪炮声过后，南京总统府楼顶的青天白日旗飘然落地。

当晚，邓小平和陈毅拂去身上的硝烟尘土，信步走进总统府图书室。

蒋介石仓皇逃跑，大多数书籍都来不及带走。望着满室的书籍，两个四川同乡大开眼界，一边翻阅，一边操着浓重的家乡口音交谈。

邓小平说：戎马倥偬了半辈子，一直想静下心来好好读点书，却一直不得空。真想就住在这个图书室里不走喽。

陈毅打趣道：我说同志哥，这可要不得噢！中山先生不是说，"革命尚未成功，同志仍须努力"嘛。

一句话勾起了邓小平的美好展望：是的是的，等将来赶走了蒋介石，解放了全中国，我们一定要好好办学校、办教育。我们自己的学业被耽搁了，不能再耽搁娃儿们的学业了。

陈毅赞许道：对头，对头，最好多给娃儿们创造些条件，让他们也到国外去长长见识。当年，我们不都是在旅欧勤工俭学中认识马克思主义的嘛。

陈毅一边说着，一边从书架角落里抽出一本小册子。小册子小三十二开大小，封面是蓝色的。他定睛一看，惊喜地冲着邓小平说：快看，我发现宝贝了！

邓小平凑过去，也十分惊讶：怎么，是《共产党宣言》？

陈毅大笑：老蒋怎么也藏着这本禁书？难道说，他也改变信仰了？

邓小平嘲讽道：他肯定是很想知道，共产党为什么凭着小米加步枪，就能把他武装到牙齿的八百万军队打得落花流水。他呀，是想从这本书里找答案呢！

陈毅问：你是什么时候第一次看到这本书的？

邓小平道：是在法国，有人从国内带过去的。我正是读了这本书，才认准这条路的。

陈毅一听，惊喜地说：哎呀，这么巧？我也是在法国读了它后，才茅塞顿开的！不光是我，我们那一批年轻人，也都是读了《共产党宣言》等启蒙书后，才走上革命道路的！

邓小平一拍陈毅肩膀：什么叫殊途同归？这就是啰！

两位战友哈哈大笑。连日战事带来的疲倦，在这笑声中云消雾散。

陈望道深知，对《共产党宣言》，周恩来更是情有独钟。

在中国共产党领导人中，周恩来是最早了解《共产党宣言》者之一。

第一次接触《共产党宣言》，周恩来只有二十一岁。那是 1919 年，他在日本留学时，通过河上肇创办的《社会问题研究》杂志，了解到《共产党宣言》一书。

1920 年 10 月，他赴法留学，与蔡和森等人继续学习《共产党宣言》，逐渐成为共产主义者。1921 年 2 月，周恩来等在巴黎成立了社会主义青年团，次年七月改组为中共旅欧总支部，总支部先后出版了《少年》、《赤光》刊物，也宣传过《共产党宣言》。

1922 年 8 月，《少年》上发表了周恩来的一篇文章，题目是《共产党宣言与中国》。他在文章中写道：全世界无产阶级为创造新社会所共负的艰难责任，我们也应当分担起来。

1926 年，周恩来在他撰写的《现时政治斗争中之我们》一文中，引用了《共产党宣言》陈望道译文中的一句话："共产党最鄙薄隐蔽自己的主义和政见"。

马克思、恩格斯的这句话，后来的中文译文不少人耳熟能详："共产党人不屑于隐瞒自己的观点和意图"。

从长征到抗战，周恩来无论处境多么艰难，一只鼓鼓囊囊的公文包总是不离不弃，里面就有陈望道翻译的《共产党宣言》。只要有空，他就会拿出来反复诵读，不断咀嚼，用来指导遇到的具体问题。

因为深受《共产党宣言》的影响，周恩来对陈望道也格外关注。每次见到他，总会习惯性地提起《共产党宣言》。

1949 年 7 月，第一届中华全国文学艺术工作者代表大会在北平召开。会上，周恩来郑重地向代表们介绍陈望道，并且说：陈望道先生，我们都是您教育出来的。

会场上顿时响起热烈的掌声。陈望道连连摆手，站起来给大家深深地鞠了一躬，诚惶诚恐地对周恩来说：言重了，言重了，我只是学了点皮毛，而且食古不化，不像您和其他共产党领导人这样融会贯通、学以致用。

1954 年 10 月，陈望道在北京出席第一届全国人民代表大会期间，周恩来又提起了《共产党宣言》，还特意问他，当时《共产党宣言》主要根据什么版本翻译的？陈望道说，主要根据英文版，同时参考日文本。周恩来还与他交换了对翻译的一些见解。

由此可见《共产党宣言》在周恩来心目中的地位。

"文革"期间，陈望道一度受到造反派的打击。周恩来知道后，点名要求上海保护好陈望道，阻止了造反派对他的迫害。

1972 年 2 月下旬，美国总统理查德·尼克松访问中国，《中美公报》在上海签署。陈望道作为上海政协副主席和著名学者，接到邀请通知，到上海虹桥机场迎接美国总统。

这是他复出工作后参加的第一次外事活动。

当天早晨，陈望道早早来到机场，排列在迎候贵宾的行列中。由于两年前中过风，加上毕竟是八十二岁高龄的老人，他本来矫健的步履变得迟缓，不得不依赖拐杖。陈望道刚站定不久，周恩来就出现了。原来，他早已等候在机场。

周恩来一眼就看到了陈望道。他疾步上前，紧紧握住陈望道的手，询问他的身体状况，嘱咐他出门穿暖点，然后扭头对站在一旁的外交部礼宾司负责人说：陈望道先生年岁已高，以后不要让他来机场迎送国宾，只需请他直接到宾馆参加会见就可以了。

陈望道一听，连忙摇着手，笑着回答说：不碍事，不碍事的，我没有这么娇贵，体力还行呀！

周恩来刚转身要离开，又想起了什么，转头问陈望道：对了，《共产党宣言》首印本找到了吗？我一直惦记着它。

陈望道有点过意不去，惭愧地说：我也一直在找，但到现在也没能找到。

周恩来轻轻拍拍陈望道的胳膊：还要继续找，它是我们党的宝贵财富啊。

陈望道郑重地点了点头。

江南正是春寒料峭的季节，呼出的热气瞬间成了白雾。刚度过政治寒冬的陈望道，听了总理的话，浑身暖融融的。

中国共产党从呱呱坠地，到长大成人，直至当家做主，经历了二十八个春秋。二十八年间，《共产党宣言》始终是中国共产党的亲密伙伴，没有哪部理论著作，能像《共产党宣言》这样凝聚起中国革命者的共识。也正是由于中国共产党人用心血和生命的践行，《共产党宣言》才得以在中国的土壤上绽放出绚丽之花。

继陈望道的中译本问世后，《共产党宣言》陆续出现了不同的译本。其中最著名的有华岗译本、成徐译本、陈瘦石译本、博古译本和莫斯科译本等。

1930 年初，中国共产党领导的地下出版机构、上海华兴书局出版了一本《共产党宣言》，史称"华岗译本"。书中除《共产党宣言》正文外，还翻译了《1872 年序言》、《1883 年序言》、《1890 年序言》，用语更加准确，文字更为流畅。篇末附有《共产党宣言》的英文全文，这也是我国最早出版的英文本《共产党宣言》。

1938 年 8 月，延安解放社出版了由成仿吾和徐冰以德文版本为底本译成的《共产党宣言》，包括正文和三篇德文版序言，史称"成徐译本"，是延安时期共产党干部的必读书籍。这是首次根据德文原文译出的新本子，其语言更接近于现代汉语，表达更准确，既有竖排版，也有横排版。"成徐译本"抗战时期广为流传，不仅在国统区流行，在敌占区也时能见到。这个译本最后一次再版，是1953年12月5日，序言增加到了七篇。

这是成仿吾第二次翻译《共产党宣言》。1929年，他在法国留学时，曾以德文版本为主、参考英法文译本翻译过一次，并托一位德共党员将译稿带到莫斯科，原计划转给正在那里的蔡和森，交莫斯科外文出版社出版。但译稿送到莫斯科时，蔡和森已奉命调回国任中共广东省委书记，不久就被捕牺牲，译稿也不知下落。

1943年，在国民党统治区出版的《共产党宣言》，是江苏无锡人陈瘦石所译。这大概是第一个由非共产党人翻译的版本。陈瘦石翻译了美国人洛克斯和霍德所著的《比较经济制度》，该书分两卷，附录中收有《共产党宣言》全文。陈瘦石全部翻译过来，客观上起到了传播《共产党宣言》的作用。

1943年8月，延安解放社出版了博古校译本，系博古参考俄文版，对成徐译本作了重新校译，并增加了1882年俄文版序言。这个译本的译法更接近于现代汉语，是新中国成立前流传最广、印行最多、影响最大的一个版本。

1948年，为纪念《共产党宣言》发表一百周年，苏联外国文书籍出版局用中文出版了百周年纪念版。这是该局的几位中国同志根据1948年德文原版译出，附有全部七篇序言。1949年初，这个版本运到中国，从六月起相继重印。

新中国成立以来，《共产党宣言》在我国的发行总数达千万册以上，是发行量最大的马列经典作品。国家民族语文编译局还把它译成朝鲜文、维吾尔文、哈萨克文、藏文、蒙文等各种少数民族语言文字。

虽然《共产党宣言》版本众多，但论社会影响力，论对青年人的感召力，论对早期中国共产党的作用，论文物史料价值，其他版本都无法与陈望道版本相比。

正因如此，毛泽东等老一辈革命家才念兹在兹，周恩来才一辈子铭心镂骨。

一年后，1976年1月8日，周恩来与世长辞，享年七十八岁。

又过了一年多，1977年10月29日，八十七岁高龄的陈望道在上海病逝。

两位老共产党人，都未能再重睹《共产党宣言》首印版本。

就是这册被两位老共产党人心心念念牵挂不已的中文首译版本《共产党宣言》，为我们揭开了一段尘封在历史岁月深处鲜为人知的国家记忆。

我们之所以将其称为"国家记忆"，是因为《共产党宣言》在中国民间辗转流行的前世今生，不仅真实而鲜活地记录了中华民族一个时代、一个社会、一段历史的政治革命的风云际会——历史、革命、土地、人性，构成了这段历史坚实沉厚的质地，激荡起雄浑激越的旋律；更生动而丰满地雕绘出无数为国家富强和人民幸福而流血牺牲的共产党人的形象——他们那前赴后继英勇斗争的勇毅精神和无私奉献大德昭昭的高尚情怀，既凝聚着天地精华，飞扬着中华魂魄，又抒泻着乡野元气，泽被着华夏大地。

现在，让我们一起怀着虔恪和崇敬的心情，沿着时光隧道回溯，去重叙这段关于《共产党宣言》的中国传奇吧。

第一章　经典的诞生

　　经典往往诞生在历史的黑夜中。1848 年，三十岁的马克思与二十八岁的恩格斯发表了《共产党宣言》。这本薄薄的小册子，成为马克思主义的奠基石，人类由此开辟了一个新的时代。《共产党宣言》问世一百六十多年来，已译成二百多种语言出版，被公认是全世界传播最广泛、影响最大的社会政治文献。它改变了人类历史，也改变了数亿人的生活方式。每一个到巨人卡尔·马克思墓前拜谒的人，都会在墓碑上看到这样一句话：全世界无产者，联合起来！

1. "天鹅之家"的记忆

在英国伦敦北郊的海格特公墓，栖息着不少英国名人，有哲学家、社会进化论者赫伯特·斯宾塞，物理学家、化学家迈克尔·法拉第，小说家乔治·艾略特，大文豪狄更斯的父母、妻子、弟弟，等等，但最引人注目的，还是那位德国流放者卡尔·马克思的陵墓。

2013 年 3 月 14 日，静寂的海格特公墓骤然热闹起来。

一拨接一拨的访客，尽管肤色不同、语言各异，目标却非常一致——拜谒马克思墓。在络绎不绝的访客中，不乏黑头发、黄皮肤的中国人。

这一天，是巨人马克思逝世一百三十周年。

长方体的大理石墓碑顶上，是青铜铸成的马克思巨型头像，他充满智慧的双眼深邃地注视着远方。头像下，用英文镌刻着那句声震寰宇的呐喊："全世界无产者，联合起来！"

先于马克思安葬此地的是他的夫人燕妮、大女儿和外孙，他的二女儿和二女婿，后来也葬于此地。

整个墓区，马克思的墓显得格外伟岸醒目，这是英国共产党于 1954

年11月重建的。当时，各国共产党纷纷捐款，中国共产党也曾慷慨解囊。

在马克思墓的右前方约六七十米处，立有一块碑石。从碑文中可知，这里是马克思墓的原墓址。

一百三十年前，参加马克思葬礼的只有寥寥十一人。另一位伟人恩格斯站在他的墓前，用低沉的声音说：马克思是一位天才的革命家，是世界上最遭嫉恨和最受污蔑的人，但他的英名和他的事业，人类将永远不会忘记。

恩格斯这番话，当时未必有多少人相信。但就是这句伟大的预言，在此后的一百多年间，一再应验。

新千年来临的前后，世界各地兴起一股评选千年名人、大事的热潮。英国的四次"千年伟人"评选，都一再印证了恩格斯的话。

1999年，英国剑桥大学文理学院的教授们发起评选"千年第一思想家"，排名第一的是德国思想家马克思，依次是犹太裔科学家爱因斯坦、英国物理学家牛顿、英国科学家达尔文、意大利经院哲学家阿奎那、英国科学家霍金（唯一健在者）、德国哲学家康德、法国数学家和哲学家笛卡尔、英国物理学家麦克斯韦、德国哲学家尼采。

1999年9月，英国广播公司(BBC)在全球互联网公开征询投票一个月，评选"千年第一思想家"。评选活动开始阶段，爱因斯坦得票领先。但很快，马克思的票数直线上升，把爱因斯坦抛在了后面。

2002年，英国路透社邀请政界、商界、艺术和学术领域的名人评选"千年伟人"，马克思仅以一分之差略逊于爱因斯坦。

三年后，英国广播公司又以"古今最伟大的哲学家"为题，调查了三万名听众，马克思荣登榜首，苏格兰哲学家休谟位居第二，其下依次是柏拉图、康德、苏格拉底、亚里士多德等。马克思年轻时所崇拜的黑格尔，甚至没能进入前二十名。

更令人难以置信的是，《共产党宣言》这本立场鲜明、观点鲜明的"红书"，与美国的社会势必是格格不入、水火不容吧？恰恰相反，它在美国人心目中，竟也占据着重要的位置。

2003年7月，美国最大连锁书店巴诺旗下的《图书》杂志，在其7-8月合刊中，公布了该刊评选出的"改变美国的二十本书"。在入选的二十本书中，非美国人的著作仅有三本，分别是马克思和恩格斯的《共产党宣言》、西格蒙德·弗洛伊德的《梦的解析》和约翰·梅纳德·凯恩斯的《就业、利息和货币通论》。

《共产党宣言》改变的，又岂止是美国。

放眼全球，还没有一种力量像《共产党宣言》这样，改变了世界！

即使在中国鲁北平原的一个偏僻小村里，也掀起了一场波澜壮阔的革命风暴。《共产党宣言》影响了中国工人、知识分子等等无数的人，也影响了鲁北平原一隅的农民兄弟。农民学《共产党宣言》，把《共产党宣言》当成革命斗争武器，这恐怕是那两位历史巨人没有想到的。

在东西方文化史上，有两部著名的爱情绝唱。一部是源自中国晋朝的民间传说"梁山伯与祝英台"，一部是英国剧作家莎士比亚的《罗密欧与朱丽叶》。

2005年3月，"梁祝"的故乡人——浙江省宁波市文化交流使团飞越千山万水，应邀访问"罗朱"的故乡——意大利名城维罗纳，实现两部爱情绝唱的第一次牵手。

我们是使团成员之一。访问期间，途经比利时首都布鲁塞尔，我们迫不及待地赶到了布鲁塞尔大广场。

布鲁塞尔大广场所在位置，原先是一片大沼泽，栖息着成群的白天鹅。

从十二世纪开始，在这里定居的人越来越多，沼泽地的水逐渐被抽干，建造起了布鲁塞尔的首座广场。

在法国大文豪雨果的笔下，它是"世界上最美的广场"。

但我们并不是欲睹这最美广场的风采，而是寻觅广场旁边一个心仪已久的小旅馆——"天鹅之家"。

更准确地说，我们是要寻找"马克思老爹"和他战友的踪迹。

天鹅之家始建于 1523 年，1695 年被法国国王路易十四军队的大炮夷为平地。1695 年重建，1959 年更名为白天鹅饭店。

布鲁塞尔广场熙熙攘攘，白天鹅饭店就坐落在广场旁。这是一座五层小楼，外表色彩斑驳，像是一位饱经风霜的入定老人，静静地注视着眼前色彩缤纷的世界。饭店的正门上方，一只栩栩如生的白天鹅雕塑，正昂着头，张开双翅，仿佛随时都要腾空而起。两侧的墙上，挂着几块锈迹斑斑的金属牌，上面分别写着英文、法文、德文和荷兰文。我们认出，英文牌上写着："卡尔·马克思 1847 年在此度过。"

一旁的翻译说，其他几块牌子上，都是同样的内容。

餐厅进门左手边的角落里，有一个铜牌，上面镌刻着这样一个名字：卡尔·马克思。

当年，年轻的马克思就是坐在这个角落里，有时与别人倾心长谈，有时用小巧精致的匙子搅动着杯中的咖啡陷入了沉思，有时又埋头奋笔疾书。

恩格斯也经常到这里与马克思见面。

颇有绅士风度的餐厅经理对客人说：我们把这个位子永远留给马克思，也把这段记忆，留给那些寻找马克思足迹的人们。

满怀敬意地望着这个座位，我们的思绪被拉回到一百六十多年前的岁月。

当时，巴黎有一份德国激进民主派办的德文报纸《前进报》。寓居巴黎的马克思，在报上发表了多篇严厉抨击德国普鲁士国王威廉四世的文章，引起普鲁士当局的仇恨。

1845年1月的一天，在普鲁士政府的施压下，法国政府下令驱逐马克思和《前进报》其他几位撰稿人。

有人悄悄地向马克思说：从今以后，你若不再反对普鲁士，就可以继续留在巴黎。

马克思不屑地回答：对不起，我的腰太硬，无法弯下来。我会尽快离开巴黎的。

虽然马克思在巴黎还有许多事情要做，他与恩格斯合作的第一部大部头著作《神圣家族》也即将出版，但他宁可选择离开，也不肯低头妥协。

马克思流浪巴黎，虽只有一年多时间，却获得了丰富的阅历和经验。其中最大的收获，是得到了一位赤胆忠心、终生相伴的亲密战友——恩格斯。

马克思来到布鲁塞尔。比利时原是西班牙王室领地，1815年与荷兰联合组成尼德兰王国。1830年宣布独立后，迅速走向工业化，言论要比欧洲其他国家自由得多，有点像政治逃难者的避风港。

在布鲁塞尔，马克思同样过着颠沛流离的生活，先后九次搬家。普鲁士政府对马克思穷追不舍，企图通过外交途径唆使比利时政府将他逐出。为了摆脱普鲁士政府的纠缠，1845年12月，马克思在报纸上发表声明，宣布放弃德国国籍。

一个深爱着自己祖国的人，竟然被迫失去国籍，其内心的痛楚可想而知。马克思后来称自己是"世界公民"，并在《共产党宣言》中声称，"工人无祖国"。

让人感佩不已的是，在他遭遇种种磨难之时，恩格斯始终不离不弃，成为他坚定的同盟军。

得知马克思被驱逐出巴黎，恩格斯等人就从朋友那里筹集到募捐近一千法郎，援助马克思一家。恩格斯还把自己的著作《英国工人阶级状况》

的版税全给了马克思，甚至把居所搬到了布鲁塞尔马克思家的旁边，以便尽可能地靠近自己的朋友。

1846年，马克思和恩格斯完成了第二部大部头著作《德意志意识形态》。这部具有里程碑意义的著作问世，标志着历史唯物主义的诞生。

1847年初，马克思一家在奥尔良路五十号，找到了较为稳定的居所。这里距天鹅之家不到两站地，马克思就成了天鹅之家的常客。

1月20日，马克思的寓所响起叩门声。马克思打开一看，门外站着一位头戴鸭舌帽、身穿工装的中年人。他恭敬地问道：请问这是卡尔·马克思博士的家吗？

是的，我是马克思。马克思回答。

客人机警地四下环视了，轻声问：能进屋谈吗？

请进。马克思把客人让进屋里。

一进屋，客人紧紧握住马克思的手：终于见到您了。我叫莫尔，是正义者同盟的领导人之一。

马克思热情地请他坐下，给他倒了一杯咖啡。

马克思对这个神秘组织并不陌生。

正义者同盟成立于1836年，是被流放到巴黎的德国手工业者创立的，成员包括裁缝、木匠、鞋匠，还有钟表匠、排字工人等，最初的目标是把"人权"和"市民"引入德国。同盟由卡尔·沙佩尔、亨利希·鲍威尔和约瑟夫·莫尔三人团领导。沙佩尔是一个贫苦农村牧师的儿子，鲍威尔是鞋匠，莫尔则是钟表匠。

莫尔从怀里掏出一个信封，双手递给马克思：同盟中央委员会特地委托我来邀请您加入同盟，这是委托书。

马克思展开委托书看了看，沉吟许久，并没有马上回答。

莫尔把同盟委员会的情况作了一番介绍，坦率地告诉马克思，现在同盟内部矛盾重重，已经影响到了同盟的发展。

莫尔恳切地说：我们要在伦敦召开代表大会，到时要宣布您和恩格斯先生的批判观点为同盟的学说。那些保守派分子和反对派分子，肯定会起来阻挠。到时候你们可都要出席，为同盟会擂鼓助威呀。

马克思点燃一支雪茄，在狭窄的屋里缓缓地踱着步。

莫尔的目光追着他的背影。

一会儿工夫，屋子里烟雾腾腾，马克思朝莫尔歉意地笑笑，推开窗户，一字一句说：我接受你们的建议，但有一个条件——既然共产主义的科学见解已经被同盟所承认，那么我希望同盟不要有任何的个人崇拜，一切助长迷信权威的东西都必须从章程中摒弃。

莫尔兴奋地搓着手：没问题！同盟委员会一定认真考虑您的要求。恩格斯最近在巴黎，我要马上赶去，当面征求他的意见。

马克思信心满满：凭我对恩格斯的了解，他肯定会全力支持你们的。

莫尔咧开大嘴：太好了！有了你们的支持，代表大会肯定会开得很成功！他朝马克思点头致意，转身急急离去。

果然不出马克思所料，接到莫尔的邀请后，恩格斯欣然同意。他也提出要求，希望赞同他和马克思理论的，是一些善于独立思考和有分析批判能力的人。

1847年6月，正义者同盟大会在伦敦召开，决定改组同盟的民主基础，把同盟的名称改为"共产主义者同盟"。

出乎大家意料的是，马克思并没有如约赴会。后来，人们才知道原委：马克思因家境窘迫，一时凑不齐赴伦敦的路费。身在巴黎的恩格斯，则代表巴黎成员出席。

事后，恩格斯埋怨马克思，怎么不事先告诉他，他会寄钱给他的。自那以后，家境富裕的恩格斯，成了马克思一家坚强的经济后盾。

正义者同盟原来的口号是"一切人皆兄弟"，但马克思态度非常明确，他声称：有很多人，我绝不希望是他们的兄弟。

根据马克思和恩格斯的建议，共产主义者同盟将自己的口号改为"全世界无产者，联合起来"。

从此，这句口号传遍全世界，影响至今。

马克思虽没有亲自赴会，但率先响应共产主义同盟的号召。

同年八月初，他就把布鲁塞尔通讯委员会变成了共产主义者同盟的一个支部，并亲任主席。正是同盟广泛的实践，使"工人协会"得以公开建立。八月底，德国工人协会在布鲁塞尔成立，协会的活动场所，就是著名的天鹅之家。

那时，天鹅之家还是布鲁塞尔屠宰业同业公会的会所，工人协会的活动时间主要集中在周三和周日晚上。一般情况下，周三晚上讨论政治问题和社会问题，周日晚上则是评述一周的政治事件，并举行唱歌、朗诵、跳舞和演剧等娱乐活动，气氛甚是活跃。

马克思是天鹅之家的常客，他一来，便成了活动的中心。他给工人讲课，与工人交流，还在后院举行过多场讲座，向工人讲解资本家如何剥削工人的剩余价值。

在听马克思讲座之前，工人们一直以为，自己付出劳动，资本家付出工资，是公平合理、天经地义的。有的甚至还感激资本家，以为自己是靠资本家发工资养活的。听了马克思的讲座，他们才茅塞顿开，搞清楚了资本家与工人之间的剥削与被剥削的关系。

久而久之，天鹅之家成了共产主义的通信站。别看马克思才二十九岁，由于他思想深邃、观点犀利、口才了得，比他年长不少的工人们都十分尊敬他。

有一次，一个新加入的年轻工人见大家都对马克思毕恭毕敬，加上马克思外貌老成，就冒冒失失地叫了声"马克思老爹"。

马克思老爹？马克思一愣，随即哈哈大笑。

什么？马克思老爹？哈哈哈！在场的工人们听了，一个个笑得前仰后合。

从那以后，"马克思老爹"的称呼就传开了，成了工人们的口头禅。

这称呼中，既有戏谑成分，更多的是崇敬之情。

1847年11月底，共产主义同盟第二次会议在伦敦召开，有三百多人参加。因为与会者大多是工人，很多人白天还要上班，会议只能晚上开，激烈的辩论持续了整整十天。

这次大会上，一个年轻人无可争辩地成为主角。他的演说道理简明，逻辑严密，令人信服，声音铿锵有力，爱用生动的手势加以强调，从来不说废话，每一句话都包含着深刻的涵义，每一个观点都是论证链条中的关键一环，无情讽刺的才能令对手胆战心惊。

与会者深深记住了他的名字：卡尔·马克思。

经过长时间的辩论后，所有的分歧和怀疑都消除了，一致通过了新原则。

散会后，恩格斯兴奋地擂了马克思一拳：老伙计，多亏你能言善辩，所有反对的声音，在你面前都溃不成军！

一位叫弗里德里克·列斯纳的参会者，很久以后依然清晰地记得马克思在那次会上留给他的印象。他叹服道：马克思是位天生的人民领袖。当我越来越认识到魏特林时代的共产主义与《共产党宣言》的共产主义之间的不同，也就越清楚地认识到马克思代表着社会主义思想的成年。

激烈辩论的结果是，历史上第一个按照科学社会主义原则建立起来的无产阶级政党诞生了。

大会结束后，马克思和恩格斯领受了一项重要任务：为共产主义同盟起草一个正式纲领，以宣言的形式公开阐述共产主义原理。

2．让空想变成现实

1847 年 12 月，马克思回到布鲁塞尔，紧接着给德意志工人教育协会作关于工资的系列讲座，又帮助民主协会创建了一个地方新支部。而恩格斯则绕道布鲁塞尔回到巴黎。两人一时无暇顾及起草纲领。

过了一个月，见他俩没有动静，共产主义同盟伦敦中央委员会急了，带话给同盟布鲁塞尔区部：请你们通知公民马克思，如果他所承担的起草任务在 2 月 1 日前还没有送到伦敦，就要对他采取进一步的措施！

伦敦中央委员会并不知道，在马克思高速运转的大脑里，一直在思索着如何起草这份纲领。伦敦共产主义者给马克思提供了一叠资料，恩格斯代表巴黎支部起草了一份草稿，题目是《共产主义原理》，由二十五个问答组成，马克思吸收了其中的思想。

这个纲领叫什么名字合适呢？恩格斯建议：就叫"共产主义原理"，行吗？

马克思摇摇头：还不够响亮。

恩格斯拿一支雪茄，递给马克思，然后自己点了一支。在烟雾缭绕中，苦苦思索。

恩格斯一拍大腿：有了！"共产党宣言"，怎么样？

"共产党宣言"？马克思口中喃喃重复着，眼睛里渐渐放出亮光来：好！既响亮上口，又提纲挈领。我认为，它不能仅仅是一份政治纲领，还必须成为无产阶级的指路明灯。

夜已深，布鲁塞尔的街头空旷静寂，零星的夜行者匆匆而过，燕妮和孩子已沉沉入睡，只有书房里那盏昏暗的台灯依然亮着。书桌前的马克思犹如入定一般，背后墙上的巨大黑影纹丝不动。

一番思考之后，马克思呷了一口浓得发苦的咖啡，展开粗糙的稿笺，鹅毛笔下如行云流水："一个幽灵，共产主义幽灵，在欧洲徘徊。旧欧洲的一切势力，教皇和沙皇、梅特涅和基佐、法国的激进党人和德国的警察，都为驱除这个幽灵而结成了神圣同盟。"

马克思用通俗洗练的语言，表述了自己所有的思想精华：

"现在是共产党人向全世界公开说明自己的观点、自己的目的、自己的意图并且拿党自己的宣言来对抗关于共产主义幽灵的神话的时候了。"

"……"

"到目前为止的一切社会的历史都是阶级斗争的历史。"

"……"

"资产阶级撕下了罩在家庭关系上的温情脉脉的面纱，把这种关系变成了纯粹的金钱关系。"

"……"

一个多月过去了，马克思殚精竭虑的心血，转化成一行行蝌蚪般的德文，密密麻麻地布满了一沓稿笺。

深夜，长时间伏案疾书的马克思放下鹅毛笔，揉了揉发胀的双眼，活动下酸麻的颈椎和双臂。望着散落一地的参考书籍，他长吁了一口气。那是直抒胸臆、畅所欲言后的一种放松。

马克思站起来，在书房里来回踱着，口里念念有词，墙上的身影忽大忽小。过了良久，他重新坐到书桌前，郑重写下：

"总之，共产党人到处都支持一切反对现在的社会制度和政治制度的革命运动。在所有这些运动中，他们都特别强调所有制问题，把它作为运动的基本问题，不管这个问题当时的发展程度怎样。"

该结尾了。马克思按捺不住澎湃的心情，站起来绕着不大的书房转了几圈，疾速回到书桌前，饱蘸墨水，凝神屏气，力透纸背地发出一声地动山摇、震撼世界的召唤：

"全世界无产者，联合起来！"

然后，他把鹅毛笔往后一扔。鹅毛笔在空中划过一道优美的弧形，飘飘扬扬地落到地板上。滴下的墨水连同笔一道，构成了一个大大的惊叹号。

马克思拉开窗帘。天空已经露出了鱼肚白。在马克思眼里，这又是一个充满希望的日子。

马克思顾不上休息，立刻将书稿寄到伦敦付印。

1848年2月19日，伦敦瓦伦街十九号，哈里逊印刷所，《共产党宣言》正在悄悄印刷。这本绿色封面、只有二十三页的德文小册子，首次印了几百册。

恰在这时，法国二月革命爆发。油墨未干的《共产党宣言》立即分发到各国的同盟会员手里，成为工人的思想武器。

这一年，马克思三十岁，恩格斯二十八岁。

马克思去世后，恩格斯为《共产党宣言》所作的序言中，都多次表明：虽然《宣言》是我们两个人的共同作品，但我终究认为必须指出，构成《宣言》核心的基本原理是属于马克思一个人的。

尽管《共产党宣言》由马克思执笔完成，但它所包含的思想，没有一种不是他和恩格斯在过去的各种著作中表述过的。在思想形成过程中，马克思和恩格斯可谓殊途同归。马克思的观点主要来源于法国工人阶级的经验，而恩格斯则是源于他在工业化英国的经历。

《共产党宣言》，包括引言和正文四章。

引文说明了"宣言"产生的历史背景和目的任务。第一章"资产者和无产者"，论述了马克思主义的阶级斗争学说。第二章"无产者和共产党人"，说明了无产阶级政党的性质、特点、目的和任务，以及共产党的理论和纲领。第三章"社会主义和共产主义的文献"，批判了当时流行的各种假社会主义，分析了各种假社会主义流派产生的社会历史条件，并揭露了它们的阶级实质。第四章"共产党人对各种反对党派的态度"，论述了共产党人革命斗争的思想策略。

《共产党宣言》的问世，标志着社会主义从空想到科学，标志着马克思主义的正式诞生。

人类一直都在苦苦寻找理想社会。无论是古希腊哲学家柏拉图的《理想国》，还是中国诗人陶渊明的《桃花源记》，都曾描绘过作者心目中的完美世界。从《乌托邦》的空想社会主义到《共产党宣言》的科学社会主义，三百多年的风风雨雨中，人类在艰难探索，终于找到了一条通往理想社会的正确道路。

如果按汉字计，"宣言"全文只有大约两万五千字，充其量只能算是一本小册子。然而，它却震撼了世界，犹如黑暗中高擎起的一束火炬，照亮了人类前行的方向，改变了人类的历史进程。

直到今天，这束火炬依然熊熊燃烧。

迄今，它仍是世界上发行量最大的政治文献。

据德国特里尔市马克思故居展览馆统计，《共产党宣言》问世一百六十多年来，已以二百多种语言出版，被公认是全世界传播最广泛的社会政治文献。

在《共产党宣言》的传播过程中，马克思、恩格斯根据政治形势和工人运动的变化，不断地丰富《共产党宣言》。这些新思想，主要体现在不同版本的序言中。这些序言，也是国际工人运动变化发展的晴雨表。

从1872年到1893年间，马克思和恩格斯先后为《共产党宣言》的德文、俄文、英文、波兰文、意大利文版撰写了七篇序言。这七篇序言的写作地，无一例外都是伦敦。其中，第一、二篇序言是马克思和恩格斯共同写作，其余则是恩格斯在马克思逝世之后单独写就。

第一篇序言写于1872年6月24日，是新的德文版，距离"宣言"发表二十五年。在这二十五年中，"宣言"除首版外，又用德文在德、英、美至少翻印过十二次，用英文在英、美至少翻印过四次，此外还有法文译本、波兰文译本、俄文译本、丹麦文译本等。

这二十五年间，马克思历尽磨难，生活颠沛流离。

1849年5月，马克思被普鲁士当局驱逐，被迫回到巴黎；八月又被法国政府驱逐，流亡到英国伦敦，但仍被普鲁士政府监视。

在伦敦，他度过了一生中最困难的日子。这位思想上的富有者，经济上却是赤贫户。由于没有固定工作，经济来源主要靠微薄的稿费收入，加之资产阶级对他的迫害和封锁，使他常常囊空如洗，全家衣食无着，贫困潦倒，不得不靠典当衣服渡过难关。贫病交加，夺去了他的四个儿女的生命，包括八岁的男孩埃德加尔。

1870年9月，恩格斯从曼彻斯特迁居伦敦，住在离马克思家不远的地方，一直陪伴马克思度过余生。

1880年，燕妮患上了肝癌。马克思在精心照料妻子的过程中，因体力消耗过度患上了支气管炎。1881年12月2日，燕妮逝世，这是马克思从未经受过的巨大打击。燕妮逝世那天，恩格斯说：摩尔（马克思的昵称，意思是黑面人）也死了。

马克思和燕妮一共生育了七个孩子，只有珍妮（也叫小燕妮）、劳拉和艾琳娜三个女儿活了下来。马克思对女儿们疼爱有加。

1883年1月11日，年仅三十八岁的小燕妮突然病故。此时，马克思正在抱病研究数学，并准备出版《资本论》第一卷德文第三版。白发人送黑发人，须发皆白的马克思惊闻噩耗，心如刀割，身体被彻底击垮了。

3月14日下午两点半，恩格斯来看望马克思，本想陪他聊聊天，见他正躺在炉旁的安乐椅上打盹，便退了出去。

一两分钟后，恩格斯不放心，又走进马克思的卧室，发现他的头歪向一边。恩格斯情知不妙，赶紧上前，轻轻地摇了摇马克思的肩头，可他毫无知觉。恩格斯又试了试他鼻息和脉搏，顿时泪如雨下——这位相伴四十多年的老战友，已经长眠不醒了！

然而，英国各界对马克思的逝世反应冷淡。《泰晤士报》的讣告仅有一段文字，而且行行都有谬误，比如说马克思"出生在科隆"，"二十岁时移居法国"，等等。只有一家报纸提到了马克思可能会留名后世。

令人唏嘘的是，这位胸怀全人类的伟人，直到逝世，依然没有国籍！

十二年后的1895年8月6日，一则发自伦敦的电讯震惊了全世界：恩格斯于昨晚十时三十分安然逝世。

这一年，恩格斯七十五岁。

遵照恩格斯的遗嘱，他的骨灰罐被送到他所喜爱的伊斯特勃恩海滨，沉入波涛滚滚的大海之中。

为工人阶级解放事业奋斗一生的恩格斯终身未娶。根据他生前的安排，他的遗产被分配给马克思的孩子们和外孙们，以及同他亲近的人；他的文学和科学藏书，移交给德国社会民主党全权处理。

1895 年夏天，恩格斯去世两周前，一位二十五岁的小个子俄国青年，从瑞士首都伯尔尼来到巴黎。他在与第二国际的领导者频繁接触中，曾请求马克思的女儿劳拉和女婿拉法格介绍他去拜会恩格斯。然而，由于恩格斯病情已经恶化，这位青年未能如愿。

这位小个子青年就是列宁。

惊闻恩格斯逝世的噩耗后，列宁含悲写下悼文："一盏多么明亮的智慧之灯熄灭了，一颗多么伟大的心停止跳动了！"他这样评价恩格斯："他对在世时的马克思无限热爱，对死后的马克思无限敬仰。这位严峻的战士和严正的思想家，具有一颗深情挚爱的心。"

为了弥补与恩格斯失之交臂的终身遗憾，列宁后来特地住在了伦敦的马克思故居，在这里阅读了大量的马恩著作。对《共产党宣言》，列宁更是阅读了数遍。

这位伟人这样评价《共产党宣言》：《共产党宣言》以天才的透彻和鲜明的语言描述了新的世界观。这本书篇幅不多，即使多部巨著都无法与它相比。它的精神至今还鼓舞着、推动着文明世界全体有组织的正在进行斗争的无产阶级。

当 1840 年鸦片战争的炮声传到马克思、恩格斯耳里的时候，两位胸怀世界的巨人奋笔痛斥。至今，在西方教科书里，那场战争还被称为"英中战争"，而马克思、恩格斯说这是强盗逻辑，坚称"英中战争"是"鸦片战争"，是英国人对中国人犯下的滔天罪行。

马克思的目光关注过那个陌生的国度——中国。他在《中国革命和欧洲革命》中大胆预言道，中国革命将把火星抛到现代工业体系即将爆炸的地雷上，使酝酿已久的普遍危机爆发，这个危机扩展到国外，直接随之而来的将是欧洲大陆的政治革命。

后来的发展确实如马克思所预料。

由于中国等一些国家的反抗斗争，引爆了1857年西方的经济危机，从而把世界工人运动推向了更高潮。

就在这位巨人离开世界三十年多年后，他的《共产党宣言》震撼了中国。

也犹如当年他预言的一样，中国共产党领导的革命，再次影响了世界。

1917年8月，列宁躲在俄芬边境的一间草棚里，撰写了《国家与革命》，提出了俄国无产阶级夺取政权的现实任务。他的这部著作，参考了《共产党宣言》。后来列宁说：《国家与革命》字里行间，无不闪烁着《共产党宣言》的光芒。

三个月后，在列宁的亲自指挥下，震撼世界的"十月革命"爆发，工农苏维埃政权宣告成立。

如果说《共产党宣言》的诞生标志着社会主义从空想变成科学，那么十月革命则是把社会主义理论付诸实践。正是这场改变人类历史进程的十月革命，将马克思主义从遥远的西方送到了中国，并唤醒了沉睡很久的东方雄狮！

第二章　传薪者

　　《共产党宣言》最初在中国被提及，只有只言片语。很多人欲知晓其全部内容，可都被外文"拦路虎"挡住去路。革命先驱李大钊等人，为了能有一本中文版的《共产党宣言》，曾四处物色可靠翻译，几经周折、搜寻，最终由陈望道担当此任。在家乡茅屋，陈望道冒着危险夜以继日，终大功告成。在上海匆忙付印时，误把封面上的"共产党宣言"排为"共党产宣言"。后来，《共产党宣言》成为中国革命的燎原之火，唱响了那个年代的最强音！

1. 一群寻路的人

1920 年 2 月的北京，寒风格外凛冽。在北京已经很难立足的陈独秀，决定离开这危机四伏的险地。

天还没亮，李大钊乘一辆骡马车来接陈独秀出城。到了陈独秀的住处，他从怀里取出一本薄薄的小册子，郑重地递上：这是我从学校图书馆借出来的，您把它藏好，想办法把它译成中文。欲知马克思主义为何物，共产党是什么样的政党，这是第一本入门之书，是第一把开锁钥匙，中国的出路和希望就在这里。

陈独秀接过一看，是一本英文小册子。他轻声念出书名：《共产党宣言》，太好了！

陈独秀去日本留学前，对日语都是门外汉，更不要说英语和法语了。第一次留日时，他补习了日语。第四次赴日后，专攻英语，三年后便为群益书社编辑了一部四册《模范英文教本》，可见他英文学习用心之深。待他第五次赴日本时，又在东京进修了法语。

陈独秀记忆力很好：记得去年四月的《每周评论》第十六号上，你发表了成舍吾翻译的《共产党宣言》第二章部分段落，包括十大纲领。

李大钊补充道：对，去年我发在《新青年》第五、六号上的那篇《我的马克思主义观》，里面也摘译了《共产党宣言》的重要思想。

陈独秀以赞赏的口吻说：是啊，那篇文章系统完整地介绍了马克思主义学说，在国人中的反响很大，这也是你成为中国第一个马克思主义者的标志。

李大钊连忙摆手：我是个愚钝之人，不敢承受这"第一"。这本《共产党宣言》系统反映了马克思、恩格斯的观点，我认为，应该把它作为我们今后行动的指南。

陈独秀深有感触：是啊，中国不能再盲人摸象了，这些年我们东奔西突，这主义那主义的没少追求，却一直没有找到一条正确的道路，碰得头破血流。

陈独秀是五四运动的总司令，新文化运动的发起者和旗帜。李大钊是中国传播马克思主义的第一人，也是新文化运动的一员主将。在政治嗅觉上，陈独秀不如李大钊敏锐。据张国焘后来回忆，陈独秀对马克思主义的研究较迟，直到1919年初才开始发表同情俄国革命的文章并逐渐认定马克思主义是解决中国问题的良方。他信仰马克思主义，最初是受李大钊、戴季陶等朋辈的影响。

在李大钊接触马克思主义之前，马克思主义已经被零星介绍到中国。这当中，《共产党宣言》是被介绍最多的文献。

孙中山接触马克思主义比李大钊要早。1896年他在欧洲流亡时，常到大英博物馆研究欧洲社会主义运动。在那里，他第一次读到了《共产党宣言》、《资本论》等著作。这为他后来的三民主义思想，打下了坚实的基础。

1899年，一篇译文《大同学》在上海出版的《万国公报》上连载，其中提到了马克思和《共产党宣言》中的一段文字。这是我们从档案史料中找到的最早的关于《共产党宣言》的文字纪录。

进入二十世纪，资产阶级革命派、无政府主义者、社会党人都以不同的方式，零星介绍过《共产党宣言》。

1903年3月，由改良派主办的上海广智书局，出版了日本人福井准造著、赵必振翻译的《近世社会主义》，书中四处提到了《共产党宣言》。

1905年11月，在同盟会机关报《民报》第二号上，发表了同盟会成员朱执信的《德意志社会革命家小传》，这是国内第一次介绍《共产党宣言》的写作背景、基本思想和历史意义的文章。在该文中，朱执信依据日文版的《共产党宣言》，摘译了该书的五段文字和第二章的十大纲领全文。文章中，他未能准确译出《共产党宣言》的书名，而是将其译为《共产主义宣言》。

值得一提的是，朱执信是国内第一个使用"共产党"一词的人。这是他在摘要翻译幸德秋水和堺利彦1904年合译的日文版《共产党宣言》时，从日文中的汉字"共產党"照搬过来的。

此后，中国资产阶级革命家宋教仁、叶夏声、廖仲恺等，也撰文介绍过《共产党宣言》和共产主义运动。

但是，上述这些传播者，只是把马克思主义视作众多社会主义思潮的一部分，并不是真正的信仰和追随。直到俄国十月革命胜利后，《共产党宣言》在中国的翻译、研究和传播才进入一个新阶段。

李大钊有着令人惊叹的政治洞察力，很早就开始研究和宣传《共产党宣言》。

俄国十月革命后，他的思想迅速转向马克思主义。担任北大图书馆主任期间，他大量扩充马克思主义书籍，包括外文版的马克思、恩格斯原著。这本《共产党宣言》英译本就是他买进的。

李大钊的身边聚集了一批年轻的共产主义者，曾在北大图书馆当助理员的二十六岁的毛泽东，就是其中最杰出的一位。毛泽东是杨开慧的父亲杨昌济介绍给李大钊的，他的工作室紧靠着李大钊的办公室，当年的马克思主义小组就常在这间屋里开会。毛泽东的很多马克思主义知识，就是那时了解和掌握的。李大钊很看重毛泽东，视他为湖南青年的领袖。

1920年的初春，离京后的陈独秀，为日后中文版的《共产党宣言》早日问世，起了至关重要的作用。

2月22日，陈独秀抵达上海。此时，距他上一次离开上海，刚刚三年。犹如蛟龙入海，陈独秀很快就使上海工人运动风生水起。

陈独秀到上海不久，北京的《新青年》编辑部发生分裂，陈独秀遂在上海重组编辑部。在当时，上海的《新青年》和《星期评论》被称作中国"舆论界中最耀眼的两颗明星"。《星期评论》是戴季陶奉孙中山之命，与沈玄庐、孙棣共同创立的，李汉俊随后参加编辑。

戴季陶籍贯浙江吴兴，生于四川广汉，是中国国民党元老之一，也是中国马克思主义最早的研究者之一。他留学日本期间参加同盟会，辛亥革命后任孙中山秘书，二次革命失败后逃往日本，1916年5月随孙中山回国。

戴季陶留学时，看到了由英文版译成的日文版《共产党宣言》，曾想把它译成中文，但细细看了一下，开头第一句话就把他难住了。《共产党宣言》语言独特，观点深邃，要想翻译成中文，既要熟悉马克思主义理论，又要有很深的中文功底，还须懂得德文或英文，仅凭一本日文版谈何容易，他只好知难而退。

1916年回国时，他带回一本日本1906年3月的《社会主义研究》创刊号，上面刊有日文版的《共产党宣言》。

1920年3月底，戴季陶找到好友、《民国日报》主笔邵力子：我想找一个高手，把这日文《共产党宣言》翻译过来，在《星期评论》上连载。

你朋友多，路子广，帮我物色物色？

邵力子原名邵景奎，是绍兴陶堰邵家溇人，著名的民主人士、社会活动家、政治家和教育家，"力子"是他的笔名。别看邵力子外表矮小文弱，却古道热肠，经常乘一辆黄包车奔走于上海滩各界，社会交际广。

邵力子一口浓重的绍兴口音，快人快语：好啊！让我想想……此等重任，非杭州的陈望道莫属！

邵力子与陈望道既是浙江同乡，又是同道至交，常向他约稿，深知其功底不凡。

陈望道？戴季陶眼睛一亮。

此时，浙江第一师范学校的"一师风潮"刚刚结束，作为这次事件的"四大金刚"之一，陈望道已成为文化教育界的风云人物。

陈望道是浙江义乌人，1891 年 1 月出生，1915 年 1 月赴日本学习文学、哲学、法律等。1919 年 5 月回国后，任浙江省立第一师范学校国文教员。

浙一师可是一座响当当的名校，鲁迅曾在该校任教。"五四"时期，国内的高等学校以北大最为活跃，在中等学校，则要首推浙一师和湖南第一师范。

因陈望道等教师倡导新文化，改革国文教学，浙江当局十分不满，欲撤换校长直至解散学校，引起师生反抗，最终酿成"一师风潮"，全国各地师生纷纷声援。陈望道是这次学潮中所谓的"四大金刚"之一。

因此，邵力子一推荐陈望道，戴季陶便欣然同意，并托他把日文《共产党宣言》带给陈望道。

由于深知翻译难度极大，担心陈望道难以胜任，戴季陶只是提出请他"试译"。

陈独秀也一直没有忘记李大钊的托付，听说戴季陶要请人翻译《共产党宣言》，大喜过望，也让邵力子把他那本英文版《共产党宣言》一道捎上，供陈望道参考。

幸亏有了陈独秀这本《共产党宣言》，才有了中国最早的中文版《共产党宣言》。

陈望道在日本求学时，结识了日本著名进步学者河上肇和山川均等人。读了他们译介的马克思著作后，他受益匪浅，逐渐认识到，救国不单纯是兴办实业，还必须进行社会革命。"一师风潮"更使他认清，所谓除旧布新，并不是不推自倒、不招自来的轻而易举的事情，应该学习从制度上去看问题，必须有一个更高的判别准绳，这准绳便是马克思主义。因此，他把翻译《共产党宣言》看作是一件极重要的任务。

"一师风潮"虽然取得胜利，但因新旧力量对比悬殊，校长经亨颐和陈望道等已无法在校留任。经亨颐到浙江上虞白马湖，另行筹建了春晖中学，李叔同、夏丏尊、丰子恺、朱光潜、朱自清、叶圣陶等也先后转到春晖中学任教。后来，春晖中学与南开中学成为全国最有名的中学，曾有"南有春晖，北有南开"之美誉。

陈望道没有随经亨颐去上虞，而是带着戴季陶和陈独秀的重托，扛着一箱沉甸甸的书籍，回到家乡义乌分水塘村。

陈望道究竟是什么时间回分水塘的？有人说是 1920 年 2 月下旬。但我们认为，应该是在 1920 年 3 月 29 日之后。

因为"一师风潮"事件发生在 3 月 29 日清晨，陈望道因"一师风潮"闻名全国，戴季陶是在"一师风潮"之后，才通过邵力子函约他试译《共产党宣言》的。

分水塘坐落在义乌西北部，群山环抱。村名的由来是因为一口水塘，这口水塘的水，一半流往义乌，另一半流往毗邻的浦江县，故名"分水塘"。

陈家房子位于村后，是一幢建于清宣统年间的庭院建筑。一进五开间，左右厢房各两间，开间前檐有天井，设有照壁。

陈望道放下行李，就拿出带来的书籍，急于动手翻译。不料，母亲泡上的一杯茶还没凉，乡亲们就来串门了，你一言他一语地问起外面的局势来。陈望道一边给大伙分纸烟，一边热情地作答。

陈家人缘好，左邻右舍都爱来串门，有时正吃着饭，邻家大嫂就端着一碗饭上门了，坐在门边的矮凳上边吃边聊。待碗里的菜吃完后，还会大大咧咧地到桌上夹菜。

热闹了几天后，陈望道觉得不对劲了。

当时，浙江在军阀卢永祥统治下，民生不安，常有乡长保长警察之类下乡乱闯捞油水。陈望道自知是刚刚在杭州"犯过事"的人，已引起反动当局的注意，如果话传出去，人家随时会上门来盘查他，他没得安宁不说，翻译《共产党宣言》也不安全。

躲到哪里翻译合适呢？

他屋前屋后转了几圈，相中了自家屋旁的柴屋。在浙江农村，家境稍好些的人家，除了正屋外，旁边还有个小屋，有的当厨房，有的堆置柴火，有的关家畜、家禽，或当茅厕。

陈家的柴屋不大，堆满了家具杂物，墙是鹅卵石垒的，顶上盖着杉树皮，因年久失修，里面四处漏风，蛛网密布，一个小窗户张着口子，不时散出一股霉味。

陈望道挽起袖子，把柴火、农具堆到角落里，在窗户下腾出了一块空地，洒些水清扫干净，摆上两条长凳，上面搁上一块旧门板，又在窗口上钉了一块旧布单，晚上遮光用。忙乎了大半天，看上去总算顺眼些了。

当天晚上，他在饭桌上对家人说：从今天起，我要在柴屋里干一件极重要的事，不能让人家晓得，也不能让外人来打搅，大家长个心眼。

看着他那严肃的表情，一家人有些紧张，一个个使劲点着头。

山里天黑得早，吃过晚饭，已是伸手不见五指。陈望道来到柴屋，用旧布单遮住窗口，点上一盏煤油灯，漆黑的小屋霎时有了暖意。母亲也拎了一只热水瓶跟进来，给他泡了一杯浓浓的绿茶，一股清香溢满小屋。

今年天气冷，新茶还没摘，这还是去年的旧茶，香气淡了些。母亲说。浙江农村家家户户都有烘焙、糅制茶叶的传统。

您劳累了一天，早些歇息吧，我自己来。看着母亲的丝丝白发，陈望道心里暖暖的。

母亲掩上门走后，陈望道把带来的几本书籍资料摆上案板，包括英文、日文的《共产党宣言》、《英汉辞典》和《日汉辞典》，以及他临离开杭州前收集的一些资料。其中那本英文版的《共产党宣言》，是李大钊特地交给陈独秀的，陈独秀闻听陈望道正待翻译，就托邵力子把该书送给了陈望道。

陈望道坐到昏暗的煤油灯前，摊开两种文字的《共产党宣言》，对照着默默地诵读起来。

要准确地翻译《共产党宣言》，实在不是一件容易的事。国内只有一些对其段落的零星翻译，因文中有大量的新名词、新思想、新观点，译者从未遇到过，理解把握的难度相当大。有的译者把其中的社会主义思想同中国传统的大同思想、安民思想混为一谈，将"社会主义"译成"安民新学"。

更有的干脆词不达意。如《万国公报》连载的《大同学》中，有译自《共产党宣言》中的一段文字："纠股办事之人，其权笼罩五洲，突过于君相之范围一国。"

这段话在后来的中译版中，则变成了"资产阶级，由于开拓了世界市场，使一切国家的生产和消费都成为世界性的了"。

宣言中的"到目前为止的一切社会历史，都是阶级斗争的历史"这句著名论断，现在的译文通俗易懂，而在朱执信的笔下，却让人颇费脑筋："自草昧混沌而降，至于吾今有生，所谓史者，何非阶级争夺之陈迹乎。"

有的还出现许多谬误，让读者不知所云。如"宣言"最末一句"全世界无产者，联合起来"，朱执信的译文则是"嘻，来。各地之平民其安可以不奋也！"

陈望道中文功底深厚，又力推白话文，再加上他精通英文和日文，留日期间还接触了大量的社会主义，也算是胸有成竹。

即便如此，细细诵读多遍后，陈望道仍感到十分棘手，也理解了戴季陶为什么请他"试译"。

"宣言"开宗明义的第一句，就让他颇费踌躇。他在纸上写了划，划了写，绞尽脑汁，反复修改，最后敲定为"有一个怪物，在欧洲徘徊着，这怪物就是共产主义"。

油灯下的陈望道并没有意识到，他在灯下敲定的这句话，在民众心里回荡了二十多年！直到二十二年后，在延安窑洞的另一盏油灯下，共产党的理论家博古，才将"怪物"改为"幽灵"。

早春的江南山区，依然春寒料峭，晚上更是寒气逼人，冻得陈望道手脚发木。母亲心疼坏了，每天晚上都给他备一只火笼取暖。火笼是南方农村常见的取暖具，外壳由竹篾编织而成，里面是陶瓷或铁制内胆，盛放着从灶台内取出的未燃尽的木炭，为了减缓木炭氧化速度，木炭上面还覆盖着一层炉灰。

靠着这点微弱的暖意和一杯接一杯的绿茶，还有劣质香烟，陈望道字斟句酌，每一个词，每一句话，都反复推敲，力求翻译得既准确又通俗。

伴着那盏不熄的油灯，陈望道熬过了一个个不眠的长夜。

虽是开天辟地第一人，陈望道对《共产党宣言》的翻译还是大致准确的，奠定了中文版的基石。在这基石之上，一些词语，在后来其他人的译本中，逐渐准确、通达、雅致起来。

如，他把马克思和恩格斯译作"马格斯"、"安格尔斯"，把"资产阶级"译作"有产阶级"，1938年成仿吾、徐冰的译本才确定为"马克思"、"恩格斯"、"资产阶级"，并沿用至今；他把"消灭私有制"译作"废止私有财产"，此后多个译本都相差不大，直到 1948 年的莫斯科译本的"消灭私有制"才抓住了实质；他把尾句译为"万国劳动者团结起来呵"，1930 年的华岗译本译作"全世界无产阶级联合起来"，1943 年的陈瘦石译本是"全世界工人联合起来"，相比之下，莫斯科译本的"全世界无产者，联合起来"更贴切，所以流传至今。

　　陈望道的父母都是老实巴交的农民。母亲性情善良温和，经常慷慨解囊接济四周乡邻。父亲识字不多，但很明事理，在村里威望高，他常对儿女说：书读在肚里，大水冲不去，火烧烧不掉，强盗抢不走，无论走到哪里都管用。为了孩子的前程，他变卖了田地，将三个儿子送出去上大学，两个女儿也送到县城女子学校读书。

　　陈父还请来拳师，教孩子武术健体防身，陈望道儿时练过八年的武当长拳。所以，别看陈望道一介书生，却有一身好武功。有一年，村里百姓与邻村百姓发生争斗，几个邻村的壮汉手提着农具扑来，青年陈望道使出一招"以力打力"，推倒了对方很多人。到了中年，他仍身轻如燕。

　　做父母的，只知道儿子在外面教书，并不知道他在杭州"惹了祸"。这次见他回来一改往日神情，脸上严肃，行动神秘，知道他在干一件大事，心里虽有一百个嘀咕，嘴巴上却不好细问，进进出出蹑手蹑脚，生怕惊扰了他。对外人，自然是瞒得铁桶似的。

　　这天傍晚，隔壁的阿旺嫂来借筛子，一进来就这屋看看那屋瞧瞧，陈母问她：妹子，你找啥呀？

　　阿旺嫂说：咦，陈先生呢？前些天我见他回来了，咋没在屋里？

　　陈母一时语塞，不由得与老伴面面相觑。还是陈父反应快：噢，他呀，他进城去了。

　　阿旺嫂感到奇怪：进城了？咋没看到他出门哩？他啥时回来？

　　陈母支吾道：这……喔，估计要过些日子。你找他有事？

阿旺嫂说：这不，我儿媳快生产了，陈先生喝过洋墨水，学问大，我想请他给孙子取个名字。

陈母松了口气，满口应承：好咯好咯，待他回来，我同他讲便是。

阿旺嫂道了声谢，提着筛子回去了。

陈望道十六岁时奉父母之命成婚，育有两子两女，由于受"五四"前后新思潮的影响，他主张婚恋自由，与原配妻子缺乏感情，加上他长期在外谋生不常回来，所以妻子常常带着孩子回娘家住。

陈望道三十五岁时，与原配脱离了夫妻关系，两个男孩也先后夭折。1930年，他与浙江东阳才女蔡葵结婚，夫妻恩爱，不过婚后无嗣，遂收养了二弟的儿子振新为继子。

陈望道这次回来，因妻子回了娘家，饮食起居便靠母亲照料。自打进了柴屋后，一日三餐更是靠老母亲端进门。

母亲见儿子辛苦，十分心疼，琢磨着给他弄点好吃的。

陈望道爱吃粽子。浙江乡下，一般只在端午节才包粽子。粽子分咸粽、甜粽和淡粽，咸粽里有肉和板栗，甜粽里有豆沙，淡粽则只有糯米。这会儿离端午节还有两个月，陈母决定先让他尝尝鲜。

早上，母亲找出珍藏的粽子叶洗净，淘了半盆自家产的糯米，包了十几个淡粽子。煮熟后，剥去粽叶，盛上一碟用当地甘蔗熬成的红糖，端到柴屋里，一股热气腾腾的清香扑向陈望道。

陈望道贪婪地吸吸鼻子：香，好香！

他放下笔，抓起筷子，夹起一只就往嘴里塞。

陈母心疼地说：慢点，蘸着糖吃，小心烫着。

陈望道含含糊糊地应着，三下五除二就消灭了一只。

陈母爱怜地笑了。虽然儿子已当了爹，但在母亲眼里，他永远是长不大的孩子。为了不打搅儿子，她悄无声息地带上门。

过了一会儿，母亲在门外小心地问：还要添些糖吗？

屋里回答：够甜了，够甜了。

又过了一会儿，母亲探头进来，轻声问：吃好了没？

吃好了，吃好了。

甜吗？

甜，甜的。

那我取碗筷了？

好，好。陈望道低着头，只顾自己忙着。

母亲进得门来，近前一看，粽子倒是没了，可一碟红糖还是好好的，一点没动，不禁感到奇怪：咦，咋没蘸红糖？你不是说甜吗？

陈望道这才抬起头来：您刚才说啥？我没在意听。

儿子这一抬头，把老母亲吓了一跳，她连退两步：你嘴上黑乎乎的，是啥东西？

陈望道奇怪地抹了一把：没啥呀……咦，怎么尽是墨汁？他低头一看，不由得哈哈大笑。

原来，自己竟然是蘸着墨汁在吃粽子！

这个笑话，后来在义乌乡间广为流传。

直到现在，分水塘的人仍津津乐道。

整整一个月，陈望道足不出户。到四月底，终于大功告成。

陈望道钻出柴屋，想舒展一下酸胀麻木的筋骨。没想到，被头顶上明晃晃的太阳一照，竟一阵头晕目眩，幸亏扶着墙，才没摔跟斗。这一个月他呕心沥血，面孔也变得浮肿煞白，像是一个重病患者，走路也跟跟跄跄的。

翻译《共产党宣言》的陈望道，这一年二十九岁，比撰写《共产党宣言》时的马克思小一岁、比恩格斯大一岁。

关于陈望道翻译《共产党宣言》所用的时间，有的说是两个月，也有的说是三四个月，分水塘村陈望道故居的义务讲解员则说他"在茅草屋里花了九十个昼夜"。我们分析认为，翻译的时间应该是在一个月左右。

当陈望道又在家里露面时，左邻右舍都感到很惊讶：这陈先生是啥时回来的？咋没看到他进出呢？

转眼进入五月。这天傍晚，陈家正在吃晚饭，门外有人喊：陈先生，陈先生，有你的电报！

陈望道连忙放下饭碗走出来。本村的一个壮实汉子，憨憨地笑着，伸手把电报递给了陈望道：我刚从城里回来，是邮差托我带给你的。

陈望道道了声谢接过来，拆开一看，是《星期评论》编辑部发来的，邀请他到上海担任杂志编辑。

陈望道正急于找工作养家糊口，这真是求之不得的好消息。他连忙收拾了行李，带上刚刚完成的译稿，告别家人，兴冲冲地离开了家乡。

这是注定载入中国史册的一幕：卡尔·马克思去世三十七年后，在遥远的东方国度，《共产党宣言》被译成中文。这本中国最早的中文版《共产党宣言》，在以后的日子里，影响了包括毛泽东、刘少奇、朱德、周恩来等在内的一大批开国元勋和众多的革命志士。

陈氏译本，犹如一把熊熊燃烧的火炬，一下子点亮了黑暗的旧中国。

2．书名被错印成《共党产宣言》

陈望道到了上海，直奔《星期评论》编辑部。

编辑部最初设在爱多亚路（今延安东路）新民里五号。1920年2月起，迁到三益里李汉俊家，这里住着李书城、李汉俊兄弟。

三益里位于法租界白尔路（今顺昌路），据说是因三人投资建造房子、三人受益而得名。

李汉俊也是留日归来的青年，信仰马列主义。他和戴季陶、沈玄庐是《星期评论》的"三驾马车"。

在三楼阳台，陈望道见到了戴季陶、李汉俊、沈玄庐、沈雁冰（茅盾）、李达，这才知道，孙中山电召戴季陶去广州，编辑部遂请陈望道来代替戴季陶编刊物。

当天晚上，陈望道就住在李汉俊家里。

李汉俊显得忧心忡忡，没有与他多谈。他初来乍到，也不便多问。

第二天，陈望道到编辑部时，发觉大家神色匆匆，情绪低落。原来，编辑部迫于政府的打压，决定出满五十三期后，于6月6日停刊！

陈望道吃惊不小，办得好好的，咋说停就停呢？他不便问别人，正巧他在浙一师时的学生俞秀松也在这里当编辑，便把他拉到一边询问。

俞秀松是浙江诸暨人，比陈望道小九岁，"一师风潮"后，他被迫离开杭州，赴北京参加工读互助组，不久便到上海，进入了《星期评论》编辑部。

俞秀松告诉老师，《星期评论》创刊一年来，刊登了不少观点激进的文章，社会各界反响热烈，发行量有十几万份，当局十分不满，悄悄截留各地寄给编辑部的书报信件，又没收编辑部寄出去的杂志。自四十七期以后，当局干脆勒令禁止，已寄出的被没收，未寄出的不准再寄。

俞秀松愤愤不平：这是什么世道！您瞧，堆在这里的这些，都是没有寄出去的。

糟糕，我还没正式上任呢，就丢掉饭碗了？陈望道一听傻眼了：戴季陶约我翻译的《共产党宣言》，本来是要在刊物上连载的呀！

俞秀松安慰道：您别急，我正在与陈独秀、李汉俊一起筹建共产主义小组，要不，我找他们想想办法？

陈望道一拍大腿：对啊，我怎么把陈独秀给忘了。他对翻译的事很上心，他那本英文版《共产党宣言》，帮了我大忙呢。

陈望道没赶上编辑《星期评论》，却赶上了给杂志社收摊子。他帮着李汉俊一起，把积压的杂志拿到街上，避开警察，悄悄分发给过往市民。待把屋子收拾停当，已到了6月27日。

这天晚上，陈望道找到俞秀松，托他把《共产党宣言》译稿带给陈独秀，请他校阅把关。

俞秀松不敢怠慢，第二天上午就来到法租界环龙路老渔阳里二号（即今南昌路100弄2号）陈独秀的寓所，将译稿郑重交给陈独秀。

老渔阳里二号原是安徽都督柏文蔚的私房。1897年，陈独秀与柏文蔚同榜考中秀才，两人虽然信仰不同，但革命同路，同窗加同乡，感情颇深。所以，陈独秀回上海后，柏文蔚就将这栋房子借给了他。

陈独秀翻看一遍译稿后，连连称好：中国共产主义运动基础薄弱，没有一本像样的理论书籍指导,这本《共产党宣言》可是及时雨啊!

陈独秀按捺不住了,带上译稿和日文、英文版的"宣言",马上就找到了李汉俊,一进门他就喊:好一个陈望道,他可是立了大功!你瞧瞧,他已经把《共产党宣言》翻译出来了,你这个马克思主义理论家好好看看,帮忙润色润色。

李汉俊是湖北潜江人,从小聪慧过人,口才了得,十四岁就东渡日本求学,毕业于东京帝国大学。

留日期间,他受日本马克思主义经济学家河上肇的影响,开始信仰马克思主义。1918 年回国后,从事翻译和撰写工作,创办了《劳动界》,参与主持《星期评论》,还协助陈独秀编辑《新青年》。

什么?他在我这里住了快一个月,居然没透露半个字。李汉俊张开嘴半天合不拢:这小子不声不响就干了件天大的事,我是既佩服,又惭愧!

李汉俊通晓日、德、英、法四国语言,读过大量的马克思原著,深知《共产党宣言》的重要性,也曾动过翻译的念头,因自忖中文修养不够而作罢,听说这消息,自然吃惊。

陈独秀感慨不已:是啊,有志者,事竟成。你这通晓四国语言又掌握马克思主义理论的专家,尚且知难而退,望道不事张扬,却终成大事,就更值得钦佩了。你多费点心,帮他把把关。

李汉俊连连摆手:休提把关,折煞我也。我当好好拜读,虚心学习。

过了几天,陈望道刚跨进门,李汉俊就从屋里拿出一沓手稿来:我没敢在你的手稿上动一个字,另外提了一点粗浅意见,你看合意不?如不合意,再商榷。

陈望道翻了一遍,十分惊讶:你做事这么上心!居然提了这么些意见,而且都很有见地。

两人当即坐在客厅里,将陈的译稿和李的改稿摆在桌上,对照着讨论起来。谈得兴起时，两人仰头大笑。有时为了一两个字意见不合，却又争得脸红脖子粗。李家人见状，连忙上前劝阻，他俩反倒莫名其妙，不知家人劝阻什么。害得李家人背后嘀咕：这两个神经病！

或许是秉性神似，或许是肝胆相照，李汉俊和陈望道成了一对患难之交，有相同的命运，却有不同的结局：一个是悲剧，一个是喜剧。

1920年春天，一个叫维经斯基的俄国人，作为共产国际远东局派出的代表，秘密来到中国，同行的还有他的夫人库茨佐娃和翻译杨明斋。他们的任务是了解中国的政治情况，同领导五四运动的著名人物和各界人士接触，宣传俄国革命和俄共经验，并研讨中国建党问题。

这年四月，维经斯基来到北京，通过北大俄籍教师柏烈维介绍，与李大钊见了面。李大钊向他们隆重推介陈独秀。于是，维经斯基一行来到上海。

维经斯基对陈独秀的印象不错，写信向共产国际和俄国共产党介绍了陈独秀，称他是"当地的一位享有很高声望和有很大影响的教授"。

上海共产主义小组1920年8月成立后，把尽快出版《共产党宣言》中译本作为首要任务之一。一天，陈独秀约了陈望道和李汉俊等人碰头，商议出版的事。

李汉俊挠了挠头：现在局势已经趋于紧张，《星期评论》也被迫停刊了，公开出版《共产党宣言》会惹来麻烦。

陈望道眉头紧锁，叹了口气：是啊，上海的华界在军阀统治下，租界在帝国主义统治下，哪里能容忍《共产党宣言》公开印刷发行？

李汉俊接着说：还有一个难题——到哪里筹集出版经费呢？

陈独秀踱着步子：钱的事，我来想想办法。听说维经斯基带来了一大笔共产国际经费，我找他去商量商量。

陈望道一听乐了：如此甚好！

听说要出版《共产党宣言》中文译本，维经斯基当即拍板：好！给你们一笔经费，你们干脆建一个印刷所，今后还要经常印资料呢。

拿到钱后，陈独秀、陈望道等人立刻张罗起来。他们在拉斐德路（今复兴中路）成裕里十二号租了一间房子，秘密开设了又新印刷所，负责承印《共产党宣言》。

这天，陈独秀和陈望道、李汉俊等人悄悄来到印刷所，心情急切得就像等着自己的孩子降生。

过了一会儿，工人送来几本刚装订好的小册子，一股清新的油墨香沁人心脾。几个人迫不及待地捧在手里，一边仔细端详，一边压低嗓门，兴奋地议论着。

翻开书本，里面无扉页、无序言、无目录，内文共五十六页，每页十一行，每行三十六个字，采用繁体字和新式标点，用五号铅字竖版直排，页侧印有"共产党宣言"的页边字，页脚注汉字小写页码。许多新名词和专用术语以及部分章节标题，如"贵族"、"平民"、"宗教社会主义"、"贫困底哲学"等都用英文原文加括号附注。在"有产者与无产者"一章标题旁，除标明英文原文外，还用中文注释："有产者就是有财产的资本家、财主"；"无产者就是没有财产的劳动家"。

眼尖的陈望道惊叫一声：哎呀，糟糕，印错了！怎么印成"共党产宣言"了？

陈独秀仔细一看，可不是嘛，封面上果然印着"共党产宣言"！

快停下，快停下！陈望道连忙朝印刷工人喊。

可是已经晚了，几百册都已经装好。

怎么办？毁掉重印？几个印刷工人慌了。

陈独秀摇摇头：不行！我们本来就缺经费，毁掉重印太浪费了。

李汉俊安慰道：好在扉页和封底的书名没印错，没关系，内容比形式更重要。

陈独秀思忖片刻，果断决定：这样吧，这些书就不要出售了，全部免费赠送。把封面重新排一次版，这个月再印几百册，封面改成蓝色的。

当然，他们并没有料到，这一错误，却为后人鉴别《共产党宣言》首印版提供了铁证。

看到在自己推动和资助下的成绩，维经斯基十分高兴。1920 年 8 月 17 日，他给共产国际写了一封信。信中说，中国不仅成立了共产党发起小组，而且正式出版了中文版的《共产党宣言》。中国革命的春天已经到来了。

《共产党宣言》八月版的两次印数只有千余册，一经推出，立刻引起先进知识分子的强烈关注，很快销售一空。九月，又印了一千余册，仍为蓝色封面，只是封底改为"一千九百二十年九月再版"字样，还是抢手得很。后来，邓小平和陈毅在南京总统府图书室见到的，就是这个版本。

陈望道对鲁迅向来敬重，《共产党宣言》译作出版后，特地寄赠给他和周作人兄弟俩，请求他们指点。

鲁迅是知道陈望道的。他收到书后，当即翻阅了一遍，对周作人说：这本书虽然译得不够理想，但总算译出一个全译本来。现在大家都在议论什么"过激主义"来了，但就没有人切切实实地把这个"主义"真正介绍到国内来，其实这倒是当前最紧要的工作。望道在杭州大闹了一阵之后，这次埋头苦干，把这本书译出来，对中国做了一件好事。

看到自己的心血获得空前成功，陈望道和陈独秀、李汉俊都十分兴奋，约了邵力子、沈玄庐等友人，悄悄地小聚庆贺了一番。

邵力子显得十分得意，端起家乡的绍兴老酒，有滋有味地"吱"了一口，晃动着大拇指说：我这个"月下老人"功劳不小吧？没有推荐错人吧？

陈独秀喝得两颊红扑扑的，逗他道：瞧你得意的。你干脆说，功劳统统归你一个人得了。

一句话，逗得大家哈哈大笑。

陈独秀斟了满满一杯绍兴老酒，郑重其事地站起来：没有革命的理论，就没有革命的行动。这本《共产党宣言》就像是一颗革命火种，必将在中国大地上呈燎原之势。来，让我们干了这杯，预祝中国共产党早日成功，英特纳雄耐尔早日实现！

说罢，一仰脖子，杯子见底。

干！大家齐刷刷地站起来，端起杯子，一饮而尽。

邵力子说：有很多读者渴望得到此书，却又苦于寻找不到"社会主义研究社"的地址，纷纷投书到我们报馆求助呢，有的还打听这本书的背景。

沈玄庐接过话茬：好几位友人也找到我，缠着我打听这"社会主义研究社"在哪里，我咋能告诉他们？

他两手一摊，扮了个鬼脸：你们这不是给我出难题吗？罚酒，罚酒！

大家又是一阵笑。

李汉俊说：这"社会主义研究社"本来就是杜撰的，外人哪里知道就是咱们的新青年社？真实社址当然不能告诉外人，否则当局肯定要来找茬。难为你了，该罚，该罚。说着端起酒杯，陈独秀和陈望道也紧跟着端起杯。

陈独秀沉吟道：这是一个很好的开端。你们看这样行不行？我们继续做好再版的准备，另外在《觉悟》上发个公开信，把这本书的背景介绍下，给读者统一作个交代，同时含蓄地告诉他们购书地址。

好，这个我来写。沈玄庐自告奋勇。

邵力子转向陈望道：有的人在信中也指出了译作中的错误，我统计了一下，全书错字、漏字达二十五处，比如第一页中"法国急进党"写成了"法国急近党"。再版时还是纠正一下为好。

陈望道说：有些错误我已注意到了。你把那几封信转给我，我对照修改。

沈玄庐说：那我在公开信里一并回应吧。

陈独秀说：行。

1920年9月30日，《民国日报》副刊《觉悟》上，刊登了这样一则题为《答人问〈共产党宣言〉底发行所》的公开信：

慧心、明泉、秋心、丹初、P.A.：

你们的来信问陈译马克思《共产党宣言》的买处，因为问的人太多，没工夫一一回信，所以借本栏答复你们的话：

一、"社会主义研究社"，我不知道在哪里。我看的一本是陈独秀先生给我的，独秀先生是到"新青年社"拿来的，新青年社在法大马路大自鸣钟对面。

二、这本书底内容，《新青年》、《国民》——北京大学出版、《晨报》都零零碎碎地译出过几本或几节的。凡研究《资本论》这个学说系统的人，不能不看《共产党宣言》；所以望道先生费了平时译书的五倍功夫，把彼底全文译了出来，经陈独秀、李汉俊两先生校对，可惜还有些错误的地方，好在初版已经快完了，再版的时候我希望陈望道亲自校勘一遍！（玄庐）

陈望道的《共产党宣言》译文出版后，平民书社、上海书店、国光书店、长江书店和新文化书社等出版单位大量出版《共产党宣言》。虽然屡遭反动当局禁印，最初五年仍相继印制了十七版，仅平民书社在1926年1月至5月就重印了十次，到五月已是第十七版了。第十七版版本的封面不同于首版，书末的版权页上翻译者也改为"陈佛突"，这是陈望道的笔名。

在北伐战争时期，陈望道译的《共产党宣言》印得更多，随军散发，几乎人手一册，是国民政府时期国内流传最广、影响最大的一部马克思主义的经典著作。

后来出版时，为了避开反动政府的迫害，书名、译者名和出版社名不断更换。光译者就有"陈晓风"、"仁子"等。据不完全统计，该译本有十多种版本。有的还流向国外，对当时在国外勤工俭学的中国青年，产生了重要的影响。

与最早中文译本《共产党宣言》有关的一些人物，后来也是命运多舛，结局迥异。

李汉俊因为一些问题与陈独秀发生争执，在党内渐渐没了地位，变得心灰意冷。第二年年初，他离开上海回到武汉，先后出任武昌高等师范（武汉大学前身）、武汉大学教授，汉口市政督办公署总工程师等职。

1922 年 7 月，中共二大在上海召开时，中央曾召集李汉俊参加。他并未到会，只是写了一封意见书，继续反对集权制和铁的纪律。不过，"二大"选他为中央候补委员。

李汉俊虽然离开了上海的党组织，但并没有放弃信仰，依然为心中的理想奔波。在他从上海带到武汉的行李中，就藏有浸润着他心血的陈望道译《共产党宣言》。

在武汉期间，他经常拿出这本《共产党宣言》，宣传马克思主义，指导武汉的党团活动。

1923 年 2 月 7 日，京汉铁路总工会组织了震惊中外的"二七大罢工"，李汉俊是大罢工组织者之一。在京汉铁路总工会成立大会上，他挥笔写下"大地赤化"四个大字献给大会，并引用《共产党宣言》中的观点，告诫参加罢工的工人们：工人斗争的真正成果并不是直接取得的成功，而是愈来愈扩大的团结。只有我们团结起来，才能形成强大的力量，迫使反动当局产生畏惧，向我们低下头来。

大罢工失败后，参与组织的施洋、林祥谦被害，李汉俊等人被通缉，成为捕杀对象。李汉俊被迫离开武汉去上海，又转到北京避难。出于谋生的考虑，他先后在北京政府的外交部、教育部、农商部任职。但无论走到哪里，他都不忘带着这本《共产党宣言》。

党中央对李汉俊在北京政府任职很反感，发出公告给他处分。无奈之下，1923 年 5 月，李汉俊在北京向中国共产党递交了脱党书。

递交脱党书的第二个月，中共"三大"在广州举行，李汉俊自然没有出席大会。让他意外的是，他竟被选为候补中央委员。

几天后的一个晚上，有人叩响了李汉俊寓所的门。

他开门一看，愣住了，一把握住客人的手：守常，是你！

来人正是李大钊。李大钊嗔怪道：咋不请我进屋呢？你就这样待客？

喔，喔，没想到，真没想到。一向伶牙俐齿的李汉俊竟然语塞起来，仍然愣在门边。

李大钊也不客气，推开他，顾自闯了进来。李汉俊醒悟过来，慌乱地关上门。

李大钊抬头四处扫了一眼。这是一间不大的居所，屋顶很矮，几间旧家具胡乱摆放着，显得很拥挤。

李大钊不由得神色凝重：我们大名鼎鼎的理论家，生活竟这样窘迫。

李汉俊取下眼镜，低头擦着镜片，沉默好久，抬起头来，双眼已经噙满泪水。

李大钊吃了一惊：你怎么啦？

李汉俊有点难为情，赶紧掏出手绢擦了一下，带着鼻音说了一句：守常，没想到是你来看我……我已经流浪很久了，就像是个没娘的孩子，很久没有看到家里人了。说罢，眼泪又止不住淌了下来。

听了李汉俊的话，李大钊的眼圈也禁不住红了。他身子前倾，一手紧紧地握住李汉俊的手，一手抚着他的背，轻声劝慰道：我理解你的心情。

是啊，我们在敌人的屠刀下可以不皱一下眉头，有时却难以承受自己人中射出的暗箭。你既遭反动当局的迫害，又被党内一些同志排挤，受了不少委屈，心里有很多苦水，我很理解。但是，既然投身革命，身许大众，受点委屈怕什么，舍掉性命也在所不惜！

李汉俊听了，使劲点头，一把抹去泪水，眼睛里透出了刚毅。

李大钊热切地说：这次会上，很多人都念叨你，都为你没参加会议而惋惜，为你受到的处分鸣不平。仲甫也在会上深情回忆起你俩在上海时的难忘岁月。他看到一些代表带着陈望道译的《共产党宣言》，还特地说，李汉俊为这本书也费了不少心血。你虽然没参加大会，仍然被选为候补中央委员，这足以说明中国共产党没有忘记你，你的娘家人没有忘记你！

一席话，说得李汉俊心里热乎乎的，积压在心底的委屈和落寞烟消云散。

当选候补中央委员的事，他前几天已经获悉，曾为此激动得彻夜难眠，既感意外，又觉温暖。陈独秀在会上说的话，则是第一次听李大钊说起，同样令他意外。

看到李汉俊似乎还有点不信，李大钊从怀里掏出一封信，郑重地递给他：看看这封信，你就知道我所言非虚了。

信是党的一位领导人写的，信中就李汉俊在"一大"上受到不公平对待致歉，并表示取消因他在北京任职给予的处分通告，要求他用各种方式继续帮助党做工作。

看罢信，李汉俊眉头一挑，笑出声来。

李大钊也欣慰地笑了。

大罢工风潮过后，李汉俊从北京回到武昌高师继续任教。但令人费解的是，从这时开始，他没有再参加过党的活动，并且据说出现了被认为是分裂党的行为（有一种说法是他打算组建一个新的党派"独立社会党"）。

是误入歧途，是组织误解，是遭人排挤，还是被敌对阵营蓄意陷害？我们心中有一连串的问号，期待将来考证。

不管何种原因，总之结果令人扼腕：1925年1月中共四大召开前后，李汉俊被党中央开除了党籍。

即使如此，李汉俊并没有放弃战斗，各种游行集会上都能见到他的身影。后来，他与党中央的关系渐渐融洽起来。

1926年春，陈独秀还邀请他到上海大学任教。刚在上海待了半年，又被董必武动员回了武汉，一起组织革命行动。

北伐军攻占长沙后，李汉俊和董必武赶到长沙递送武昌敌军情报，这期间加入了国民党，被委任为国民革命军总司令秘书。

同年八月，北伐军进驻武汉，随后成立湖北政务委员会，李汉俊任接收保管委员会主任委员、教育科长等职。

1927年4月，湖北省政府成立后，李汉俊任省政府委员兼教育厅长。他利用职务之便，为共产党做了大量工作。

在武汉共产党组织看来，李汉俊虽然脱了党，但他的言行早已是真正的共产党员，并且凭其政治素质堪当大任。他们经过认真讨论后，向党中央建议恢复他的党籍。

就在这时，汪精卫发动"七一五"反革命政变，疯狂屠杀共产党人，致使第一次国共合作彻底破裂，革命形势急转直下。中国共产党面临着生死存亡，顾不上讨论李汉俊重新入党的事了。

1927年12月17日下午，李汉俊正在汉口的住所里，好友詹大悲来访。

李汉俊拉着他说：来来来，杀几盘，今天不分胜负不许走。两个人坐上桌，摊开棋盘，一边捉对厮杀，一边分析起形势来。

记者出身的詹大悲是湖北蕲春人，辛亥革命先驱，通过李汉俊结识了陈独秀等一批志同道合的知识分子。中国共产党上海发起组成立时，大家考虑到詹大悲与孙中山关系密切，在社会上影响大，认为他不公开为宜，党的指示精神由联系人传达。

李汉俊说：桂系军阀上个月开进武汉后，大肆捕杀共产党人和进步人士，你今后要小心点。

詹大悲忧心忡忡：听说刚上任的武汉卫戍区司令胡宗铎生性残暴，杀人如麻，不知又有多少革命志士要遭殃。

詹大悲说到这里，话锋一转道：我听说，你还在四处宣讲《共产党宣言》，老蒋可是把《共产党宣言》视为洪水猛兽呀！你要小心些！

李汉俊笑了笑，腾的一下站了起来，神色凝重地大声道：《共产党宣言》乃是民众之希望，也是我之希望！我李汉俊怕什么！将来如果有一天为它丢了脑袋，那我会高声朗诵着《共产党宣言》走向刑场！

正说着，门突然被人踹开，几个荷枪实弹的军警蜂拥而进。真是说到阎王，阎王到，他们正是胡宗铎派来的手下和租界巡捕，为首的叫林运圣。

林运圣冷冷地问：谁是李汉俊？

看这阵势，李汉俊心里一惊，但表面上依然平静。他放下手中的棋子，站起来沉着回答：我就是。有什么事？

林运圣朝詹大悲一指：你，是干什么的？

詹大悲连忙站起来：来串门的。

林运圣眼一瞪：哼，串门？是串谋吧？你叫什么？

李汉俊刚想使眼色，詹大悲已经脱口而出：詹大悲。

林运圣嘴角一抽，露出一丝不易察觉的得意：哼，这不是串谋是什么？巧得很，自投罗网啊，省得我到处找了。

他停顿了一下，狠狠地盯着他俩，拉长了声调：我奉上司命令，以"赤色分子"的罪名逮捕你们。

说罢，林运圣朝几个军警一挥手：带走！几个军警如恶狼般扑了上来。

李汉俊的两个孩子惊恐万状，哇地哭了起来，扑过来抱住父亲不放。

有孕在身的李汉俊妻子陈静珠，手上正端着一个托盘，见此情景慌了，托盘连同上面的茶杯哐当一声掉落到地上。

李汉俊挣脱军警，轻轻地摸摸孩子的头，抹去他们的泪水，轻声安慰道：别害怕，爸爸去去就来。

他站起来，走到妻子身边，爱怜地摸了摸她张皇失措的脸，平静地说：没事，你在家照顾好孩子，还有——他轻轻拍了拍她的肚子：照顾好自己，别动了胎气。说罢，转身向门外走去。

陈静珠见李汉俊脚上还趿着一双拖鞋，连忙说：换了鞋子再走吧。

李汉俊回过头，朝妻子和孩子莞尔一笑：不用换！

谁知这一去，从此阴阳两界、天人永隔。这一笑，竟是他留给亲人、留在人间的最后一笑！

不知是视他俩罪大恶极，还是视如草芥，胡宗铎连审也不审，就下令连夜枪毙。

第二天，武汉卫戍司令部贴出布告，称李汉俊、詹大悲为"湖北共产党首领"。

噩耗传出，全国震惊，各大报纷纷报道，无一例外地称他们是"共产党首领"，但中国共产党机关刊物《布什维克》在1927年12月发表《冤哉枉也李汉俊》，否定李汉俊为共产党员，"若詹大悲也以共产党罪名遭枪毙，那更是冤枉也。"

1952年，经董必武证明、毛泽东亲笔签署的烈士证书，发到了李汉俊家属手里。烈士证书上赫然印着：李汉俊同志在大革命中光荣牺牲，丰功伟绩永垂不朽！

既然中国共产党的主席称他为"同志"，说明党已把他纳入了自己的怀抱。听到这失而复得的神圣称呼，这位铁骨铮铮的汉子如在天有灵，是否会含笑九泉？

而沈玄庐是个毁誉参半的人物，既参与创建中国共产党，后来又成为杀害共产党人的刽子手。他是浙江萧山人，早年任过云南广通县知事，辛亥革命初曾任浙江省参议会议长，1917年与侯绍裘等创办《民国日报》副刊《觉悟》，后又与戴季陶、李汉俊等创办了《星期评论》。他是中国共产党的创建者之一，参与起草了《中国共产党党纲》，与陈独秀等一起指导上海的工人运动，还与俞秀松等在浙江创建共产党和社会主义青年团。

　　沈玄庐后来逐渐成为蒋介石的对立面。1928年蒋重掌国民党大权后，沈玄庐集结旧友亲信，企图推翻蒋介石统治，引起蒋介石的嫉恨。沈玄庐于1928年8月28日被何应钦派刺客刺杀，最终落得个可悲又可耻的下场。

3．译者陈望道的沉浮人生

　　《共产党宣言》的译者陈望道退党也是一波三折，他后来与陈独秀也发生了冲突。

　　陈独秀博古通今，文思敏捷，口才了得，威望很高，连胡适都推崇他，党内都尊称他"老头子"、"中国的列宁"。但他性子暴躁，领导欲强，动辄拍桌摔碗，对别人吹胡子瞪眼。李达就领教过多次。

　　有道是"不是冤家不聚头"，一头"犟牛"偏偏遇到了一头"犟驴"。

　　陈望道绰号"红头火柴"，意思是一点就着。陈独秀由于对李汉俊、陈望道的误会越来越深，就四处写信抱怨二人要夺权，陈望道得知后，写信要陈独秀澄清事实、公开道歉。见陈不理不睬，他犟脾气上来了，一拍桌子：老子不愿再受他的家长式统治了，不干了！

　　李达连忙劝他：你已经被推选为上海地区出席会议的代表，而且正在参与筹建会议，不能就这么撂挑子。

　　大不了我退出共产党，不当这个代表，不参加会议！陈望道干脆地说。

　　无论别人怎么劝，他就是那句话：让陈独秀先道歉再说！

　　陈独秀最终没有道歉。

僵持的结果，陈望道虽然没有退党，但也没有出席"一大"。

"一大"之后不久，上海成立了中共上海地方委员会，陈望道仍被选为第一任书记。这期间，他为党做了很多工作。

但是，陈望道是个好静之人，喜欢搞研究工作，秉性上有点自由散漫，既没有权力欲望，也不喜受人约束。加上当时党还处于初创时期，缺乏严格的组织纪律规程，他和其他党员一样，组织观念也相应淡薄，不习惯经常过组织生活。

在中共上海地方委员会议上，徐梅坤发言说：每一个党员要有具体的工作活动，并把每次活动情况，在会上简要报告。不然，党就没有存在的必要。

大家点头称是，纷纷说，陈望道是书记，应该搞好组织活动。

陈望道却不以为然：我认为我们的工作重点，是做好宣传教育，用马克思义道理来影响群众，而不是开展具体活动。

李启汉说：我们准备在平民女校买些旧机器，组织学生利用课余时间织袜子，积攒一些组织经费。希望陈望道同志能利用自己的影响力，带领我们实施这些活动。

平民女校是中国共产党创办的第一所培养妇女干部的学校，1922年2月正式开学，属半工半读性质，开办不到一年，即因经费困难停办。前后共招收三十多名学员，李达、蔡和森先后任校务主任，陈独秀、邵力子、陈望道、沈雁冰等都授过课。

陈望道不同意：这些是普通劳工的事务，怎能让青年学生来承担？青年学生应该赋以革命的崭新的内容，投身社会改革之中，而不是做些婆婆妈妈的事。至于我，教学和编辑工作已经很忙，也没有精力组织这些活动。

徐梅坤反驳道：陈望道同志，中国共产党应该是一个严密的组织，你作为书记，这些都是你分内的事。

见大家都冲着自己来了，陈望道十分不悦：组织分工应该是不同而具体的，我的擅长是做案头工作，而不是组织群体生活。如果觉得我不适合当这个书记，我可以不当！

会议不欢而散。

对陈望道只坐而论道、不付诸行动的表现，党内一些同志公开表示不满。

陈望道得知后，变得消沉起来，对党的工作缺乏信心，干脆连党的会议都不参加了。上海党组织一度陷入半瘫痪状态。

党内一些同志急了，向陈独秀反映。陈独秀便与张太雷商量，让张太雷把工作抓起来。

陈望道与陈独秀的心结一直没有解开，一听这消息，便认定是陈独秀故意用张太雷架空他，工作更加消极，与陈独秀的对立情绪更加突出。一些年轻党员纷纷指责他投机革命，有的甚至骂他和李汉俊等退党者是叛党。

陈望道既委屈又愤慨，再度要求退党。

那时，中共在开创时期，尚很年轻，党的组织还不够健全，党内生活还不很正常，没有严密、系统的组织纪律，入党和退党也没有严格的手续。

陈望道脱党没有严格的时间界限，大概是在 1923 年 6 月中共三大召开之后，不再参加党的组织活动。

就在这时，毛泽东的一番话，给了苦恼中的陈望道莫大宽慰。

毛泽东与陈望道相识于 1921 年 7 月。他作为长沙的代表到上海出席中共一大，与正在筹建"一大"的陈望道见了面。

1923 年 8 月，上海地方兼区执行委员会召开第六次会议。这时毛泽东已是中央委员，代表中央出席会议并作指导。听说邵力子、沈玄庐、陈望道等人脱离党的组织，毛泽东深为惋惜，他对大家说：对邵力子、沈玄庐、陈望道的态度应缓和，劝他们打消退党的念头，把他们编入小组。

于是党组织派沈雁冰去劝说。

沈雁冰是浙江桐乡人，十六岁中秀才，通晓中医，北京大学预科读毕后无力升学，入上海商务印书馆工作，著作等身，用过数十个笔名，其中最常用的是"茅盾"和"蒲牢"。沈雁冰将邵力子劝转了心意，但沈玄庐死心塌地要追随国民党，陈望道则仍与陈独秀较着劲，说什么也不肯妥协。

陈望道对沈雁冰说：你和我交往了这么多年，难道还不知道我的为人？我是那种朝秦暮楚的人吗？我退党，是因为实在无法容忍陈独秀的家长作风，而不是信仰动摇。现在陈独秀依然故我，根本听不进别人的意见。他是党的总书记，我不退党，就不得不在他手下工作，接受他的领导。你说，我除了退党，还有第二条路可选择吗？

沈雁冰还要再劝，陈望道摆摆手，制止他开口，坚决地说：你不要再劝了，请放心，我不会背叛共产党，我对共产主义的信仰雷打不动，终身不变！

谈话的气氛很是沉闷。

见沈雁冰失望的样子，陈望道拍拍他的肩膀，挤出一点笑，故作轻松地说：不要这样垂头丧气嘛，我仍然是你的同志。我认为，不参加组织同样可以为党工作，不同陈独秀发生关系也一样可以干革命。只要自己为共产主义事业奋斗的决心忠贞不渝，在党外也一样能贡献出自己的一切。

最后，他苦笑了一下，像是安慰沈雁冰，又像是自我解嘲：我在党外，为党效劳，也许比党内更方便呢！

1954 年，陈望道本人也对脱党一事作了自我批评：这是小资产阶级的自由主义的表现。

事过境迁之后，后人在分析这些知识分子退党原因时，忽视了他们自己的内在因素，往往强调外部原因，几乎一边倒地把责任全部归咎于陈独秀的家长制作风。这是有失公允的。

脱党之后的陈望道，依然与中国共产党组织保持着密切的联系。

1923年秋，有人给陈望道送来一张条子。他展开一看，上面写着：上大请你组织，你要什么同志请开出来，请你负责。署名是"知名"。

一看笔迹，陈望道有点吃惊：这不是陈独秀写的吗？

来人见状，连忙解释：独秀同志特地交代，说您最适合担当此任，只是担心您仍对他心存芥蒂，一再说，充分尊重您的意愿，不要勉强您。

陈望道直摆手：仲甫先生多虑了，我和他的过节，只是脾气不合，不是思想上的分歧。他不计前嫌，这么看重我，说明党组织仍然信任我。我高兴还来不及，怎么会拒绝呢？

一张纸条，使陈望道和陈独秀的关系渐渐变暖。

1940年秋，陈望道去四川重庆任教时，特地赶到江津，看望处于困顿之中的陈独秀，让陈独秀备感温暖。

两位老友这才发现，对方在自己的心目中，一直占据着重要的位置。

"上大"即上海大学，诞生于1922年10月。其前身是东南高等师范专科学校，是私立弄堂大学。创办人只是为了赚钱，并非为了教育事业。学生来校后才发觉受骗，不久即发生学潮，学生赶走了校长。当时正处于第一次国共合作期间，中共党组织便把它接管过来，名为国共两党共同领导，实际上办事全靠共产党员。

陈望道先是担任上海大学中国文学系主任，1925年后，又任代理校长。那时的上海大学，与黄埔军校一样有名。他的学生中，有后来赫赫有名的丁玲、康生和陈伯达。1927年"四一二"反革命事变后，学校被反动当局查封。

1949年4月，为庆贺陈望道执教三十周年暨五十九寿辰，复旦大学新闻系师生举行隆重的庆祝活动。中文系教授、诗人汪静之把陈望道三十年来的成就概括为"三个第一"：《共产党宣言》第一个中文译者；中国第一部系统的修辞学论著《修辞学发凡》的作者；中国第一本简明美学理论《美学概论》的作者。

庆祝活动刚结束，国民党大肆逮捕屠杀爱国人士，陈望道被列入黑名单。幸亏复旦中共地下党组织截获情报，及时通知陈望道转移，他才幸免于难。

陈望道后来一直得到毛泽东无微不至的关怀和帮助。这种关怀和帮助，既体现在对他的学术研究上，更体现在政治上。

1949 年 9 月，中国人民政治协商会议第一届全体会议在北京召开。在毛泽东的直接过问下，陈望道作为一名特邀代表参加了会议。此后，他除了历任第二届全国政协委员，第三、四届全国政协常委，并被选为上海市政协二、三、四届副主席外，还在中国民主同盟内长期担任领导职务。1954 年起，他又先后当选为全国人民代表大会第一、二、三届代表，第四届全国人大常委。

1952 年 9 月，毛泽东亲自任命陈望道为复旦大学校长，陈望道因此成为新中国成立后的首任复旦校长，也是该校创办以来的第十三任校长。直到 1977 年逝世，陈望道任复旦大学校长长达二十五年。

1952 年，全国高校院系大调整，上海市高教局以苏联只有党校才能办新闻系为由，准备停办复旦大学新闻系。陈望道一听急了，两次专程赴京，先到教育部力争，又找周恩来恳求。周恩来请示毛泽东，毛泽东沉吟了一下说：既然陈望道要办，就让他办吧。

新中国成立后，陈望道要求重新回到党组织中来。

毛泽东非常了解陈望道的历史和为人，他高兴地说：只要陈望道本人愿意回到党组织里来，我们任何时候都欢迎，并且可以不要履行什么手续。

1957 年 5 月 31 日，中共上海市委向党中央请示报告，建议吸引陈望道入党。半个月后，中央组织部批复上海市委，同意接收陈望道入党。在中央组织部文件上签名的，正是时任中组部部长的邓小平。

党中央和上海市委没有立即公开他的党员身份。直到1973年8月，陈望道出席中共十大时，他的党员身份才公开。

"文革"初期，复旦一些人曾给陈望道贴大字报，批判他是"反动学术权威"，"执行修正主义教育路线"。

周恩来得知后，立刻给上海市委打电话：陈望道同志是《共产党宣言》的翻译者，对中国共产党的建立和发展立下了汗马功劳，是国宝级的人物，你们务必要保护好他的人身安全！

据说，"文革"期间，周恩来点名要求上海保护的共有三人：宋庆龄、金仲华、陈望道。

被周恩来点名后，陈望道没有受到多大的冲击。

1977年10月29日凌晨四时，八十七岁的陈望道溘然长逝。

1980年1月23日，在陈望道翻译《共产党宣言》六十年之际，中共上海市委根据中共中央的指示，在上海龙华革命公墓的陈望道骨灰盒上，覆盖上一面鲜红的中国共产党党旗，仪式隆重而又庄严。

陈望道的第一个研究生陈光磊教授这样评价导师：有的人备受敬仰，却无人敢亲近。望道先生是你敬仰他，又可以亲近他。大学的校长应该是这个学校的文化灵魂。望道先生就以他"真善美"的人格魅力为复旦的文化精神树立一座丰碑，而且象征了复旦的文化精神。

陈望道诞辰一百周年时，他的继任者、时任复旦名誉校长的苏步青教授撰写了一副对联："传布共产党宣言千秋巨笔，阐明修辞学奥蕴一代宗师"。

陈望道和李汉俊，共产党的两个创始人，又同时期退党的难兄难弟，命运结局却大相径庭。与惨遭屠戮的悲剧人物李汉俊相比，寿终正寝的陈望道可谓功德圆满。

耄耋之年的陈望道，为了实现周总理的愿望，曾多次搜寻过他倾注了心血和汗水的中文全译本《共产党宣言》，可惜一直未果。

就在陈望道先生去世的一年前，一位文物工作者在山东省广饶县大王镇发现了一本中文版的《共产党宣言》。但因为这一文献有多个中文版本，所以当时还不能确定这一本是否为陈望道先生的首译本。当后来终于查实它就是中文版的首译本时，陈望道先生已经辞世，留下了一个终生遗憾。

由于这本《共产党宣言》的重新面世，山东广饶一带的农民兄弟在上个世纪初受马克思主义引领，开始风风火火闹革命的一段段荡气回肠的传奇故事，被再度激活，广泛流传。

而我们，也就是被这本书带进了鲁北平原这片交织着血与火的神奇土地。

第三章
一个红色幽灵在中国乡村

　　《共产党宣言》是一本写给全世界无产阶级的书。它影响了欧洲，也影响了整个世界。大革命初期，一位年轻的女共产党员，把一本《共产党宣言》带回了鲁北平原上的偏僻小村庄，由此演绎出一段《共产党宣言》与农民兄弟的传奇故事。一个只念过几年私塾的农民，反复学习研读，把《共产党宣言》的思想转化成最通俗易懂的道理，传给了广大农民。农民兄弟都说：听大胡子（马克思）的话没错！《共产党宣言》犹如星星之火，在鲁北平原上点燃了一场场农民革命风暴。

1. 历史没有远去

山东的广饶，史称乐安，意为平安幸福，安居乐业。可解放后的广饶人一度并不幸福。尤其是二十世纪六七十年代，山东境内的老百姓，提起广饶就脱口而出：那里净出要饭的。

讨饭让广饶有了名气。可让广饶声名远扬的，应该还是那段至今都充满传奇的革命故事，还有那本引发了鲁北平原农民革命斗争的国家一级革命文物——《共产党宣言》。

虽是春寒料峭，可迎接我们的镇领导却是春风满面。他们连连说：你们是冲着那本《共产党宣言》来的吧？欢迎，欢迎！咱大王是个革命宝藏，一镢头下去就是金子！

广饶县已有数千年的历史，离县城十五公里的东北角，有春秋霸主齐桓公的行宫遗址，史家考察，台高三丈，占地2.7公顷。旧志将此称之为"齐伯盟台"、"乐安八景"。

史上有名的人物，远有春秋战国时期兵圣孙武、军事家孙膑，宋朝才华横溢的一代文宗任昉，近有号称扬州八怪之一的乐安（广饶）县令李方膺等名士。

走进当年被誉为"小莫斯科"的刘集村，就见一面面的墙壁上都印着党旗上的铁锤镰刀，大红标志让这座整齐的村落显得肃穆庄严。

就是这座人口不足两千的小村庄，在鲁北平原的烽火年代，其作用举足轻重。它和周围的几个村庄，点燃了鲁北平原上的革命火炬。

在刘集村宣言纪念馆，观看一帧帧发黄的照片，浏览一段段浸润着血与火的文字，我们感受到这方热土上史诗般的辉煌。

在这里做了十年义务讲解的刘百平老人，是这座村庄史的研究者，大革命时期的点点滴滴，都储存在他的大脑里。

每当他给远方的参观者回顾这段历史，时而激情澎湃，时而面含悲戚，言语哽咽。众多的烈士中，就有他的族人，乃至他的至亲。

刘百平讲话喜欢伴着手势，他对我们用力挥着手说：这方土地上的人可不得了！五千年前，这里的先人就有开颅术，被开了脑袋的人还活下来了。是不是想都不敢想啊？可先人做到了。除了有这个本事，先人敢想敢干，这就是艺高人胆大。我们这里祖祖辈辈是农耕经济，但过去的时候，穷人家也好，富人家也好，骨子里对文化都有一种向往，就是家里再揭不开锅，也要勒紧裤腰带，送孩子到学堂里念几天书。肚子里装了几个蚂蚁爪子，心里就能装天下！从这里走出去的几个人物，哪个不是这样？早期革命党人邓天一，那可是跟随孙中山的猛将！雨花台烈士李耘生，还有延安时期的中共中央委员刘子久，广饶第一个共产党员延伯真——这人要是没有个驴脾气，早就该是共产党的大人物了……

老人话锋一转，扳着指头接着说：在国民党里也有大人物呀！抗日名将李玉堂，还有李延年——李延年当年离开家乡，实际上还是受了我们这里的共产党的影响呢！

刘百平讲的五千多年前的开颅术，有何来头？

2001 年 6 月，发掘广饶县傅家大汶口文化遗址的过程中，有颗头骨引起了山东文物考古研究所的专家的注意。

头骨右侧近后部分，有一个很规则的圆形穿孔，长短径为 3.1×2.5 毫米。

几个专家一番研究后，皆惊叹不已：难道我们的先人，很早就有开颅的功夫？开口四周若没经过一番打磨和修复，哪能如此均匀光滑！专家最后考证得出结论，病人术后活了下去。

这例中国史前成功的开颅术，引起了国内外考古界的关注。

这方热土上的人，崇文精神由来已久。如果没有这种秉性，先人也许就不会有开颅术。

远的不说，从清朝到民国时期，几乎村村有私塾、学堂。辛亥革命前后的刘集村振华学堂，虽开办了仅仅十余年，可从这所茅屋学堂中，走出了上面所说的数位史上有名的风云人物。

刘集宣言纪念馆，最引人注目的是那本《共产党宣言》的照片。来这里参观的人，都会在这幅照片下流连很久。

就是这本在一些有文化的人看起来都有些晦涩的小书，竟能引起我们农民兄弟的共鸣，并在它的指引下，同敌人展开了针锋相对的斗争。为了保护这盏明灯，我们的农民兄弟，甚至不惜舍弃自己的性命。

在这幅照片下，刘百平老人说了一句意味深长的话：我们的农民革命，就是从这本书开始的。

我们肃然起敬。

大王是一方热土，孕育了不少革命先驱。从宣言纪念馆得知，在《共产党宣言》传到这里之前，就走出了众多的民国斗士，代表人物是邓天一。

1925年3月的北京，尽管已是初春，但寒风依然凛冽。

3月11日，在东城铁狮子胡同五号孙中山的行辕内，中山先生同盟会的第一位女会员，后被誉为中国民主革命先驱的何香凝女士，一直守在国父孙中山的病榻前。

突然，何香凝看到孙中山的瞳孔正慢慢放大，她急忙告诉宋庆龄。宋庆龄刹那间怔住了，泪水从她明亮的双眸里奔涌而出。

一代革命先驱溘然长逝。

3月15日，各国公使和民众陆续到医院悼念。北京城里，大雪纷飞，到处银装素裹。在蜿蜒逶迤的悼念队伍中，一位长须老人满面悲怆，仰天长啸：天妒英才呀！

从天空中飘落下来的片片雪花，落在老人抖动的长须上。

3月19日，国父的灵柩从北京协和医院移向中央公园，打头的是一队威武的警察，有数百人之众，随后是雄壮的军乐队方阵，道路两旁肃立着十几万人的悼念队伍。

在护灵队伍中，有位身健体壮的男子，他一脸悲戚，浓眉下双目含泪。

他，就是民国时期著名的革命党人邓天一。

据说邓天一护灵回来后，因悲痛过度，连续几个夜晚都枯坐到天亮，变得沉默寡言，面容憔悴。

邓天一和国父孙中山是有渊源的。

邓天一是广饶县大王镇邓家村人，1886年出生。写刘集和大王乃至鲁北平原这一带的革命历史，绕不过邓天一等早期的革命党人。

1905年8月20日，远在日本东京的孙中山见时机成熟，宣布成立中国同盟会。这一年，邓天一才十九岁，正是热血沸腾的年龄。消息传来，还在山东广文大学（齐鲁大学前身）读书的邓天一，倍加振奋，他对要好的同学说：腐朽的中国有希望了！

邓天一毕业后，在家刚待了两天，就坐不住了。他告诉父亲邓永清，要离家革命去。

邓永清是一位虔诚的基督教徒，他以为儿子思想之所以激进，是受学校气氛影响，再加上同学之间互相鼓动，自然会言语偏激，举止出格，一旦毕业，也就烟消云散了。如今，儿子竟然提出来要离家出走，去实现孙中山"驱逐鞑虏，恢复中华，建立民国，平均地权"的革命主张。他一时难以接受。

邓永清说：以你的聪颖上进，完全能学有所成。好好在书斋里搞点学问吧，为什么非要去干掉脑袋的事？

邓天一一字一句地说：国腐民乱，吾辈岂能在书斋里养性修学？

邓天一的一番话，不禁让邓永清认真地看了儿子一眼。他发现，儿子脸上沉着坚毅的表情，与他的年龄太不相符了。

看着看着，邓父心一沉，他知道，儿子在自己面前，已经不再唯唯是从了，他的心胸和想法，超越了他的年龄。

邓家可谓是书香世家。邓永清的三个儿子学习很好，两个女儿也毫不逊色，几个孩子最后都陆续踏进了大学校门。

邓天一少小就聪慧过人。在大学读书期间，有时忙于串联同学"救国"，常常难以顾及功课。

有一次，邓天一正和同学讨论救国道理，上课的预备钟响了，他用胳膊夹起一摞书就往教室跑，途中突然记起有篇文章还没预习，就急忙停下翻找语文课本，竟没有找到。

邓天一急出一头大汗，恰逢一同学拿着语文课本从身边跑过。他一个箭步赶上去，说：快把你的书给我看看。说着就一把夺了过来，他边走边看，进了教室，很快把书还给了同学。

　　说来有些戏剧性，其实邓天一的课本是在上节课后被老师捡去了。后来邓天一又请假外出了几天，老师知道他肯定没有预习，就想出其不意，给他来一个下马威。

　　老师一脸愠色地点了邓天一的名字，紧接着出了一道题。

　　邓天一稍加思忖，给出了正确答案。老师不禁微微一怔，说：你背一段给我听。

　　邓天一竟背出了文章里最为生涩的一段。

　　老师很是吃惊。他走过来把课本递给邓天一，轻轻地说：尔若劳其筋骨，前途将不可限量！

　　邓天一原名邓峻德，因为众老师常夸其为天才，他每次考试也都遥居第一，同学们取"天才"和"第一"各一字，戏称他为"天一"。慢慢这名字在校园里竟叫响了，少有人再喊他邓峻德，邓峻德也干脆改名为邓天一。

　　和父亲交锋后不久，秋天的一个早晨，邓天一踏着晨曦离开了邓家村。立在熟悉的阳河岸边，他看着脚下雾气缭绕的阳河水奔流远去，心中豪情万丈，激情飞扬。

　　他常对同学说：不久的将来，中山先生领导下的革命潮流，就会像我们家乡的阳河水一样奔涌不息。

　　当我们也如同邓天一一样站在阳河岸上的时候，眼前的阳河水流无几，有几处还裸露着河床。阳河好似没有了过去那种奔放和雄性，但这毫不影响我们去追怀它绵长的历史。

　　岁月流逝，我们无法去揣摩和考究邓天一当年站在这里的所思所想，但他确实是从这里，从那一刻，走出了富裕家庭的享受和安逸，义无反顾地走向了腥风血雨的革命征程。

邓天一在一个秋日的黄昏来到了青岛。

当时的青岛，由于地理位置优越和经济的繁荣，颇有影响，自然成为山东革命思潮的集结地。

青岛有一所圣公会学堂，是进步青年的集结点。邓天一一头扎进来，四处联络热血青年，很快就结识了王乐平、张鲁泉、吴大州等七人。他们后被誉为"山东八虎"。这八人分散山东各地率众举旗起义，个个犹如出山猛虎，搅得各地政府无安宁之日。

在广饶县大王镇的采访中，老一辈的人提起邓天一，都说那是个人物。有文有武，胆识过人。

为了当面聆听中山先生的教诲，在1907年的初夏，邓天一和同盟会员徐子鉴，要东渡日本面见孙中山。

二人刚刚步入青岛码头，邓天一就悄声对徐子鉴说：不要回头，我们已经被清狗跟上了。

徐子鉴说：这里是德国人管辖地，他们不敢怎么样的。

邓天一说：别大意，以防万一。

两人说着，不动声色地坐在了排椅上。

几个清兵见二人闭目养神，慢慢围了上来。

邓天一眯眼看去，有的清兵把一只手伸进了衣衫。邓天一知道那里面有枪，他双目如炬，紧紧盯住清兵的眼睛，接着微微一笑。清兵没想到邓天一会这样沉着，都不知所措地立在那里。

邓天一不紧不慢地伸手掀开衣袖，清兵睁大眼睛看去，一颗瓜式炸弹露了出来，闪着黑幽幽的光。清兵见状都倒吸了一口凉气，不约而同地哎呀一声，向后退去。

正在这时，登船开始了。邓天一对徐子鉴说：你先行一步，我殿后。

徐子鉴点了点头，提起自己和邓天一的行李就走。

邓天一见徐子鉴登上轮船，不屑地看了一眼清兵，扭身几个箭步，也上了船。

一声汽笛响，几个清兵眼睁睁地看着轮船徐徐离开码头，翻起层层白浪，向着远处驶去。

1911年1月，回国后的邓天一和寿光县的同盟会员王永福，在青州起义，后寡不敌众败走麦城。一干人马冒着鹅毛大雪离开青州，一路兵困马乏，最后在安丘休整。

初战受挫，邓天一并不气馁。他对王永福说：我们不能就此罢休，应当组织人马再战！

王永福仰首看着灰蒙蒙的天空，叹了一口气说：败兵何言再战？况冰天雪地，我们又势单力薄。

邓天一浓眉紧蹙，抓起一团雪向远处扔去，雪团砸在建筑物上散落开来。

他大声说：如果义军就此偃旗息鼓，就会像这个雪团一样无声无息。年关越来越近，衙门都放松了警惕，正是起事的大好时机。我们再联络一些人马，攻进诸城去！

王永福觉得有理，点头同意。

邓天一又联络了几路人马，数百人的队伍杀向诸城。诸城守军闻风而逃，革命军长驱直入。

正是旧历年的前夕，在鞭炮声中，邓天一宣布诸城独立。他的话音刚落，很多青壮年就割掉了自己的辫子，掷在地上。

知县吴勋跑到省城求救。山东布政使张广建大发雷霆，把吴勋痛骂一番：你就是个草包，窝囊废！

骂毕，他转身对一个兵吼道：马上电令驻沂州、潍县的清军巡防营前往镇压，把城池给我夺回来！

双方你来我往，拼杀了几个昼夜，最后清兵破城，攻进了邓天一的指挥部。

邓天一此时腹部受伤，他坚持让身边的人马上撤离，自己一人端立在正房门口，面对逼近的清兵，嘴里喊着：看你邓爷爷这玩意儿！

十几个清兵抬眼看去，但见前方一高大的壮汉手持瓜式炸弹，一脸凛然，嘴角上还挂着一丝嘲讽的讥笑。

一个清兵差点瘫坐在地上，他惊慌地喊道：邓天一，他就是魔王邓天一！

一干人马如疾风吹落叶，纷纷后退，竟没有一人敢近前动武。

邓天一哈哈一笑，喊道：没错，我就是你们的邓爷爷！孙子们，吃西瓜吧！

话音未落，邓天一胳膊一甩，两颗手雷飞了出去。在爆炸声中，他一个箭步从房门口跃到了院中心，紧接着冲出院门，消失在纷乱的人群里。

俗话说得好，枪打出头鸟。

光复诸城让邓天一声名远播，自然也让清政府大为光火，山东布政使张广建下令在全省通缉邓天一。一时间，山东各州县大街小巷都贴满了缉拿邓天一的布告。

邓天一却一点都不怕，正如他对徐子鉴所言：老子从离开家乡那天起，早就把脑袋拴在裤腰带上了，刀山火海也不怕。

一时风声鹤唳，草木皆兵，各地斗争进入了低谷。邓天一忧心忡忡，他决定和徐子鉴二次东渡日本，当面向中山先生请教下一步的计划。

在日本东京的一座建筑里，邓天一和徐子鉴再次站在了孙中山的面前。

孙中山紧紧握着邓天一的手，高兴地说：我们又见面了！

邓天一用力点了点头，沉重地说：我们失败了！

话音未落，这位铮铮铁汉泪水夺眶而出。一边的徐子鉴见状有些意外，他是第一次看到邓天一落泪。

孙中山走到窗前，他凝望着窗外菲菲小雨，最后缓缓转过身，用力地说：失败是暂时的，当革命进入低谷的时候，预示着革命即将走向高潮！它很快就会到来的！

孙中山话锋一转，接着说：天一、子鉴同志，过几天我们一起回国。我们要准备发动武装起义！

邓天一和徐子鉴非常振奋。

1912年1月2日，距武昌起义不足一年，中华民国临时政府在南京宣布成立。孙中山先生被推选为临时大总统，而邓天一则成为中山先生的随从副官长。

从这时开始，邓天一几乎都陪伴在国父孙中山左右，直到中山先生患病去世。

邓天一嫉恶如仇，更不愿与小人为伍。

1923年，曹锟为了坐上大总统宝座，派人携重金贿赂邓天一。曹锟知道，以邓天一的声望和影响，只要他能助一臂之力，自己就多一份胜算。

但曹锟没想到，邓天一根本就不吃这一套，也根本不给他这个面子，每次都把送礼的人和说客赶出府去。

不仅如此，邓天一听说好友张鲁泉收了曹锟贿赂，非常愤怒，当即去找张鲁泉问罪。

张鲁泉也是当年的"山东八虎"之一，与邓天一有结拜之交。邓天一一见到张鲁泉，就当面痛斥，毫不留情，说他为了区区蝇头小利，就置人格而不顾，猪狗不如。骂毕，邓天一又高声道：咱们割袍断义！说着从腰间拔出短刀，掀起长衫一角割掉，掷在张鲁泉脚下。

张鲁泉面红耳赤，羞愧交加，低头立着，一言不发。

曹锟闻讯恼羞成怒，暗中派人监视邓天一，吩咐手下必要时干掉他。邓天一见自己被曹锟软禁在了北京，也佯装不知，照旧每天到戏园子喝茶看戏。探子见状，放松了警惕。

一天，邓天一见两个探子看戏入了迷，起身悄悄走出戏院，一辆小车早已在附近的小巷等候。邓天一上了车，小车疾驶而去。

邓天一孤身一人，乘火车离开了北京，后在青州站下车。青州与广饶大王相邻，邓天一冒着疾风暴雨，步行几十公里，回到了大王邓家村。

为联合南京的众议员揭露曹锟的贿选，邓天一在家中停留一日，又赶到南京。

很快，全国的媒体开始连篇累牍报道曹锟的丑闻，曹锟追悔莫及，直呼没痛下决心把邓天一置于死地。

1927 年 4 月 12 日，蒋介石公然叛变革命。

消息传来，邓天一捶胸顿足，泪流满面，他连声喊道：中正小人，中正小人，你竟敢背叛国父的三大政策！

想要邓天一命的不止曹锟一人，还有军阀韩复榘。

韩复榘投蒋后，于 1930 年 9 月被蒋介石委任为山东省政府主席，邓天一有一次替南京政府当说客，无意中得罪了韩复榘。

这年九月的一个清晨，韩复榘的一干人马包围了邓宅，几个士兵翻墙入院。

邓天一正躺在走廊的藤椅上，听到动静，他坐了起来。一个军官跑到跟前，两腿并拢，打了个敬礼说：韩主席请先生去，有要事相商。

邓天一心里已经明白了几分，哼了一声说：就这么心急吗？有大门你们不走，偏偏行小人之道。待我更衣，跟尔等前往。说着摇着手中的蒲扇，顾自进了房间。

邓天一被韩复榘请走的消息很快传到了他的老家，邓宅上下一片惊慌，家人知道这"请"字肯定凶多吉少。

果然，同日下午就有警察登门，告知省警察厅已经逮捕了邓天一，听候发落。

邓天一内弟梁国桢不敢松懈，马上给南京政府发电求救。驻徐州的国民党将领李延年也接到了求助电报。李延年看到电报内容，火冒三丈，拍着桌子大骂韩复榘是丑陋小人，跳梁小丑。紧接着，他命令副官：马上给韩复榘发电报，让他当即放人！要是邓议员少了一根毫毛，我立刻挥师北上，端了他姓韩的老窝！

李延年为什么这样保邓？一是他和邓天一乃乡党，两村相隔不远，更重要的是，李延年能有今天，与少年时代受邓天一思想影响是分不开的。

那是1924年春天的一个暖日，正在济南一所商业学校读书的李延年，见到了前来找他的王乐平和李郁庭。二人早年也是国父孙中山的追随者。李郁庭是广饶大王镇西李庄人，他们这次来商业学校是受邓天一委托，动员李延年报考黄埔军校。当时和李延年一同迈进黄埔军校的，还有抗日名将李玉堂。

韩复榘看到李延年的电报后，嘴角泛起一丝冷笑。他用手掌轻轻拍了拍自己的光脑袋，又伸出手指抚了抚上唇的胡须，自言自语道：小小家雀，也敢在我面前喳喳叫……哼！你李延年算什么？我驰骋疆场的时候，你还是个抹鼻涕的娃呢。我要让他邓天一，丢命还赔钱！

邓天一家人度日如年。

第三天，警察上门了，说拿十万现大洋，就万事大吉。

梁国桢答应照办，但要宽限几日。警察伸出三个手指比画一下，说：就三天时间，多一日都不行。

邓天一心中明白，对来探监的家人说：这是赔了夫人又折兵，韩复榘视我为仇人，他不容我。不要上当了！

邓天一对国民党政府已经失望至极。孙中山去世后，他赋闲在家，不问政事，有时还发些影射政府的话，令蒋介石大为不满。可南京政府深知邓天一的影响力，如有闪失，必将招来民众和国民党元老的唾骂。

就在李延年给韩复榘发来电报的第四天，南京政府也发来了加急电报，内容如下：对邓一案，后派专机至济，解京查处，望不得顾自妄为之。

韩复榘在军阀中以奸猾而闻名，他把南京电报掷到桌案，当场下了处决令。

1930年秋季的这天下午，天气阴沉酷热，邓天一被押至监狱一角，他转过身来，高声对监刑官说道：我邓天一无愧于天地，怎能背后挨枪子呢？拿把椅子过来！

监刑官不敢怠慢，扭头对士兵喊道：马上给邓议员搬把椅子来。

一会儿工夫，士兵把椅子送来。邓天一整整衣服，缓缓坐下。

此时，微风不起，周围的树木纹丝不动。一切很寂静，空气犹如凝固了一样。

邓天一仰首看看天空，轻声说了一句话：该下雨了。

监刑官低声下气地问：邓议员，您还有话要说吗？

邓天一朗声说道：国民党朽矣！

言毕，他抬头挺胸，吩咐说：开枪吧！

邓天一面容安详平静。他好像不是去赴死，而是去完成一项任务。

他坐在那里，犹如巍峨的泰山一样，不怒自威，两眼直视着前方。

枪手慌了，他何曾见过这等阵势，双手颤动着，几次都没能把枪举起来。

监刑官火了，上去踢了枪手一脚，低声呵斥道：你已经欠了多少条人命了，怎么还这样没出息！

几声枪响后，邓天一垂下了高昂的头。

枪手也跌坐在地上。

阴沉的天空竟落下了一阵急雨。

监刑官脸色苍白，汗流浃背。他低声嘟哝道：这邓议员……真神，还真下雨了！

是年，邓天一四十四岁。

当行刑官赶回办公室向韩复榘复命时，韩正在办公室闲聊，他得意地搓揉着上唇那撮浓密的黑胡须，然后指了指副官，高声道：给南京复电！

副官急忙拿笔记录。

韩复榘口述道：电令来迟，人已行刑。

韩复榘提笔签上自己的名字，吩咐道：马上发！

副官转身走出办公室，听到身后传来韩复榘奸猾的笑声。

邓天一视死如归从容就义的这一场景，也许很多读者会认为不过是一种虚构式或修饰性的文学描写，但在我们的采访中，有几位老人都活灵活现地追忆还原了这撼人魂魄的一幕，邓天一的慷慨悲壮，使述说者唏嘘不已，几次潸然泪下。

回首中国革命那血雨腥风的峥嵘岁月，众多仁人志士和英雄豪杰，都是像邓天一这样，坦然面对死神，慷慨赴死，以身殉道。他们以伟大精神和浩然气度，共同谱写了一曲曲感天动地的时代悲歌。

与邓天一同一年倒在国民党枪口下的吉鸿昌，在刑场上训斥特务：我为抗日死，为革命死，岂能跪下挨枪！死后也不能倒下，给我拿把椅子来！说完这番话，吉鸿昌又大声命令刽子手：不要在后面躲着，到前面开枪！共产党员要死得堂堂正正，光明正大！我要亲眼看着蒋介石的子弹是怎样把我打死的！

还有瞿秋白，临刑前挥毫写下绝笔诗，边写边平静地道：人生有小休息，有大休息，今后我要大休息了。在刑场上，他轻松地立在一片绿油油的草坪上，打量着周围的景色，不像即将赴死的人，倒像一位悠闲的游者看客。他微笑着说：此地甚好！说完，席地而坐，含笑饮弹。

还有李大钊，还有夏明翰，还有恽代英，还有邓中夏，还有方志敏，还有广饶县大王镇后来牺牲的一些革命者……面对敌人的屠杀，皆是镇定自若，大义凛然。

由此我们断定，在很多革命题材的影视剧中常常出现的此类场景，其实都源自像邓天一这样的真实原型。一长串英烈的名字，都被镌刻在了中国革命的光辉史册上。

当邓天一跟随国父孙中山转战南北的时候，家乡大王的热血青年，也同他一样，正在黑暗中寻找光明。

就在邓天一被枪杀的第二年夏天，大王一位年仅二十七岁的年轻人，高声朗诵着《共产党宣言》中的语句，倒在了雨花台的血泊中。

他，就是时任中共南京特委书记的李耘生。

2013 年 6 月 8 日，我们冒着急雨去采访李耘生的后人。

在大王西李村的村委办公室，李耘生的侄子李孟吉指着窗外说：我大爷就是这个季节死的。从他出去革命那天起，到死也没有回来一趟。

巧合的是，李耘生就是在我们采访的日期——6 月 8 日牺牲的。一屋人都感叹不已。

李孟吉个子不高，年龄虽八十有余，可精神矍铄，只是有点耳背，我们和他讲话，得扯大嗓门喊。

1932 年 6 月，也就是李耘生离开这个世界的时候，李孟吉还不足一岁，李家人数年后才得知这一噩耗。

李耘生的故事，李孟吉知之甚少。西李村年轻的一辈，甚至还不知道李耘生此人。

雨中的西李村格外宁静，那段血与火的历史离这里已经很远，也离这里的年轻一代愈来愈远，很多东西已经不再被人提起和记忆。

辞别李孟吉老人，我们又到广饶县的党史办查阅资料。在历史的记录中，李耘生的形象在我们面前才渐渐清晰鲜活起来。

1919年初春，十四岁的李耘生由刘集村振华学堂考入青州省立十中。就在他踏进这所著名的省立中学的时候，一场震惊中外的青年运动风暴拉开了序幕。

第一次世界大战结束后的1919年1月18日，英国、美国、法国等战胜国在巴黎召开和平会议，史称巴黎和会。在这次会议上，确定了凡尔赛和约中的山东问题的条款（第156、157、158条），将德国在青岛的利益让给日本。中国代表团来电报告，谓关于索还胶州（青岛）租借之对日外交战争，业已失败。

首次向国人报道这一消息的是上海的《大陆报》。

紧接着，5月2日，北京《晨报》发表了类似的内容，引起了北大学子的强烈反响。

两天后，历史上著名的五四运动爆发。

青岛是这场运动的导火索。青岛的命运也引起了少年李耘生的关注。他和同学刘子久——也是我们本书的另一位重要人物——一道奔走呼号，参加了益都（今青州）的万人大会和示威游行。

之后，李耘生常和王尽美有书信来往，在王尽美的影响下，李耘生逐渐走上了革命的征程。

王尽美何许人？他是中共一大代表、中国共产党早期创始人。1924年1月30日，国民党一大会议在广州落下帷幕，参加这次大会的王尽美，在二月的一天风尘仆仆地赶回了山东。

王尽美回来后，第一件事就是介绍李耘生加入了中国共产党。

王尽美是山东莒县人，出生于佃户家庭，幼年时期生得眉清目秀，且好学上进。地主见他长相可人，聪明伶俐，就命他给自己的儿子陪读。

地主一时心血来潮，边逗着鹦鹉边对他说：看你一脸灵气，可偏偏生在个穷人家，真是可惜你人才了……我给你起个好名字，叫瑞俊吧！王尽美撇撇嘴，心里说：我岂能用你地主老财起的名字。

1918年春，王尽美以优异成绩迈进了山东省立第一师范学校。王尽美少年时就怀有救国救民思想，他觉得自己这次远行求学，一定要为国为民干出一番事业来。

临行前夜，他赋诗明志，挥毫写下了"沉浮谁主问苍茫，古往今来一战场。潍水泥沙挟入海，铮铮乔有看沧桑"的诗句。

1920年3月，王尽美到了北京，一天，他冒着大雪来到北大，在和北大学子的交谈中得知，李大钊先生刚刚成立马克思学说研究会。

他兴奋不已，说：我现在就去拜访先生！起身直奔北大红楼。

就在红楼的一处办公室里，李大钊先生热情接待了这位来自远方的年轻人。

王尽美看到，站在自己面前的中年人，头上留着寸长的短发，上唇蓄着长而浓密的胡须，鼻梁上架着眼镜，镜片掩不住他灼灼的目光。

王尽美毕恭毕敬地给李大钊鞠了个躬说：我是山东的王尽美，对先生，我已经神往很久了。

李大钊一脸惊喜：你就是王尽美？我早有耳闻，你可是山东有名的学生领袖。

王尽美不好意思地笑了笑，说：先生过奖。

李大钊并没有言过其实。

就在一年前，1919年5月7日，为声援北大学子的五四运动，王尽美等人倡导成立了山东省学生联合会。在二十一所学校七十余人的学生代表大会上，王尽美连同其他几人被推选为学联领导人。几天后，王尽美等人组织数千名学生参加了反日救国会。这天济南大雨如注，王尽美立在台上演讲了一个多小时，他激情澎湃，言语犀利。

听他演讲的一位同学后来回忆说：王尽美真是一位天才的演说家，他讲的话，记录下来就是一篇好文章。他能把每个人的一腔热血鼓动得沸腾起来。

5月23日，在王尽美起草的罢课宣言号召下，二十一所济南中等以上的学校全部罢课。

李大钊谈起山东这次罢课，说：你们组织得很成功，与北京学子遥相呼应！

说到这里，李大钊话锋一转：你们没有把斗争力量局限在学校，又联合了商会，把斗争力量扩大到了市民、工人，这很好。

王尽美兴奋地说：是呀，那次我们举行的大罢市，让整个济南都瘫痪了。

李大钊示意王尽美坐下，然后端来一杯热茶。

王尽美开口就要求加入马克思学说研究会。

李大钊击掌叫好：我们热烈欢迎！五四运动也带来了一场新文化运动，马克思学说在中国会逐渐引起人们的重视。

李大钊起身拿起一本杂志，低头翻开：这是去年出版的《新青年》，里面有我一篇《我的马克思主义观》，还摘译了部分《共产党宣言》的内容，你拿去看看吧。将来，我们要找人把《共产党宣言》用白话文全部翻译过来。

两人直谈到夕阳西下，才握手告别。

这次会面，令王尽美对《共产党宣言》有了初步的印象。

同年八月，犹如李大钊先生所说的那样，陈望道先生翻译的《共产党宣言》中文全译本在上海秘密出版发行，马克思主义开始在中国知识分子和进步人士中流传。

1921年初，春到济南。在一个春意盎然的日子，王尽美与邓恩铭发动成立了中国早期的山东共产主义小组。据说当时在全中国，共产主义小组只有八个。

1921年7月23日，中国共产党第一次代表大会在上海召开。出席会议的有张国焘、刘仁静、李达、李汉俊、毛泽东、何叔衡、董必武、陈潭秋、陈公博、周佛海、包惠僧、王尽美、邓恩铭等十三人。

王尽美和邓恩铭是山东代表。当时，王尽美二十三岁，邓恩铭仅二十岁。

在中共一大会议期间，《共产党宣言》引人关注。大会发起组给每一位代表发了一本陈望道翻译的中文全译本《共产党宣言》，大家读后反响热烈。后来，毛泽东曾经这样说：我们党的很多同志，是读了《共产党宣言》才逐渐成为坚定的革命战士的。

这天晚上，畅谈到深夜的王尽美和邓恩铭还没有睡意。

王尽美说：大会结束后，我们要把《共产党宣言》带回山东，让它在山东广为传播。

邓恩铭说：李大钊同志在北大搞了一个马克思学说研究会，我们也应该考虑建立一个马克思学说研究会。

王尽美赞许地点点头：我正有这个想法。

1921年9月的一天，济南的贡院墙根街山东教育会门前，挂上了一块醒目的牌子，上面写有"马克思学说研究会"几个遒劲大字。

这个研究会，为山东的马克思学说广为传播起了重要的作用，后来被军阀视为眼中钉、肉中刺。军阀头子张宗昌曾气急败坏地喊：娘的！那就是个播种机，把外国大胡子的鬼话种到我的地盘上了！

山东早期共产党员于佩文，对马克思学说研究会记忆犹新，他回忆道：

据我所知，济南的青年学生接触到马克思主义，首先是由于《新青年》的介绍。但那只不过是概括的叙述，使人有个大概的印象，还不够系统。王尽美、邓恩铭二同志，到上海参加共产党成立大会归来，带回了一些党的宣传文件，如《共产党宣言》等小册子，在几个学校寄售。但这些文件一般中学生看起来还有些困难，流传得还不很普遍。

1921年，我还在济南省立一中读书，那时学校有一个师生合办的刊物《一中旬刊》，由我主编。因为旬刊社单独有一间工作的屋子，比较方便，所以王尽美、邓恩铭等便常到这旬刊社里来。那时王尽美在省立第一师范读书，邓恩铭在第一中学。

某个晚上，他们二位又到旬刊社找我，谈到各学校青年对马克思主义的爱好时，王尽美主张由我们几个爱好马克思主义的人组织一个团体，一面我们自己可以互相交流，共同提高，一面可以把马克思主义向广大青年作系统的介绍。大家自然都同意了。关于名称的问题，我记得当时有人主张叫"马克思主义学会"，后来因为用"学说"、"研究"等字样比较好一些，不致引起人们的注意，所以，就用了这个名称。过了几天，又经过一番商量后便成立了。当时参加的人数并不多，也没举行什么隆重的形式。

就这样，《共产党宣言》被王尽美、邓恩铭带到山东后，遇土生芽，临风开花，一传十，十传百，在齐鲁大地热血青年中日渐传播开来。愈来愈多的人知道了《共产党宣言》、马克思。

在马克思的诞辰日，还举行过一个纪念会，以加深群众对马克思的印象，并可以公开地宣传介绍马克思主义。我们几个都是发起人，在《平民日报》上刊登了启事，并借好了济南贡院墙根街的教育会礼堂作为会场。5月5日一早，纪念会便开始了。由王尽美主持，对马克思的生平作了简单介绍，说明大会举行的意义。我也把马克思主义的剩余价值、阶级斗争和无产阶级专政三部分，作了粗浅的讲述。还有几个人演说，已记不起是谁了。到会的人很多，多数是青年学生，教师参加的比较少，还有一部分工人。会后把情况在《平民日报》上作了宣传，我的那篇稿子也在《一中旬刊》上发表了。从此，有更多的人知道了马克思，知道了马克思主义。王尽美、邓恩铭二同志从上海带回来的一些有关马克思主义的小册子和马克思、恩格斯的相片、纪念章等，很快被人们抢购一空。

早期共产党员马馥堂回忆说：建党后几年，我们主要学习《共产党宣言》。有一次，我把《共产党宣言》带回家给父亲看，父亲用一夜时间读完，第二天早晨就迫不及待地叫醒我，高兴地对我说：这个外国人说得太好了！

《共产党宣言》在山东城市的快速传播，为广饶大王的一些村庄，特别是在刘集的农民中的影响埋下了伏笔。

1922年7月，中共济南支部成立；1923年10月，中共济南地方委员会成立，王尽美被推选为书记。

之后，王尽美组织发动了一系列的罢工斗争。1923年，王尽美患上了严重的肺结核病，身体日渐消瘦。因为经常咯血，他的长衫里常装着一方小手巾，有时一天下来，白色的手巾就被血染红了。

1925年1月，中国共产党第四次代表大会在上海召开，史料中对王尽美是否参加这次大会说法不一。

查阅中央档案馆史料，我们得知，这期间王尽美都在青岛、济南两地活动。

这时期，王尽美为发动青岛工人罢工，多次登台演讲。他的精彩演说引人入胜，强烈地吸引了一位十四岁的懵懂少年。这位少年名为余修，新中国成立后曾任山东省副省长。

余修这样回忆当时站在台上被称为王先生的年轻人：1925年，正是海岛上春寒料峭的时候，青岛中山路南头，一座名叫"福禄寿"的剧场里，坐满了工商学各界的人士。在雷鸣般的掌声中，一位身躯颀长、方面大耳的青年人快步走上讲台。他年约二十七八，穿一身灰布长袍，笔挺地站在讲台上，用锐利的目光，扫视全场听众的兴奋面孔，他自己的脸上也充满激昂的表情。等欢迎的掌声落下来，他便开始了滔滔不绝的讲演。这位讲演者就是王尽美。他对时局的分析，精辟深透，他的革命立场鲜明坚定，他那政治家的风度，十分吸引人的讲演才能，都给我留下了很深的印象，以致若干年来都不能忘记他。

"若干年来都不能忘记他"的还有一个人，他叫刘子久，一个入党还不到一年的年轻人。

是他，多次给王尽美清洗被血染红的小手巾。

1925年1月24日，农历大年初一的早晨，爆竹声彼此起伏，王尽美匆匆吃了几口饭，就冒着严寒，踏着厚厚的积雪向济南趵突泉公园赶去。就在前一天，王尽美发现有几个男女基督教徒，在趵突泉公园附近起劲地鼓噪，美化帝国主义对中国的侵略，于是这天他叫上刘子久等几位同志，去和他们辩论。

阵阵寒风吹打在王尽美苍白消瘦的面庞上，他大口喘着气，胸腔里像有个风箱，呼呼地响着。王尽美的结核病已经越来越严重了。

在趵突泉公园墙外一角，站满了基督教徒，他们面对王尽美，个个怒气冲冲，面含愠色，一副剑拔弩张的样子。

王尽美上来就给他们当头一棒，他说：耶稣说人家打你左脸，你就把右脸也送给他打。你们宣传的这一套，就是让我们不仅把山东送给他们，还要把全中国也拱手送给他们。

王尽美舌战基督教徒的情景史料，几乎少有记载，但趵突泉公园见证了当年的一幕。王尽美拖着羸弱的身躯，与基督教徒展开了连续三天的大辩论。后来，大辩论成了大宣传，听众达数千人之多。王尽美在演讲中数次口吐鲜血，有的教徒见状仰天大笑，有的幸灾乐祸地喊道：这是上天的惩罚，这是上天的惩罚！

站在王尽美身边的刘子久心如刀割。他搀扶着王尽美，劝他马上到医院去。

王尽美摇摇头，发出一阵令人揪心的咳嗽，吐出几口鲜血后，一下子晕倒在地上。刘子久和其他人急忙把王尽美抬上一辆黄包车，急急送往医院。

王尽美和大王镇的早期中共党员都渊源很深，除了刘子久，还有李耘生、延伯真，国民党黄埔军校学生李玉堂、李延年等人，也是经王尽美遴选送走的。

在白色恐怖时期，李耘生成为中共南京特委书记。刘子久、延伯真在山东省委担任过重要领导职务。1945年4月，中国共产党第七次代表大会在延安召开，刘子久正率部战斗在河南的崇山峻岭中，他在没能到会的情况下，当选为中共中央候补委员。新中国成立后，刘子久任劳动部副部长。

而发展了山东第一个党支部的延伯真，则经历了人生的大起大落。这是后话。

刘子久1901年出生在大王刘集。他家境贫困，祖父一次外出，远远看到街上有一块高粱面饼子，欣喜万分，自己没舍得吃，带回家里分给了刘子久的三个姐姐，没想到姐妹仨下肚后中毒身亡。刘子久父亲刘居宽算是个农村小知识分子，念过私塾，也教过私塾，他深知孔老夫子"学而优则仕"的道理，再穷也不能没文化，勒紧了裤腰带，把刘子久送进了学堂。

李耘生和刘子久是好友。李耘生先于刘子久一年考进山东省立中学。刘子久也瞄准了这所学校。他的父亲刘居宽为了节省学费开支，希望儿子读师范学校，父子二人一度争执不下，李耘生听说后特地赶回来从中斡旋，刘子久才如愿以偿。

1922年深冬，刘子久在李耘生的介绍下，加入了中国社会主义青年团。二人相互激励，投入到了血雨腥风的革命生涯中。

王尽美很欣赏这个有想法的年轻人，提出推荐他到苏联东方大学学习。刘子久非常向往这座有着红色摇篮之称的学府，回家与父亲商量。父亲愁容满面，叹了口气，摇摇头说：砸锅卖铁，咱也凑不出这笔钱了。刘子久最后只得作罢。

这时，王尽美正为编辑《齐鲁青年》操劳，刘子久自告奋勇当他的助手，他就和王尽美同住在一栋楼里。

刘子久和王尽美见面的当晚，王尽美就披着衣服来到了他的房间，咳嗽着把一本薄薄的书递给刘子久：子久同志，好好看看这本书，是它，坚定了我革命信念。

王尽美指了指封面上那个留着长发、蓄着大胡子的人：这个人叫马克思。他翻到最后一页，高声念道：万国劳动者团结起来呵！好好体会吧，这是马克思向工人阶级发出的伟大号召！

王尽美走后，刘子久捧着这本书读到天亮。后来他对朋友说：我能走上革命道路，是一人一书影响了我，一人就是王尽美，一书就是《共产党宣言》。

其实，广饶大王的早期共产党员，受《共产党宣言》影响的不止刘子久一人，还有李耘生、延伯真等。这得益于王尽美、邓恩铭的马克思学说研究会。

1924 秋天，在李耘生入党几个月后，王尽美、王翔千介绍刘子久加入了中国共产党。

王尽美在济南的一家医院里住了没几天，就躺不下去了，医生劝阻不住，只得作罢。医生对刘子久说：再不好好休养，他的命就要保不住了。刘子久苦劝王尽美，王尽美没有血色的脸上露出艰难的一笑，他咳嗽着，吃力地说：比起劳苦大众，我的生命算得了什么？还记得马克思那句话吗？万国劳动者团结起来！现在青岛的工人斗争热潮这么高涨，我怎么能躺得下？

1925 年的 4 月，王尽美和刘子久等人再次来到了海滨城市青岛。青岛的春天，空气显得格外湿润，用手攥一把，好像能流出水来。尽管风还有些淡淡的凉意，可春天的脚步已经阻挡不住了。

就在这个春天，青年刘子久目睹了王尽美最后斗争的二十个日夜。王尽美病情恶化，可他依然坚持留在罢工的工人队伍中。

在声势浩大的斗争中，刘子久切身感受到了工人阶级的力量，他对王尽美说：现在，我真正领会到马克思在《共产党宣言》中那句"万国劳动者团结起来"的真正含义了。

王尽美欣慰地点点头：读《共产党宣言》，不能停留在它的字面上，关键要领会它的精髓，要付诸斗争！看，今天我们不是获得了初步的胜利吗？

第二天上午，当王尽美蹒跚地走出庆祝罢工胜利的现场时，身体晃动了几下，突然倒在了地上，大口大口地吐着褐色的血块。

在欢庆罢工胜利的锣鼓声中，这位斗士倒下了。

青岛后来又几次掀起罢工高潮的时候，王尽美已经躺在了故乡的病床上。他时而昏迷，时而清醒。知道自己已经时日不多，他向母亲说出了自己的心愿：回到青岛去。

青岛是山东革命斗争的前沿。王尽美觉得，那里有自己亲爱的同志，那里有太多的事需要自己去做，即使"出师未捷身先死"，也要死在这片令他魂牵梦萦的热土上。

王尽美出生时，父亲已经过世，他的母亲只有王尽美这一棵独苗。她抚摸着儿子的头发，看着儿子惨白的面孔，哽咽地点了点头：孩子，你说什么娘都答应！王尽美从小长得眉清目秀，两个大耳朵，一双丹凤眼，村里的女人都夸他生得比闺女家还要俊秀。王尽美在外这些年，母亲无时不在想着他的模样，如今可以细细端详儿子了，没想到竟是这般情景。

王尽美家贫如洗，到青岛需要生活费用，他的母亲一时筹不到钱款，最后只得变卖了祖上留下的一点家产。

那时，去青岛要到高密乘火车，众乡亲愿意用担架把王尽美抬到高密。村里几个青壮年一齐动手，把王尽美的病床改成了一副担架。莒县离高密火车站路途遥远，要日夜兼行，王尽美的母亲担心儿子被蚊虫叮咬，把家中唯一的一顶蚊帐撑在了担架上。

出行那一刻，王尽美握着两个幼子的手，轻轻摇着，久久不肯松开，一颗泪珠悄然从眼角滑出。立在一边的妻子第一次看到丈夫流眼泪，心如刀割。

1925年的7月，天气格外炎热，坑洼不平的土路上尘土飞扬，热浪滚滚，烈日当空，远处泛着蒸腾的耀眼的白光，一行人挥汗如雨。王尽美的母亲是个小脚女人，几乎小跑着跟在左右，每走一段路程，她就用毛巾给王尽美抹去脸上的汗珠。

王尽美回青岛后不足一个月，就在医院病逝，时年二十七岁。

弥留之际，他口授了这样一份遗嘱：希望全体同志要好好工作，为无产阶级和全人类的解放和共产主义彻底实现而奋斗。青岛支部负责人眼含热泪亲笔记录王尽美的遗言。王尽美一字一句看过后，在遗嘱上按下了自己的手印。

毛泽东一生中多次提到过王尽美。

1957年夏季，在青岛视察的毛泽东对山东的负责同志说：你们山东有个王尽美，是个好同志。毛泽东脸色沉重起来，目光缓缓转到窗外，窗外细雨蒙蒙。良久，毛泽东自言自语道：尽美同志大概就是这个季节病逝的吧？他转过身，对山东的领导说：听说王尽美同志的母亲还健在，你们要把她养起来……他顿了顿，加重语气：要好好养起来！革命胜利了，我们更不能忘记那些牺牲了的同志。

在共和国第一次政治协商会议期间，毛泽东对前来参加会议的山东省副省长马保三说：看到你们山东的同志，我就想起王尽美呀！毛泽东说，在党的一大会上，王尽美给他留下了深刻的印象。毛泽东沉浸在回忆中，他慢悠悠地说：王尽美耳朵大，细高挑儿，说话沉着大方，真是出口成章。他还多才多艺，记得那个时候，他和邓恩铭，一人吹箫，一人吹笛，给我们带来不少的乐趣。大伙都亲切地称他"王大耳"。可惜这位同志呀，要是活着，能干一番大事业的。

1969年4月1日，中国共产党第九次代表大会召开。那时，全国党员已有两千万之多。坐在主席台上的毛泽东，面对着一千五百一十二名代表，不禁触景生情。他意味深长地说：一大的时候，参会的只有十三位代表，今天我们是一千五百一十二位代表。毛泽东在历数一大代表的时候，再次提到了王尽美和邓恩铭。

毛泽东对王尽美印象深刻，他不能忘记，在一大会议期间，时常看到王尽美阅读《共产党宣言》的身影；他不能忘记，王尽美和自己探讨《共产党宣言》时专注的神态。

谁能想到，这位齐鲁大地上传播《共产党宣言》的第一人，竟会过早地辞世！

在王尽美去世前一个月，日本资本家勾结军阀张宗昌，对青岛罢工工人实施了血腥镇压。山东省委（时称山东地方委员会）重要成员刘子久被驱逐出青岛。闻听王尽美去世的消息，刘子久捶胸顿足，仰天长啸，泪流满面。

1926 年夏末秋初的一个雨夜，在一阵尖利的警笛声中，青岛支联书记王星五被押上了警车。消息传到济南省委后，省委紧急决定让刘子久到青岛担任青岛支联书记。

临行前夕，刘子久和自己的同乡好友李耘生见了一面。两人都即将奔赴新的工作岗位。也是前一天，李耘生接到组织通知，让他尽快启程，赴武汉接受新的任务。

早在 1926 年开年之初，中央就打算在武汉成立中央分局，代行中央职权，同时成立中央分局领导下的湖北省省委。新的机构需要人马，中央决定遴选一批优秀干部到武汉去，李耘生就在此列。

在济南一间破旧狭小的房间里，刘子久和李耘生一直聊到凌晨。临分手，刘子久从口袋里拿出了一本薄薄的书，热切地说：这本《共产党宣言》是王尽美同志送给我的，我读了很多遍，一直珍藏着，你就要去武汉了，我把它送给你吧。《共产党宣言》就是我们的信仰呀！

李耘生把这本书接过来，细细抚摸着，眼含悲戚：王尽美同志是你我的入党介绍人，如今斯人远去，幸好这本《共产党宣言》还在！

天已放亮，刘子久和李耘生握手告别。注视着对方的眼睛，他们说出了同样的话语：保重！

可他们谁都没有想到，这竟是一次诀别。

1927年1月，李耘生被组织任命为武汉市硚口特区书记。1927年4月12日，蒋介石在上海发动了反革命政变，到处一片白色恐怖，黑云压城，一些共产党员抵挡不住，有的登报脱党，有的自首变节。

1928年4月23日，李耘生被任命为南京市委书记。当时南京党组织已遭破坏，李耘生到南京之初就是个光杆书记。为了寻找接头人，他几乎每天都奔走在大街小巷。一次外出时，竟然在一条巷子里遭遇了叛徒王复元。

王复元曾经在济南、青岛两地党组织中担任一定职务，叛变后被国民党济南党部先后任命为民众训练委员会干事、胶济铁路特别党部特派员等。

他为什么突然出现在南京的街头，犹如从天而降一般？李耘生猝不及防，不禁怔了一下。

王复元干笑几声说：李耘生先生，别来无恙啊？

李耘生怒视他一眼，扭头就走。

王复元尖叫一声：来人！几个特务立刻从附近一处小院中冲了出来，呼哨一声把李耘生围在了中间。

王复元冷笑着说：实话说，我已经跟了你几天了，就是想多抓几条鱼！

叛徒王复元后来也落了一个可悲下场。

1929年8月16日，王复元从济南来到青岛。打入敌人内部的地下党员徐子兴得知这个消息，立即把叛徒行踪报给了省委交通员王科仁和张英。张英曾为周恩来的警卫员，枪法了得，"白日可穿铜钱眼，夜晚能打香火头"，是远近闻名的神枪手。1929年3月，中央特派他到山东配合锄奸，周恩来当年曾化名"伍豪"，故这次锄奸行动名为"伍豪之剑"。

8月13日，张英一枪击毙了叛徒丁惟尊。

三天以后，锄奸队又把目标锁定了王复元。张英担任掩护，省委地下交通员王科仁实施枪杀。当王复元在鞋店取皮鞋转身欲走时，王科仁一枪把他击倒在血泊里。

李耘生被捕后，与敌人机智周旋。敌人得不到他是共产党员的有力证据，只得把他作为共党嫌疑犯关押起来。十个月后，李耘生被释放。妻子章蕴又惊又喜，她拿出一件早就缝好的长衫，对丈夫说：快换上……我每天晚上都在缝，就是等着这一时刻。

李耘生出狱后，以教书为掩护，继续开展斗争。他建立了十几个党支部，拥有了四百多名共产党员，在国民党的眼皮底下，在特务多如牛毛的南京城，李耘生竟然把党支部发展到了国民党中央无线电的机关中。

1934 年 4 月，柳绿花开的南京城骤然紧张起来，在敌人的大清洗中，南京党组织再次遭到重创。为了躲避敌人咄咄逼人的锋芒，李耘生和章蕴夫妇不得不分头住在朋友家里，四岁的儿子则由李耘生妹妹照看。

李耘生的房东是个木匠，姓熊，人称木匠熊，木匠熊受李耘生影响，成了进步人士，他常带着徒弟分散在几个巷口望风，保护李耘生，并和李耘生约定，只要远远看到他摸头，就是有敌人在附近活动。李耘生和妻子在外居住的这些日子，木匠熊见特务几乎天天蹲守，他担心夫妻二人中计，就和几个徒弟远远守在巷口，以备随时给李耘生发信号。

南京形势继续恶化。一天深夜，李耘生找到妻子说：当前很难再开展党的工作，你先回老家避一避，我到上海汇报情况。

章蕴眼里噙着泪花，紧紧握着李耘生的手说：你一定要小心！

李耘生用力点了点头：保重，我们都保重！

他小心地从怀里拿出一本书交给妻子，郑重地说：这本《共产党宣言》，是王尽美同志的遗物，你带回去，将来给其他同志读。一定要把它保管好！

李耘生又握了握妻子的手：我走了，再见！

远处传来一阵阵凄厉的警报声。章蕴看着丈夫的身影远远消失在夜色中，泪水夺眶而出。

在这个温暖的人间四月天，谁能想到，这竟是章蕴一生中最后一次和丈夫见面。

章蕴出生在穷苦之家，她的父亲是洋车夫，家贫如洗，为了全家生计，她不得不到青楼卖唱，后来被革命党救出，被一位督军相中，成了督军夫人。可这位督军常常对她张口就骂，抬手就打。在一个狂风大雨之夜，章蕴逃出牢笼，走上了革命道路，在汉口市硚口特区担任组织部长兼妇女部长。也是在汉口，她与李耘生相识相知，结为伉俪。李耘生牺牲时，她刚刚二十七岁。解放后，章蕴连任七届全国政协委员。在十一届三中全会上当选为中央纪律检查委员会副书记，中共十二大当选为中央顾问委员会委员。

那天夜晚，与妻子分手后，李耘生没有一点睡意。躺在硬硬的床板上，他想起了四岁的儿子，妹妹也还年幼，不知他们怎么样了？以后自己和妻子都远离这座城市，他们更没了依靠。想到这里，这位刚强的汉子眼眶湿润了，他决定明天去找过去的房东。房东姓徐，已经被李耘生发展成自己的同志，他想委托徐去看看孩子和妹妹。

第二天上午，李耘生冒着绵绵春雨向房东家走去。看到那间熟悉的房子了，李耘生没有急于进门，而是站在远处观察了一下，见没有异常，才大步走了过去。当他一把推开门时，几个黑洞洞的枪口触在了他胸口上。李耘生看到，徐家人一个个都被捆绑着，嘴中塞着毛巾。

李耘生被敌人押到南京伪警备司令部，特工处处长刘麻子亲自审讯。李耘生坚称自己叫李涤生，再后来干脆答非所问，与特务捉起了迷藏。刘麻子无法确认此人是否就是李耘生，无处下手，愁容满面。一个特务见状，伸长脖子趴在他耳边低语了几句，刘麻子嘿嘿一笑，大手一挥道：先押到牢里去！

　　第二天上午，正在低头思考的李耘生突然听看守喊：站到窗前来！李耘生默默走到窗前，出乎他意料的一幕出现了，有个特务抱着他的儿子突然站在了窗前。李耘生大吃一惊后，立刻明白了敌人的险恶用心。为了不暴露自己，李耘生强抑感情扭过脸去，可眼尖的孩子早就看到了爸爸，他哭喊着，连声叫着：爸爸，爸爸！你怎么不要我了呀，怎么不要我了呀？小手用力伸了过来。

　　孩子撕心裂肺的哭声让李耘生一阵心酸，泪水一下子涌了出来。立在窗前的刘麻子犹如捡到一只大元宝，狂笑起来：你这下还有什么可说的？

　　李耘生骂了一句卑鄙，把手伸到了铁窗外边。当他就要握到儿子小手的时候，刘麻子高喊道：抱走！抱着孩子的特务猛地后退一步，扭身就走，身后留下孩子撕心裂肺的哭喊。李耘生心如刀绞，头重重地撞向铁窗，鲜血从额头上冒了出来。

　　刘麻子对他展开了一轮又一轮的严刑拷打，每一次李耘生都被打得皮开肉绽。但任凭刘麻子使尽各种办法，也没能从李耘生牙缝里撬出半点有用的东西。

　　在狱中，李耘生给大家讲述列宁在1918年斗争的故事，讲说《共产党宣言》。他把《共产党宣言》里的每一个段落都进行了详细的讲解。当年的一位狱友后来回忆说：他被打得不能行走了，每次都是两个打手把他拖回来。但这人就像是铁打的，醒来也不叫一声苦！

　　1932年6月8日清晨，牢门哐的一声被打开，看守扯着嗓子喊叫李耘生。李耘生知道，最后的刻来临了。他脱下身上唯一一件毛衣，递给了一位身体虚弱的同志：天冷的时候，你穿上它。他整理了一下自己破烂的长衫——这件长衫还是第一次出狱时妻子亲手缝给他的，如今就要穿着它走向刑场了。他转过身来，对大家说：我拜托你们一件事，哪位将来有幸出去了，请告诉我的妻子章蕴同志，让她革命事业、养儿育女都不误，两副担子都要挑起来！

说完这番话，他和狱友一一握手告别，高声朗诵《共产党宣言》里的语句："共产主义的特征并不是废除一般的所有制，而是要废除资产阶级的所有制！"神色从容地走出了监狱的大门。

囚车载着李耘生驶往雨花台。

雨花台已有三千多年的历史，风光旖旎，历史上本是帝王将相和文人墨客吟咏唱和之地，可自 1927 年始，却成了反动派屠杀共产党人和进步群众的刑场。新民主主义革命时期，在这里牺牲的共产党员和进步人士就有十万之众。雨花台的每一寸土地，每一块石头，都曾经被烈士的鲜血浸润过。

当李耘生倒在地上的时候，早晨初升的太阳洒落在雨花台，照在他渐渐失去温度的身体上。他胸口溢出的鲜血，流在了地上，形成了一汪血溪，在南京这个酷热的季节里，渐渐凝固了。

李耘生牺牲时，年仅二十七岁。

当章蕴从老家回到南京的时候，从一位同志口里得知，自己的丈夫李耘生，已经牺牲一个月有余了。这时，章蕴刚刚产下一女不久。

每当章蕴带着那本《共产党宣言》给工厂女工阅读的时候，她都泪光闪烁。很多女工都是在《共产党宣言》的影响下，成为共产党员和进步分子的。

1982 年 6 月 8 日，在李耘生牺牲五十年后，七十七岁高龄的章蕴夜不能寐，起身含泪写下了一首"如梦令"：

回首雨花台畔，别语匆匆遗愿。五十易春秋，日日在肩"双担"。

双担，双担，未敢白头言倦。　　　回首雨花台畔，从此一家离散。遗腹女初生，千思万绪相伴。遗范，遗范，儿女受人称赞。

词中的"双担"，是来自李耘生的遗言——革命事业和养儿育女两副担子要双肩挑。一个月以后，在中共第十二次代表大会上，章蕴当选为中央顾问委员会委员。真是白头未敢言倦。

上文中，曾多次提到一个叫延伯真的人。在山东省早期革命斗争中，延伯真举足轻重，在很多方面，他还是一个标杆式的人物。他是青岛支部发展的第一个共产党员，山东广饶县的第一个共产党员，在广饶大王刘集创建了山东省第一个农村党支部。他比他的同乡刘子久和李耘生入党都要早。

大王镇的延集村，至今已有六百余年的历史。延集村的人虽世代耕种，可也很注重后代识文断字。清光绪三十三年前，就有村民开办私塾，后学堂大兴。如今，延集村的百年老校就是一个很好的见证。

延伯真家祖上重文，祖父在田里劳作的时候，也离不开满口之乎者也，可人到壮年才得到秀才称谓。老先生重文，但也知道在农村耕种意味着什么，所以他让两个儿子一耕一读。延伯真的父亲虽专事耕种，可并无怨言，他把读书的希望放在了儿子身上。

延伯真九岁入乡塾，老师就是他的伯父。延伯真少小淘气，经常逃学，他的伯父常率家人四处寻找，找到后以暴打处罚。可延伯真从没屈服过，因此得一绰号"犟驴"。辛亥革命刚刚结束，少年延伯真就剪掉了辫子，这惊世骇俗的举动，被村里的老人视为大逆不道。他的这种倔犟性格，为他以后的革命道路，涂抹了一笔悲剧色彩。

延伯真虽常逃学，可学习成绩很好，读书几乎过目不忘。1916年秋季，二十岁的延伯真考入了济南第一师范学校，后来王尽美也进了这所学校。

延伯真入学第一天，就给校长留下了坏印象。他在走廊里遇上了校长和老师，弯腰给老师行了礼，却把校长冷落了。校长很恼火，看着他的背影说：我这个校长他都不看在眼里，将来要碰壁的。延伯真后来在和领导相处中，恰恰就常犯这位校长所说的"毛病"。

　　五四运动爆发时，延伯真成了师范学校的活跃分子，带着一帮学生去市场上鼓动商人罢市。因为延伯真是带头的，枪打出头鸟，他被几个不明就里的商人暴揍了一顿。

　　当时，北洋军阀官兵为了防止学生闹事，派兵把守了学校大门。师生像潮水一般涌了过来，延伯真带头第一个冲出了大门，一个大兵上来就给了他一枪托，砸得他头破血流。延伯真毫不畏惧，抹一把血继续向前跑，一个骑警打马过来，把延伯真撞倒在地上，他一下晕了过去。要不是几个同学奋起全力保护，那飞起的大马蹄子就会落在他脑袋上。

　　延伯真号召力强，往往登高一呼，众人热烈响应。师范学校的校长冷眼看延伯真，就是匹脱了缰的野马，正好官兵四处抓他，就借口说让他回乡下避避风头。延伯真走后，学校给他记大过一次。在山东师范学校五年间，这是他第二次受过。

　　延伯真回到家乡后，并没有"安分守己"，他四处联络进步青年，在家乡一次次掀起抵制日货的热潮。同当时很多知识分子一样，延伯真开始也幻想着教育救国，教育强国。他在延集村推行新文化教育，用白话文给学生授课。村里的清朝遗老大骂他背叛祖宗，常有三三两两的守旧派到延伯真家谩骂。延伯真针锋相对，把一个老秀才气得直翻白眼。但不到半年时间，他开办的学堂就关门了。

　　延伯真一气之下，要离家出走。他对父亲说：好男儿不能三亩地一头牛，老婆孩子热炕头，我要出去寻找救国救民道路。

　　他的父亲直抹眼泪，叹着气对延伯真说：你老婆都没了，还老婆孩子热炕头呀？你走了，你的两个儿子怎么办？

父亲的话，让延伯真一时语塞。

延伯真十七岁的时候，父亲为了让他老老实实过日子，就给他娶了亲。等延伯真师范毕业，已经是两个儿子的爸爸了，大儿子八岁，小的四岁。

毕业这年，不幸接踵而至。延伯真在回忆录中这样写道：这一年，我的家庭很不幸，先是死去了我的女人，不久我的母亲又死去。我的两个孩子，一个八岁，一个四岁。家中还有一个九岁的小弟弟。这时我的父亲已经五十五岁，靠他照顾三个小孩。

尽管这样，父亲还是没能挽留住延伯真，他对父亲说：大丈夫岂能把心思放在柴米油盐上！延伯真走的时候，正是漫天飞雪，两个儿子扑在雪地里哭叫着不让他走，大儿子紧紧搂住他的腰，小儿子紧紧抱着他的腿，延伯真一时动弹不得。雪花扑面，这个刚强的汉子泪水盈眶。

青岛是五四运动的导火索，它曾经一度站在了历史的前台。在青岛被归还的这年冬天，延伯真来到了这座海滨城市，与无数革命者一样，他在这里参加一场场的大罢工，经受了一场场血与火的洗礼。

济南师范学校有一位学监在青岛市任教育科长，看到延伯真，他很高兴。这位科长让延伯真到一所小学当了一名教员，他算是有了安身立命之地。

之后，延伯真遇上了同乡李郁廷。李郁廷是国民党的元老，非常看重延伯真的能力学识和为人，力荐延伯真加入了国民党。在国民党组织的一次活动中，一位年轻人引起了延伯真的注意：他个子不高，浓眉细眼，说起话来思维清晰，谈吐不凡。他先从马克思的《共产党宣言》谈起，又谈到了俄国革命。有个国民党员很是不屑，站起来说他信口雌黄，连连向他提问发难，这位年轻人面带微笑，一一还击，驳得对方哑口无言，丑态百出。

延伯真听得入迷，他觉得《共产党宣言》就是一本奇书，就是一个国家的希望所在；而这个年轻人是个神奇的人。

身边有人告诉他：这年轻人叫邓恩铭。

邓恩铭于1901年1月出生在贵州省荔波县一个水族家庭。邓家虽世代为农，可祖上也传下了行医之道，靠这一技之长，邓家勉强度日。邓恩铭的父亲邓国琮，膝下有六个子女，邓恩铭居中，上面有两姐，下面是两弟一妹。邓恩铭少小好学，头脑聪明，且懂事上进，深得家人喜爱，长辈邻里都称他为"老乖"。

1907年夏，六岁的邓恩铭入学。读书几日，就让教他的秀才拍手叫好，连呼孺子可教，并欣喜地预言：此子将来必成大器。

正当邓恩铭潜心读书的时候，国父孙中山的"驱逐鞑虏，恢复中华"的思想也传到了贵州，传到了大山深处的水乡。

1915年6月，讨伐袁世凯的运动震撼了中国，在遥远的大西南的贵州，本来就思想激进的邓恩铭坐不住了，他带领学生游行示威，开展抵制日货的斗争。

一次登台演讲时，他为了显示决心，当众脱下袜子说：我这袜子也是东洋货，是我亲戚送的，现在我烧了！言毕，点火当众焚烧。

回家路上，邓恩铭看到舅舅正和乡邻说话，刚要打招呼，却看到舅舅的头上戴着一顶东洋帽。他立时大怒，几个箭步冲过去，伸手摘下东洋帽掷在了地上。还没等舅舅反应过来，邓恩铭已经把帽子踩烂了。舅舅呆了，正要发火，邓恩铭已经先开了炮：现在国家动荡，日本帝国主义也向我们张开了血盆大口，你竟然好意思戴着东洋帽子四处招摇！

舅舅蒙了，张了张口，一句话也没能说出来。

1917年深秋的一天，邓恩铭早早起来打点行李，他马上就要到远方求学了。

邓恩铭的父亲邓国琼有一个弟弟，叫邓锦臣，出生后就过继给了无子的姑姑，改姓为黄，邓锦臣膝下一子名为黄泽沛，黄泽沛学业有成步入仕途，成了山东的一名知县。黄泽沛知道邓恩铭聪颖好学，就想好好培养一下这位堂弟，打算让邓恩铭来山东求学，一切开支都由自己包了。他为此专门写信告诉自己的家眷，来山东时一定把恩铭带来。

邓恩铭要走了，一家人冒着毛毛细雨出门相送。邓恩铭的母亲黄老秀不知山东离家乡有多远，但总觉得再远也不会远到哪里去。她颠着小脚跟在儿子身旁，边抹眼泪边嘱咐：孩子，记得常回家来看看呀，常回家来看看呀……邓恩铭渐行渐远，背影慢慢消失了，黄老秀还呆立雨中，久久望着儿子远去的方向。黄老秀怎么都没有想到，儿子一去就是十余年，直到她闭上眼睛，也没等到自己宠爱有加的"老乖"回来看她一眼。老人弥留之际说：母子连心，他是忙呀！要不，他怎么也会回来送我一程的……

邓恩铭到山东后，于1918年考入山东省立第一中学。一年以后，五四运动爆发，在组织学生运动的过程中，他结识了山东省立第一师范学校的王尽美。两位战友联手拉开了山东革命斗争的序幕。

在中共第一次代表大会上，邓恩铭是唯一的一名中学生，也是唯一的一名少数民族代表。在上海开会期间，与会代表每个人都收到了一本陈望道先生翻译的《共产党宣言》。邓恩铭翻了几页，就爱不释手。邓恩铭和王尽美住一个房间，毛泽东住在隔壁，两人常与毛泽东交流读《共产党宣言》的感想。

1923年4月，春回大地，在一个暖意浓浓的上午，青年邓恩铭来到青岛，他此行是来发展党组织的。当时，青岛有一份报纸，名为《胶澳日报》，邓恩铭在这家颇有影响的报社当了一名副刊编辑。他借用这块阵地，开始公开宣传《共产党宣言》。

延伯真到青岛的时候，邓恩铭其实也刚到不久。一天晚上，延伯真来到了邓恩铭的住处，一进门，就怔住了：他没想到邓恩铭竟然住在这样的环境里——房子低矮狭小，炕上没有褥子，上面只铺着半张残缺破烂的席子，墙角处一张小桌子，其中一条腿还剩下了半截，倚在墙上，好像随时都会倒下去。桌上的茶壶和杯子，没有一件是完整的，全都残缺不全。

邓恩铭看着延伯真惊讶的表情，笑了：穷到这地步，出乎你的意料吧？

延伯真点点头，也笑了。

邓恩铭说：我们是有理想、有信仰的乞丐。

他随手从炕头上拿起一本书摇晃了一下，接着说：我们的信仰来自这本书，就是上次我讲的《共产党宣言》。你拿去好好看看吧。

延伯真高兴地说：上次你演讲的时间虽然不长，可对我震动很大，如醍醐灌顶，可谓听君一席话，胜读十年书。

邓恩铭摇了摇手，笑着说：不是我讲得高明，是马克思先生有真知灼见。

延伯真说：我回去一定好好看看。

邓恩铭用力点了点头：世界之命运，中国之命运，都在这本《共产党宣言》里了！

青岛的初春，夜晚还是寒气逼人。两杯热水权当御寒饮品，两人谈兴愈来愈浓，直到东方破晓才依依惜别。

这以后，延伯真多次来邓恩铭住处交流读《共产党宣言》的心得，有时和邓恩铭争得面红耳赤。邓恩铭愈发喜欢和看重这个长他四岁的较真的人，开始尊称延伯真为"延兄"。

有的国民党员见延伯真和邓恩铭走得太近，就劝他说：邓恩铭是个双面人，你不要与他走得太近。

延伯真不解：何谓双面人？

对方说：他是国民党员，也是共产党员，双重身份，可是个危险分子。

延伯真听了这番话，笑道：中国要是多几个这样的危险分子，就有希望了！

1923 年 8 月，青岛第一个共产党组织成立。时隔不久，王尽美来到了青岛。邓恩铭与王尽美介绍延伯真加入了中国共产党。最初，青岛党组织仅有五名党员，到 1925 年初，正式党员已经增至十三人，候补党员十一人。根据中共四大章程，青岛独立组改为中共青岛支部，邓恩铭担任书记，延伯真担任宣传委员。邓恩铭在和中央的通信中，多次都提到延伯真，给了延伯真很高的评价。

邓恩铭在青岛专门创办了一份报纸，为了让更多的学生、工人了解马克思主义，邓恩铭专门在报纸上连载了《共产党宣言》。

有一次，延伯真对邓恩铭说：很多工人文化程度不高，看不大懂《共产党宣言》，对他们应该边讲边启发。我准备下工厂去试试。

邓恩铭非常赞同，说：对，共产党员还要当好宣传员。你是教员，用这身份掩护，去把车间变成一所大课堂，变成马克思学说的阵地。

一天深夜，延伯真讲完《共产党宣言》走出厂门不久，就有几个探子追了过来。借着月色，延伯真见旁边有一座破落的院子，就从怀里掏出《共产党宣言》扔到了院子里。探子冲过来把他围住，为首的探子又高又胖，走上前来就挥起肥硕的手掌抽了延伯真几个耳光，把延伯真打了个趔趄，他只觉得两眼直冒金星，鼻孔里一下子涌出了热乎乎的液体。

胖探子吼道：交出那本书来！

延伯真装出一脸愕然：什么书？

胖探子用力踹了延伯真一脚：少装糊涂，封面上有个外国大胡子的那本！老子早就盯了你几天了！

胖探子手一挥，几个探子上来就搜，将延伯真全身搜遍，也没有找到。

胖探子恼羞成怒：给我往死里打！

延伯真被打晕在地上。

胖探子说声"散了"，几个人犹如鬼魅一般，很快就消失在了夜色中。

延伯真醒过来后，感觉脸上湿漉漉的，用手抹了一把，才知道是血。他的头上被探子用砖头砸出了一个血口子，一阵阵疼痛难忍，他艰难地摸索着撕下衣服一角，包在了头上。

延伯真最记挂的是那本《共产党宣言》。他忍着周身的剧痛，翻墙进了院子。院子里杂物横陈，他借着月光细细搜寻，终于在乱石中找回了这本珍贵的书。

《共产党宣言》在青岛工人中产生了巨大的力量，一些工人是学了《共产党宣言》以后，加入到斗争队伍里来的。

一位叫张金祥的工人晚年时回忆说：那个时候，共产党员到工厂里讲的最多的就是《共产党宣言》。《共产党宣言》里有句话大家都记得很清楚——万国劳动者团结起来！很多话，都说到工人心里去了。联合起来力量就大，开始罢工队伍几百人，后来就是几千人，再后来就是上万的人，那阵势，就像排山倒海一样。

二十世纪二十年代的青岛，工业发展已经初见规模，产业工人队伍庞大。仅四方机场就有工人一千五百多名。

有一位叫郭恒祥的工人，在工人中有些号召力。他知道人多力量大的道理，1923 年 1 月，组织数百名工人成立了圣诞会。

邓恩铭来到青岛后，给邓中夏写信道：青岛系工商之地，而吾人活动只有从工人方面入手。邓恩铭与郭恒祥见面后，就与他讲《共产党宣言》里的道理。郭恒祥有些不屑，说：外国人还能管了中国的事儿？念书是你们先生的事儿，在我这里用不着！同资本家斗争，靠这些纸片片可不行。

郭恒祥说完这些，扭头就走。

邓恩铭第一次碰了个钉子，第二次又来。这次，他脱了长衫，穿上了工友的服装，甩开膀子和工友们一样扛大包，吃着同样难以下咽的饭菜。

有次郭恒祥偶然到邓恩铭的住处，见他正在破被子上逮虱子，不禁大感意外，连声问：你就住在这样的地方？

邓恩铭笑了笑：你们北方人都说虱子多了就感觉不到痒了，可我不行，晚上还是被咬得睡不着觉。

郭恒祥大笑起来，笑毕说：你可真是我们的自家人！

邓恩铭趁势与郭恒祥谈起工人只有团结起来才有力量，才能把资产阶级推翻，才能过上当家做主的好日子，共产党人一切努力都是为了广大群众的利益等道理。

郭恒祥越听越有味道，不由对他刮目相看。

邓恩铭说：这些道理都是《共产党宣言》里讲的，是那个大胡子外国人告诉我们的。

之后，延伯真也多次到青岛四方机厂，给工人们讲《共产党宣言》。进步工人也越来越多。后来，邓恩铭亲自介绍郭恒祥入了党。

共产党在四方机厂的活动很快引起了当局的注意。他们感到，圣诞会日益强大，是共产党在背后煽风点火。胶济铁路局的刘局长在会上拍了桌子说，有圣诞会的存在，他这个局长等于坐在了火山口上，睡觉的时候床前放了只老虎：有人说，共产党有一本宝典，叫什么《共产党宣言》，工人都当成《圣经》了！我就要掐住他们的脖子，让他们宣不成言！

1924年3月19日，适逢圣诞日，郭恒祥组织聚会活动，其实是一次斗争前夜的准备。为掩人耳目，郭恒祥以唱戏为幌子，以转移敌人的注意力。

狡猾的刘局长还是嗅到了空气中的异样，派出大批路警四处巡逻。当运戏装的工人出现在街头时，几个路警就骂骂咧咧地围了上来，寻衅滋事。

这仅仅是一个小小的苗头。几日后，铁路局又贴出告示，诽谤圣诞会几个领导，并列出了几项莫须有的罪名，末尾话锋一转，把郭恒祥等人开除出会了。

大家看到后义愤填膺，有人提出给铁路局点颜色看看，不能这样忍气吞声，要和他们刀对刀、枪对枪地大干一场。

王尽美及时制止了工人：可我们的枪在哪里，刀在哪里？硬拼，吃亏的是我们，还要暴露一大批进步工人。

邓恩铭也坚决反对举事。

而刘局长在局里磨刀霍霍，边喝着茶边叫嚷：只要他们撅屁股，我就好拿人了！

但是圣诞会这边一片平静，刘局长很是失落，翻着白眼说：这他妈的唱的是哪台戏呀？白让老子准备了这么多人马！

短暂的平静，也许预示着更大的风暴。

1925年2月，春雷滚滚。

上海数家日商纱厂的三万两千名工人，在李立三、邓中夏等人的领导下，举行了声势浩荡的同盟大罢工。巧合的是，青岛四方机厂也在初春的二月吹响了罢工的号角。青岛日商纱厂的工人也群情激昂，邓恩铭、延伯真等人因势利导，大康纱厂的五千多名工人率先敲响了战鼓。

邓恩铭连夜挥笔写下了《大康纱厂全体工人泣告书》。

　　先生们：

　　俺纱厂工人一天做十二点多的工，得一毛多钱，日人要打就打，要骂就骂，亡国奴几乎成了呼唤我们的口号。一天的饭钱至少也得两毛，我们怎么生活？十三岁以下的童工多吃不饱，喝不足，还得做十三点的苦工，稍一合眼就劈脸使拳猛打，常常打得鼻子出血，还得罚两天工钱。不够十三岁的小孩也只有偷着掉眼泪。大工人稍有不慎，即时拳足交加，稍一招架，就拿出手枪示威。

咳！我们受的痛苦实在不是嘴能说出！我们也不多说了。我们是没娘的孩子，谁能照顾呢？所以我们组织一个工会，互相扶助，互相解愁，无非是穷人帮穷人。不想日人按着手枪挨宿舍搜查了好几遍，门上的锁都砸烂了。因正在工作时间里，屋里的东西，都踢得乱七八糟，并且把我们的工友拿了三个去，连打带拷问，已经一天一宿还未释放。追问我们这些奴隶，怎么还要组织工会？先生们啊！青岛是我们中国的地方，我们是中国人民，让不让组织工会，是中国地方官的责任，日本人有什么权利搜中国地方，押中国的国民呢？这就是欺负我们国家，侵略我国主权，俺几千工人死也不值什么，只是把我们中国已经看得没有一个活人，实在可怜可恨！到底中国还是不是独立的国家？我们的工会就此成立了！大家都来帮助呀！被扣留的工友妻子还哭得不能吃饭呢，四五千工人的性命，眼看都送到几个日本鬼子的手里，四万万同胞都被他们欺负煞了！

邓恩铭写这份泣告书，一些言词用了当地方言。字里行间可谓声声是泪，句句是恨。这犹如烈火浇上了汽油，顿时点燃了每一个工人心中的仇恨，其他纱厂的工人纷纷响应，罢工队伍一下子增到了近两万人。

很多工人打出了"万国劳动者团结起来"的横幅。

刘子久后来回忆说，《共产党宣言》在工人中开花结果了。

1925 年 5 月 4 日，中共中央发出二十九号通告：青岛日本大康纱厂罢工，其成效关系北方劳动运动及上海纱厂工人运动，影响甚大，望同志们设法运动当地发电声援。

就在中共中央发出通告的当天，胶澳督办温树德派探子逮捕了邓恩铭。

温树德一见邓恩铭就问：《共产党宣言》的魔力就这么大？让工人着魔，让你们无法无天？

邓恩铭摇了摇头说：我不明白你在说什么，我也不知道什么《共产党宣言》。

温树德审到半夜，也没审出什么结果来，一时又拿不出证据来，只得作罢。

第二天早上，当局宣布将邓恩铭驱逐出青岛，永远不得返回。

山东督办张宗昌迫于日本帝国主义的淫威，派兵威胁工人运动，并严令说，必要情况下可开枪射击。

有了这尚方宝剑，胶澳督办温树德磨刀霍霍。他一声令下，两千余人的部队蜂拥而至，瞬间包围了大康纱厂，海军陆战队员率先冲进车间，领头的队长挥着手枪让工人离厂。工人也毫不示弱，拿起器械与陆战队员对峙。那队长眼珠子一瞪，叫道：我数三下，你们再不撤，老子就开枪！

一个工人拍着胸脯说：来，往老子这里打！我看看你们有没有这个狗胆，不去收拾日本人，捅自己人刀子，算什么中国人！

你看老子敢不敢！那队长话音刚落，接着就开了枪，其他几个陆战队员也扣动了扳机，几个工人应声倒地。一个矮小的日本人也浑水摸鱼，在暗处用手枪瞄准射击，一个膀阔腰圆的工人骂了声"王八羔子"，抢起铁锹把他拍翻在地。

据史料记载，在这场惨案中，当局打死八名工人，重伤十七人，轻伤无数。

青岛发生惨案的第二天，英国人又在上海举起了屠刀屠杀游行的市民和学生。两次惨案，震动全国，史称"青沪惨案"。

1925 年 6 月，白色恐怖加剧的时候，邓恩铭又冒险潜回了青岛。

山东的早期共产党员，与《共产党宣言》都紧密相连。青岛市委宣讲团的王继军教授，对青岛早期革命斗争颇有研究，老人退休后还一直活跃在社会上，经常登上讲台讲青岛的革命斗争故事。王教授年龄虽六十有余，可耳不聋，眼不花，讲起话来铿锵有力，抑扬顿挫。老人跟我们谈起邓恩铭在青岛的那段岁月，深情而又沉重。当年的情景，在老人叙述中渐渐凸显和清晰起来：

邓恩铭在后期，经历了三次被捕，领导了两次越狱，直到最后牺牲。邓恩铭第一次被捕时，敌人在他的住处看到的都是破席子、破炕桌，一床破被子提溜起来，跳蚤臭虫落了一地。敌人不能相信，这样的环境下，居然会住着共产党头目？邓恩铭被驱逐出青岛不久，敌人的镇压开始了。邓恩铭正在胶济铁路沿线巡视工会工作，听说这个消息，立即化装返回了青岛。这期间，一些党的负责人和进步人士被杀害，邓恩铭也彻底暴露了，大街小巷贴满了捉拿他的通缉令和照片。有一次，特务跟上了他，他一头扎进一家熟悉的理发店，在理发的张师傅暗示下，他从后门出去翻墙逃跑了。

邓恩铭第三次被捕后，在狱中组织了两次绝食斗争，也组织了两次越狱，先后都以失败告终。第二次越狱时，十八个人已经跑了出去，邓恩铭因多次受到酷刑，再加上久病体弱，没跑多远就被抓了回来。其他十人也没能成功脱险，陆续被押回监狱。邓恩铭少小离家，直到牺牲，都没能回去过一次。作为一名革命家，他内心深处对亲人是怀有歉疚的。

邓恩铭当年曾给弟弟写过这样一封信：出来数年，至今没给家里汇分文钱，实在罪过，可你们要理解我，我谋个人温饱尚困难，无力顾家。有些事是不得已的事，不是目无家庭呀！当年，邓恩铭为什么把青岛支部设在工人中间？因为他知道，党离不开工人，工人离不开党。共产党员王元昌刚来青岛参加工运时，满面书生气，邓恩铭见他准备穿着长衫到工厂去，就笑着说：同志，你这是到工厂去，不是到学校。要组织工人，首先自己要变成工人，脱掉长袍，和工人生活在一起，才能和工人交朋友，才能成为工人同志的知心人。有时候，邓恩铭看到吃不上饭的工人，就把身上的钱全部掏出来装进对方的口袋，自己却要挨上半天饿。

当年，共产党员就是靠这些夺得天下的。现在，交通发达了，通讯方便了，可我们很多党员离人民群众也越来越远了。《共产党宣言》说：共产党没有和工人阶级利益不同的利益。当我们违背了群众利益的时候，我们就会越来越危险。苏联社会主义一夜解体，就说明了这个问题。

我们从青岛市党史研究室编辑的有关邓恩铭的珍贵历史资料中，查到了当年邓恩铭组织第二次越狱的惊心动魄的画面：

1929 年 7 月 21 日晚饭后，大部分看守人员都交班休息了，剩下的少数值班人员，也个个无精打采。这时，越狱第一队的同志出其不意，从囚室中一涌而出，打倒看守，夺下第一道门，接着击钟发令。当第二、三队闻钟后，又快速行动。第二队除控制了二道门外，又夺下了看守警的枪支。这个队的另一个任务，就是保护体弱同志安全越狱。参加这一队越狱的领导核心成员王永庆，本是雇工出身，身强力壮，他火速架起体弱的邓恩铭，冲出囚室。这时，看守警企图举枪镇压，第三队的同志迅即拿出事前准备好的石灰、沙土和棍棒等物，猛撒猛打，一时，石灰四扬，棍棒乱飞，直打得狱卒呼爹叫娘，抱头鼠窜，失去反抗能力。接着越狱人员夺下监狱外大门，冲上大街，按原定计划，分路疏散。

当我党十八名越狱同志逃离监狱后，被打晕的狱卒才清醒过来，一面求救，一面紧急集合，进行追捕。邓恩铭因身体长期有病，冲出监狱时脚又扭伤，因此体力不支，躲避不及，在马路上被敌人捕回。

1925 年的 8 月，对山东的党组织来说是不幸的。山东党组织受到不同程度破坏，紧接着王尽美英年早逝，悲痛笼罩了每一位党员。中央来电决定，由邓恩铭接替王尽美的职务，担任中共山东地委书记。

邓恩铭从青岛回到济南后，大都住在叔叔黄泽沛家。外面风声很紧，特务走街串巷，如幽灵一般四处窥探。邓恩铭住在这里，常给家人讲《共产党宣言》，在他的影响下，曾担任一方知县的叔叔，还有堂弟黄幼云、弟媳滕尧珍也成了进步人士。夫妻二人常与邓恩铭交流读《共产党宣言》的感受，滕尧珍也常在姐妹中宣传《共产党宣言》。邓恩铭对她说：将来，你也会成为马克思主义的忠实追随者。黄家一度成了党组织的秘密联络点。

在别人看来，外面已是风声鹤唳草木皆兵，可邓恩铭还是奔走不停。

在担任山东地委书记两个月后，邓恩铭再次被捕。

邓恩铭第二次被捕前，就像王尽美一样患上了严重的结核病，在监狱中，他的病情一度加重，随后又染上了后颈部淋巴结核。后经党组织营救，再加上堂弟、弟媳倾囊打点，请了几个贵州同乡担保，邓恩铭才得以保外就医。

在一个寒冷的冬日，邓恩铭拖着沉重的病体走出监狱的大门。

邓恩铭还在狱中倍受折磨的时候，他的老父亲邓国琮，正一路颠簸，从遥远家乡赶往山东。邓恩铭十六岁离家，到他入狱病重，已经整整八年了，他的母亲从他离开家乡那天起，就时时扳着指头算着儿子的归期。她天天念叨，"老乖"大了，该回家看看了，该娶妻生子了。邓国琮眼见妻子思儿成疾，决定来山东看个究竟。

当他踏进弟弟家门的时候，邓恩铭刚刚从监狱回来不久。父子相见，可谓喜从天降。两人开始都怔住了，久久注视着对方。邓恩铭嘴唇嚅动着，可是一句话也说不出来。邓国琮喊了声"老乖"，就泣不成声。父子紧紧抱在了一起，周围的亲人一片唏嘘。

邓国琮平日就沉默寡言，如今父子相见，也没有更多的话。看着儿子被重病折磨得不成样子，责备的话还没说出口，又默默咽到了肚子里。他思忖半晌，细声慢语地说：从局子里出来就好了，出来就好了……要好好养病，不要出去闹事了。你不知道，这些年全家人的心都是悬在半空里，从来就没有踏实过。

看着一脸慈祥的父亲，邓恩铭无言以对，只是点了点头，让父亲和家人不要担心。

邓国琮住了一些时日，决定回家。走的那天，济南上空飘下了轻盈的雪花。父子二人默默走了一段路程，邓国琮打破沉默，说：记住我的那些话，别闹事了。老人好像不放心，又抬高声音，多少夹杂点严厉的口气说：记着，好好待在家里！邓恩铭很久没有听到这样的话了，他像儿时那样，用力点了点头。

没走多久，老人就执意让邓恩铭回去，邓恩铭点点头，往回走了几步，又转过身来看父亲的背影。等父亲单薄的身体拐过墙角后，他的泪水一下子涌了出来。

邓恩铭不知道，父亲拐过墙角后，坐在破行李箱上放声大哭。

邓老先生前脚走，病情刚刚好转的邓恩铭就出来活动了。在一个夜晚，一直对家人心怀愧疚的邓恩铭，给母亲写了这样一封信：母亲大人，父亲来看我，我很高兴，我现在已经平安无事了，做事也已经很小心。没有想到，让母亲让全家给以挂念。父亲千里之外跑到济南来看我。我真是罪该万死了，诚惶诚恐。

写到这里，邓恩铭想起自己在父亲面前的保证，心里犹如打翻了五味瓶，他沉默了一会儿，又接着写道：父亲让我待在家里，我也答应了，可我还得做些事，不能成为无用之人吧？我的病好了，可以出来做活了。我今天再次来到汉口，是有事来谈谈，而父亲还在回家的路上，可能是走到了山东的沂水，我也没有让他知道，我怕他再为我担心，为我害怕。

1928年的济南深秋，落叶飘零，大地由凉转寒。听着南去的大雁鸣声，滕尧珍不禁和丈夫黄幼云说起堂哥邓恩铭。他们哪里知道，此时的邓恩铭正在监狱里给他们写信呢。

当滕尧珍在一个秋日的黄昏打开这封书信的时候，才知道邓恩铭已经再次被捕了。

滕尧珍后来回忆说，有一次她含泪极力阻拦，邓恩铭轻轻拍拍她的肩膀说：人总是要死的，有的人不做什么事，不也是死吗？既然都是死，为什么不选择一些有意义的事来做呢？

滕尧珍很后悔，那次的阻拦她没有坚持。

滕尧珍的一段回忆把我们带回了那个残酷日子：

那天，我当即带了些钱和衣物去看他，狱中看守很多，比第一次更多了，也更凶了，到处岗哨林立，比起大哥第一次坐牢，看守得更加严密。大哥戴着脚镣手铐，脸上印着深深的皮鞭抽打的伤痕，比过去显得更加苍老，但脸上仍很有精神。我见到他时，不禁一阵心酸，叫了一声"大哥"，眼泪就涌了出来。北方的严冬特别冷，尽管我们给大哥送去了棉衣，但每当我去监狱送饭时，见他还是穿着入狱时那套破烂不堪、又臭又脏的单衣服。过去，大哥从不讲究吃穿，当时我们家经济比较宽裕，吃穿不成问题，可他常常一件衣服要穿很久，破了也不想换。有一次我给他换上了崭新的长袍大褂，可他出去几天回来后，又穿上了满是油污的工作服。后来我们分析，他可能是把好衣服送人了。现在，这么冷的天，穿着单衣怎么能行？

是不是他戴着脚镣手铐穿不上去？看到这种情景，我的心比针刺还难受。回来后，我给他赶缝了一套棉衣，专门把裤脚和衣袖裁开，再钉上衣扣，这样他就可以穿到身上了。

黄家还期盼着邓恩铭像上次被捕一样，也会在某个日子走出监狱的大门。

就在这一年的 2 月 6 日，邓恩铭给三叔的信中这样提到：本元旦政府特赦政治犯，幼云已在外遵令办理各种手续，侄本年有出狱希望。等等。

这却是邓恩铭短暂的一生中，发出的最后一封信。

他的三叔将这封信一直珍藏到解放，后来献给了政府。

邓恩铭最终没能像上次那样走出监狱的大门。

在这之前，军阀混战，有时打个马虎眼可能就过去了。但蒋介石叛变革命后，像蚂蟥一样叮咬着共产党不放，有多少共产党员倒在了蒋介石的屠刀之下。如今，邓恩铭身份暴露，敌人怎么能放过这样一个大人物呢？

1931 年 4 月 5 日，清明节，民间亦称为寒食，是人们祭奠亲人的日子。

滕尧珍一大早就起来忙开了。她依照贵州老家的习惯，为邓恩铭炒了几个他最喜欢吃的南方小菜，然后，拿出那本《共产党宣言》藏到自己贴身的衣服里。上次去探监的时候，邓恩铭悄悄嘱咐她，把《共产党宣言》带来。为了不让狱卒刁难，滕尧珍还带了十几块银元。

她赶到监狱的时候，太阳才刚刚升起。一个狱卒看到她，就扯着尖嗓门呵斥：你还来干啥？

另一个熟悉的狱卒听到声音走过来，把滕尧珍叫到一边，低声说：大嫂，邓恩铭已经不在人世了。昨天晚上，当局枪毙了十几个政治犯。

滕尧珍只是啊了一声，喉咙就好像被卡住了一样，什么也说不出来，手中的篮子一下子掉在了地上。她就像一尊雕塑一样立在那里，任凭泪水长流。过了一会儿，她遽然醒了，叫了声"大哥"后，软软地倒在了地上。

滕尧珍后来一直跟人说起这一幕，说起前一天的晚上，她躺在床上一直心惊肉跳。她怎么也没有想到，她带去的那几样小菜，竟成了祭品。

当天下午，邓恩铭堂弟等人就赶到当局，提出收尸入棺，让死者入土为安。可无论怎么申辩，最终还是遭拒。第二天，一家人分头行动，四处托人周旋打点，后又找来四家连环担保，当局这才应允。

1931年5月8日，邓恩铭牺牲的第三天，他的遗体终于从济南纬八路运了回来。黄幼云特地用五十块大洋买来了一口上好的棺材，他对滕尧珍说：大哥活着的时候没住过好地方，人走了，给他买个好房子。

大家含泪擦净了邓恩铭身上的血污，把他放进了棺材里。

盖棺之时，黄幼云拿出那本《共产党宣言》，满含悲戚地说：大哥把这本《共产党宣言》视为生命，就让它陪伴大哥吧。滕尧珍泪如泉涌，停了一会，她又摇了摇头说：不！大哥生前告诉我们，这本《共产党宣言》是公物。以后他万一不在了，让我们一定把这本书交给党组织。他想让更多的人读到这本书。

邓恩铭被堂弟黄幼云葬于济南城外，时隔不久，家人请人刻一碑立于墓前，上书"邓恩铭之墓"几个大字。没有生卒年，没有墓志铭。

后有一狱友几经周折，转来一纸片，上有邓恩铭就义前写下的一首诗："卅一年华转瞬间，壮志未酬奈何天。不惜唯我身先死，后继频频慰九泉。"

这几句诗字迹潦草。滕尧珍知道，大哥写字向来都是很好的，这肯定是他临刑前匆匆写就。后有狱友回忆为证，果然如此。

邓恩铭牺牲的消息，很久才传回遥远的贵州。他的父亲邓国琮先于他一年去世，临终前嘱咐家中的儿子：要好好持家，让你哥哥安心干他的大事。

邓恩铭的母亲于 1942 年病逝。因为有病，家人一直把这消息瞒着她。老人直到闭眼前，还在念叨邓恩铭，可她不知道，她疼爱的"老乖"，已经在十年前就离开了人世。

遵照邓恩铭的遗愿，滕尧珍几经辗转找到党组织，把那本《共产党宣言》郑重地交给了党组织负责人。

毛泽东晚年回忆王尽美时说：《共产党宣言》在山东传播很快，也传播很广。

伟人毛泽东可能没有想到，《共产党宣言》当年竟成了鲁北平原农民兄弟的有力武器。

在邓恩铭牺牲的 1931 年，广饶大王的早期共产党员刘子久在天津被捕。被邓恩铭称为"伯真兄"的延伯真，正在白雪皑皑的东北从事着地下情报工作。

就在同一时期，刘集村及其他村的农民，在《共产党宣言》的影响下，与敌人展开了一轮轮的斗争。

2．谁是第一

2011 年 6 月的一天，山东广饶县大王镇延集村的农民延廷礼，随手拿起桌子上一份刊物翻阅。

谁知这一翻，差一点就掀起一桩官司来。

延廷礼发现，这一年第四期的《支部生活》刊登了一篇文章，题目是《山东省第一个农村党支部是刘集村》。延廷礼不看则已，看着看着心里就蹿起一股火来。他拿着这份杂志，立马就找到了村里的老文书赵曰亭。

延集村文化味很浓，识文断字的人比其他村也多，很多村民平日里都乐于读书看报。赵曰亭算是乡村知识分子，写写画画都不在话下，还常在报刊发些短文杂章。村人送一外号，叫赵秀才。

延廷礼找到赵曰亭的时候，他正伏案写作，写的是延集村的革命往事。延廷礼一进门就嚷嚷：赵秀才，了不得了，你快看看吧！

赵曰亭笑笑说：什么惹着你了，让你这样急？

延廷礼说：你快看，《支部生活》这是睁着眼说瞎话呢！

赵曰亭不看则已，一看火气更大：是可忍孰不可忍，他们这是张冠李戴！赵曰亭一生气，声音就特别急促和高亢，说话就像机关枪，突突的：

这还了得，历史不容篡改！说完，拿起杂志就去找老书记延学莆说道去了。

一波未平，一波又起。2012年11月的一天，广饶县电视台又播出了类似的内容，延集村的很多人都看到了。恰巧村里换届，很多党员就在换届会上提出了这个问题。有人说：干什么都有个先来后到，老大就是老大，老二就是老二，不能乱了规矩。刘集村过去是小莫斯科，我们延集村还叫小延安呢！咱们要把这第一的旗帜夺回来，插在延集村的革命历史上。

赵曰亭看到有这么多的响应者，劲头就更大了，他挥舞着胳膊说：告他们去，我们告他们去！

说干就干，赵秀才连夜就挥笔写下了诉状，村支书延顶才特地在党员大会上把诉状念了一遍，延集村的党员也都在上面签上了自己的大名。

赵曰亭紧接着给《支部生活》和广饶电视台打电话。写文章的记者很快就道歉了，县里也明确答复：山东省第一个农村党支部是延集村党支部，这确确实实。

风波虽是平息了，可延集人心里还是有些别样的失落。究其原因，是刘集村的那座纪念馆，这座纪念馆矗立在刘集村的广场上，占地1300平方米，是大王镇投资数百万元建造的。建纪念馆的本意是源于马克思的《共产党宣言》，所以取名为"宣言"。从空中俯视，宣言纪念馆的外形就是一本打开的《共产党宣言》。

延集村的人心里很不平衡。山东第一个农村党支部就这样被人忘记了，就这样被历史忽视了？延集村的党员呼吁，延集村也应该建一个纪念馆，供后人参观瞻仰。村干部到镇里陈述，镇党委书记王国文很重视，把这意见拿到了镇党委会上商讨，大家一致同意建延集纪念馆的事，镇里拨款付诸行动。

2012年6月，我们在延集采访的时候，延集的纪念馆建设正接近尾声。纪念馆不大，但建得用心，倾注了延集村后人对革命者的怀念。在村里，我们先后采访了赵曰亭、延伯真的侄子延东宁，还有退休干部延立福。赵曰亭鼻梁上架着一副眼镜，一看就是个知识分子的模样，谈起谁是第一的事，他又激动起来。

延集村为了筹建纪念馆，专门成立了一个小组。延立福和另一村民负责搜集延集村革命历史资料，所以他掌握的东西最多。延伯真是延集村人的骄傲，延立福和延东宁沿着延伯真的足迹走了一遍，这一路下来，收获颇大，而且还有了新的发现。

延立福个子不高，六十多岁，精神头还很足，说话铿锵有力。他年轻时当过老师，后在镇上分管教育。他为延集纪念馆搜集了不少珍贵的历史资料，每次回来行囊里都装得满满的。他也是延集村支部山东第一的维护者。在党员大会上，延立福操着半生不熟的普通话说：名誉千金难买！

我们查阅《中国共产党广饶地方史》看到，1925 年 2 月，中共延集村支部成立。同年春，又建立了中共刘集支部。刘集支部成立具体到某月某日，已经无从考证。但从这段记载来看，延集支部要早于刘集。

采访中，延立福对我们说：刘集村后来影响确实盖过了延集，可影响再大，有些事也不能颠倒过来。延立福毕竟当过老师，说着说着就用上了比喻：这就像兄弟一样，不能因为大哥不行了，就不是大哥了。

延立福说起这事，语调兴奋起来，声音也高了许多。他眉飞色舞地说：既然在谁是第一上争执这样大，那我也要较真了。为了能得到一个准确数字，我跑了省档案馆、党史办……延伯真活动过的地方我也都去了，我还找过延伯真当年发展的早期党员张玉山，不过这人早已经去世，我找了他的孙子了解到一些情况。这一趟跑下来——嗨！有了惊人的发现——延集支部不是 1925 年 2 月成立的，还要往前推几个月呢。1924 年 7 月 4 日，邓恩铭给中央写了这样一封信，内容是：近日，伯真兄回广饶、寿光一带，有望成一组织。就在这个月，延伯真发展了多名党员，成立了党小组；11月，根据党章规定，延伯真把党小组转为党支部。这样谁是第一个党支部就更加明确了。当时我们还举一反三，延集在山东第一，那在全国呢？我们又在全国一些地方做了考证，现在完全可以证明，延集支部成立时间在全国也排在二三名。

说到这里，延立福笑了笑，又接着说：其实战争年代，刘集和延集就像一对亲兄弟，都是互相掩护，近些年因为争谁是第一的事，两家的关系倒生分了。可再怎么着，咱们也得尊重事实呀！这不是争别的，这可是历史留给延集村的勋章和荣誉！

谈到《共产党宣言》，延立福又激动起来：刘集的那本《共产党宣言》，也是从我们这里传过去的，是延伯真和他的夫人刘雨辉把它带到延集，经常组织村里的共产党学习。他们回济南时，才把这本《共产党宣言》留给了刘集。

从延立福的话语中，我们看到了延集人性格中那份可爱的执着。

刘集的刘百平却不同意这种说法：咋？这不是节外生枝吗？这不是画蛇添足吗？刘雨辉是咱刘集人，她那个时间还没结婚是不？咋就硬是让她结婚了？这本《共产党宣言》是她带到刘集的，直接就交给了刘集的老少爷们，《共产党宣言》这才在咱刘集生根、开花、结果的。这都是秃子头上的虱子——明摆着的事呀，还有什么好讲的，还有什么好辩的？胡锦涛主席咋就来了刘集，咋就没去他们延集呢？这不也是个很好的证明嘛！

如今，延集村的早期革命纪念馆已经竣工，村里还特地编辑了一本小册子，封面上方有这样一行大字："中国共产党山东省第一个农村党支部"。紧接着是"延集支部史"。

把那段峥嵘岁月呈现在现代人面前，无疑是一件非常有意义的事。一是缅怀先烈，二是激励后人。

忘记了历史，就意味着背叛。

当年的历史距今已经有八十多年。从广饶县第一个女共产党员把那本《共产党宣言》带到刘集村开始，那位外国人，那位大胡子马克思的手，和农民兄弟拿锄头把子的手，就紧紧握在了一起。这本影响了共产党人、知识分子、工人阶级的《共产党宣言》，也影响了日出而耕日落而息的农民兄弟。

3.《共产党宣言》传到了农民手里

1924 年寒冬的一天，延伯真来到了邓恩铭的住处。在这个寒冷的冬夜里，他深思之后，向邓恩铭提出一个建议：到农村发展党员，在农村建立党组织。

邓恩铭非常赞同，他点了点头说：咱们不能忽视了农民，把他们发动起来，就是一股势不可挡的力量。

其实，建党初期的中国共产党，主要精力都放在了城市，还没有考虑到更广大的农村。

现在来看，延伯真是很有远见卓识的，他较早地意识到了党在农村发展的重要性和紧迫性。从党史资料中看到，他每到一地，都能发展起一批新党员，并很快建立起党的组织。

延伯真回到自己住处的当晚，就给同学张玉山写了这样一封信：现新组一革命团体，你及真正的同志速来青加入之。

张玉山比延伯真小一岁，两人是山东省立济南第一师范学校的同学，在学校报到时相遇，知道彼此家乡相离不远，一下子平添了几分亲近。张玉山生就一张长方脸，两道剑眉，朴实中透着坚毅。在走廊里，两人聊了几句话，彼此留下了很好的印象。

张玉山的父亲开着中药铺，家境殷实富裕，在村里算得上是个小地主。但张玉山没有沉湎于安逸的生活，五四运动前后，他跟随延伯真上街演讲、游行。可不幸的是，他后来得了肺病，身体日渐虚弱，还是坚持完成了学业。

延伯真和张玉山是同班同学，共同的理想和志趣让他们走到了一起。最初，受五四运动影响，他们觉得新思想、新文化、新教育才能救国兴邦，1921年5月，两人联合数名同学，成立了一个进步组织，名为"青年互助社"。

延伯真的书信到了张玉山手中，张玉山没有犹豫，立即约上好友王云生，抱病赶到了青岛。延伯真和他们见面后，给他们讲了国内形势，一起学习了《共产党宣言》。

1924年4月的一天，邓恩铭和延伯真一起介绍张玉山、王云生加入了共青团。同年8月，两位年轻人又加入了中国共产党。张玉山，是延伯真发展的第一位潍坊共产党员。

延集村的延安吉，也是延伯真发展的党员，据说入党时间要比张玉山稍早一点。两个地区有了三名党员，延伯真决定成立党小组。

延安吉第一次到张玉山家接头的时候，张玉山不在家，张玉山的哥哥见了延安吉，脸登时就白了。他把延安吉拉到院外说：你小心点呀！让我父亲知道了，肯定要把你绑起来送官府！

张玉山的哥哥悄悄把延安吉送到自家开的药铺住下。晚上张玉山赶了过来，告诉延安吉，他又发展了马保三等多名党员。

马保三解放后曾经担任过山东省政府副主席。

广饶这边的延安吉，也陆续介绍了多人入党。根据形势需要，1924年年底，寿光和广饶两地党组织分设，中共延集村支部由此成立。这就是我们所说的山东省第一个农村党支部。中共寿光支部也很快成立，党支部成立后，陆续开展活动。当时经费紧张，恰巧邓恩铭来到寿光，适逢年关，邓恩铭让人备了些纸墨，挽挽袖子说：活人可不能让尿憋死！说着挥笔就写开了对联。邓恩铭字好，对联的内容也深受老百姓欢迎，写了一上午的对联，很快就被农民买去，所得钱款都成了党组织的经费。

几年以后，中共寿光县委于张玉山所在的张家庄成立，张玉山任县委书记，县委就设在张玉山家。

张父闻听张玉山参加了共产党，气得山羊胡子直抖，指着张玉山的鼻子破口大骂：你这个不肖子，你这个逆子……老子出钱供你上学，没想到供出了共产党！你反政府不算，还倒回头反开了老子！

寿光县因为连年灾荒，1927年春天爆发了大饥荒。县政府不仅没有减少苛捐杂税，还变本加厉地搜刮民脂民膏。张玉山拖着病重之躯，指挥了一场大规模的民间斗争，给了县政府当头一棒。在较长一段时间里，胆战心惊的反动当局，竟不敢再派人下乡催捐逼税。

张玉山家有一个很大的场院，中共寿光县委的重要会议一般都在这里召开。后来张玉山病情加重，卧床不起，每次开会，都要其他人都把他背到这里，他就躺在大棚里的柴火上，给大家讲话。

1927年12月18日，躺在柴火上的张玉山布置完下一步的任务后，喘息了几口说：《共产党宣言》就是我们斗争的法宝，我要联系延伯真同志，让他把《共产党宣言》带回来，这样我们就能更好地学习，也才能更好地向农民兄弟宣传。

王云生点了点头说：我和玉山同志第一次到青岛的时候，邓恩铭同志就给我们讲过《共产党宣言》，听了后就觉得心里亮堂了，有主心骨了！

张玉山声音慢慢低了下来，最后好像睡着了，大家以为他累了，都想让他好好休息一下。过了一会儿，王云生感觉不好，连声呼唤张玉山的名字，可张玉山双眼紧闭，再也没有回应。

大家一时怔住了，随后一齐站立默哀。

2013 年 6 月的一天，我们专门从广饶驱车赶到寿光的张家庄，拜谒了张玉山同志的墓地。张玉山墓在村南的一座院落里，院内有两墓，另一座为张玉山兄长张连儒的墓。

张玉山的墓上杂草丛生，墓碑已经被岁月侵蚀得面目全非，黑黑的底色几乎脱尽，显得斑驳陆离，上面的碑文也难以寻觅。抬头看去，眼前的张家庄房屋林立，房顶都是一色的红瓦，真是红红火火的日子。

面对长眠在此的年仅二十七岁的革命前辈，我们的心情难以言表。

延伯真在 1924 年先期在广饶、潍坊播下革命火种后，大王镇另一位早期党员刘子久，于 1925 年的年关回到了刘集村。正是这次故乡之行，他发展了自己的堂兄刘良才加入了共产党。农民刘良才，成为鲁北平原上一位卓越的领导人。

1925 年年底，鲁北平原上降下了入冬以来的第一场大雪，到处一片白茫茫。刘子久提着行李箱，踏着厚厚的积雪向家乡刘集走去，每走一步，脚下的积雪就发出嚓嚓的声音。家乡越来越近，年味也越来越浓了，偶尔还能听到稀疏的鞭炮声。

一位中年汉子站在刘集村的围子外，正向远处眺望。他中等个头，头发刚理过，富有棱角的国字脸上，有一双大耳朵。这位稳重威武的汉子，就是刘集村的刘良才。

当刘子久从远处深一脚浅一脚地走来时，刘良才挥手喊道：是子久兄弟吧？他的声音十分洪亮，好像漫天的雪花是被这声音震落的一样。

刘子久高兴地应道：是我，大哥！

话音刚落，刘良才已经跑到刘子久的面前，他一把接过行李，高兴地说：我听说你要回来，可不知道是什么时候到家，就在这里候了两三天，今天可算是把你接到了！

两人边走边聊。刘良才打开了话匣子：你知道我为啥盼着你来，为啥在这里候着你？实在有一肚子的话想对你说啊！你在外边这几年，看得多，见识广，你给我说说，这日子将来还有法过吗？这穷人的日子咋就过得这样难呢！你可能还不知道吧？我前几年买了条船，在外面闯荡了几年，所到之处，老百姓都在水深火热中挣扎，外国人在济南的洋行就公开卖大烟……你说，这是什么世道！

刘良才一口气说了很多，刘子久笑笑说：大哥，这都是黑暗的旧中国造成的，唯一的办法，就是把劳苦大众团结起来，砸碎这个吃人的旧世界！

刘良才看了一眼四周，见周围没有什么人，才低声道：我听说，延集村的延伯真去年回来了，好像他是个共产党……李耘生也是。延伯真走了后，咱们这一带也出了共产党。年前我到了寿光，听说寿光有个党员张玉山，家里很有钱的，他还带着一帮子农民抢了自己家的粮食呢。

停顿了一下，刘良才盯着刘子久的眼睛问：好兄弟，你和李耘生是好朋友，你是不是……也参加了这个组织？

刘子久眨眨眼，意味深长地笑了。

精明的刘良才从这笑中悟到了什么，他也高兴地笑了起来：这次你一定给我说道说道，要不，我可真要憋死了！

刘良才的父亲刘居中，犹如他的名字一样，一生都是规规矩矩，三条道走中间，不偏不斜。刘居中为人质朴，勤劳能干，生活虽不富裕，可也能勉强温饱。刘居中像其他村民一样，不希望儿子成为一个睁眼瞎，一到入学年龄，就把儿子送进了私塾。私塾先生见刘良才生得虎头虎脑，聪明伶俐，心里平添几分喜爱，眯起眼睛问刘居中：孩子叫什么名字？刘居中笑了笑：还没有大名呢，先生给起一个吧。私塾先生稍一沉吟，朗朗笑道：俗话说得好，三岁看到老。我教书多年，不管啥样的孩子，在面前一站，我就能看出个子丑寅卯来。你这孩子将来会有些出息，必是优良之才，就叫他刘良才吧。

刘良才在学业上果然有过人之处，乐得私塾先生逢人便说自己慧眼识人，此子将来乃是大大的可造之才。

山东农村过去时兴早婚，刘良才十四岁时，就和附近村的姑娘姜玉兰结为百年之好。

完婚之日，客人一散，刘良才就把姜玉兰的盖头拿掉了，他端详了一眼姜玉兰，脱口说道：你可真俊呀！

姜玉兰噗嗤一声笑了：这么急着摘掉红盖头，是不是想看看我脸上有没有长麻子？

刘良才笑了笑：没有，没有，啥也没有，光滑着呢！

两个年轻人在玩笑中一下子拉近了距离。

过去男女成婚都是女大男小，什么女大一，抱金鸡，女大二，抱金罐，女大三，抱金砖。姜玉兰恰恰比刘良才大了三岁，她笑言：你得叫我姐姐喽。

刘良才心灵手巧口才也好，他对姜玉兰说：我给你画个像，看像不像。

姜玉兰莞尔一笑，说：画像？这里哪有纸笔呀！

刘良才说：我用嘴画——你心灵手巧，身段苗条，口齿伶俐，心眼好。

姜玉兰脸一红：我可没你夸得这样好。

她看了一眼刘良才：那我也给你画一个——粗眉大眼，宽肩细腰，身体强壮……

两个年轻人笑成一团，新婚之夜愉快而温馨。

刘良才婚后不久，父亲刘居中病逝，刘良才放弃学业专心劳作。

刘集村以耕种为主，但也是名扬十里八村的木匠窝子，几乎家家户户都能做几样木器。刘良才农田里耕、耪、锄样样好手，木匠活也做得有板有眼。他与人为善，性格耿直，嫉恶如仇，谁家揭不开锅了，他宁愿自家少吃一口也要帮助。刘良才虽然没念几年书，但勤学好问，看到谁家有书就借来看，不认识的字，就随手写在手掌上，到处找人请教。时间久了，他比一般的农民识字多，懂得的道理也多。刘良才的为人处事，赢得了村里男女老少的敬重。

刘子久和刘良才见面当晚，兄弟二人就坐到了一起。姜玉兰特地炒了几个小菜，在红红的炉火旁，刘子久和刘良才边饮边聊。刘子久讲起了马克思和他的《共产党宣言》，又说起了中国共产党的纲领和主张。刘良才听得两眼放光，连连说：这个姓马的人讲得很有道理！

刘子久在回忆中，专门提到过这件事：1925年春节，我回老家刘集过年，是腊月二十七八回的家，正月初五走的。在这七八天的时间里，发展了刘良才入党。那几天，我经常和刘良才在他家的北屋交谈对时局和时事的看法，谈来谈去，发现志同道合。刘良才知道我的政治面貌以后，就提出了入党要求。我作为介绍人，给他报名入的党。手续很简单，也没有举行什么仪式。当时自己对马列主义懂得也不太多，只是有着强烈的爱国心。刘良才是我的叔伯哥哥，他是个立场坚定、忠贞于革命事业的好同志。当时山东境内阶级压迫严重，他领导穷人进行英勇斗争，像"抗捐税"、"抢坡"等，都是比较有影响的活动。

那时候，为了保密和安全，发展党员大多是在朋友和亲戚中进行。刘良才入党后，开始在刘集村近亲中发展党员。不久，刘集村就有刘英才、刘洪才、刘泰山、刘春山等多人入党。在这一年的春天，刘集村党支部成立，刘良才担任支部书记。刘集村因此有了山东省乃至全国的早期农村党支部。

刘英才和刘子久乃是一母同胞。刘家出了两个共产党，这让族长刘东元大为恼火：这还得了！我刘家世代循规蹈矩，怎么能干犯上作乱的事！

刘姓人家来自高刘村，作为族长，刘东元每年都要召集族人祭祖。在当年的祭祖仪式结束后，刘东元吩咐刘集的长辈：回家告诉刘子久的父亲刘居宽，马上让他那两个不孝之子退党，否则按家法处置。我刘家可不能因为他们，遭了灭顶之灾！

刘集的长辈奉命在刘居宽家开了家族会议，大家七嘴八舌，把刘居宽批了一顿。

老实巴交的刘居宽被批得抬不起头，最后还是无奈地叹了口气说：不是我不想管，实在是孩子大了，翅膀硬了，我这只老鸟，罩不住他们呀！

刘良才为了尽快发展党员和建立党组织，带着支部重要成员刘英才，以走亲访友、外出揽活为掩护，又在邻村发展了数名党员，仅菜园村，就有王兆海、王学文、王学武等人加入了共产党。刘良才虽文化程度不高，但有头脑，还有很强的组织能力。刘集支部成立时间虽晚于延集支部，可在他的领导下，很快就成为山东北部党的活动中心。

在刘良才影响下，年轻的姜玉兰也成了积极分子。因为陆续有了几个孩子，日子越发捉襟见肘。除了过日子，党组织开展活动还需要一大笔开支。姜玉兰无怨无悔，她把自己当年的陪嫁两百多块大洋拿出了交给了党组织。平时，姜玉兰站岗放哨，还常颠着小脚到周围的村庄传送情报。七七事变时，姜玉兰由广饶县委书记张力群介绍，加入了共产党。

1926年年关将近，在山东广饶播下了革命火种的刘子久、延伯真再次回到家乡。值得一提的是，与他们结伴回来的还有一位清秀的姑娘，名叫刘雨辉。刘雨辉时年二十六岁，与刘子久同村。她留着齐耳短发，额头上一弯整齐的刘海，身着二十世纪二十年代知识女性爱穿的流行服装，浑身散发着青春气息。在暖暖的冬日，刘雨辉迈着轻盈的脚步，走在乡间路上，格外引人注目。

刘雨辉，也是我们这本书里的重要人物。是她，在鲁北平原上的泥腿子和那位巨人马克思的学说之间，搭起了一座桥梁。如果没有她，大概就不会有《共产党宣言》在中国农村开花结果的精彩传奇了。

　　刘雨辉的父亲名刘梅春，字龙轩。乡下人起名，通常不讲究典故，也没什么深意。而刘梅春这名字，似乎显示出刘家非寻常农家。我们查阅资料寻根究底，发现刘家果然不俗。刘梅春在村里土地颇丰，还兼顾一些小工商业。刘梅春外号是烟房四少掌柜。

　　刘梅春育有一女二男，女儿刘雨辉是大姐，下面两个弟弟分别叫刘考文、刘奎文。

　　刘梅春虽家丰业大，可人很开明。辛亥革命后，他带头剪掉了长辫子，一把掷在地上说：旧的去了，新的来了。

　　过去讲男尊女卑，女孩一般在家专事女红。但开明的刘梅春不仅不给女儿缠足，还把她送进了学堂。刘梅春乐于为乡里做事，为推动乡村教育，他把自己闲置的空院子捐出来，重建振华学堂，赢得了乡里的赞许。

　　刘梅春为大儿起名考文，次子起名奎文，可见他对文化的重视，更重要的是望子成龙。

　　可刘梅春没有想到，自己寄予厚望的三个孩子，竟然陆续都成了共产党员。后来，刘考文被捕入狱，在国民党监狱整整度过了五年的铁窗生活；刘奎文被敌人通缉，投奔了在东北的姐姐刘雨辉，后牺牲在白雪皑皑的东北抗日战场上。

　　有些人认为，1926年年关，刘雨辉和延伯真是以夫妻身份回乡的，甚至延伯真的女儿也这样认定。但从诸多史料可以看出，刘雨辉和延伯真当时应该未婚。

　　其中有一个不得不提的小插曲。

　　刘雨辉1924年曾在济南的一所女子养蚕讲习所学习，期满后又南下考入了江南苏州女子产业学校。1925年夏季，学成归来的刘雨辉，被济南女子职业学校聘为教员。刘雨辉是个敢想敢干的女子，也有一颗忧国忧民之心。她在济南女子师范学校参加一些进步活动，结识了王辩、侯玉兰、于佩贞等一些女共产党员，于佩贞在这一年的年底，介绍刘雨辉加入了共产党。

之前，刘雨辉和延伯真并不相识。1925年下半年，省委指示在青岛的延伯真回济南工作。有一次，省里组织在济南的党员学习《共产党宣言》，刘雨辉到的时候，不大的房子里已经坐满了人，有李耘生、刘子久、延伯真等。由于刘雨辉刚入党不久，与大家不熟悉，于佩贞就一一介绍。发现这里竟有三位同乡，其中刘子久还是同村的，刘雨辉非常高兴，很快与他们热络起来。大家闲聊时，坐在一角的延伯真很少讲话，只是默默注视着刘雨辉。旁边的于佩贞看在眼里，不禁抿嘴一笑。这以后，于佩贞给延伯真和刘雨辉当起了红娘。但刘雨辉得知延伯真丧妻且膝下有两个孩子后，婉言拒绝了。

在这次会上，刘雨辉还认识了一个重要的人物：张葆臣。张葆臣之所以重要，是因为后来寻到的那本《共产党宣言》与他有关。

1926年春节，刘雨辉把一本富有传奇色彩的《共产党宣言》装进行囊，带回了刘集。从这以后，这本薄薄的《共产党宣言》，和刘集乃至整个鲁北平原上的农民兄弟连在了一起。

刘雨辉提着行李走进家门的时候，她染上了大烟瘾的父亲刘梅春刚刚抽完烟土，正卧在床上享受着片刻愉悦。

听到推门声，刘梅春一下子坐起来，见是刘雨辉，脸一下子就拉长了，大声训斥道：你还知道回来呀？我供你们进学堂读书，是为了光耀刘家门楣的！可你和你二弟都成了什么共产党，你三弟眼看又要趟这浑水……你是老大啊，给他们带了个什么头？考文、奎文为了你，都辍学在家……你对得起弟弟，对得起你爹吗？如今我刘家日渐败落，再这样下去，连锅都要揭不开了!

刘雨辉也是烈性女子,她放下行李,就向父亲开了炮:家道还不是让你抽鸦片败光的?你看你,把自己抽得面黄肌瘦,就剩下一张皮了!

刘梅春被女儿的话噎得恼羞成怒,大声呵斥:你要是不退党,我就没你这个女儿!你现在就给我滚回去!

刘雨辉毫不示弱:那好,我现在就走!说着拿起了行李。

一边的刘考文见状,赶忙劝说:大过年的,咱们能不能好好的?说着给刘雨辉示了个眼色,刘雨辉只得把行李又放下了。

不久后的一个晚上,刘考文陪着刘雨辉到了刘良才家,刘良才很高兴,急忙让座。姜玉兰一把拉住刘雨辉的手,眉毛都笑弯了:你可真俊呀,到底是在大地方待过的!说着端来一盘瓜子:来,尝一尝,我刚下锅炒的。说完,披上一件上衣走出房门,到院子外面放哨去了。

刘雨辉跟刘良才谈起了当前的形势,然后她从衣袖里拿出了本薄薄的书:这本《共产党宣言》就留给你们了。你一定好好看看,这里面很多话都是革命的道理,能让人眼明心亮。听济南的张葆臣说,党的很多领导同志都读了很多遍,越读思想越成熟,越读就越有革命信仰。

刘良才抑制不住心中的喜悦,伸出双手郑重地接了过来:刘子久曾经给我说起过《共产党宣言》,我还让他替我找一本呢,可他说我大概看不懂,我也就没再提这事。

刘良才拿过书看了又看,指着封面上的马克思像,笑道:第一次看到长成这样的人……这把大胡子,长得可真有样子。

刘雨辉也笑了:他叫马格思,外国人,听说也是位革命家。

刘考文疑惑地问:咱是庄稼人,能看懂这种书?况且又是外国人写的。

刘良才说:你可别说,既然这书这么要紧,就算一个字一个字地啃,也得弄懂它。咱庄稼人生下来就会种地?不都是边干边学吗?咱们的木匠手艺，不也是慢慢学会的吗？

刘雨辉笑道：是这么个理，没有谁生下来就会。再说，这本书很神奇，就算只能看懂里面的几句或者几段话，也会有很大的收获！

1926年正月十五，刘良才酝酿已久的广饶县农民协会成立，这是刘良才的高明之举。在年前的党支部会上，他说：现在是国共合作时期，我们应该借此机会发展壮大自己。农会名义上是国民党的，可实际上是咱们的，这样，我们就可以组织更多活动。

这天一大早，刘良才家的场院里就站满了农民弟兄。刘良才特地把家里的两扇门板摘下来搭了一个台子，台子上方还拉了个条幅，上书"广饶县农会成立大会"。刘子久和延伯真也特地赶来参加。刘雨辉没能出席。她因为与父亲不时口角，负气提前离开刘集，回了济南。

延伯真作为省地委负责人讲了话。他的话像把大扇子，把农民心中燃起的火苗扇得旺旺的。刘良才见大家反应热烈，就举起拳头带大家喊起了口号，刘子久接着教唱了《国际歌》。

农民兄弟基本没唱过歌，有的人梗着脖子在叫，有的像和尚念经一样在哼哼，大部分人是扯着嗓门吼出来的，可他们也吼出了心中的感受。唱到痛快处，有人不禁随着节奏顿起了脚。

4．穷人听大胡子的话没错

刘良才晚上得到《共产党宣言》，就掌灯读到了天亮。每翻开一页，他都读得磕磕绊绊，就像推着一车东西走在坑洼不平的路上那般吃力。刚刚看了几个字或者一句话，开始顺溜了些，一个生僻字就硬生生地把刘良才挡在了关前。就这小小的一个字，刘良才反复端详，却绕不开跳不过也搬不动。

刘良才有些焦躁，自言自语道：真是一夫当关万夫莫开。

姜玉兰见他读得吃力，就说：英才念书时间长，让他先看，看完了再讲给你听。

刘良才说：苦瓜苦不苦，自己尝一口才知道；木不钻不透，火越添柴越旺。靠别人说给你听，领会得肯定不深，想的事肯定也不透。

刘良才把不认识的字写在纸上，有时也随手记在手掌上，随时请教刘英才或学堂的先生。

村里有个老人见他这样，不解地摇着头说：良才这是咋了？时不时满街跑。我问他，他说是找先生认个字。一个种地的泥腿子，把地侍候好就行了，还搞啥光景？这就是河里的癞蛤蟆，戴上眼镜充大头——装文化人呢！

刘良才觉得，不认识的字还好办些，可书里有些话，就像河水一样深不可测，像迷宫一样让他找不到方向。刘良才无奈地戏言：这书太深啊，扎几个猛子都摸不到底。

《共产党宣言》开篇，就让刘良才不知所云："一个怪物，共产主义的怪物，在欧洲徘徊。旧欧洲的一切势力，教皇和沙皇、梅特涅和基佐、法国的激进党人和德国的警察，都为驱逐这个怪物而结成神圣同盟。"

刘良才反复念叨，到了能背诵的程度，也难得其解。夜已深，他依旧睡意全无。

姜玉兰说：你别瞎琢磨了，等天明，去问问子久兄弟。

刘良才哪里等得了天明，他说：不行啊，不弄明白我睡不踏实。说着就要起身。

姜玉兰急忙阻拦：鸡都快叫了，人家正睡得香呢！刘良才不理她，顾自跑了。

刘良才敲开刘子久家的门，幸亏刘子久还未入睡，见到他颇为吃惊：你怎么这时候跑来，有啥急事？

刘良才一笑：为了那《共产党宣言》的事。说着，就把开篇第一段话一个字不漏地背了出来。

刘子久很吃惊：你真下了大功夫！

刘良才说：可这段话我实在不懂，你给我说说。

刘子久稍一思忖，说：共产主义是人类社会发展的目标，到那时没有阶级，也没有压迫了。这也是我们共产党人的一个信仰和目标。

刘良才点点头：那为什么把共产主义说成怪物？这不是对共产主义的侮辱吗？

刘子久笑道：你说得不错。要知道，那些反对我们的人，是不会给咱们脸上搽脂抹粉的。我们最终要推翻有产阶级，要把那些有产阶级送进坟墓。受苦人清醒了，起来革命了，他们心虚了，害怕了，就把咱们丑化成了一个龇牙咧嘴的怪物。

两人一直谈到凌晨。当晨曦洒落在这座农家小院的时候，刘良才才红着眼睛离开刘子久家。

正月过后，刘子久返回济南。刘良才遇上问题不能找刘子久了，可他有钻劲，悟性高，把《共产党宣言》里的每段话都反复揣摩，放在当下反复比照，竟有了很大的收获。

比如，《共产党宣言》里有这样一段话："在古罗马，有贵族、骑士、平民、奴隶，在中世纪，有封建领主、陪臣、行会师傅、帮工、农奴，而且几乎在每一个阶级内部都有各种独特的等级。"

刘良才读了这段话后，对姜玉兰说：我们刘集不也这样？有地主、农民、佃户。我觉得，大胡子的很多话，细细琢磨一下，都好像是说给咱们刘集的，都能在咱刘集村找到影子。

几个月的时间里，刘良才都在反反复复地读《共产党宣言》。他对刘英才说：我越看心里越亮堂，越看干革命就有了新主张！咱们党支部先发动党员和积极分子来学习《共产党宣言》，然后举办农民夜校，让更多的农民兄弟学习《共产党宣言》。

在山东广饶大王镇采访期间，我们参观了刘集村支部旧址，也就是刘良才的旧居。当年的刘集村，一度成为鲁北平原上共产党活动中心，国民党和日本鬼子视它为眼中钉肉中刺，这里曾经历过无数次的战火洗礼。特别是1941年1月18日刘集惨案那一天，刘集村的房子几乎被尽数烧毁，可刘良才家的房子几乎还是完好如初。

陪着我们去参观的是大王镇政府的工作人员王海荣和牟元元，她们特地把刘良才的孙子刘奎相请了过来。

刘奎相的哥哥刘奎文，乳名叫潍县，这是刘良才牺牲前留给亲人的最后念想。刘奎相出生于 1942 年 4 月 15 日，恰逢广饶韩桥庙会；而更有戏剧性的是，当年刘良才率众砸木行，也是韩桥庙会这一天。

刘奎相带我们参观了他们家当年的地道，还有曾经开办过农民夜校的北房。在正房门前，左右两边各立着一棵石榴树。这两棵石榴树是姜玉兰嫁到刘家后栽的，几十年过去了，它依然枝繁叶茂，适逢花开时节，石榴花鲜红如火。石榴树和这座百年老屋，共同见证了峥嵘岁月，如今它们相依相守，在向今天的人们诉说着什么。刘奎相说，他经常过来看看，每一次都好像能听到爷爷刘良才给大家讲《共产党宣言》的声音。

刘奎相告诉我们：当年小鬼子没烧这房子，可不是发了善心。这房子是一宅两院，这是后院，小鬼子不知情，只给前院点上了火。

1924 年 6 月，中国第一届农民运动讲习所在广州开班。在这之前，为了培养农民运动干部，国民党中央农民工作部部长林伯渠等人就呼吁成立农民运动讲习所。林伯渠是早期共产党员，当年与董必武、徐特立、谢觉哉、吴玉章并称"中共五老"。孙中山非常支持林伯渠的建议。这一年的 8 月，孙中山还特地参加了第一届毕业典礼暨第二届开学典礼。

1926 年 3 月 19 日，国民党党部特地邀请毛泽东任第六届农民运动讲习所所长。中国农民运动讲习所为全国培养了大批农运干部，毛泽东、周恩来、彭湃、萧楚女、恽代英等人，都先后在农民运动讲习所当过教员。

刘集村的党支部书记刘良才，也许并不知道南方开办农民运动讲习所的事，可他恰恰是在毛泽东当农民运动讲习所所长的这一年，开办了刘集村农民夜校。

刘集村党支部组织学习《共产党宣言》，是在 1926 年春天的一个晚上。晚饭后不久，刘集村的党员和积极分子就陆续来到了刘良才家。在刘家北屋里，刘英才、刘泰山、刘洪才、刘考文、刘春山等围坐在一起，等着刘良才讲话。

刘良才拿起放在小桌子上的一本书说：党支部召集大家来，就是为了学这本书。这本书叫《共产党宣言》。

刘良才说着，把这本书拿到大家面前：你们看看。

有人问：这上面的大胡子是谁呀？

刘良才回答：大胡子姓马，他是马大胡子呀！

有人凑近细细端详，看着看着，就噗嗤一声笑了：咱村姓马的，可没长大胡子呀！这马大胡子的模样也怪稀罕……

刘良才也笑了：这可不是咱村哪个姓马的，也不是附近十里八乡的，更不是中国人。这个大胡子叫马格斯，是外国人呢！这本《共产党宣言》是他和安格尔斯写的。里面写了咱穷人的事。

有人惊道：外国人写的书也到了咱这里？这外国，离咱村有百十里地没有？

刘良才笑道：哪有这么远，就在咱们炕头上呢！

大家一下子都笑了起来。

刘良才挥挥手，大家静下来。他开始边读边讲，有的人听着听着就发蒙了，再听下去就打开了瞌睡。

刘良才给大家读了这样一段话："从封建社会的灭亡中产生出来的现代有产阶级（资产阶级）并没有消灭阶级对立。他只是用新的阶级、新的压迫条件、新的斗争形式代替了旧的。"

刘良才看了大家一眼，见大家都面面相觑，不知所云，就笑着说：我开始时也犯迷糊，和你们一样，擀面杖吹火——一窍不通。可看多了，琢磨多了，就琢磨出道道来了。这本书能让咱们有衣穿，有饭吃，能过上咱想都想不到的好日子。

大家一听，都竖起了耳朵，几个打瞌睡的也一下子睁开了眼睛。

刘良才接着说：我从刚才读的那段话里，悟出个道道——这个阶级、那个阶级，到现在也没换来咱穷人的好日子。旧社会再怎么换，也是换汤不换药，欺负咱的人该怎么欺负还是怎么欺负。咱们穷人家，走得慢了穷撵上，走得快了撵上穷，不快不慢往前走，扑通一声，还是掉进穷窟窿。说白了，就是永无出头之日！现在这个世道不彻底改个样子，不砸碎了旧世界，再换成个新世界，咱们穷人就过不上好日子。从大清、民国到现在，还不都是这个样吗？现在出了共产党，中国有希望了，咱的出头之日也快来了。马大胡子在《共产党宣言》里说，共产党没有任何同整个无产阶级的利益不同的利益。啥叫无产阶级？就是说啥东西也没有，穷得叮当响的穷人，咱庄稼人就是无产阶级呀！其实这老马也是告诉庄稼人，共产党不要命地干，争来的好日子都是咱农民的。阶级换来换去，还不都是换汤不换药？归根结底都想着他们自己的利益，都官官相护，唯有共产党，是想着咱劳苦大众的，说白了，就是和咱一个鼻孔眼出气。咱村里地主，有时不是说的比唱的还好听？可他给佃户涨工钱了吗？他们脸上挂着笑，嘴比蜜甜，可袖筒里揣了把刀子，肚子里装满了坏点子！

大家都七嘴八舌地开了腔：咦！这大胡子咋就知道咱这边的事呢？他说的话，可句句都在刀刃上！

可不！听了就像大热天跳进凉水里一样痛快。这大胡子肯定也种过地。我敢打赌，他肯定是庄稼地里的好把式，他要是没扶过耧子（一种播种的工具），说不出这样知根知底的话！

坐在墙角的一个中年汉子突然发话：大胡子的话，说到咱心坎上了。依我看，照大胡子的话去干，就不会错。

房子里一下静了下来。大家都扭头看这个长脸的中年汉子。

一个十七八岁，中等个儿，瘦瘦身材，眼睛不大，可透着一股机灵和虎气的年轻人，笑笑说：别看世厚大哥平时不说话，一说话就吓人一跳。

这个年轻人，就是后来成为抗日英雄的刘百贞。

听了刘百贞的话，大家都笑起来。

被称作世厚大哥的中年汉子，与刘良才同龄，平日里沉默寡言，不显山不露水的，好像谁也没有在意过他。在村里，刘世厚很少到人群里找乐子，乡邻说他这是不凑群。有时他偶尔过来，也是在人群边上远远坐着。今天他也是这样，独自坐在一隅，默默倾听。

刘良才摆摆手，大家都停止了议论。刘良才扬扬手里的书说：世厚说得对，咱们就得按这本本来。那些有钱人可不是纸扎的，一戳就破，他们势力大着呢！怎么才能把他们摔在地上，让他们爬不起来？这大胡子给了咱一个办法，是啥？号召咱联合起来！啥叫联合？就是穷伙计们抱成团，一个人打不过，那就两个、十个、一百个，抱的团越大越好，越大越有力气，他们也就越害怕。俗话说得好，一个篱笆三个桩，一个好汉三个帮，人多力量大，一个人一口唾沫，就把他们淹死。那万国的无产者都要联合起来，目标是啥？就是共产主义！到了那个时候，你要什么有什么……现在我一时也说不清，但你们记着，可不是三亩地一头牛，老婆孩子热炕头的光景了，听子久说，那日子好得……好得你想都不敢想，想也想不到！咱们哪，就往前奔着看吧！

大家听了，顿时无限向往起来。刘百贞咂着嘴说：到那时候，我得痛痛快快地吃上一顿肉，吃上一顿大白馒头。

角落里的刘世厚突然又闷声闷气地道：光吃肉不行，还得让你娶上一房媳妇。

大家正七嘴八舌议论着，姜玉兰走进来，低声跟刘良才说了几句话。

刘良才急急走出房门。他借着月光看到，站在自家院子里的一位中年人，手里提着个鸟笼子，正笑眯眯看着自己。

刘良才大喜，一个箭步迎上去，紧紧握住那人的手，笑着说：耿贞元同志，你这个算命先生终于来了！

耿贞元何许人？他也是早期共产党员，与刘良才同岁，都是1890年出生。当年两人第一次相遇时，都被彼此的热情所感染，随即成为知己。耿贞元说：与君同年生同革命……他仰头哈哈一笑：但愿不要同年死，都能看到将来好日子。真要走，我也要走到你头里。

没想到一语成谶。

四年后，1932年8月28日，耿贞元被敌人枪杀在乱石岗里。又过了一年，刘良才牺牲潍坊的城墙上。两人牺牲时间，才相隔一年。

耿贞元原本叫耿之贱，幼年入私塾读《四书》学《五经》，本想有朝一日走上仕途，混个一官半职。可没想到屡考屡败，有人指点他：要想金榜题名，怎能不使些银两？耿贞元闻言冷笑一声：莫说我耿家一贫如洗，就是有银两，我也不去喂狗！从此打消此念，自学祖传治眼医术，为乡里百姓治病。

耿贞元其实少年时就迷恋《易经》，对周易八卦颇有研究，后来给人测字推卦，成了远近闻名的算命先生。他个子不高，面容清瘦，目光深邃，生就几分仙风道骨，让人一见就心怀敬畏。他摆摊算命时，跟前有一驯服的黄雀，专事抽帖，跳来跳去，与耿贞元配合得天衣无缝。

耿贞元的另一身份，是中共山东省委地下交通员。

有一次，耿贞元在青岛罗福洋行门前摆摊，洋行总经理的夫人恰巧身怀六甲，即将临盆，总经理偶然心血来潮，让耿贞元给夫人算算，看生男还是生女。

耿贞元抬头端详了一下眼前这位总经理，掐指算算，口中念念有词，最后他微微一笑道：恭喜这位先生，将来你香火不断了！

那总经理半信半疑：此话当真？

耿贞元点了点头：男孩无疑，而且就在近几日。

几天后，总经理果然得一男婴，欣喜之余，他不忘特地给耿贞元送来几块现大洋。

以后，这位总经理聚会时常说起耿贞元，很多人都慕名而来，耿贞元一时名气大增，人送外号"耿一仙"。刘良才到济南寻找省委时，必先寻他，只要在大街上问起"耿一仙"，就有人指点，他正在某处某处算命。

耿贞元到刘集村的当晚，正遇上刘良才给大家讲《共产党宣言》。他听得兴奋，还从刘良才那里要来这本书，连续读了几个晚上。每当来夜校学习的农民散尽，耿贞元都拿着《共产党宣言》，逐字逐句和刘良才交流自己的感受。

刘良才看他认真，不禁笑着说：你给人打卦算命的时候，也顺便给他们讲讲《共产党宣言》里的道理吧！

就这样，一帮子农民兄弟，在1926年，在平静的夜晚，认识了那个被称为"大胡子"的德国人。他的《共产党宣言》，不仅被中国共产党人接受，也正被鲁北平原上顶了一脑袋高粱花子的农民慢慢接受着。

不同的国籍，又相隔千山万水，我们的农民兄弟，也许本不需要去结识这位哲人马克思。他们祖祖辈辈以土地为生，心心念念的也都是耧、刨、耕、耩，不需要去接受对他们来说过于艰深的《共产党宣言》。可为了千百年来深植于他们内心的、对不受欺压的美好前景的憧憬，本来不可能的事情变成了一种必然和现实。《共产党宣言》的影响力，于此可见一斑。

伟大的大胡子巨人，连同他的《共产党宣言》所产生的影响，打破了国籍、地域、种族的壁垒，在世界上汇成了一股不可抵挡的洪流。

地道的山东农民刘良才，就在自家的北屋里，连续开办了三年的农民夜校。来这里学习《共产党宣言》的，有本村的，有邻村的，还有方圆十里八乡的农民兄弟。

刘集村的村民刘百平，谈到这段时期，心情激动，语调都明显高了：

那时候，刘集村的每个共产党员和进步分子都是一颗火种，他们在周围村庄发展党员，不论串亲戚还是访朋友，走到哪里，就把《共产党宣言》的思想带到哪里。新的党员、新的进步群众又带动一大批群众。这样一轮一轮转下来，《共产党宣言》的思想几乎传遍了整个鲁北平原。你知道，《共产党宣言》都是在城市、在知识分子和革命党人中传播的，能在我们村的农民中间传播，发挥了实实在在的作用，可见《共产党宣言》在中国的传播广度和深度！这可真是个奇迹呀，值得当今的我们好好反思。

村里很少有人知道，沉默寡言的刘世厚也是共产党员。有一次，他竟在一户农民家里说起了俄国革命，说起了列宁怎么运用《共产党宣言》来进行斗争。尽管他讲得磕磕巴巴，可还是把这家人给讲愣了。

这个故事，是刘集村的村民刘希增告诉我们的。刘希增虽年龄八十有余，可身体很是硬朗，还能骑着电动车在马路上撒着欢地跑。老人除了耳朵有点背，眼一点也不花。采访中，很多精彩的故事都是从他那里得来的。大概是当年在村里剧团当过演员的缘故，他说起话来既流畅又绘声绘色。

他对我们讲：当年，我也参加过队伍呢！咋去当的？还不是听刘世厚的宣传。我哥，他也是这样！

稍停，老人不好意思地笑了笑：不过，我们的队伍被打散了，当兵当了没几天，我就回了家。后来没人再找我，我也就没再出去。那刘世厚，当年一有空就来我家说道，把我爸都讲蒙了。他走后，我爸直纳闷——这刘世厚，平时踹三脚也踹不出个屁来，咋讲起共产党的事，就像换了个人？刘世厚来了没几次，把我爸都发展成党员了！

刘考文对当年夜校的情景，也记忆犹新：

从1926年春开始，刘良才的农民夜校连续办了三个年头。夜校就设在刘良才场院的三间空屋里，由大伙凑桌子，学生自带板凳。学生的年龄参差不齐，小的十几岁，大的三十多岁。

除偶尔用来开会外，一般情况下都是上文化课，学的是当时的小学课本。教员主要是刘英才，他有五六年的私塾底子。刘良才有时也讲课，他念书少，但善动脑子，而且口才好。他不教文化知识，用通俗易懂的语言给学生讲革命道理，讲《共产党宣言》。大家都听得津津有味，在不知不觉中受到启示和教育。

党组织在这一时期宣传的《共产党宣言》，使党员和群众的思想觉悟有了很大提高，为以后的革命斗争培养了许多骨干力量。

刘良才经常派刘英才到周围的村子，给农民兄弟讲《共产党宣言》。

最初，刘英才上课回来，耷拉着头，有些气馁地告诉刘良才：他们都听不懂！

刘良才笑了，说：咱们可不能像教书先生那样上课啊！农民兄弟大都没有文化，你得把《共产党宣言》里的东西先变成咱们庄稼人的话，再慢慢和他们拉呱说家常，这样他们就能听进去了。

为了让更多农民兄弟知道《共产党宣言》里的道理，刘良才想了个办法：他把《共产党宣言》里的话，一段段摘出来，再一段段变成庄稼人的道理，然后组织村里的书生写成标语，派一干人马晚上张贴到周围村庄去。

解放后相当长的一段时间里，很多农民还都能把这些话讲出来，可见《共产党宣言》在当时的影响。

走街串巷的算命先生耿贞元，还编了顺口溜："说宣言，道宣言，宣言是咱穷人的主心骨；穷腿子们，你起来，我起来，手拉手，抱成团，把这吃人的旧社会砸个稀巴烂！"耿贞元走到哪里，唱到哪里。

现在来看，刘良才很有伟大和过人之处。

他知道，农民缺少文化，更看重的是现实，是眼前的生计，是五谷杂粮，一日三餐。他按照农民的思维方式，从《共产党宣言》中提炼出通俗易懂的道理来，再传播给广大的农民兄弟。

"一粥一饭，当思来之不易；一丝一缕，恒念物力维艰。""民以食为天。"数千年来，农民兄弟躬耕土地，勤于劳作，恐怕再也没有什么能超越他们对土地和粮食的感情了。他们对温饱饥寒的体会，也更直接，更深刻。

穷则思变。当贫穷威胁到农民生存的时候，他们自然会选择反抗。当鲁北平原上的农民兄弟，知道《共产党宣言》会给他们带来温饱和生路的时候，怎能不积极热烈地响应呢？

1890 年，恩格斯在《共产党宣言》德文序言中写道："如果马克思今天还能同我站在一起亲眼看到这种情景，那该多好啊"。恩格斯这番充满深情的话语，透露出他心中对马克思的怀念，也道出了《共产党宣言》发表四十八年以来，势不可当的无产阶级运动带来的可喜局面。

恩格斯的感慨是由衷而发。1848 年，《共产党宣言》出版的第六个年头，恩格斯说，当他们发出"全世界无产者，联合起来！"的号召的时候，"响应者还寥寥无几"；"可是，1864 年 9 月 28 日，大多数西欧国家中的无产阶级已经联合成为流芳百世的国际工人协会了"；1892 年，恩格斯在《共产党宣言》波兰文版序言中欣喜地写道："近来，《宣言》在某种程度上已经成为测量欧洲大陆大工业发展的一种尺度。某一国家的大工业愈发展，该国工人想要弄清他们作为工人阶级在有产阶级面前所处地位的愿望也就愈强烈，工人中间的社会主义运动也就愈扩大，对《宣言》的需求也就愈增长"。从以上可以看出，《共产党宣言》的影响在日渐扩大。

1926 年，当中国鲁北平原上一位叫刘良才的农民，带着一帮子穷哥们学习《共产党宣言》的时候，两位历史巨人如果地下有知，该会发出怎样的感叹呢?

《共产党宣言》能在这些识字不多的农民中传播,并大大地影响了他们的思想和行为,这在世界上恐怕是绝无仅有的。

如果马克思、恩格斯能活到二十世纪二十年代,也许在《共产党宣言》再版的某一篇序言中,会提及中国鲁北平原上的这帮农民兄弟吧!

刘子久后来谈《共产党宣言》时,说过这样一段话:

当年我和延伯真、刘雨辉结伴回家,听刘雨辉说过给村里带了一本《共产党宣言》,当时我真没在意,觉得农民也没什么文化,看不懂这样的书。可后来我是大吃一惊:他们不仅能看,还能运用到斗争中去!农民真是一支不可忽视的革命力量。中国共产党没有教条地照搬《共产党宣言》,而是与中国具体国情相结合,调动了广大农民的力量,刘集的农民革命不就是一个很好的例子吗?这也从侧面证明了毛泽东农村包围城市的战略思想的伟大。

第四章 枪杆子里面出政权

　　《共产党宣言》说：共产党人可以用一句话把自己的理论概括起来：
消灭私有制！对于如何消灭私有制，《共产党宣言》给出了这样的回答：
用暴力推翻资产阶级而建立自己的统治。1926 年，刘集村的农民兄弟受到
启发，开始组织起来斗地主，建立自己的武装组织。一年以后，毛泽东提
出了"枪杆子里面出政权"和"农村包围城市"的战略方针。

1.《共产党宣言》就是咱泥腿子的号角

1927 年 7 月，蒋介石叛变革命不久，共产国际要求改组中共中央领导。12 日，中共中央在汉口召开了紧急临时政治局会议。

之前，中央曾让陈独秀到共产国际参加有关中国革命问题的讨论，就不要再参加这次会议了。陈独秀听了大发雷霆：这么重要的会都不让我参加，把我支开是何道理？

陈独秀生性倔强，不仅拒不服从，最后还向党中央提出了辞职。这位马克思学说的传播者，从此离开了中央领导岗位。

在这次大会上，中央决定在党组织发展强、工农运动基础相对来说比较牢的湖南、湖北、江西等四个省举行暴动，一来解决农民的土地问题，二是号召更广大的农民起来革命。

时隔一个月后的 8 月 7 日，中共中央又在汉口召开紧急会议，史称"八七会议"。这次大会，批判了陈独秀的右倾投降主义路线错误，确定了以武装斗争反抗国民党反动派屠杀和进行土地革命的总方针。

这是中国共产党在革命紧要关头的一次重大会议，虽只短短一天时间，但历史意义非凡。在这次会上，毛泽东挥着大手说：须知政权是由枪杆子中取得的。

著名的"枪杆子里面出政权"，就是由此而来。

大会结束后，时年三十四岁的毛泽东，冒着酷暑奔赴湖南。

不久，在 9 月 9 日，他领导了著名的秋收起义。

秋收起义，是毛泽东"以农村包围城市"思想的起点。

出生在资本主义国家的马克思和恩格斯，因为置身于大工业时代的国度，《共产党宣言》的思想光芒首先照在了工人阶级的身上。中国是一个半殖民地半封建的社会，绝大多数人口在广袤的农村大地上生活。因此，我们不能也无法去照搬马克思主义思想，而是让马克思主义思想根植在中国大地的土壤里，生长出适合中国国情的新思想来。

这就是后来的毛泽东思想。

1927 年，山东的党组织遭到严重破坏。中央在汉口举行八七会议的时候，山东的党组织都未能派代表出席。时任山东省委书记的吴芳，因身份暴露被敌人通缉，改任青岛市委书记，由邓恩铭接任山东省委书记。

这个时期，由于国民党的注意力放在了城市，农村党组织得以悄悄发展。邓恩铭为巩固各地农村党的组织，指示成立广饶县特别支部。特别支部成立后，刘良才担任书记，刘英才、耿贞元任委员。特支由中共青州地方执行委员会领导。

同年十月，中共中央八七会议精神传到山东，山东省委在济南郭庄举行了各地党组织负责人大会，会上学习了《中国共产党中央执行委员会告全党党员书》。大家纷纷表示，绝不会被蒋介石的屠刀吓倒。

这次会议后不久，中央要求山东省委发动全省人民进行土地革命，要在鲁南、鲁西、鲁北举行一定程度的武装暴动。

1928 年 2 月，中共青州地方执行委员会暴露后遭到重创，广饶特支与益都特支成立了特支联席委员会，直接隶属山东省委领导。因为刘良才表现出色，被省委任命为联席委员会书记。

当中国革命处于低潮的时候，鲁北平原上以刘集村为中心的革命斗争，却是如火如荼。

1928 年春天，广饶县一些地方闹起了春荒，大王尤为严重，地主家的长工、短工家里，都揭不开锅了。

刘良才给大家分析：现在反动派对农村统治相对比较弱，应该马上组织农民进行斗争。刘良才认为，就借春荒的机会，让地主给觅汉增资。觅汉是当地的叫法，指的是在地主家里干活的长工。

当时，刘集村的地主颇多。其中谢清玉家大业大，在村里也是个数得着的大地主，仅长工就有上百人，遍布方圆几十里的村庄。

刘良才入党前，曾和谢清玉有过交锋。那时候，村里很多长工到刘良才家诉苦，都希望他能给大家说句公道话。刘良才就约上一些人，一起到谢清玉家。可半路上有人想起谢清玉平日里的威风，就打起了退堂鼓，一帮子人穿过几条小巷，等走到谢清玉家门口的时候，刘良才身边的人已经所剩无几。

开始，谢清玉见刘良才势单力薄，根本不吃这一套，还骂长工是癞蛤蟆想吃天鹅肉。

刘良才对长工们说：当面不行，我们就背后下手。他让长工把水车兜子钻上眼子，锄草的时候就锄地两头。

谢清玉常到地里监工，一天又到地里转悠，见水车吱呀吱呀地转，可水就是上不来，问长工，长工摇头说不知道。谢清玉低头仔细查看，见水车上有些眼子，心里顿时明白了几分，气得七窍生烟，在地里跳着脚骂开了：谁他妈的这么缺德呀？就不怕生孩子没屁眼！

谢清玉骂着骂着，突然发现地里的庄稼也不正常：地两头的秧苗长得油亮茂盛很茁壮，中间的却瘦瘦的没精神。谢清玉走到里面一看，见秧苗下长满了密密麻麻的草，他又气又急，骂道：你们这些没有良心的东西！吃我的，喝我的，到头来还给我使绊子……前几天你们就穷叫唤着让我涨工钱，不给你们涨，就来这一套！走着瞧吧，有你们好看！

谢清玉骂累了，气咻咻地走了。他当天晚上就没让长工们吃饭，最后还扣了大家的工钱。

1928 年的这个春天，刘集村的支部要跟大地主谢清玉大干一场了。刘良才在党员会上说：咱们学《共产党宣言》是要干什么？是为了干革命，是为了让咱们的头脑更灵活，握起来的拳头更硬。这《共产党宣言》就是一块磨刀石，能把咱手中的小刀子磨得更快！现在咱们已经有了一定的群众基础，该出手了。这第一次，就先拿谢清玉开刀！

听到谢清玉的名字，刘百贞眼里就蹿出两股火来，牙齿也咬得嘎嘣直响。他握起拳头说：早就该给这狗日的点颜色看看了，要不，他那老狐狸尾巴，还不得翘到天上去！你看他张狂的，比一条疯狗还厉害，村里谁见了他不躲着走？他对咱们穷人比豺狼还狠。刘老四祖上传下来的那块地，是块肥水田，谢清玉看着眼馋，硬生生地给抢去了，把刘老四气了个半死不活。

刘百贞的火气是有来由的。他父亲刘广居膝下五个孩子，一大家子人，就租种着谢家两亩薄地，往往粮食还没打下来，谢清玉就催着交租子了。

刘家兄弟五人，都是大饭量的壮汉，刘家吃了上顿没下顿，刘百贞常饿得双眼发花，两腿直打晃。

刘百贞八岁的时候，就被父亲送到谢清玉家打短工。谢清玉懒得搭理这对穷汉父子，乜斜了一眼刘百贞说：还是个小崽子，放个屁都不响，他能干点啥？初生牛犊不怕虎，刘百贞胸脯挺了挺，眼一瞪说：就你放屁响！

谢清玉一愣：你他妈的还嘴硬呀！抬腿就给了刘百贞一脚。

刘广居赶忙给谢清玉赔礼，边赔礼边打了刘百贞一巴掌。刘清玉不耐烦地挥挥手：算了算了，乡里乡亲的……我可有话说到明处，就他这小不点儿，我能给他填饱肚子就不错了，工钱可是一分没有。刘广居沉默了一下，咬紧嘴唇点了点头。

刘百贞在谢清玉家里干活，吃了不少苦头，吃不饱也是常有的事。现在刘良才提起谢清玉，刘百贞怎能不火冒三丈？刘百贞这一点火，其他人都纷纷倒开了苦水。

刘良才止住大家，说：俗话说得好，枪打出头鸟。谢清玉是村里的头号地主，先敲打他一下，村里小地主就老实多了。我们一是打打他嚣张气焰，二是让他给大家伙涨工钱！

大家都齐声说：好！

刘良才先召集谢清玉家几个敢于反抗的长工开了个会，大家都积极响应，后分头去周围的村庄串联。

一天大早，一干人马跟着刘良才赶到了谢清玉家。那谢清玉见一大帮子人像潮水般涌进了自己的院子，不禁一愣，但很快就镇静下来：这村里谁见了自己不溜着墙根走，小水沟里的泥鳅还能翻起大浪来？可他知道刘良才在村里的分量，况且今天看势头也有些不妙，就强挤出一丝笑容问：良才呀，一大早的，这是咋了？乡里乡亲的，这么兴师动众是为啥？说着，瞪起眼看了看刘良才身后的那些人，一些人禁不住慌乱起来，悄悄往后缩。

刘百贞指着谢清玉吼道：你这是揣着明白装糊涂，明知故问！

刘良才板起脸问：给大家涨工钱的事，你想的咋样了？

谢清玉装出一脸为难的样子：乡亲们哪，我的钱也不是下雨下来的，刮风刮来的，是我省吃俭用过日子过出来的。养了这么多的长工就已经很吃力了，再涨工钱，我实在没这个力量呀！我不能把自己的脖子扎起来不吃饭了吧？老少爷们，大家说对不对？

刘良才张口反击：你过日子过来的？我们也都过日子，怎么吃了上顿没下顿？你是靠剥削过日子的，是我们把你养肥了！刘良才回头扫视一眼，接着说：你让这些长工们说说，是不是这个理儿？

几个带头的长工马上七嘴八舌地诉起苦来。

立在边上的地主婆被这阵势吓得直打战，她扯扯谢清玉的衣角悄声说：他爹，不看僧面看佛面，乡亲们一大早都来了，看着他们的面子，给涨一点吧，咱们勒勒裤腰带，少吃点就是了。

谢清玉瞪了老婆一眼：不当家不知柴米贵！这长工短工几百口子人呢，我能涨得起？

刘百贞跺了一下脚，喊道：我看你就是粪坑里的石头，又臭又硬！

谢清玉说：百贞呀，咱得摸着自己心口窝子讲话。你从八岁起就来我家，是我把你养大的吧？咋就不讲良心呢？

刘良才见谢清玉硬得很，不想再和他废话，就一声大喊：动手！

刘百贞和几个壮汉早就按捺不住了，听到这声喊，便扑将过来，眨眼工夫谢清玉就被几个壮汉架到了半空。紧接着他们走到猪圈前，喊了声号子，把谢清玉一下子扔到了粪坑里。那粪坑的水齐腰深，谢清玉挣扎了几下，也没能站起来。

谢清玉的老婆见状放声大哭，跪在地上，央求大家把谢清玉救上来。刘良才问谢清玉：答应不答应？谢清玉哪里还敢嘴硬，小鸡啄米一样直点头：我答应我答应！乡亲们，老少爷们们呀，快把我拉上去吧！

刘良才使了个眼色，一个长工找来一根木棍，把谢清玉拉了上来。谢清玉浑身发抖，点头哈腰地说：乡亲们，你们都回去吧，我全答应你们！

大家见谢清玉这般模样，都发出了胜利的欢呼。那几个躲在众人身后的长工，也一下子挺起了胸脯。

大家簇拥着刘良才，走出了谢清玉家的大院子。

刘世厚说：看，这《共产党宣言》就是本兵法，比那《孙子兵法》还好用。

刘良才说：一根筷子容易断，一把筷子折不断，这就是无产者联合起来的力量。

他转身对刘英才说：英才，这《共产党宣言》作用够大了吧！今天下午马上印宣传标语，晚上就全部贴出去。

当年的亲历者刘考文后来回忆：

我们开展时间最早、最长、范围最广的斗争活动，就是运用标语、传单做武器，宣传鼓舞人民群众，揭露、打击反动统治。1927年以前，我们主要用毛笔写标语出去张贴，有时也用粉笔到附近村里的墙上去写宣传语。1928年后，党组织增添了油印机，我们就以印传单为主，张贴散发的范围就更大了。记得每次我们都能印六百多张传单，传单上写好预定散发的日期。到了夜里，我们用包袱、柴火筐子送到各联络点上，再由各点分发到有党员的村庄，到了传单上规定散发的日期，各村的党团员一齐出动，分头张贴，常常一夜间贴遍方圆几十里内的村庄。有几次，传单都贴到了大王公安分局和县政府的院墙上。

刘考文说的传单贴到了县政府的院墙上，其中一次，指的就是"觅汉增资"那天晚上。

刘良才那晚回家后马上起草了传单的内容："农民兄弟们只有组织起来才能反抗地主的压迫"，"马列主义传天下，世界要大同"。

有的传单还直接摘录了《共产党宣言》里的话："共产党人可以用一句话把自己的理论概括起来：废止私有制"，"刘集大地主谢清玉害怕了，同意给觅汉增资"等等。

刘集村"觅汉增资"的斗争，通过传单几乎传遍了当时的整个鲁北平原。这以后，受刘集村的影响，各个村庄都陆续开展了"觅汉增资"的斗争。

如同刘考文回忆的那样，大量传单印出来之后，分发给刘集村的群众。有的群众把传单装进柴火筐子里，有的卷进包袱里，然后陆续从不同的方向出了村庄。不久，几百份的传单就被刘集村的群众送到了方圆几十里内的村庄。

刘良才还专门印了一些针对政府的传单，这些传单必须在第二天早上出现在县政府的院墙上。

这任务落在了刘百贞和刘良身上。

刘百贞从小就喜欢刀棒，也没师傅教，都是自己操练。给谢清玉放牛的时候，他常从牛背蹿上蹿下，有时几步开外就能跳到牛背上。谢清玉看到了就骂：小杂种，你把我的牛当成什么了？当成栏杆了？我饿你三天，看你还有没有力气这样折腾！

没牛放的时候，刘百贞就练上墙爬屋。时间久了，练成了一副灵活的好身板，走起路来比一般人快当，人送外号"飞毛腿"。

刘良才也格外看重刘百贞。为了考验他，有一次派他给省委交通员送信。刘百贞接到任务就走了。过了一会儿，刘良才发现院子里来了个乞丐，头上戴着破毡帽，脸上盖满灰尘，手里拉了条枣木棍，脚上的鞋子也破了，几个黑乎乎的脚趾头露在外面。

刘良才急忙拿了一块干粮，走出来递给他。哪知乞丐接过来后噗嗤笑了，刘良才有些诧异，定睛一看，也哈哈大笑起来：原来是小三子呀！这乞丐竟是刘百贞化装的。刘百贞在家中排行老三，刘良才有时就直呼他"小三子"。

刘良才上下打量了一会儿，点点头，笑着说：好！看来是动脑筋了，马上去吧！

后来省委交通员见到刘良才时，直夸刘百贞机智勇敢。原来，刘百贞找到交通员的时候，正遇上几个特务盘问他，幸亏刘百贞上去一番周旋，省交通员才得以脱险。

刘集村的刘良1914年生，比刘百贞小几岁，当时才十四岁。他聪明胆大，也生得一副灵活身板。二人在抗日战争时期，皆有卓越表现。最具传奇色彩的，是他们两人都各自在敌军阵地上，从日军手里夺得机枪一挺。

不幸的是，刘良在抗日战争胜利后不久，牺牲在攻打德州的战斗中。时任连长，年仅三十二岁。

这天夜晚，刘百贞和刘良各背一个包袱，从沿途各村贴起，一直贴到广饶县城。广饶县城与其他区县相邻，两人商量后，又一路贴到了寿光等地，往返一百余公里。

每次张贴传单后，刘良才第二天一大早都会抽几个地方巡查，看是否有遗漏。有他全力监督，再加上大家都有很强的自觉性，所印传单，无一张废掉，而且全部都张贴在了易聚众和最显眼的地方。

但刘良才并不满足。在特支会上，他说：我们不能光在家门口革命，"要想喇叭吹得亮，就得站到山冈上"，革命也是这个道理。咱们要把斗争扩大到其他地区去，把可组织起来的人都组织起来。

刘良才翻开《共产党宣言》，说：这本书里有这样一段话，我给大家念一念："工人有时也得到胜利，但这种胜利是暂时的。他们斗争的真正成果并不是直接取得的成功，而是工人们愈来愈扩大的团结。这种团结由于大工业所造成的日益发达的交通工具而得到发展，这种交通工具把各地的工人彼此联系起来。只要有了这种联系，就能把许多性质相同的地方性的斗争汇集合成全国性的斗争。"大胡子这番话是啥意思？那意思就是让咱们组织的老少爷们越多越好，范围越广越好，烧起一把火来容易灭，那满山遍野地烧起来，谁都不敢近前了。咱这个地方，正是个四边区，要把火也烧到别人家的地盘去，影响就更大了。

耿贞元听了这话，自告奋勇：我这算命先生得派上用场了，我去烧这把火！

这以后，耿贞元就提着鸟笼子赶到了四边一带，把卦摊摆到了田间地头、农家小院。来算卦的农民，有的自叹生来就穷命，怨不得世道，耿贞元边指挥着小黄雀抽帖，边循循善诱，说：人的命不在天，在事由人为。广饶县有个刘集村，那里的觅汉拧成了一股绳，最后大地主谢清玉，还不是乖乖地给觅汉涨了工钱！

在耿贞元的号召和组织下，四边的多个村庄的农民，也掀起了反抗地主的斗争。

大地主谢清玉服了软，这让刘集村的农民兄弟出了口恶气。在乡人眼里，谢清玉就是一尊凶神恶煞，谁敢动他？没想到谢清玉现在也乖乖地低下了头。

有的长工见了刘良才，眉飞色舞地说：看着谢清玉成了软蛋，心里一下子敞亮了，共产党就是好！

刘良才说：人心齐，泰山移，共产党就是为大家伙儿做事的。

刘集村北有一沟，深可齐腰。这条一里多长的沟，原是交通要道，常年有运盐车往来，时间久了，竟碾成了一道沟，后来愈来愈深，每到雨季，沟水四溢，到了农忙季节，大家更是苦不堪言。曾有乡绅提出让村里的几家大户填土平沟，可谢清玉就是不干，他嫌乡绅多事，瞪着眼跳着脚地骂：老子家的钱来得也不容易呀！凭什么让老子修路？

刘良才开了个支部会，说：我们发动群众来修。为老百姓着想，老百姓才能起来跟我们一同干革命。

刘良才登高一呼，大家纷纷响应。全村男女老少，没几天工夫就把盐沟子修成了平坦大道。这一下子大大提高了刘集村党组织的威信，也让群众看到了无产者联合起来的力量。

当刘良才再组织"掐谷穗"斗争时，全村男女老少几乎倾巢出动，就连年迈的老人也不甘落后。

有的白发老人说：跟着共产党干，没错！

那是 1928 年秋天，刘集村的谷子丰收了，一串串谷穗沉甸甸耷拉着脑袋，在阳光的照射下，好像在散发着一阵阵诱人的米香。

刘良才看着一眼望不到边的谷子，自言自语：粮食丰收了，可惜不是咱穷老少爷们的。

刘良才知道，一些村子都饿死了人。刘集村的一个妇女敞开衣襟给本家的大婶看，说家里三天没东西吃了，孩子咂不出奶来，把奶头都咂破了。穷人饿得两眼花，走路一摇三晃站不稳。

那谢清玉还在村里叫嚷：一粒粮食也不给这些穷鬼，饿死他们清净！

刘良才抓一把谷穗，在手里搓揉着。他心里突然涌出一个念头：发动父老乡亲们"吃坡"，让老少爷们吃上饭！

吃坡，指到地里去掐庄稼。这恐怕是特殊时期的一个词语了。

刘百平谈起当年广饶特支组织的"吃坡"斗争时说：为啥都说广饶出要饭的？时常青黄不接，逼着人去要饭哪！那一年，也是遇上坏年头，老百姓没吃的了，你说，谁看着肥大的谷穗不流口水？可谁也不敢呀！谁敢到老虎腚上去放羊？刘良才，他就敢！

刘集村还有一户大地主，叫刘之璞，这一年他种的谷子也最多。刘良才说：就从刘之璞下手。地主越大，斗争产生的影响就会越大！

为壮大声势，刘良才指示，延集村支部动员群众也一起动手。

延集村支部书记，叫延春城。

延春城 1893 年出生，幼年丧母，家境贫寒，是苦藤上结出的苦瓜。

他从小和父亲相依为命，少年时就早早地完了婚，全家人一亩薄地三间破茅草房，六个孩子饿死了仨。1927年5月，他加入了共产党。适逢蒋介石叛变革命，延集村党支部负责人见风使舵脱党，后又叛变革命。在山雨欲来风满楼之时，一些人唯恐躲之不及，可延春城毅然挑起了延集村支部书记的重担。

刘良才开办农民夜校的时候，延春城常组织农民兄弟来学习《共产党宣言》。他总觉得这样还不够过瘾，有一次对刘良才说：我把这本书先带回去些日子，组织延集的人学习一下再送回来。刘良才点点头，又特别叮嘱，一定要保护好这本书。

刘良才组织"觅汉增资"的时候，延春城也组织长工起来遥相呼应。

延集村的地主也很多，最大的地主叫延宪忠，延宪忠和延春城本是同族，辈分比延春城低。延宪忠见延春城能干吃苦，就让他当了长工头。

有一次，延春城提出给大家涨工钱，延宪忠一口拒绝了。延春城想出对策，带着大家出工不出力，到了田间地头就睡觉。延宪忠急了，把延春城叫到家里，好言安抚：论起来你还是我的长辈，你不能带着他们糊弄我呀！延春城说：长辈就不吃饭了？本是一根藤上的瓜，为啥就你甜我们苦？延宪忠知道延春城是穷汉子的头，软硬都不吃，就提出只给他一人涨工钱，哪怕多涨几块都行，肥水不流外人田嘛！延春城一口回绝。延宪忠恨得牙根又疼又痒，最后也只得答应给大伙儿都涨。

延春城从刘良才家回来后，马上召集大家开会。延集村的地主这一年种的谷子并不是很多，延春城对支部成员说：谷子不多，可地主多，大不了，我们就多掐几家！

1928年初秋的一个夜晚，明月当空，月色朗朗，整个鲁北平原一片宁静。

刘集村的刘良才发出了行动指令。一时间，早就准备好的刘集村的农民，像潮水般涌出了村庄。周围几个村庄的男女老少也很快从各个方向赶来。几支人流汇集到一起，一下子吞没了大地主刘之璞的谷子地。

数百个农民，在谷子地里黑压压的一片。人多却分工有序，有的用镰刀、围刀割穗子，有的负责往村里运。扛口袋的，挎篮子的，背包袱的，推车子的，你来我往，煞是热闹。

用刘集村农民兄弟的话说：一袋烟的工夫，刘之璞地里的谷穗就少了大半！

相隔不远的延集村，也是同一番景象。

半夜时分，刘良才发出了收工的命令。一声号令，数百人马很快潮水般退去。田野里又恢复了平静。

第二天一大早，刘之璞的管家就像被狗咬了似的，一路号叫着跑回刘之璞的屋里：老爷，不得了呀！没了……都没了！

刘之璞正卧在床上吸大烟，听到号叫，抬起了肥硕的脑袋：你这狗日的，一大早就胡叫唤。没了，没了，什么没了？大清早净说些丧气不吉利的话。

刘之璞坐起来，一脚就踹在了管家的腰杆子上。

管家咧咧嘴：老爷，咱地里的谷子都没了，都没了呀！

刘之璞油亮的脑门子上顿时就沁出了细密的汗珠，他一下子滑下床来：别嚎了，快，快带我去看看呀！

两个人一口气跑到村外，刘之璞跑着跑着就停了下来，他远远地看到地里的谷子还在，就又踹了管家一脚：你这是把我当鸟逼呀，你瞎眼了还是怎的？那谷子不是都直愣愣地立在地里嘛！

管家哭丧着脸着说：老爷，近了看，你近了看呀！

刘之璞看了看管家的表情，好像不是瞎咧咧，赶忙一口气跑到了地头。

他放眼一看，地里的谷子全秃头了，只剩下秸子立在那里。

刘之璞双腿一软，一下子跪在了地头上：我的谷子，我的谷子呀！才一夜的工夫，咋就没有了头呢！

刘之璞放声大哭。哭了几声，他又一下子站了起来，狠狠地说：是谁干的？你马上查一查，我要他们的命去！

管家指着眼前的一片谷子地说：老爷，就这阵势，昨天晚上得有上百人哪！我知道，肯定是刘良才领着穷腿子干的！

刘之璞咬牙切齿：刘良才，你这是老虎腚上逮虱子……我饶不了你！去，把刘茂秀给我找来，让他去收拾了这狗日的！不把他送到牢里，我就不姓刘！

刘之璞说的刘茂秀，是刘集人，在四里八乡也是个叫得响的人物。他会些武功，平日里头皮都用刀子刮得青亮亮的，张口就是"拿命来！"

第二天上午，刘茂秀随着管家进了刘之璞家。刘之璞咧咧嘴，眼里挤出几颗眼泪：兄弟，你可要给我做主呀！要是让那帮穷小子站起来了，你我可就得跟着倒霉了！

刘茂秀晃晃粗壮的胳膊，浓眉一耸：敢！我让他们拿命来！包在我身上了。刘良才不就是靠着那些穷鬼撑着吗？放心，我让他满地找牙，最后还要让官府派人来拿他。

刘之璞拿出一包银元：拿去花吧，不够再来拿。让穷鬼们把割去的谷子，给我一粒不少地送回来。

刘茂秀一路叫骂，走到刘良才家门口，刘良才恰巧没在家，姜玉兰迎了出来。刘茂秀见是姜玉兰，胆子又增加了几分，他叫着刘良才的小名破口大骂，直骂得满嘴白沫，临走还叫嚣：我明天就到城里告他，看他到底有几个脑袋！

姜玉兰知道刘茂秀的为人，那是说到做到。等刘良才回来，马上就告诉了他。刘良才沉吟一下，说：必须马上把他的嚣张气焰打下去！他找来刘百贞布置了一番。一会儿工夫，刘考文等十几个年轻人赶到了刘良才家。

刘考文挽了挽袖子说：一只羊也是赶，两只羊也是放，再把这家伙收拾一顿就是了。

刘百贞挥舞了一下手中的大刀喊：要我说，直接就把他灭了！

刘良才摇摇头说：我们敲他一下就行了。敲了他，刘之璞也就彻底老实了。

晚上，刘良才领着这帮壮汉闯进刘茂秀家。他让大家在院中等候，只带着刘考文进了刘茂秀的屋子。

刘良才一进门，就厉声质问刘茂秀：你这样做，是被谁收买了？

刘考文紧跟着大声喊道：刘茂秀，你这是骑在我们脖子上拉屎，今天必须说清楚！

人高马大的刘茂秀根本没把二人放在眼里。他腾地站起来，一只脚踩在板凳上，大声叫道：咋，想试一试？这真是兔子敲门——送肉来了！拿命来！说着就亮出了一个武打的架势。

这时，留在院中的一大帮人呼啦啦涌了进来，手里都拿着明晃晃的家伙。

刘百贞握着手中的鬼头大刀，喝道：刘茂秀，你要是不老实，今晚就送你去见阎王！说毕，一刀落下，八仙桌被硬生生地砍掉了一角。

刘茂秀见状，立马就成了一摊稀泥，嘴里也软了下来：良才、考文，都是老少爷们，有话好说，有话好说嘛！

刘良才吼道：刘茂秀，告诉你，我们共产党就不怕你这样的！今天晚上先饶了你，以后再跳出来，那就不是这个样子了！

刘茂秀点头哈腰，连声称是。

"吃坡"等一系列斗争，让鲁北平原上的农民兄弟看到了联合起来的力量。

　　一百六十五年前，《共产党宣言》这本薄薄的小册子在英国伦敦小小的印刷厂里问世后，很快就焕发出了巨大无比的号召力，世界很多地方的工人一呼百应。

　　同样，它的思想也影响到遥远的中国。就连鲁北平原上的农民兄弟，也抱团起来革命了。

2．好日子是靠枪杆子打出来的

1929 年，一进入五月，鲁北平原上的风变得愈来愈暖。在不经意间，阳河两岸的杨柳好像一夜就被春风吹绿了。二月春风似剪刀，五月的春风，则像一坛醇厚的美酒，醉了田野，醉了河滩，醉了大自然的生灵万物。

在一个晴朗的春日，阳河岸边上，急急走来三个人，其中两个是农民打扮。他们一个是吴家庄的卜庆龙，一个是苏庙村的卜庆恩，两人都生得虎背熊腰，孔武有力，走起路来健步如飞。

在两人中间的那个却最引人注目。他六十多岁的年纪，中等身材，头挽发髻，一袭道袍，生得童颜鹤发，气宇轩昂，脚步轻盈矫健。此人就是有名的红枪会布道祖师崔云端。这次卜庆龙、卜庆恩力邀他来大王一带布道施法，是为了在阳河两岸创立红枪会。

在历史上由来已久的红枪会，是从农民中发展起来的，可上溯到元明清，是白莲教的支裔，后为义和团的分支。红枪会打着反军阀、反贪官污吏、反苛捐杂税的旗号，所到之处，民众纷纷响应，其组织如滚雪球一般，愈滚愈大，成员无处不有，组织遍布全国。

崔云端到了大王后，就开始马不停蹄地周游各村，所到之处宣扬红枪会的神奇。他告诉大家：谁加入了红枪会，就能消灾灭祸，抵刀挡枪，安民除暴，还能抗捐抗税。

乡人见他仙风道骨，犹如天降神人，而且加入了红枪会如此这般好，又有神灵保护，于是响应者众多。

崔云端见时机成熟，先点了卜庆龙、卜庆恩分头当了会长，二人借势，很快就成立了红枪会。

红枪会也吸引了刘集村的乡民。刘集村的田之乐约上刘钦田，也投到崔云端的门下。

入会要先奉上铜钱一吊，账房先生把他们的名字登记入册后，口中大声念道：收田之乐、刘钦田铜钱各一吊！

随后崔云端为他们举行入会仪式：二人先跪于香案前等候，师傅持香行至房外，面向西南而立，弯腰低首作揖，双眼紧闭，嘴中念念有词一番，返身展臂，伸出两指在田之乐、刘钦田头部、胸前点画了一阵。崔云端吩咐宣誓开始，由旁边的一个师傅带头宣誓：弟子若不忠不孝，被五雷轰顶；若欺师灭祖，被万马营中踏为肉泥。言毕，再叩头三下，即成为红枪会正式会员。

当时，大王的三义庙成为这一带红枪会的总坛子。崔云端后来离开大王云游四方，卜庆乐、卜庆恩等人便坐镇总坛，号令阳河两岸各分坛的红枪会。

红枪会深入民心，发展迅速，时间不长，就达数千人之众。他们除暴安良，也常寻找机会偷袭一下国民党。

1930 年夏季的一天，卜庆乐等人听说县警备队又要下乡了。警备队下乡，犹如老虎闯进羊群，所到之处哭声一片，农民兄弟恨之入骨。卜庆乐说：红枪会刚拉起来时间不长，先初试牛刀，来个开门红！大家都摩拳擦掌，纷纷响应。

几个会长找到崔云端，请求他调拨人马。田之乐说：杀杀县警备队这帮杂种的威风！崔云端说：除暴安良乃我红枪会之本分！随之调集周围各县部分红枪会五千人马来大王待命，等教训了警备队，再攻打广饶县城。

广饶县长哪里把红枪会放在眼里，听说他们要来攻城，大为震惊，好气又好笑：一帮泥腿子，竟要来攻城，真是蚂蚁啃大象，老鼠摸猫嘴，不知天高地厚。

他找来警备队队长刘永吉：你带上人马，去给他们点颜色看看！刘永吉率三百余人进驻东吴村，准备随时伏击。

刘永吉先派出一支七人组成的马队，前往打探虚实。马队转了几个村庄，可哪有红枪会的影子。小队长常引之在马背上拍拍腰间的匣子枪，叫道：什么红枪会，就是一摊稀泥！老子还没拔枪，就吓得这帮孙子没了踪影！

一干人马神气地收队回城。当他们大摇大摆行至三孔桥时，听到一声唿哨，刚才还在地里收割麦子的农民扔下镰刀，拿起脚下的刀枪就冲了上来。警备队猝不及防，乱作一团，小队长常引之和另一名队员当场就被刺死。

刘永吉正在等消息，听到马蹄声，他走出院子，见是几个队员回来了，一个个丢盔卸甲，狼狈不堪。

刘永吉脸色骤变：看你们这熊样，这是咋的了？

一个队员咧咧嘴哭了：队长，漫山遍野的红枪会！开始他们还在地里假装割麦子，等我们走近，都摇身一变换了模样，两个弟兄当场就死了！

刘永吉倒吸一口凉气：妈的，明天全体出动，灭了那帮孙子！

刘永吉后来听说，仅大王一带的红枪会有就数千人之多，武器除了大刀、红缨枪，还有快枪。

这天晚上，出去侦查的一个探子回来报告：这帮人放下武器就是农民，一声号令就成了红枪兵，一个个训练有素，身怀武功，不要说动刀动枪，一个人吐口唾沫就能把咱们淹死。队长，咱们还是井水不犯河水吧！

刘永吉听着有理，点了点头：是呀，这还没打呢，就折了几个弟兄。这帮人不是省油的灯呀！

刘永吉无奈，只得作罢。

红枪会的发展，刘良才看在眼里。早在开办农校之初，刘良才就成立了童子团。随着斗争的发展，他觉得光靠童子团已经远远不够了。广饶县农村有练功习武的传统，1929 年 3 月，刘良才就要求全县各地党组织以"拳房"的名义建立武装力量。一时间，很多人都购置了大刀和红枪头，富裕一点的家庭还买来了步枪、手枪，逐步建立了一支由党领导的农民军事武装。

红枪会无疑是一支庞大的武装力量。刘良才把各村党组织负责人召集到家中，开了一个改造"红枪会"的动员会。

刘良才说：大胡子告诉咱们，要想过上好日子，就得用暴力推翻旧社会。暴力是啥？就是咱们要有武装，要有响当当的武器。干木匠离不了锯子，猎人不能没有枪，下河拿鱼虾得有网子。毛泽东也说了，枪杆子里面出政权，好日子是靠枪杆子打出来的。从现在开始，各村党组织要派党员加入红枪会，尽快把红枪会改造成咱自己的武装。听说，广饶县长派人找过红枪会，还带了很多大洋，让田之乐给扔到院子里去了。他们这是想收买红枪会，我们必须抢先一步。

刘集村的亲历者刘考文曾回忆说：

针对这种情况，刘良才召集党员进行了研究，大家一致认为，从当前看，红枪会虽然与国民党矛盾较大，常有摩擦，但他们犹如一群无缰野马，难免在某些问题上一时糊涂，与我们发生冲突。而且，他们在政治上并无定见，尤易为坏人所拉拢、利用。再说，让这样一个愚昧落后的封建迷信组织掌握了群众，麻痹毒害了贫苦农民，非常不利于我们领导农民开展革命斗争。所以，我们一定要把这部分人改造、争取过来，使他们走上正确的道路。为了达到这个目的，党组织决定党团员都以个人名义参加红枪会，先争取他们的信任，然后抓住时机开展工作，使红枪会为我所用。

刘良才先派出了刘洪才和童子团的负责人刘成法。刘洪才是刘良才的弟弟，也是支部委员。

田之乐是刘集村红枪会的会长，刘钦田是副会长。刘钦田觉得这二人是共产党，担心以后生变，就一口回绝了。

刘洪才说：那咱们先到吴家村入会，回来就另设坛场，这样田之乐肯定不同意，到时见机行事。

二人从吴家村回来后，马上散出口风去。刘洪才在村里也有些威望，一时间报名者众多。田之乐听说后大怒：一山难容二虎，一潭不存二龙。他们另立山头，我这会长咋办？

刘洪才见状，认为时机已到，马上派人把消息送给了总会长卜庆龙，卜庆龙赶来调停，最后两股人马合而为一，刘良才的计划初步实现。

红枪会的会员入会后，每天晚上都要到坛场跪坛叩首。刘洪才他们晚上也来了。跪地后要先念咒语：无量佛，无灵尊，我请祖师来护身。护护我，护护众，我请祖师来护命。金罡灵，斗罡灵，神力速助无量佛，无量佛。

旁边的师傅拈起手中的朱砂笔，在黄纸上画一道符，点燃后把灰烬放进盛满清水的大瓷碗中，一一端给刘洪才他们。师傅说声"喝"，大家双手执碗，仰首一饮而尽。

跪坛时也有规定，每位跪坛者面前都置一方砖，叩首要用力，头碰在砖头上越响越虔诚，将来功力就会越深。

这天晚上，一个小名叫油坊的年轻人也在跪坛，只听他的头磕得嘭嘭直响，师傅在一边喊：看看油坊，将来肯定数他功力最好！

那油坊听了，就像陀螺被抽了几鞭子，更来劲了，最后用力过重，竟磕晕了过去。几个人急忙拉起他，见他额头上去了一层皮，血淋淋的。

刘洪才跪得双膝酸麻，额头也一阵阵疼痛。再看看几个同伴，都磕头磕得龇牙咧嘴直吸气。刘洪才怕大家吃不消，就私下里给大家打气：咱们可不能打退堂鼓，为了改造红枪会，咱们死都不怕，这点苦算什么！有了这支武装，往后就能如虎添翼。

田之乐见了很高兴：大家都看到了吧？人家第一天就这样虔诚，将来必修成正果。

刘洪才等人很快都成了田之乐的心腹。为了在红枪会中增加更多的骨干力量，刘良才又派出了延春城、刘奎文、刘泰山、刘良等人。这几人中，延春城后来担任了广饶县县委书记，刘奎文也成为县委重要成员之一。

一个月后，刘洪才等人来汇报红枪会的事，刘良才听了很高兴：什么功力，其实就是迷信，咱们就先破了这道道，才能说服他们。这是改造红枪会的第一步，先从谁开始？刘良才沉吟一下，大声说：我看，就先从油坊那里下手！他心最诚，跪坛最起劲，磕头也最用力。时机已经成熟了，我们该行动了。

一日上午，油坊跪完坛就拍着胸脯子嚷嚷开了：这一阵练下来，我刀枪不入了，我可刀枪不入了！

刘洪才哈哈一笑：我可不信，哪有这样神奇！

田之乐火了：刘洪才，你不要瞎叫唤！红枪会人人都是金刚罩体！

油坊也不服，晃晃胳膊说：那就试试？出水才见两腿泥呢！

大家也都跟着起哄。油坊也是年轻气盛，眼一瞪，挽挽袖子就一阵风地走进了院子，他指指刘洪才腰间的手枪：你就照我这里打！说着拍拍自己黑乎乎的肚子：这肚皮就是一层铁，打不穿也打不破。

刘洪才说：这样吧，咱先不打人，先打你的衣服。

油坊翻了翻眼皮：衣服咋打？

刘洪才说：你脱下衣服挂在树枝上，给衣服做上法，咱看看是不是刀枪不入。

油坊一听有道理，脱下上衣，做好法，随手就挂在了树枝上。

刘洪才退后几步，举枪便打。砰的一声响，挂在树枝上的衣服抖动了一下。

大家都围上去看个究竟。油坊挥挥胳膊，撇了撇嘴角，一脸豪情地嚷道：就让你们共产党开开眼吧！说着伸手摘下衣服。

一看手中的衣服，他脸色登时变得煞白。周围的人也都怔在那里。

田之乐问：怎么了？油坊一声不吭，只是下意识地摸着自己油乎乎的肚皮。

刘良说：他是吓傻了。

刘洪才拿过油坊手里的衣服，指着上面的枪眼说：什么刀枪不入，这都是迷信。刚才这一枪要是打在油坊肚子上，他早就死了。

田之乐听了，惊出一身冷汗。他摸了摸自己的脑门说：好悬！要不是洪才做了验证，咱们都还蒙在鼓里呢！将来打起仗来就这样往敌人枪口下冲，还不知要撂倒多少！说完拉着刘洪才的手，连声称谢：从今以后，我跟着你们干！

就在刘良才改造红枪会期间，一支黄枪会也应运而生，虽势力不及红枪会，但发展也很迅猛，有数千人之多。

应该说，黄枪会源于红枪会。黄枪会首领张大山本要拜坛加入红枪会的，没想到吃了闭门羹。气愤之余，他拍着胸脯对红枪会的人说：我就不相信，没有你们这块云彩，就下不了雨，我也照样能拉起一帮人马来！

他一气之下，扯起了黄枪会的大旗。

广饶县县长在拉拢红枪会的时候，也暗中在收买黄枪会。而刘良才在改造红枪会的同时，目光也放在了黄枪会。

正巧，刘集的刘士成等数十人加入红枪会未果，直接投到了黄枪会的旗下。一山怎容二虎，双方由此发生冲突，黄枪会当场就死了两个弟兄，黄枪会首领张大山放出狠话：我黄枪会从此与红枪会不共戴天！

听说刘集的红枪会成了共产党的武装后，张大山给各村黄枪会发了号令，准备投奔国民党。刘良才听说后，意识到事情的严重性，他蹙着眉头说：争取了红枪会，我们也不能放走了黄枪会。人多成群，树多成林，掌握了黄枪会，将来咱们力量就更大。

刘良才在屋子里走了几圈，摸了摸脑门，自言自语道：要找一个有威望的中间人去动员他们，有一个人倒是最合适……

大家齐声问：谁？

刘良才道：刘汉民！

刘汉民乃是刘集人士，在广饶县也是声名赫赫，无人不晓。

当年同盟会成员邓天一等人受命组建护法军时，回家乡招兵买马。一天清晨，刚刚起床的邓天一正在院子里练拳，就见一个高大的年轻人健步走来，人还未近前，粗嗓门就响了起来：邓长官，听说您是邓家庄人，我是刘集的，咱们离得很近，是老乡，今天我也报名参军！

邓天一打眼一看，这年轻人足有一米九的个子，粗壮的身材，微耸的宽肩，方脸膛，双眉高挑，立在那里，就像个叫阵的猛张飞。

邓天一本也生得高大威猛，又见年轻人神情镇定，面无惧色，心里早就有了几分喜欢。他走上前拍了拍刘汉民的后背，高声道：好！我收下你。就给我当护兵吧。

邓天一没看错人，不久以后他身陷困境，幸有刘汉民相助，才得以脱身。

那是护法军拿下周村后，准备乘胜攻打济南。部队还没有出发，就遭到军阀各部的反击，双方几个回合下来，周村又落入了敌手。

邓天一一直断后指挥部队突围，自己反被一股敌人钳制。刘汉民抬枪摞倒了近前的几个敌人，保护着邓天一跑进了一座宅院。这家大院的主人是当地有些威望的商人，听说来人是邓天一，不禁心生敬意：你们不要出去，先住下来再做打算。

等外面平静下来，刘汉民就出去打探情况。他走过几条小巷，沿途看到墙壁都贴满了捉拿邓天一的布告，上面还有大幅画像。刘汉民觉得此地不宜久留，必须马上出城。他托人联系了二十个短工，交代明天一大早务在某地等候。刘汉民回来时，带回两套衣服，他对邓天一说：明天一早，我们化装启程。

第二天早上，打扮成掌柜模样的邓天一带着一帮子人到了城门。几个守兵围上来盘查，化装成随从的刘汉民抢先一步，不慌不忙地给每个大兵点上支烟，然后慢腾腾地说：我们掌柜的出城做点买卖，后边这些人都是我们雇来的短工。领头的大兵见邓天一头戴礼帽，长袍马褂，相貌堂堂，一脸的不屑和傲慢；再看看他握在手里的水烟袋，就知道这是个不好惹的主。他用力吸了口烟说：这烟可真够劲……刘汉民微微一笑，把手里的半包烟都塞到他手里。这家伙一把揣进口袋里，眉毛都跟着笑了：走吧，走吧，上面让我们专门设岗逮邓天一的。

出城门走了一段路程，邓天一哈哈大笑起来：小子，还真有你的。汉民哪，看来你不仅有勇，还有谋呀！

刘汉民也跟着笑了，他拿出铜钱散发给大家：回去不要多言。好，你们都散了吧。

因为刘汉民在历次战斗中都有出色表现，很快被提拔为营长。1917年护法运动失败，邓天一有些心灰意冷，他对刘汉民说：如今世道，军阀混战，良莠难辨，你再待在军中，想必也没有什么好结果。我推荐你到广饶县警备队，当个一官半职去吧。凭你的能力，也好为一方百姓做点善事。

没出几日，刘汉民的任命就下来了，着他担任广饶县警备大队副大队长兼一中队队长。

广饶县警备大队队长刘振吉，对刘汉民的大名早有耳闻。当真人站在他面前的时候，刘振吉不禁大声感叹：真是百闻不如一见哪，名不虚传，名不虚传呀！

对刘汉民的到来，刘振吉喜出望外。这些年，广饶匪患泛滥，刘振吉一直没能抬起头来。刘汉民问其缘由，刘振吉说：就是缺少得力干将。

刘汉民一笑，没有再言语。

这以后，刘汉民得知，广饶最有名的匪首叫金殿鳌，只要拿住他，广饶的匪患就减了大半。金殿鳌匪帮作案很有规律，夏、秋依青纱帐而动，春、冬则化整为零，到东北作乱。刘汉民戏称：这帮匪徒真是跟候鸟一般。

有一次，县警备队得到情报，金殿鳌在东北沙河子有一情妇，金每年都拿着钱财到那里享乐。刘汉民建议去沙河子捉拿，刘振吉有些为难：汉民，这可是大海捞针呀。

刘汉民说：他们既然在沙河子为非作歹，肯定留下不少的蛛丝马迹，这兔子窝再多，它也有回家的路。

刘汉民和刘振吉赶到沙河子后，找到当地警备配合，没多久，就查到了金殿鳌情妇的住处。两人一路顺藤摸瓜，最后到了深巷里的一处院前停住脚，这里便是金殿鳌的落脚点了。

刘汉民抬眼一看，见院墙在原来基础上又垒上去了很多，足有三四米高，看来是金殿鳌的主意。再看院门，大白天的，黑漆漆的紧闭着。

刘汉民事先得知，金殿鳌的情妇大约每到这个时间，就会出门到茶楼听戏喝茶。两人就在门前不远的一个巷口等候着。不一会儿工夫，门吱呀开了，一个女人走出来，紧接着大门很快又关闭了。

女人刚迈进巷口，刘汉民伸手就掐住了她的脖子，另一只手紧紧捂在她的嘴上：你敢出声，我就掐断你的脖子！女人憋得满脸透红，嘴里发出低微的唔唔声，听到警告，急忙点了点头。

刘汉民松开手，这女人出了口长气，差点瘫坐在地上。

刘汉民瞪起眼问：金殿鳌在家吗？女人见刘汉民黑青青的脸，两腮都是短短的胡子，凶神恶煞一般，急忙连声回答：在，在。

刘汉民又问：还有谁？女人说：还有个护兵。

刘汉民的手又掐在她的脖子上：要是有一句谎话，你的脖子就断了。走，去给我们叫门。

三人来到院门前，刘汉民把女人交给刘振吉：我来对付他们。女人有节奏地拍了三下门，里面很快就有人应声了：嫂子，怎么刚出去就回来了？女人回答：我忘了拿东西了。

门刚一开，刘汉民就跨了进去。护兵见是陌生人，手立刻伸向了腰里的快枪，但还没等拔出来，刘汉民蒲扇一般的大手就砍在了他的脖子上，那护兵一声没哼，就倒在了门前。

金殿鳌正躺在炕上吸大烟，听到外面一声响，张口就骂道：疤痢头，你他妈的在折腾啥呀？老子抽两口都抽不安生。

金殿鳌话音未落，屋门嘭的一声开了。金殿鳌睁眼看去，见两条大汉硬生生地闯进来。金殿鳌也是经过风浪的人，稍一愣怔，伸手就向枕下摸。刘汉民飞身上炕，一只胳膊顶在金殿鳌的后背上，同时张开大嘴咬住他的脖子。

金殿鳌疼得嗷嗷大叫：是好汉就好好较量，咬人算哪门子英雄！

刘汉民也不言语，不等刘振吉相助，他另一只手已经麻利地给金殿鳌戴上了铐子。

刘汉民担心节外生枝，跟刘振吉说：此地不能久留，咱们马上回去，还能赶上下一趟火车。

火车行至山海关，金殿鳌说要方便。刘汉民问：小解还是大解？金殿鳌说是大解。刘汉民给他卸了铐子，警告说：别耍花招，小心你的狗命。

金殿鳌一边往前走着，一边回头看了看，大笑着说：我去拉屎你们也跟着呀？

说完，金殿鳌诡谲一笑：你们就看好吧！忽然一扭身，竟从一扇车窗里蹿了出去。

谁都没想到金殿鳌会来这一手，两人大吃一惊。刘振吉说：让他跑了，再抓就难了！说完也跳出了车窗。

刘振吉跟金殿鳌怎能相比，那金殿鳌是有些武功底子的，落地后就势打几个滚站了起来。刘振吉不会借力，当时就摔晕了过去。两人相距不到几米远，金殿鳌摸起身边的一块石头，大声道：老子送你回老家！

刘汉民也紧随着刘振吉跳出了车窗，他就势打了几个滚站起身，正看到金殿鳌举起手中的石头。他一个箭步冲过来，飞脚踢在金殿鳌的手腕子上。金殿鳌两手一松，石头落在自己的右脚上，疼得他一下子蹲在了地上。

刘汉民把金殿鳌踢翻在地，解了他的腰带牢牢地捆了。刘振吉醒来，又恼又怒，上来就挥手甩了金殿鳌两个大耳刮子。金殿鳌叫道：妈的，还硬！没有他，你早就成了这块石头下的鬼了！

刘振吉看了一眼脚下的那块大石头，感激地说：兄弟，你可救了我一条命呀！

收了金殿鳌，刘汉民在广饶的地盘上打出了名声。接下来他又出马捉拿丁老四。丁老四外号叫丁老虎，来无踪去无影，在群匪中也是赫赫有名。

刘振吉说起丁老虎的能耐，生性高傲的刘汉民笑道：丁老虎？我看他就是个丁狗熊。论起来，他和我刘家还沾亲带故，可犯了法，亲爹老子也不行。这件事包给我了，不出两个月，我就把人给你带来。

刘振吉让刘汉民多带几个人手，刘汉民哈哈一笑道：人多了碍手碍脚，我习惯单枪匹马，独来独往。

刘汉民得知，丁老虎就住在大连的日租界，他侦察了一些时日，终于摸清了丁老虎的住处。

晚上，刘汉民赶到此处，见院门紧闭，就爬上了一棵离院墙很近的大树，树干离墙头也就是一步来远。刘汉民从探出的树枝上攀到了墙头，最后纵身一跃，落到院子里。

丁老虎正和几个女人围坐在酒桌前猜拳行令，打情骂俏，刘汉民推门进房，他们竟都没有觉察。

刘汉民大喝一声：丁老四！满房子人猝不及防，一时都怔在那里。丁老虎很快就反应过来，他号叫着扑向刘汉民。刘汉民躲过后，一个顺手牵羊，丁老虎重重地跌在了门槛上。刘汉民一个饿虎扑食，把丁老虎牢牢地压在了身下。

几个女人这时清醒过来，也跟着扑了过来，有的生生拽住刘汉民的头发，有的咬住刘汉民的耳朵……刘汉民疼痛不过，一胳膊肘把那个咬自己耳朵的女人顶了出去。就在刘汉民分神的工夫，丁老虎扭过头来，一下子咬住了他的胳膊，疼得刘汉民冒了一脑门的汗珠子。

刘汉民骂道：奶奶个熊，你属鳖的呀，咬住就不松口了！一边骂着，手指一下子抠在了丁老虎的眼上。丁老虎逃生心切，用力咬下，从刘汉民胳膊上生生地撕下一块肉来。刘汉民忍住疼痛，从腰间摸出手铐，麻利地扣在了丁老虎的双手上。

丁老虎一下软了：九哥呀，你这是干啥？上阵还要父子兵呢，你咋就对兄弟下这狠手呢？床头箱子里装的都是现大洋，你全都拿去，给兄弟一条活路吧。刘汉民说：还是留着给你自己买棺材吧。

金殿鳌和丁老虎，据说都被送上了断头台。

刘汉民嫉恶如仇，更看不惯欺压百姓，县长面前他也敢拍桌子。

有一次，警备队下乡催捐，刘振吉耀威扬武的，还踹了一个老人一脚。旁边的刘汉民怒从胆边生，他把刘振吉叫到没人处。刘振吉不知就里，着急地说：兄弟，弟兄们都忙着发财呢，有事快说。

刘汉民怒目圆睁：你踢了老大爷一脚，老子给你一巴掌！说完挥手就给了刘振吉一记重重的耳光。刘振吉蒙了，捂着半边脸，蹲在了地下。

警备队一回县城，刘振吉就在县长面前告了刘汉民的状。县长着人把刘汉民叫来，指着他的鼻子破口大骂，直骂得刘汉民火冒三丈，一巴掌拍在了县长的案桌上：你们这帮狗东西，就知道搜刮民脂民膏，欺压百姓，老子岂能与你们这帮恶人同流合污！

说完，他扬长而去。

这以后，刘汉民离开广饶，到寿光听过差，后来还差点死在了寿光县长的枪口下，幸亏家人赶到济南向邓天一求救，最后被邓天一救下一命。

刘汉民见军阀混战，到处民不聊生，不禁心灰意冷，后来干脆回到了刘集。

刘集村党支部开办农民夜校的时候，刘良才曾经专门去邀请过刘汉民。刘汉民生性孤傲，一口拒绝了：我肚子里还是有些墨水的，上什么夜校。

有几天晚上，在家门口放哨的姜玉兰，常看到刘汉民在附近徘徊，有时候好像要过来，可犹豫了一下，扭头又走了。姜玉兰把这事告诉刘良才，刘良才笑笑：这刘队长，还放不下架子呀！

在支部会上，刘良才对大家说：咱们干革命，就是要团结一切可以团结的力量，这《共产党宣言》里早就讲过，当斗争到了激烈的时候，一帮子人就会跑到咱们这边来的。刘汉民也是一个惩恶扬善的人，只不过这些年，在旧军队染上了不少坏习惯，但本性是好的，在这一带影响力大，要是把他团结过来，将来对我们开展工作、发动群众更有利。

这以后，刘良才常有意到刘汉民家串门，刘汉民其实也盼着刘良才的到来，有时几天未见，他就不自觉地走到了刘良才的家门口，对刘良才说话的态度，也变得谦恭起来。

刘百贞看得奇怪，对刘良才说：那刘汉民心高气傲，谁都看不在眼里，见了你，怎么变得恭敬起来了？

就在刘良才发动"觅汉增资"的第二天晚上，刘汉民来到了刘良才家，一见面就说：这个军阀那个军阀，这个党那个党，我看，就你们共产党真心为老百姓做事。那谢清玉到我家里去了，一见面就喊我刘队长，让我给他做主报仇，当场就被我骂了个狗血喷头。你们干得好呀！良才，我看你是一呼百应的，比军队里团长还管用，大伙怎么就这么听你的？

刘良才说：谁一心为老百姓着想，老百姓就跟着谁走呗。

刘汉民点了点头：你这话，可说到点子上了。良才，我听说你这里有个小本本，姓马的大胡子写的，都说神得很，跟咒语一样灵，大伙是听了他的话才起来闹革命的，能不能……让我看看？

刘良才笑了：这可不是什么咒语，共产党不讲这一套。说着，他从炕头的枕头底下拿出了那本《共产党宣言》。

刘汉民接过一看，笑起来：嘿！这姓马的跟我一样，也是大络腮胡子！

这之后，刘汉民常到刘良才家来，谈的话题，几乎都是《共产党宣言》。见面的头一句话，也几乎都一样：这络腮胡的话，句句在理呀！

后来，刘汉民就提出要求：留在刘集，跟着刘良才干革命，哪里也不去了。

刘良才说：你身份特殊，也有影响，应该到国民党县政府里做事，这样，能为共产党做更多的工作。

1928年春天，大王的李郁廷来到了寿光县当县长。李郁廷知道刘汉民的能耐，特意派人来刘集，邀请刘汉民到寿光听差，委他担任护卫队的队长。

当时寿光境内有警备队、民团，还有张宗昌的骑兵团，三足鼎立，各怀鬼胎，都一心想着灭掉对方。警备队的大队长刘金标先发制人，在一天黑夜设伏击毙了民团的两个头目。刘金标知道骑兵团非等闲之辈，就联手土匪窦葆璋共同对付骑兵团。窦葆璋有了警备队的庇护，进了寿光城，从监狱里放出了快枪手刘大头。野心勃勃的窦葆璋先从县长李郁廷下手，双方在巷子里发生了激战。那刘大头一马当先，子弹就像长了眼睛一样飞过来，护卫队的人一个个应声倒地。

刘汉民的护兵叫道：那个光着膀子使双枪的，就是刘大头！

刘汉民从护兵手里拿过长枪，一枪就把刘大头打翻在地，其他人一时再不敢近前，护兵队趁机护送李郁廷跑出了县城。

李郁廷对刘汉民说：这寿光县我是不能待了，我要回济南，你还是回刘集去吧！

刘汉民见前路渺茫，只得又回到了家乡刘集。

刘良才争取黄枪会，为什么想到了刘汉民？原因有二，一是刘汉民在这一带有威望，二是黄枪会的二首领刘士成等人，都是刘汉民的后辈。

刘良才找到刘汉民，说明了来意，刘汉民拍着胸脯说：为共产党做事，我刘汉民当仁不让！这件事就包在我身上了。

当晚，刘汉民就让人把刘士成叫到了自己家里。他问刘士成：听说你们黄枪会要投奔国民党？刘士成点了点头：这都是大头领的事。

刘汉民拍案而起，指着刘士成的鼻子说：国民党是什么德性，你也知道，投了国民党，那就是父老乡亲的罪人。红枪会和黄枪会本是一根藤上的瓜，为什么要同室操戈，苦苦相逼呢？你要是敢投国民党，看老子怎么收拾你！

刘士成说：九爷，你放心，我绝不会去做对不起祖宗的事。

刘汉民点点头，伸手摸了摸脸上的络腮胡子：明天，我也去投奔黄枪会，到时你看我眼色行事。

第二天一大早，刘汉民就来到了星落村。黄枪会的首领张大山对刘汉民早有耳闻，也常听刘士成说起，心里早存着一股敬意，见刘汉民来加入黄枪会，满心欢喜。

刘汉民说起国民党的种种黑暗，张大山不禁听得面红耳赤。旁边的刘士成说：我九爷就是看不惯他们，一气之下才回了刘集。

张大山拍着膝盖说：九爷，我可真糊涂呀，差点就做了对不起老少爷们的事！

这时有人急急进来报告，说红枪会的人来了。张大山喊道：水来土掩，兵来将挡，跟我来！说着拔出腰间大刀，就冲出了院门。

刘汉民爬上门前的一个土台子，放眼向村外看去，但见几个村庄的红枪会正向这里集结，不一会儿工夫，就把张大山的宅院围了起来。红枪会的几个头领，一边往里冲，一边嚷嚷着今天要白刀子进红刀子出来。刘汉民让黄枪会的人都退到院子里去，自己一人留下，和红枪会对峙。

刘汉民仰首哈哈一笑，解开衣襟，别在腰间的两只匣子枪露了出来。他摆摆手：众位弟兄们，先不要急着动手，我就是黄枪会的大头领刘汉民，有什么事，冲我来好了。你们有枪，我有命一条。我刘汉民打十九岁起，跟邓天一冲锋陷阵，脑袋就别在裤腰带上。我上东北拿过土匪头子金殿鳌，去大连逮了丁老虎——那丁老虎也是杀人不眨眼的货，我单枪匹马，照样把他关进了广饶县的大牢！

刘汉民胳膊一伸，挽了挽袖子：大家都看到我这块疤了吧？那丁老虎张嘴就给我撕下一块肉来，当然我刘汉民也不含糊，伸手就把他的右眼珠子抠了出来。

刘汉民犹如说书的一般，立在那里，口若悬河，滔滔不绝，讲得是一波三折，峰回路转。那些人一个个都听得入了迷，高高举起的红缨枪也慢慢放了下来。

刘汉民见状，话锋一转：咱们红枪会黄枪会，其实都是受苦人，打断骨头还连着筋，不都是为了保家卫民嘛，自己人跟自己人打起来了，高兴的是谁？是国民党呀！现在中国出了个共产党，共产党就是一心一意为了老少爷们的。要我说，咱们——跟着共产党干！

几个红枪会的头领听了，连连称是。

在刘汉民的说合下，红枪会和黄枪会合二为一。至此，大王一带的红枪会都被改造成了共产党的武装组织。当时，共产党员王兆津被红枪会的崔云端委任为四县总联络员，王兆津在各地联络中，借机向红枪会宣传《共产党宣言》，红枪会逐渐转变为地方党组织的骨干力量。

刘集红枪会的会长田之乐等人，后来还加入了共产党。在抗日战争、解放战争时期，这一带的红枪会成员，或成为民兵，或成为地方武装，或成为正规军的一员。

陈毅司令说：这么大的一支迷信组织被你们改造过来了，不简单！

1930年农历九月，刘良才组织发动了一次规模颇大的农民斗争。这次斗争，被当地党史资料称为"砸木行"。

据广饶史志记载，鲁北地区的农民除耕种，亦有从事木匠活的传统。刘集村也不例外。刘良才在成立农民协会的同时，也成立了木匠协会。当时，大量的木器在市场上交易，官府见有油水可榨，就在苛捐杂税里面加上了"木器税"这一名目，还在集市上专门设了"木行"。

大王有了共产党，出了个能替穷人说话的刘良才，大家遇上什么事，都愿意找刘良才说一说，倒一倒满肚子的苦水。最近来找刘良才的人，说的最多的就是木器税。很多人说着说着，就气得咬牙切齿骂起来。

其实，刘良才也到集上卖过木器，交了税之后，所剩无几；更有几件木器，连本钱都没有赚出来。有一次，他身边有一个老人卖了几个马扎，上了税后，刨去本钱略有剩余，老人一脸愁苦，低声嘟哝着：这个世道，咋就这么黑呀！穷人身上的肉都被你们割完了，连骨头都不放过，也要放进锅里熬！

这句话被经过的税务狗子听到了，一脚就把老人踢翻在地：老不死的，就你多嘴！说着往地上吐了一口痰，扬长而去。

刘良才急忙把老人扶起来，老人抹了一把眼泪说：大侄子呀，不说我憋不住呀！前几天，我那孙子活活饿死了，全家人都指望着我这点钱呀……

刘良才从口袋里摸出一些钱，硬塞到了老人的手里。他决定，这次就来一个砸木行的斗争。

采访这段历史的时候，刘良才的孙子刘奎相对我们说：人没活路了，就要造反，砸木行这件事，就是让那帮王八羔子逼的。早些年，我听俺奶奶讲，刘集村的木匠做什么木器的都有，有做篓子的、木簸箕的，还有做柜子、箱子、小车、耙子的，你到集市上看看吧，应有尽有，样样齐全。韩桥那里有个税收点，收起税来要人命。一个小小的木杈，要是卖五块钱的话，他们就要收走四块。我爷爷费力做了一辆独轮车，一下子就让他们收去了三分之二。到处都是怨声载道。

刘奎相挥着手说：上头一声号召，下头就有几千人响应呀，要不怎么就说众怒难犯呢！

刘奎相说：砸木行的会就是在我们家的北屋开的，俺奶奶就在院门口站岗。

透过刘良才故居的窗子，我们仿佛看到了当年刘集村的农民兄弟开会的神情；侧耳倾听，好像还能听到他们激昂的话语。

在这次会议上，刘良才说：我们先砸韩桥庙会上的木行。韩桥地处交通要道，南来北往不断人，每逢庙会都是人山人海，斗争掀起来，影响肯定很大。我们单单组织刘集的木匠，还远远不够，还要发动周围村庄的所有木匠参加，这样，一是斗争规模更大，二是敌人的眼睛就不会光盯着刘集一个村了。同时，为了尽可能地减小暴露目标，我们就以红枪会的名义进行。为了尽快把大家发动起来，我们事先已经印了一批传单，今天晚上，必须连夜送到每家每户。

会后，刘良才就和大家分头把数百份传单，送到了周围各村的木匠家中。很多木匠看了传单上"木匠工人们联合起来，为政府的苛捐杂税而斗争"的内容，都很振奋。有人拍着胸脯说：这是为咱自己，一定要参加，好好跟这些兔崽子斗一斗！

为掌握更多情况，在旧历九月十四日这天，刘良才和刘奎文、刘百禄、任天纵、王学文、刘考文等人，来到韩桥庙会，进行了一番周密的侦察和布置。

当晚，各村大多数联络员都按约定时间来到了刘集，参加战前动员会。

刘良才发现，也有少数村的联络员没有来。总联络员刘考文气哼哼地说：有人当时把胸脯拍得山响，可到了关键时刻，就打退堂鼓了。木行里不就是几只老鼠和蛤蟆吗？咱们还怕他们不成！

有人提出来：人家村都不参加了，干脆，咱们也别当出头鸟了吧！

刘百贞虎着脸吼道：都不想当出头鸟，那就安心过穷日子吧！

刘良才没有说话，等大家都平静下来，他才说：在斗争面前，总会有人前怕狼后怕虎，有观望的，有见风使舵的，但只要我们敢干，慢慢地，很多有这种思想的人，都会加入到咱们这里面来的。我们不能因为这样，就不起来革命了。砸木行斗争，如期进行！

二十世纪八十年代末，刘奎相在自家那座百年老屋里，偶然发现了一份当年开会时的记录，时间是1930年农历九月十三日。记录人署名为刘考文，内容如下：

晚上，刘良才组织各村党支部负责人在刘集开会研究。研究结果

196

是：

1．由刘奎文起草一份以告国民党横征暴敛、号召群众起来进行斗争为内容的《告全县同胞书》，连夜刻印几百份，张贴到韩桥周围许多村庄和去韩桥的路上。

2．税局如果无视我们的警告执意妄为，就一定给他们惩罚。各村党团员和积极分子都装扮成红枪会会员，按时赶到会场，听候县委统一号令。

3．干就干个痛快，干脆把为首的收税人打死。

4．如果大王局子里的民团干涉，我们先占住庙（指韩桥的庙宇——作者注），然后四下一起动手，捅死他们几个。

5．行动以后赶紧疏散，几个主要领导同志暂时隐蔽起来。

这段珍贵的文字记录，给我们勾勒出了一幅当年刘集一带农民兄弟抗敌斗争的历史画面。

1930年旧历九月十五日早上，十七岁的刘良带着数百人的红枪会队，一路向韩桥赶去，刘良才手握鬼头大刀，一马当先。队伍里大都是青壮年，也有一些老者，还有几个流着鼻涕的少年。大家的步伐虽有点乱，远远看去倒也显得威武，口号声此起彼伏，喊得也算响亮。

一个叫刘长俊的农民鼓起嘴巴，起劲地吹着长长的洋号。这洋号还是刘长俊平日里耍把戏用的，现在也派上了用场。在队尾紧跟着一个干瘦的老头，挑着一副颤悠悠的担子，两个筐子里装满了各种颜色的小三角旗，上写着"打倒苛捐杂税"、"打倒吃人的旧社会"等内容。

此人就是刘集村红枪会会长田之乐，这些小旗子，他和红枪会的几个会员做了整整一个晚上。

沿途村庄的墙上、树上，都贴着密密麻麻的传单，吸引了路上的众多行人。这是飞毛腿刘百贞和刘良一夜间贴上去的，他们在韩桥贴完最后一张的时候，天刚蒙蒙亮。

韩桥庙会上，各种货摊一溜蜿蜒摆开，足有几里路长。有玩杂耍的，有说书逗乐的，有卖各种食品和家用百货的，叫卖声彼此起伏。庙会上，最有规模的还是木器市场。

木器行里的税务狗子，可能听到了风声，或者是看到了传单，开始还探头探脑，后来见没什么动静，就跳出来开始收税了。

木器行里一时骂声一片。立在刘良才旁边的刘百贞恨得直咬牙：这些杂种，要人家的钱，还骂人！

刘良才见时机一到，马上发出了行动信号。

刘奎文跳到一辆大马车上，开始鼓动、宣传、喊口号。刘奎文口才很好，每一句话就是一支燃烧的火把，把大家的仇恨点燃了；每一声口号就像一把大蒲扇，把大家心中的怒火扇得越来越旺。

群众齐声喊道：砸了它，砸了它！红枪会成员高举大刀、红缨枪，把税务桌子团团围起，卖木器的也抄起一件件家什冲了上来。庙会上人潮涌动，犹如平静的大海上陡然卷起了一股浪涛。

收税的头目姓韩，肩膀中间顶了一颗硕大无比的脑袋，木匠们都喊他韩大头。韩大头面对着愤怒的人群，开始还有些慌乱，慢慢就镇静下来。他觉得这些闹事的人，无非就是一帮泥腿子，吓唬吓唬就后退了。

他瞪起眼睛喊道：乡亲们，这收税是政府定的事，对抗政府，可是要坐大牢的，弄不好还会丢了性命！你们都散了吧，别跟着少数人起哄！这里还有我们民团的弟兄，真动起手来，枪子儿可不长眼！

刘良才不等韩大头说完，挥起鬼头刀砍在了他的后脑勺上，韩大头扑通一声，倒地而亡。另一个税务狗子早就吓瘫了，一屁股坐在了地上。刘百贞伸手拽住他的后衣领，一下子把他提溜起来：刚才还吹胡子瞪眼，这时候咋成软蛋了？

刘良才大声喊道：谁不让咱们穷苦人活，谁就是这样的下场！众人拾柴火焰高，只要咱穷苦人拧成一股绳，就能把他们打趴下！

站在大马车上的刘奎文带头喊起了口号：取消苛捐杂税！打倒反动政府！坚决拥护共产党！很多人都跟着喊了起来，一浪高过一浪，响彻云霄，如疾风暴雨一般。在附近巡逻的国民党民团，虽个个都是全副武装，见这阵势，竟都远远地躲到了一边。

接着队伍开始游行，每个人都举着三角旗，喊着同样的口号。有人见出了人命，想想后怕，走着走着就溜了；但也有人加入了进来。队伍游行到牲口市后，按预先约定，大家都自动散开了。

我们在查阅山东地方有关党史的时候，曾经发现有一段专门评价"砸木行"斗争的文字："砸木行"是广饶党组织自建立以来，组织发动的一次规模和影响都比较大的斗争。通过这次斗争，纠正了党组织过去不敢领导公开斗争，以及不相信群众特别是农民有觉悟的错误思想，同时也丰富了领导大规模群众性斗争的经验。

刘良才过去组织的"觅汉增资"和"掐谷穗"，广饶县政府并没有深究，县长说那都是穷腿子瞎折腾，小偷小摸，不值得兴师动众；可穷腿子的"砸木行"砸死了一个人，让县长倒吸了一口冷气。他马上打电话向山东省政府主席韩复榘报告：韩主席，不得了了，这都是共产党煽风点火所致。

韩复榘道：共产党开始在乡村下崽了，别小看一身泥巴的乡巴佬，闹起事来也是天翻地覆。你那些民团，都他妈是吃干饭的？养兵千日用兵一时，让他们出去给我抓，给我杀！

砸木行的斗争使广饶党组织暴露，刘良才等一批共产党员被县政府列入了黑名单。这次斗争的亲历者刘考文也上了这个黑名单，他后来回忆道：

> 不出所料，砸木行二十天后，广饶县的国民党就对我们下手了。广饶县民团的副大队长，带着十几个团丁来我们村抓人，刘良才当时正巧在坡里干活，乡亲们赶紧给他送信，他就从坡里走了。我在自家场院的麦穰垛里掏了一个洞，晚上就在里面睡觉。刘奎文每到夜里，就去外村他同学家中借宿。有一天晚上，刘良才托人捎信来，叫刘奎文和我到邓家庄找他，我俩没顾上吃饭就赶到了邓家庄。我们三人一块从邓家庄赶到了益都县的阳河村，又从阳河去了纸坊，最后在一个姓白的同志家里住了一夜。在这里，我们开了一个会，分析了当前的形势。第二天早上，刘良才去济南找省委汇报情况，我们也赶回了刘集村。年底，刘良才从济南回来，就藏在家中。这时形势有所缓和，我和刘奎文也都能在家睡觉了。刘良才趁夜间到过我家几次，他说已经与省委取得联系，省委决定调他到潍县工作。记得过了春节，他把工作交给刘奎文，就离开了刘集。谁知此别，竟成了永别。

根据刘考文的回忆，国民党团丁来刘集抓人的那天，把刘良才的家翻了个底朝天。民团副大队长叫王金贵，嘴里镶了几颗金牙，外号叫王大金牙，他翻着白眼阴阳怪气地喊道：抓不到刘良才，就用他老婆来顶账！

王大金牙话音刚落，一个团丁就上来绑了姜玉兰的双手：从这里到县城就得几十里，够你这个小娘们喝一壶的了。说着就把她拴在马鞍子上，打马就走。姜玉兰是个小脚女人，有时马走快了，她就得跟着小跑一阵，一路上跌跌撞撞，气喘吁吁，全身的衣服都湿透了，脚也磨破了皮，又肿又胀，血淋淋的。

县长听说没抓住共产党，伸手就打了王大金牙一个大耳光。王金牙捂着脸说：共党是没逮住，可逮住了一个共党的老婆。

两个团丁把姜玉兰架了过来。

无论县长怎么审问、呵斥，姜玉兰就是这样的话：俺是妇道人家，就知道拾柴、捞草、养猪、做饭，其他的啥也不知道。后来团丁动了鞭子，县长开口再问，姜玉兰还是这句话。到了最后，姜玉兰干脆闭口不言。

刘汉民在广饶县城南门开了一家饭馆，听说姜玉兰被抓，抬脚直奔县政府，一进门就嚷道：刘县长啊，我当保人来了！

县长见是刘汉民，心里就有几分打怵，嘴上还硬着：这可是共党刘良才的老婆啊！

刘汉民哈哈一笑：这就是以讹传讹了。刘良才是个本分人，怎么就成了共产党？你关了他老婆，一个妇道人家能知道什么？今天我出面担保了，出了啥事我刘汉民担着，绝不当缩头乌龟！

县长见姜玉兰被关了三天，也没能榨出什么东西来，早就不耐烦了，他干脆借坡下驴，点了点头：好！你刘汉民在广饶也是有头有脸的人，既然你出面担保，我怎么也得给你这个人情。可往后，不能老是让我这个一县之长为难吧？

刘汉民大声道：我刘汉民也是一个知趣的人，今后不会再为难你县长大人的。说着双手抱拳：我这里谢过了！

刘汉民知道，姜玉兰在里面肯定吃了不少苦头，可看到她的时候，还是大吃了一惊、姜玉兰浑身上下伤痕累累，都几乎挪不动步了。

刘汉民急忙上前搀住姜玉兰，狠狠地瞪了一眼团丁，大声吼道：你们对一个妇道人家，也下得了这种狠手！那团丁急忙说，您老也当过差，端当官的饭碗，受当官的管不是！刘汉民道：少做点恶事吧，别到时候死了还进不了祖坟！

刘汉民扶着姜玉兰刚走出监狱大门，姜玉兰的儿子刘吉祥就推着独轮车迎了上来：娘，你可出来了，我这些日子天天在这里等你。

刘汉民高兴地对姜玉兰说：真是巧了，看你这身子骨，本想给你找辆车送回去的。

姜玉兰连声道谢：你托人把俺放出来，就很好很好了，还能再麻烦你……

刘汉民亮着大嗓门说：谢啥？本乡本土的，刘良才为了穷苦人不顾身家性命，连你一个妇道人家都深明大义，我刘汉民要是袖手旁观的话，岂不枉活一世了！

团丁不久又来过一次刘集，还是一无所获，最后把田之乐掳去了。田之乐是个孤老头子，穿着一件破袄，那天恰巧感冒了，不时用袖口抹着鼻涕。

县长见是一个干瘦老头，正要发作，团丁急忙说：别看他这么干巴，可是刘集村红枪会的会长呢！

县长一听，来了精神，还没等他问话，田之乐就慢悠悠地开口了：县长大人，我房无一间，地无一垄，你们把我抓来，正好有地方住，有饭吃了。

县长哈哈一笑：只要你说出刘集共产党的下落，本县养你的老又何妨呀？

县长再问话，田之乐就装聋作哑，说自己老了，耳朵不好，什么都听不到。

团丁气急了，上来就抽了田之乐几鞭子。田之乐还嘿嘿地笑，就像鞭子没抽在他身上一样。

县长破口大骂：你们抓这么个棺材瓤子来充数的吗！

田之乐被关了几天，又被放出来了。

"砸木行"后的很长一段时间，白色恐怖一直笼罩着刘集村。

在一个酷热的下午，刘百平老人的讲述把我们带进了那段难忘的历史岁月：

我听我父亲讲，国民党到刘集村抓人后，刘集村的地主和无赖也一下子变得扬威耀武起来，一个个屁股都翘得老高，胸脯也挺起来了，就像发了情的公狗，满村子里乱窜。他们闯进刘良才的家，比在自己家里还实在，有的翻箱倒柜，有的进了猪圈把猪给牵走了，有的抓鸡逮鸭子，见什么拿什么。村里有个无赖，好吃懒做，他也乘机给姜玉兰递了张条子，要她准备好一百块现大洋，埋在村东头的那棵大槐树底下。开始姜玉兰不知道是谁干的，还以为是个敲竹杠的土匪呢。

刘良才的儿子就把一袋子小石子埋在了树底下，那无赖晚上真去了，从土里挖出了那袋石子，开始以为是银元，高兴得嘎嘎笑，后来又气得直骂娘。刘良才的儿子借着月光，发现是村里的无赖，一石头就砸在他的腿上，这小子一瘸一拐地跑掉了。

刘良才是共产党的头头，这事很多人都知道，如今他家遭难了，村里有些人也不敢和他们家里的人说话了，走道本来要经过他家门口的，也要绕着走。

广饶国民党政府的视线，一时间并没有离开刘集。他们知道"砸木行"源于木匠，开始在木匠中寻找线索。一批共产党员是木匠协会的主要成员，而刘良才则是会长。

有一天，在县城开饭馆的刘汉民突然回到了刘集，很多人都想看看，这刘集的大能人会唱什么戏。没想到刘汉民做出了一个让很多人都不理解的举动，他把刘集和周围村庄的一些木匠召集起来，突然宣布要成立一个木匠协会，有人就说：不是已经有木匠协会了吗？刘汉民双眼一瞪：胡说，啥时候有过木匠协会？

没过几天，木匠协会在刘集学堂正式成立了，并公布了会长、副会长等人的名单。刘汉民当选了会长，他高声道：往后大家有什么难事杂事，就来找我这个木匠协会的会长。

有人来到时就嘀咕：名单中怎么没有刘良才、刘奎文、刘长俊、田之乐这些老会员了呢？刘汉民摸着络腮胡子道：这个协会是根据广饶国民党县政府的章程成立的，是正宗货。以前的协会谁也不要提了，县民团再来人，就亮咱们这个协会的牌子，谁要是乱张口，可别怪我刘汉民不讲乡里感情。说着，他故意解开衣襟，露出了别在腰间的匣子枪。

几天后，刘汉民匆匆地回到了县城。他没有回自己的饭馆，而是直奔县政府，把协会的名单往县长眼前一放，说：请县长大人给民团下令，让弟兄们以后少去骚扰木匠，要不，我这木匠协会的会长，还怎么跟大伙交代？木匠都撂挑子不干了，你县长大人得少收多少税？

县长扫了一眼木匠协会的名单，纳闷地问：会长不是刘良才吗？

刘汉民哈哈一笑：这吆吆喝喝的事，也就是我刘汉民能干得了。上次"砸木行"的事我问了，是双方都动了手，你来我往，那么多的人，几个回合下来，还能不死上个把个人？

县长一时无语。

后来刘集村有明白人说：你们还不明白？这是刘汉民为了保护刘良才放的烟幕弹，就像西游记里那白骨精使了个障眼法一样。

抗日战争时期，刘汉民也为八路军做了不少事。

1946 年，广饶掀起了声势浩大的反奸诉苦运动，每个村也都成立了贫雇农翻身委员会。刘汉民家族中有人早想整治他，就借机恐吓刘汉民，说政府要拿他开第一刀。刘汉民想到自己干过国民党，在旧政府听过差，恐日后生变，惹祸上身，就不辞而别，后被广饶县政府警备侦探抓住，给他安了个"老八路、老兵痞"的罪名收监，被国民党杀害。

当年目睹了行刑一幕的人都说：刘汉民确实是个顶天立地的人物！

据说，刘汉民临刑，脸上没有丝毫惧色，还侃侃做了一番演讲：我刘汉民今生最得意的，就是跟着刘良才学了《共产党宣言》，参加了共产党。我干过八路——说着，他从怀里掏出了一个小本本，接着道：这是当年老子熬夜抄的《共产党宣言》，好心人记着，给我当纸钱烧了，老子做了鬼也离不开它！言毕，他走了几步停下，环视一下四周，复又大声道：这里就是块风水宝地，动手吧！老子十八年后还是一条好汉！

一声枪响，刘汉民倒在了丹河河畔，时年五十岁。

事后有人演绎，刘汉民这是犯了地名，那《三国演义》的大将庞凤雏落难落凤坡；这刘汉民乳名，恰恰叫丹河。

第五章　忠诚与信仰

　　马克思、恩格斯在《共产党宣言》中写道：共产党是为整个无产阶级谋利益的政党，除此之外，再没有任何别的特殊利益。共产党人的理想，就是消灭私有制，并最终实现共产主义。抱着这个信仰，鲁北平原上农民兄弟在战火中不畏生死，矢志不渝。当年一个村姑喊出了"谁报名参军我就嫁给谁"。她陆续送出去的五个后生都先后牺牲在了战场上。

1. 这本《共产党宣言》比我们生命还重

　　1936 年 6 月的一天，美国记者斯诺先生穿越重重封锁线，来到了革命圣地延安。在采访住在窑洞里的中共领袖的时候，斯诺惊奇地发现，这些中共领导人的案头或枕边，几乎都放着一本中文版的《共产党宣言》。斯诺看到，身材高大的毛泽东，经常翻阅这本薄薄的小册子，有一次斯诺随手拿起来翻了翻，发现每一页都有密密麻麻的批注，有的文字下方还用笔标了着重线。斯诺问毛泽东：《共产党宣言》对你们这么重要？毛泽东深深地吸了口烟，挥了挥长长的手臂说：这马克思，就是我们共产党人的祖宗呀！你手里的《共产党宣言》，就是我们的一盏明灯。

　　后来，毛泽东和斯诺在杨家岭的一个石桌前，又一次谈到了马克思、恩格斯的经典著作《共产党宣言》。

　　毛泽东如此看重《共产党宣言》，引起了斯诺的思考。在随后的采访中，周恩来、彭德怀、贺龙等多人，也都向他提起过《共产党宣言》。

　　一年后的 1937 年 10 月，英国伦敦维克多·戈兰茨公司出版斯诺的不朽名著《西行漫记》（又名《红星照耀中国》）。作为第一个把中国共产党的革命斗争公之于世的外国记者，在这本书中，斯诺多处写到了中国共产党领袖与红军将领读《共产党宣言》的体会。其中，毛泽东这样说：有三本书对我影响尤其深刻，使我树立起对马克思主义的信仰，一旦接受了它，把它视为对历史的正确阐释，我就再没有动摇。

毛泽东提到的这三本书，排在第一位的就是陈望道翻译的中文版《共产党宣言》。斯诺在与周恩来对话时，周恩来也谈到了《共产党宣言》。彭德怀也深有感触：以前，我仅仅对社会不满，但看不到半点进行任何实质改良的契机。读了《共产党宣言》后，我丢掉了悲观主义，开始怀着社会定能改变的信念投入到工作中。

斯诺离开延安后不到一年，1937 年的 1 月，美国另一位著名记者史沫特莱，接到了中国共产党邀请她访问延安的信函。史沫特莱对延安一直充满好奇和向往，来到这里后，她也看到、听到了一个与斯诺相同的细节，这就是中国共产党人与《共产党宣言》之间的关系。

受中国共产党人的影响，史沫特莱在延安期间又细细读了一遍《共产党宣言》。之前，史沫特莱也粗略看过这本小册子，但对照中国革命以及中国共产党人的理想与信仰，再读《共产党宣言》，犹如醍醐灌顶，体会更加深刻。由此，这位外国女记者内心产生了一个强烈的念头：加入中国共产党。

1937 年 7 月的一天，史沫特莱向毛泽东、朱德、周恩来提出加入中国共产党的申请。她说：我这个念头非常强烈，用你们中国人的话来说，是三思而后行的。

可领袖们并没有同意她的申请，并派陆定一去做史沫特莱的工作。陆定一婉转地说：毛主席希望你不要加入中国共产党，这样用你的身份在敌占区和国外，能为我们做更多的工作。史沫特莱怔了很长时间，脸上写满了伤心和痛苦，随后这位在大家眼里一直很坚强的外国女记者，竟然旁若无人地放声大哭起来。

看着泪水涟涟的史沫特莱，陆定一时不知该如何是好，他急忙去问翻译吴莉莉。还没等吴莉莉说话，史沫特莱挥着双手说：为什么不接纳我？就因为我是外国人吗？可同样是外国人的马海德，不是也加入了中国共产党吗？还是我不够条件？我会经受住一切考验的！

陆定一明白了史沫特莱伤心的原因，急忙安慰她说：当一个党外记者作用会更大的，同样也是我们亲密的同志。史沫特莱不能接受这样的安慰，仍然是一副伤心的样子。

陆定一最后让马海德与史沫特莱谈心。马海德是美国人，1937年随红军到达延安后，申请加入了共产党。史沫特莱一见马海德就嚷起来：你和我一样是外国人，你可以加入，为什么毛泽东不同意我？

史沫特莱依然伤心了很长一段时间，但慢慢地，她逐渐理解了毛泽东等人的苦心。后来，史沫特莱成为一名出色的八路军总部随军外国记者。她曾经对八路军总司令朱德说：离开你们，就是要我去死，或者等于去死。

史沫特莱在她的作品《伟大的道路》中，多次写到《共产党宣言》对中国革命的影响。

1992年春天，世纪老人邓小平在南行讲话时这样说：我的入门老师是《共产党宣言》。

邓小平的话可谓是一语概之。梳理中国的革命史，我们看到，无数革命者，是通过《共产党宣言》这本书迈进革命的门槛，更有无数人为了共产主义信仰，付出了宝贵的生命。

又有多少人知道，鲁北平原一带的农民兄弟，竟也是受《共产党宣言》的影响，拿起了斗争的武器。据史料记载，从1937年至1953年这十六年间，仅有几百人的刘集村，就有一百九十人参军，有二十多位农民兄弟成为革命烈士。

刘百平老人激动地说：那个时候，《共产党宣言》开始先影响了刘集，又通过刘集影响了鲁北平原上的农民兄弟。一个小小的刘集村就牺牲了那么多人，那其他的一些村呢？不计其数啊！

二十世纪三十年代初，蒋介石在武力围剿中国共产党的同时，也进行文化围剿。蒋介石说：共产党最会蛊惑人心，要把他们手中的笔，手中的书，手中一切与文字有关的东西，统统付之一炬，片纸不留！

在他的授意下，国民党政府把数百种书刊列为"禁书"。

若干年前，持有《共产党宣言》曾被普鲁士当局作为共产党人的罪状列入《警察指南》；而今，蒋介石把《共产党宣言》列为禁书之首。

1933年的一天，蒋介石在南京国民党中央陆军军官学校演讲时说：共产党是一帮什么样的人？是一帮子出卖自己祖宗的流氓分子！他们把自己的祖宗抛弃了，又拜了国外的马克思当祖宗，把一本《共产党宣言》捧上了天。这本书，我们发现一本烧一本，还要追究持书者的责任，不能让这本妖言之书坏了我中华之风，教坏了广大民众。

广饶县国民党政府为了找到这本《共产党宣言》，派出数百人到刘集挨家挨户搜索，连一张纸片都不放过。县长下令：所有带字的东西都给我没收了，全部就地烧掉！为配合任务，壮大声势，韩复榘还专门给搜索队配上了喷火枪。

最后，敌人把搜来的书本运到一个宽阔的场院里进行焚烧，就连学生的课本也未能幸免。

县长听说在刘集没能找到《共产党宣言》，又下令搜索焚烧刘集周围的村庄的书本。

刘良才身份暴露后，在广饶县难以立足。山东省委为了安排刘良才，专门临时召开了紧急会议。时任省委书记的张含辉，提议调刘良才到潍县

（今潍坊）工作。省委组织部部长王秋实说：刘良才同志有很强的领导才能，也是一个忠实的马克思主义者，如果仅安排他做一般工作是不行的。最后省委决定，撤销广饶县中心县委，设潍县为中心县委，由刘良才担任中心县委书记。

此前，广饶县是中心县委，号称四边县委，领导着广饶、寿光、益都、临淄四县的党组织。刘良才到省委汇报工作时，张含辉亲自与刘良才谈话。他说：这一次，除了领导过去四个县的党组织外，省委又给你加担子了，以后高密、益都的党组织也划到你们潍县的中心县委。新县委刚成立，你去之后，尽快把工作开展起来。

1931年2月，春节刚过，刘良才在自己家中狭小的地道里，主持召开了四边县县委最后一次会议。在这次会议上，他把广饶县委的工作正式交给了刘奎文、延春城、任天纵等人。

当晚，刘良才和刘考文在地道里焚烧文件。刘考文拿起那本熟悉的《共产党宣言》，捧在手里看了很久，问刘良才：这本书也要烧？

刘良才接过《共产党宣言》，轻轻地抚摸着，良久，他坚决地说：是这个大胡子点燃了咱们刘集革命斗争的火种，我们要好好保护这本书，它比咱们的生命还重，我把它交给你了。

刘考文用力点点头：你放心吧，人在书在！

刘良才到潍县之前，潍县县委已经被国民党破坏，县委负责人也全部牺牲，二十多个村庄的党组织全部瘫痪。刘良才到任之后，马上着手恢复潍县县委组织和恢复党组织，与失去联系的党员也一一建立了关系，并在一些村庄陆续发展了一批新的党员。

1931年深秋，刘良才回到大王。为安全起见，他先去了辛家庄的一个亲戚家停留，待夜色深了，才冒着绵绵秋雨回到了刘集。小巷里一片寂静，偶闻秋虫唧唧。

刘良才见周围没有情况，轻轻地拍了几下自家的院门。门开了，刘良才闪身进了院子。

一家人见刘良才回来，真是又惊又喜。大家围住他，都有一肚子问不完的话。儿媳妇把满月的孩子抱到刘良才的眼前，刘良才见了，伸出大手摸摸孙子那粉嘟嘟的脸蛋，眼神里盛满了柔情。他不自觉地感叹道：这要是太平的日子该多好啊，有地有牛，老婆孩子热炕头。

外面传来了一阵狗吠，刘良才似乎一下子清醒过来，脸上又恢复了往日的表情。他问了一下广饶县委和村里的情况，接着就站起身：得走了，我要连夜赶回潍县。

一家人簇拥着刘良才走进院子。雨过云散，星稀月明。姜玉兰凝视着刘良才的面庞，一时说不出话。孩子们都回屋了，刘良才握着姜玉兰的手，悄声道：玉兰，这个家里里外外都靠你支撑，真难为你了……天凉了，进屋去吧。

刘良才转身就走，姜玉兰又叫住他：刘家添了男丁，你这个当爷爷的，该给孙子起个名呀！

刘良才思忖片刻说：我人在潍县，他又恰巧在这段时日出生，我看，就叫潍县吧。

刘良才说着就走出了院子。姜玉兰关上院门后，还立在那里倾听着丈夫熟悉的脚步声。脚步声由近而远，渐渐消失了，院子里骤然响起了一阵蛐蛐的鸣唱。秋风吹乱了姜玉兰的头发，也吹乱了她的心。

刘良才和姜玉兰都没有想到，这竟是他们一生中最后一次会面。

多少年后，姜玉兰常向孙子刘奎相念叨这个秋天的夜晚。她说：真是奇怪了，你爷爷走后，我站在咱家院子里心神不宁的，眼皮也不停地跳呀跳的，跳得我心慌意乱。也难怪，一年的工夫，你爷爷就走了……那晚上的情景我记得清清楚楚，蛐蛐的叫声，响着呢……

翻开中国革命史，我们可以看到，从1927年到1935年间，党内出现了三次"左倾"错误，一是瞿秋白的盲动主义，二是李立三的冒险主义，三是王明的教条主义。

王明号称自己是真正的马克思主义者，能大段大段地背诵马克思著作，根本看不起以毛泽东为代表的"山沟里的小马克思主义者"，在党内力推"城市中心论"。

在中央会议上，王明侃侃而谈：马克思、恩格斯在《共产党宣言》中就号召城市工人运动，中国革命的中心也要在城市，列宁领导十月革命胜利，不就是一个最有力的佐证吗？

当毛泽东提出"农村包围城市"的时候，王明更嗤之以鼻，说毛泽东是炕头主义，眼里只有土地和牛羊。

1932年3月，临时中央任命武平担任山东省委书记。几个月后，临时中央在上海举行了北方各省领导会议。在这次大会上，临时中央又弹起了王明"左倾"冒险主义的调子，号召各省马上行动起来，在各地举行声势浩大的暴动，要打出共产党的威风来。

《中国共产党历史大事记》记载：1932年6月，中共临时中央在上海召开北方各省委代表联席会议，通过《革命危机的增长与北方党的任务》、《开展游击运动与创造北方苏区的决议》、《关于北方各省职工运动中几个主要任务的决议》。在这些文件中，临时中央不顾主客观条件，竭力批判所谓"北方落后论"，要求在山西、河南、河北甚至东北三省通过发动兵变和工农运动，立即创造"北方苏维埃区域"。

参加这次会议的山东代表武平，被大会精神鼓动得热血沸腾，回到山东后马上召集省委会议。会上，武平的动员令可谓激情澎湃、鼓舞人心，大家好像已经听到了胜利的钟声，一个个摩拳擦掌，跃跃欲试。

武平高声道：我们要和中央遥相呼应，马上把暴动搞起来！大家议一议，看看这第一炮，先从哪里开始。

广饶县基础本来很好，过去在刘良才的领导下，革命斗争如火如荼，可广饶党组织惨遭破坏后，形势急转直下，再发动大规模的暴动困难重重。会议经过研究，最后确定在博兴县暴动，广饶县负责接应。博兴与广饶相邻，相距三十余公里，虽为两县，可从古至今都关系密切，一县暴动，一县接应，应为上策。

在广饶县档案室，我们发现了一份珍贵资料，内容如下：

1930 年秋，任中共莱阳县委书记的张静源到博兴发展了第一批党员。1931 年农历七八月间，经中共山东省委批准，中共博兴特支建立。特支建立后，积极组织有计划的活动，至 1932 年 7 月，全县建立党支部二十七个，党员二百一十名，农民协会、互济会、贫雇农协会等群众组织五十余个。博兴县的大好形势引起山东省委的重视。以武平为书记的山东省委盲目贯彻执行王明的"左"倾机会主义错误路线，直接领导武装暴动。八月三日晚，中共博兴县委在汾王村召开扩大会议，县委委员全部到会，另外还有王博昌、李震、李天佑、王若之等党的骨干，共三十余人。会上，省军委书记张鸿礼简要传达了省委指示和县委决定，指令马千里和王若之为军事领导人，宣布三、四、五、六等区同于八月四日晚举行武装暴动。张鸿礼由博兴来到广饶，主持召开了县特支会议，传达了省委关于发动"博兴暴动"的决定，并研究部署届时策应暴动的事宜。广饶特支书记延春城在延集小学召开了部分党员会，要求党员回村后发动群众，筹集武器，组织训练，以准备迎接东进的暴动队伍，并派刘奎文等人去博兴与暴动负责人联络。

1932年8月4日，暴动在博兴县高家渡和兴福两地同时进行。一声号令，一路人马冲到了兴福联庄会。县委军事部的部长马千里，率领起义的两个班打开寨门，几十名暴动队员鱼贯而入，没放一枪一弹，兴福联庄会的守军全部缴枪投降。

随后，马千里又率众攻进三官庙，这里驻有韩复榘的一分队，队长叫王金宝。王金宝哪里想到会有人敢对自己下手，这时正带着几个兵赌钱下注，听到外面的嘈杂声，王金宝骂道：谁他妈的这么扫兴？他甩下手里的扑克就往外走，却见一干人马已经冲进了院子。王金宝正要拔枪，马千里挥枪把他打倒在地。其他人见没了头领，都乖乖放下了手中的武器。

几乎在同一个时间，由博兴县委书记张仿率领的农民暴动队，在内线策应下，冲进了龙注河镇联庄会，一个排的民团还没端起枪，就败在手持大刀、长矛的农民面前。

暴动队乘胜出击，又连克三镇。第二天，两队人马在刘家圈胜利会师，队伍已经发展到了七百余人，手中长短枪三百余支，可谓如虎添翼。马千里兴奋地对张仿说：咱们这一路下来，鸟枪换炮了。

这时得到消息，国民党省政府有一辆车，明天要从辛（店）广（饶）公路通过。马千里建议就地伏击，也算练练兵，试试手中的家伙。县委书记张仿道：好，这样更能壮大声势！马千里从暴动队伍中挑选了一批精兵强将，选择了有利地形，设置路障，只待明日之敌。

第二天中午，果然有一辆大卡车驶来，司机见前方有障碍，缓缓停下了车，车上国民党兵只有五人，下来三个清除车前的石块。马千里见时机已到，一声令下，埋伏在公路两边的队员都扣动了手中的扳机。一时枪声大作，车下面的敌人相继倒地而亡。接着暴动队员杀出来把车团团围住，坐在驾驶室里的司机和一个军官，只得乖乖举手投降。

韩复榘得到博兴暴动的消息时，开始并不在意，后得知暴动队一路竟如入无人之境，心中大为光火，接着又传来了运输车被伏击的消息。那上面可是有几十万的现大洋呀！韩复榘暴跳如雷，心疼得直骂娘。他拍着桌子对副官嚷道：南方共匪猖獗，没想到北方的共匪也闹起来了。区区蟊贼，敢在老子地盘上撒野，就让他们尝尝我正规军的厉害！

韩复榘大手一挥，吩咐副官：传我的命令，周村二十九师即刻派兵镇压，不得有误！

驻周村二十九师师长曹福林接到命令后，即刻派副师长许文辉率兵前去镇压。

大敌当前，没有经过斗争考验的暴动队伍成了一盘散沙，一些人还产生了畏敌情绪，有的领导缺少应对经验，对去路一时争论不休。有人主张化整为零，有的主张队伍转移去打游击。最后结果是一分为二，马千里率一支人马向广饶县境转移，其余化整为零，就地隐蔽。

许文辉部一路杀气腾腾，他们赶到博兴后，马上展开了地毯式的搜查，黑云压城，白色恐怖笼罩了整个博兴。

当年的小暴动队员回忆说：国民党几乎每天都在杀人，眼都杀红了。共产党员郑立坦、李天佑、戴书元、刘孝利、张秀生和众多进步群众，先后倒在了这帮兔崽子的枪口下。

省委决定发动博兴暴动后，其他几个地方要陆续跟上。曾亲历过益都暴动的彭瑞林，时年二十岁，是暴动的领导成员，解放后曾担任过浙江省顾问委员会委员。

晚年赋闲在家的彭瑞林，时常沉浸在这段刻骨铭心的记忆中。每当向后人说起这段已经湮没在历史深处的益都暴动，泪水就模糊了他的视线。

他反复念叨：那些鲜活的生命就在眼前呀！他们没有死，一辈子都活在我的脑海里。算命先生耿贞元，瘦瘦的，说话不紧不慢，他被敌人押上车的时候，还冲我微微一笑……

彭瑞林对耿贞元的记忆何以这样深刻？因为耿贞元在和彭瑞林相识之后，曾经给彭瑞林灌输过很多马克思主义思想，主要内容就是《共产党宣言》。他还把自己读《共产党宣言》的心得笔记，送给了彭瑞林。

彭瑞林后来回忆：耿贞元与我交流《共产党宣言》时，经常提到广饶的刘良才，说他一个没读几年书的农民，能从这本书里提炼出许多革命的道理，况且还能活学活用，实在是不简单。

耿贞元是在益都城东圣元村魏天民家被带走的。

那是 1932 年 8 月 19 日清晨，圣元村还沉浸在一片宁静中，偶尔响起几声鸡鸣。耿贞元被几个国民党特务押着，穿过几条小巷，走出了村庄。他停下脚步，看了一眼寂寥的原野，从容地走上了停在村口的囚车。

耿贞元之前曾多次遇到危险，但都能化险为夷。

有一次他在青岛火车站附近被特务跟踪到住处，见情况危急，耿贞元把鸟笼子顺手一扔，装起疯来，他见旁边有一棵小树，地上还有一段绳子，就伸手抓起绳子搭在树上，大声嚷着要上吊。几个特务蒙了，一时不知该怎么办才好。周围的一些进步群众都知道这个算命先生，见状就明白了他的处境，大家纷纷围了上来。一个大汉指着特务吼道：光天化日的，你们居然欺负一个疯子？大汉话音刚落，大家都七嘴八舌地说：这人身上的钱丢了，没路费回家，急疯了，你们追一个疯子干啥？有人还拿出钱塞到耿贞元的口袋里：这些钱够你的路费了，咱索性好人做到底，直接把他送到火车站吧！一帮人团团围住了特务，另一帮人护送耿贞元到了火车站，最后还替他买了火车票，等耿贞元上了火车，大家才散去。

但这次，耿贞元没能逃脱厄运。他被押送到济南后，关在了省公安局的拘留所。

在法庭上，耿贞元见审讯自己的竟是叛徒王天生，不禁哈哈一笑：这真是冤家路窄！

王天生也乐了：你算命的鸟笼子呢？人算不如天算呀！你算到自己会有今天吗？

耿贞元伸出手来，掐指道：可我已经算到了你可耻的下场，算到了共产党胜利的那一天！

王天生眼睛一瞪：废话少说！益都的县委书记哪里去了？谁指挥了这次暴动？

耿贞元知道这些同志还没暴露，就坚决地说：我就是益都的县委书记，指挥这次暴动的就是我耿贞元。

王天生狐疑地看了耿贞元一眼问：你？你不是省委交通员吗？

耿贞元说：过去是交通员，可我举行暴动前被省委任命为益都县委书记了。

王天生信以为真。

几天后，韩复榘副官通知，韩要亲自审问耿贞元等十四位共产党员。

一大早，执法队队长就拿着花名册在牢房门前叫名字，每出来一个人，就用绳子连起来，十四个人连成一大串。

为了让大家放松一下心情，耿贞元笑着说：这是在串糖葫芦吗？其他人也都跟着笑了起来。

执法队队长哼了一声：不知死活，还乐！等一会儿你们就笑不出来了。说着一挥手，耿贞元他们被押上了车。

韩复榘审案的地方很是威风。耿贞元看到，大堂宽阔空旷，透着阴森和威严，中间摆一木案，长约有八九米，宽约有五六米。再看韩复榘，一身戎装，脚上蹬着一双大马靴。让耿贞元奇怪的是，韩复榘就站在这长长的木案上来回踱着步，耿贞元要抬头才能看到他的表情。

韩复榘审案有一个习惯，他本人很少开口问话，身后大都立一法官，捧着犯人的卷宗高声念案由，韩复榘边听边盯着犯人的脸，用韩复榘的话说是看面相，知好坏。执法队手持绳索列队两旁，看他的手势行事，只要韩复榘向右一捋胡子，手紧接着用力往下一落，这就说明犯人被判了死刑，要立即执行，执法队就扑上来将犯人五花大绑，扔上刑车，押送到千佛山下枪毙。如果韩复榘的动作相反的话，犯人则平安无事，有的当堂就被释放了。

执法队队长报告：犯人耿贞元等候受审。

韩复榘很威严地嗯了一声：抬起头来！

耿贞元像没听到一样。执法官上来就扳耿贞元的脑袋：娘的，没听到韩主席的吩咐吗？

韩复榘盯着耿贞元看了半天，哈哈一笑：本主席怎么端详，也觉得你是个算命先生呀！

耿贞元仰头一笑：今天咱们两个算命先生算是碰到一起了。

韩复榘听罢案由，没有马上表态。他瞪着眼问耿贞元：你不好好算你的命，当他妈的什么共产党呀？天天闹事、暴动，把本主席的地盘搅得乌烟瘴气，好生不得安宁！

耿贞元说：马克思在《共产党宣言》中号召全世界受苦者都行动起来，用暴力推翻旧世界、旧统治，共产党如果不起来武装暴动，你们能乖乖滚下台来吗？

韩复榘听后大怒：老蒋早就说过，你们共产党张口"宣言"闭口"宣言"，拜了个姓马的当祖宗！这马大胡子写妖书，说胡话，你们共产党也跟着疯？你们哪一个交出《共产党宣言》，宣布退出共产党，保证以后不再散布《共产党宣言》，老子就可以放你们一马！

耿贞元大声道：我这张嘴，生来就是宣传《共产党宣言》的；我这条命，生来就是共产党的！

耿贞元像走街串巷时一样，高声唱起来：说宣言，道宣言，宣言是咱穷人的主心骨；穷腿子们，你起来，我起来，手拉手，抱成团，把这个吃人的旧社会砸个稀巴烂！

唱完，耿贞元大声高呼：万国劳动者团结起来！

韩复榘暴跳如雷，挥着拳头吼道：我看这《共产党宣言》就是你们的鸦片！给条生路你不走，老子就送你到阴曹地府，见你马爷爷去吧！

韩复榘越说越气，最后把胡子向右一捋，紧接着做了个有力的手势。执法队见状，扑上来绑了耿贞元。其余十三名共产党员，也无一幸免。

1932年酷夏的一个下午，随着一阵枪响，共产党员耿贞元等人倒在了千佛山脚下。

博兴暴动失败后，负责接应的广饶县党组织负责人和一些党员几乎全部暴露。刘奎文见广饶已经难以立足，遂决定到东北投奔姐姐刘雨辉。

临行时，刘奎文的母亲拿出二十元钱塞给了儿子：家里已经没钱了，这是你姐姐前几日刚给我汇来的，你就当路费吧。老人说着，抹开了眼泪：你姐姐不听话走了，你也要走了……这一走哇，咱娘俩这辈子还能不能见上面……

老人哽咽了，扭过头，挥挥手示意让刘奎文快走。

看着母亲的满头白发，刘奎文悲从心起，张张嘴，可一句话也说不出来，唯有噗通一声跪在母亲脚下，磕了几个响头，快步离开了家。

这期间离开广饶到东北的，还有延春城的儿子延宪孟。

这两个年轻人，后来都牺牲在了茫茫的白山黑水间。

刘考文后来回忆道：奎文去东北前，交给我一份全县党员花名册，上边用不太难懂的代号写着许多村名，村名下面列着党员的姓名，共有二百多人。奎文将名册交给我时，一再叮嘱要妥善保管，如有紧急情况就马上毁掉，千万不能落入敌手。后来形势越来越坏，我只得将它烧掉了。可有一件东西我是不能烧的，也舍不得烧，这就是刘良才交给我的那本《共产党宣言》。

1932年深秋的一天，刘考文把那本被视作比生命还重的《共产党宣言》交给他人的第二天，有一个人突然来到他家。这人告诉刘考文：县城里的敌人分两路出发，马上就要到刘集村、延集村拿人了，你马上出去躲一躲。话音未落，这个人就匆匆走了。刘考文怔了怔，忽然想起刘良才曾经告诉过他，县公安局里有我们一个内线……想到此，刘考文不敢懈怠，拔腿就离开了家门。

穿过几条小巷，刚刚走出刘集村的北门，就见一人迎面走来，手里拿着根树条子，边走边晃，一副悠闲的样子。见刘考文走近，他伸手拦住去路，漫不经心地问：老乡，你叫什么名字呀？刘考文也没犹豫，张口便答：我叫刘西翰。那人一笑，又问：干什么去呀？刘考文回答：上坡干活去。

这人又是一笑，挥挥手让刘考文过去了。

刘考文没料到敌人会来得这么快，心里还想：这是谁呀？走了几步，不禁下意识地回头看了看，但见那人突然扔掉了手里的树条子，左手一挥，打个唿哨，就有几个人从路旁沟里蹿出来，围住了刘考文。

刘考文挣扎着冲出包围圈，没跑几步，就被几个特务扑倒在地，随后被五花大绑，一路押到了广饶县城。

正逢国民党大肆搜捕共产党，刘考文直接就被送到县长面前过堂。那王县长见刘考文一副若无其事的样子，也并不发问，只是盯着刘考文看了半天，最后突然问他叫什么名字。刘考文报上名字后，就叫起屈来，说自己无缘无故被抓来了，坡里的庄稼还等着收呢。

王县长怀疑地问：你说没什么事，那怎么像马子一样撒腿就跑？我早就听说你们刘集出了不少共产党，那刘良才在村里开夜校，带着一帮农民学什么《共产党宣言》，学来学去，你们就中毒了，就不听政府号召了，就起来造反了！你知道吗？《共产党宣言》可是头号禁书，谁敢收藏，就要了谁的脑袋！

县长说着，从案桌上拿起一摞传单，扔到刘考文的脚下：竟然把传单贴到了我县衙的门前！据可靠情报，这都是你们大王的农民干的，领头的就是刘良才！什么"万国劳动者团结起来"？这不都是《共产党宣言》的扇动！

刘考文作一脸茫然状：县长大人，你说的是啥？我一个老实本分的庄稼人，天上掉下根草来也怕打破头……你问我为啥撒腿就跑？你想想，一帮人冷不丁地拿着枪指你，你不害怕，你不跑？我还寻思是遇上土匪了呢！

王县长见刘考文一脸无辜，就有些泄气。他盯着刘考文又看了半天，最后下令道：先押到号子里，等着保释吧。

刘考文在号子里正忐忑，抬头从窗子里看到两个人夹着小包，正向县衙疾走。刘考文越看越觉得这两人面熟，忽然心里咯噔一下：坏了，这二位是国民党员呀！自己在国共合作期间，还与他们共过事！

刘考文知道这下凶多吉少了。果然，一会儿工夫就进来两个彪形大汉，不由分说，就给刘考文砸上了脚镣。

刘考文急了，说：县长大人不是判了个保释吗？

一壮汉嘿嘿一笑：县长刚才还说了，差点让你这个家伙成了漏网之鱼呢。走吧，送你到县监狱去。那地方可不像这小号子，你进去了，不是杀头，就是养老喽！

刘考文在广饶关了一阵，又被押解到济南省政府拘留所。在这里，他与同耿贞元一样，也被韩复榘审过一次，幸亏韩复榘往左边将了下胡子，他才避开了杀身之祸。随后，他被送进了省高级法院受审。

那天的过堂，用刘考文的话说，真是规格高，阵势大——有国民党省部常委、军法处处长，还有高院院长、检察院检察长，再就是"捕共队"队长、叛徒王天生。

王天生现在成了国民党的大红人，凡是与共产党有关的案子，他都冲在前头，甘当急先锋。他咳嗽一声，清了一下嗓子问：你们村有个叫刘良才的，你认识吗？

刘考文回答：一个村的，还能不认识？

王天生连珠炮似的发问：那他过去干什么，现在又干什么？

刘考文一口气回敬他：种地！别的不知道！

王天生被噎得直翻白眼，猛地拍了一下桌子，吼道：一问三不知，我看你就是共产党员！你敢说没跟他学过《共产党宣言》，没喊过"万国劳动者团结起来"的口号？

刘考文一脸茫然地摇了摇头。

王天生张牙舞爪地喊道：下次过堂再一问三不知，我非枪毙你不可！

几天后，刘考文又过了第二堂。

王天生先发制人：这是最后一次机会了，希望你三思而后行。

刘考文不等他说完，就摇摇头：你就不要白费力了，我还是什么都不知道。

王天生像泄了气的皮球一样坐在了椅子上：天堂有道你不走，地狱无门你偏行……好，好，好！你就老死在监狱里吧！

大约在刘考文被捕前后，潍县中心县委也在酝酿一场暴动。

刘良才到了潍县，理所当然地把《共产党宣言》的思想也带了来。他在很多村庄开办了农民夜校，宣传《共产党宣言》。他怀揣着那本读书笔记，几乎走遍了潍县及周围一带的每个地方，如同他在广饶一样，在这里发动"吃坡"、"刨桑界"、打击土豪劣绅的斗争同时，刘良才也建立起了一支农民赤卫队，装备由过去的大刀、长矛变成了正规武器。

在县委会议上，有人建议，将暴动地点选在潍县县城附近。刘良才说：这样目标太大，我们就选择固堤吧。

固堤今为潍坊一镇，过去为村。据考证，固堤村始建于唐代。《潍县乡土志》载："固堤镇坫有兴化寺，兴化寺有唐槐"。这不仅有县志为证，还能从后来发现的石碑上找到渊源：唐宋时期，固堤已蔚然一方重镇。《金史·地理志》载："潍州县三，镇一固堤"。可见固堤的重要。

刘良才提出在固堤暴动，原因有二，一是此地人口密集，能一呼百应；二是离国民党的警备队、盐务队近，一旦策反成功，如虎添翼。

暴动之前，刘良才决定从益都调一批枪支。正是收柿子的季节，县委组织一干人马，以运柿子为掩护，把枪支顺利地运到了潍县，用这批枪支武装了数百革命群众。同时，刘良才还亲自策反了驻高里的警备队和盐务队。

但令刘良才猝不及防的是，暴动前夕，一个叫孔庆林的人叛变了，为了邀功，把暴动计划和盘托给了敌人。

1932年11月3日，韩复榘派精干部队包围了固堤一带的村庄。在农民兄弟的掩护下，刘良才最终钻出了敌人的包围圈。他辗转到达坊子，在一家烧饼店里落了脚，烧饼店的主人叫刘富贵，五十多岁，是一名进步群众。

坊子当年煤矿很多，其中最大的矿井有三个，工人有数千之众。

刘富贵告诉刘良才：煤矿的工人对资本家怨声载道，矛盾大着呢，已经到了针尖对麦芒的地步。

刘富贵的话引起了刘良才的注意。当天晚上，他就和煤矿党组织负责人陈金声接上了头。在这家简陋的烧饼铺，两人谈到深夜，最后决定，择时发动工人大罢工。

刘良才让陈金声在矿区找了间废弃的房子，开起了短期工人夜校，工人轮流到这里听他讲《共产党宣言》。

第一天晚上开课，刘良才的话就把大家吸引住了。只见他慢悠悠地说：资本家一个个养得又肥又胖，还摸着自己的大肚皮对别人说：是我自己能干才挣来今天的财富，你们都不要眼红。他们的财富是他们挣的吗？不，是他们剥削我们来的，是我们在座的每一个工友把他养肥的，他们身上每一块肉，都有我们的鲜血和汗水！要是我们心气平和地和他商量涨工钱，他肯定不同意，那我们怎么办？马克思告诉咱工人，要想解放咱自己，改善咱的生活，就得联合起来和他们对着干。苏联有个列宁，照着马克思的话做了，十月革命就胜利了，工人们也吃上了更多的面包。

一个细雨蒙蒙的夜晚，陈金声来到了烧饼铺。他一见刘良才，就高兴地说：大家越听心里越亮堂，过去只是逆来顺受，现在听了你讲的《共产党宣言》，都知道资本家是什么玩意了。大家纷纷要求马上行动起来，跟资本家干他一家伙！

刘良才点点头：我也觉得时机已到。

最后，两人决定举行罢工，时间定在 11 月 15 日。

此时距刘良才上次脱险，还不到二十天。

几天后一个下午，罢工如期举行。工头李五一路喊着"反了反了"，气喘吁吁地跑进了经理室。

经理姓王，因为头上没毛，工友都叫他王秃子。王秃子瞪了李五一眼，吼道：你小子嚷什么？

李五喘了几口粗气说：王经理呀，不得了，工人都撂挑子不干了，机器全停了！

王经理就像被针扎了似的，从椅子上一下子弹了起来：这帮人往日里虽说有牢骚，可也不敢公开和我们叫阵呀，怎么猛丁儿就罢工了？

正说着，外面一片嘈杂，王经理向窗外一看，不禁吓出了一身冷汗：只见工人犹如咆哮的潮水一样涌了过来，有些人手里还抄着家伙。他急忙吩咐李五：快，快，你下去先挡一挡！

李五结结巴巴地说：这阵势，我一个小工头怎么挡得了？

王经理拍着桌子骂道：平日里让你大口吃肉，大碗喝酒，如今让你出头，你就当缩头乌龟了？养兵千日，用兵一时，用着你就得上！

李五只得硬起头皮，战战兢兢地走到大家面前：工友们，有什么事好商量，咋能甩手就不干了呢？

陈金声喊道：你算什么东西！王秃子呢？让他滚出来和我们对话！

他身后的工人齐声喊道：归还拖欠的工资，归还拖欠的工资！声音响彻整个矿区。

躲在屋里的王秃子见工人来势凶猛，急忙抓起电话向商会张会长求救。

一会儿工夫，商会张会长就带着十几个士兵赶来了。李五见来了救兵，一下有了底气，马上换了副嘴脸：都看到了吧？谁不要命，谁就往前冲！

张会长一挥手，对一个领头的兵喊道：宋班长，给我动手抓人！

刘良才之前早就做好了士兵的工作。宋班长看了眼人群中的刘良才，不仅没动手，还替工人们说起了好话。张会长见势不妙，脚底抹油，溜之大吉。王秃子知道再待下去凶多吉少，急忙跟着跳窗逃跑了。

到了晚上，有工友说饿了。陈金声说：资本家的米面都是现成的，支起锅来，烙油饼吃！一会儿工夫，就有人支起了大锅，油、面也齐全了。有的工人还找来煤筐点火取暖。李五看了，气得七窍生烟，可又作声不得，急急找王秃子报告去了。

罢工到了第二天早晨，资本家坚持不住了，由王秃子出面，和罢工代表谈判。最后答应了罢工委员会提出的全部要求。

资本家嘴上答应了，但心里是恨恨的。没过几天，他们就以裁人为名，把罢工积极分子一一裁掉了。

刘良才看透了资本家的阴谋，他很快与陈金声商量出对策。

到了出煤时间，李五看井口迟迟没有上煤，就下井查看，见大家竟都坐在那里，懒洋洋地闭目养神，就强装笑脸说：工友们，你们提出涨工钱，工钱就涨了，拖欠工钱的事，老板也给解决了，可咱不能不干活了是不？这让我李五怎么向上头交代？

陈金声回应道：你这话问得好！

他话音刚落，就有工人问：那李大山怎么没有来？其他人紧接着也报出了一串名字。

陈金声说：他们都是很能干的工友，有他们在，出煤也多；他们不来，我们也不干了！

李五马上把消息告诉了王秃子。王秃子咬牙切齿地说：看来，这帮人来头不小呀！

李五说：肯定是共产党在点火煽风！听说有个叫刘良才的到了坊子，这事儿，我看八成与他有关。早听说这人走到哪里，哪里就鸡飞狗跳的不安生。

王经理一拍大腿：我说呢，这些人怎么一个个忽然就长了反骨，原来是共产党到了矿井！你马上通知那些被裁掉的黑子来上班，我到县政府去一下。

没几天时间，矿区内外就贴满了缉拿刘良才的告示。

1933年深秋的一个下午，刘良才刚刚回到烧饼铺不久，就有几个便衣冲了进来，刘良才这次没能逃过厄运。当他被推搡着走出烧饼铺的时候，抬头正看到一个人冲着自己嘿嘿奸笑。刘良才见是叛徒孔庆林，什么都明白了。他怒视着孔庆林，高声说道：你就是一条狗，不会有好下场的！

刘良才被捕的消息一下子就传开了。

潍县县长下令，马上把刘良才押送到潍县，坊子的便衣特务本打算乘火车押送，但铁路工人和附近的农民闻讯后，奋力阻拦。特务见火车一时很难出发，就找来一辆车，把刘良才秘密拉走了。

抓到刘良才，潍县县长厉文礼又惊又喜。

厉文礼出生在地主家庭，1926年在京兆农业学校毕业后当了老师。此人野心勃勃，根本就看不上教书育人的工作，总梦想着有朝一日飞黄腾达。他见国民党渐成气候，就在1928年9月放弃教师工作，加入了国民党。他工于心计，又善经营，一年后投到了蒋介石的门下。蒋介石很欣赏这个精明的年轻人，遂派他到第十五路军一九二旅担任少校军法主任。

似乎天生就是干军法的材料，在军法主任这个位置上，厉文礼极尽阴险、凶狠和毒辣。蒋介石为了培养他，把他放到山东诸城当了一县之长。山东省政府主席韩复榘见潍县的共产党活动愈加猖獗，就把厉文礼调到了潍县。韩复榘曾对他说：刘良才不除，鲁北就不得安宁。因此厉文礼早就知道，潍县共产党的头头就是刘良才，拿住他就能震慑一方，就能给共产党一记重创。

刘良才从坊子被押解到潍县时，夜幕已经降临。

厉文礼吩咐手下：不要给他喘息的机会，我要连夜审问。

厉文礼干过军法主任，知道怎么对付犯人，对付共产党也自有一套，知道像刘良才这样的人，是不会轻易张口的。刘良才被押上来的时候，他阴沉着脸，什么都没有说，盯着刘良才看了几分钟，然后挥挥手，大声叫道：先拖下去，让他清醒一下！

等刘良才再次被押上来的时候，已是遍体鳞伤。

厉文礼轻轻吸了口烟，漫不经心地问：叫什么名字呀？

刘良才回答说：刘平。

厉文礼微微怔了一下：刘良才，你改名了？

刘良才笑了笑：打小，我就叫刘平。

厉文礼把目光转向叛徒孔庆林。孔庆林急忙说：厉县长，绝对不会错！他就是刘良才，我们的县委书记。

刘良才转过身来，双目如炬，看得孔庆林心惊胆战。他指着孔庆林一阵大笑：张金虎，你改名字了？

孔庆林翻翻眼皮：什么张金虎？

刘良才又笑了几声，说：张金虎，你个忘恩负义的东西，我刘平对你不薄呀！当年老子也是响当当的人物，道上的兄弟谁不给我面子？你走投无路的时候，是我收留了你。当年你劝我投共产党，我还苦苦劝你，咱们就是一帮土匪，共产党岂能收留？可没想到，你今天竟然诬陷我刘平是共产党……你这狼心狗肺的东西，恩将仇报，算什么好汉！

孔庆林一下子懵了，本身他就是个结巴，现在更加张口结舌：咱……咱都是共产党，咋就成土……土匪了？厉县长，他……他这是胡说八道！

刘良才步步紧逼：张金虎，你就不要往自己脸上贴金了，是土匪就是土匪，在县长大人面前，你也不说实话？当年你偷了我的大烟土，老子差点要了你的命，你跪地求饶，我心软放了你一马。你没忘吧？为了让你长点记性，我还在你肚皮上划了一刀。

刘良才的话，像连珠炮一样把孔庆林彻底打晕了。他张着大口，一句话都说不出来，干瘦的脸憋成了紫茄子。

厉文礼见此情形，不禁大怒：好你个张金虎！

孔庆林扑通跪倒在地：我……我是土匪，不，不，我真是共产党呀！孔庆林又气又急，竟然一下子唱了起来。

厉文礼见他唱起来就不结巴了，就让他唱着说。

刘良才不再理睬他，转过身对厉文礼说：县长大人如若不信，就请看看他的肚皮！

孔庆林肚皮上确有刀痕，是他小时候到地主田里偷玉米被地主砍的。

他曾经对刘良才说起过这事。

厉文礼一挥手，两个警察扑上前，脱去了孔庆林的衣服，肚皮上的刀痕暴露无遗。厉文礼看了一眼，就拔出了手枪。

孔庆林一下子慌了，对着刘良才张口道：刘平，刘平大哥呀！你、你……

厉文礼大怒，不等孔庆林说完，一枪就把他击毙在地。

晚上，厉文礼把审问刘良才的过程想了一遍，越想越觉得不对头：莫不是被共产党要了？第二天清晨，他抓起电话向韩复榘做了报告。韩复榘在电话里喊道：这样吧，给我看牢了，本主席即刻派人前去辨认！

几天后，捕共队队长、叛徒王天生来到了潍县。与他同来的还有一个重要的人物，此人名叫宋鸣时，不久前还是中共山东省委组织部的部长，现在已经投敌变节。

刘良才与这两个叛徒都很熟悉。他们的到来，给刘良才的生命画上了一个沉重的终结号。

厉文礼马上给韩复榘打电话报喜。韩复榘听后一阵大笑：不必押解到济南，给我就地处决。明白我的意思吗？

厉文礼知道韩复榘的用意。刘良才在这一带是个响当当的人物，就地处决影响更大，会给当地赤色分子当头一棒。

1933年11月19日上午，刘良才被刑车拉到了潍县的城门——厉文礼为刘良才精心挑选的刑场。在城门行刑，可能是潍县有史以来第一次。

城门口人来人往，天南海北的人都有。厉文礼的用意不言而喻。

刘良才蹒跚着走下刑车，缓缓抬起头，静静地仰望着寥廓的天空。初冬的天空格外湛蓝，就像刚被水洗过，有几缕白云飘在头顶上，白得圣洁，空气也很清新。刚刚从牢房里出来的刘良才，深深吸了几口气。他慢慢转过身来，回望着家乡的方向。

叛徒王天生踱了过来，阴阴地说：不错吧？专门给你挑选了个好天气上路。好好看看这世界，天多蓝，阳光多暖呀！

刘良才一笑，不屑地说：谁都不想死，可我也不愿意像你这样偷生苟活！

潍县县长厉文礼专门命人搭了一个审判台。台前两边各立着一队荷枪实弹的国民党士兵，个子几乎一样高，身材也一样粗壮。

城门处已是人头攒动。厉文礼见时机已到，高声叫道：把共犯头子刘良才押上台来！两个彪形大汉架起刘良才就走。

厉文礼高声宣读了判决书，罗织的罪名是刘良才到处宣扬《共产党宣言》，拜外国人当祖宗，欺师灭祖，妖言惑众，并多次举行武装暴动，妄图推翻国民政府，罪不可赦。最后，厉文礼加重语气宣布：判处刘良才死刑，立即执行！说罢，厉文礼还挥着拳头叫道：《共产党宣言》就是异端邪说，就是共产共妻，伤风败俗，是党国头号禁书，是毒品，决不允许它毒害民众，祸国殃民！

刘良才哈哈一笑，高声道：错！《共产党宣言》对劳苦大众来说，是一剂救世良药，对你们这些反动派，就是一剂毒药。毒死了旧社会，天下才太平，民众才安乐！

厉文礼冷笑几声，指着脚下一堆杂乱的各类禁书道：这些蛊惑人心的东西，就是你的殉葬品！

刘良才被押至城门附近，他头顶上方的城墙上，是几个醒目的大红字：散布《共产党宣言》的下场。

一个戴眼镜的军医跑过来，在刘良才的胸口按了按，用粉笔做了一个标记，对旁边的人说：看好，这里是心脏，你们不要搞错了。县长有令，不要一下子就钉死。

七个彪形大汉围上来，其中五人分头按住刘良才的头、手、脚，另外两人一人拿起铁钎，一人拿起大锤子。那持锤子的大汉，张口"噗"的一声向手心里吐了口唾沫，举起锤子比画了几下，说了声"好了！"紧接着又扬起了锤子，在空中划过一道弧，裹挟着一股风落了下来，重重地砸在刘良才腿上的铁钎上，铁钎受力，好像遇上了骨头，那壮汉又抡起了锤子，铁钎一下子从腿上穿了进去。

刘良才一声惨叫，晕了过去。围观的人，有的转过身，有的闭上了眼睛。

一桶冰冷的水浇在了刘良才的头上。他慢慢苏醒过来，睁开眼睛，吐出了一口血水，血水里有几颗被他生生咬掉的牙齿。

又一根铁钎穿进了刘良才的另一条腿。刘良才再次晕了过去。又是一桶水浇在了他身上。

刘良才双腿被牢牢地钉在了城墙上。他醒过来，挣扎着，痛苦地扭动着身躯，脚下两洼血水慢慢凝固。

刘良才强忍剧痛，横眉怒目，高声喊道：快快收起你这套吧！老子生为《共产党宣言》，死也为《共产党宣言》，就不要这样伺候我了，举起你们的魔爪，再用上点力气，早点送老子上路吧！

这喊声，从刘良才嘴里迸发而出，掷地有声，如雷贯耳。

整个世界都好似被这振聋发聩的声音包裹了。

厉文礼指着刘良才，环视四周道：大家都看到了吧？《共产党宣言》都把他毒成这样子了！马上送他到十八层地狱，去见他的马克思！

厉文礼说罢一挥手，铁锤在空中又划了一道弧线，重重地落在刘良才胸口的铁钎上。铁钎刺进了他的胸膛，穿过心脏，深深扎进了城墙里。

刘良才猛地张开嘴，好像想用力吸一口气，可挣扎了几下，最终也没能成功。他双眼圆睁，脸上的痛苦慢慢凝固了，头终于无力地垂在了胸前。

军医跑上前来查看了一番，最后确定刘良才已经死亡。

恰是正午，冬日的阳光终于照了过来，洒在了阴暗的城墙上，让冰冷的城墙透出了一丝温暖，也洒在了刘良才渐渐失去体温的躯体上。

一千六百年前，一位把哥白尼太阳中心说传遍欧洲的意大利科学家乔尔丹诺·布鲁诺，因为反对地心说，挑战了神学，让宗教大失颜面，最后被宗教裁判所以"异端邪说"的罪名，烧死在著名的罗马鲜花广场。这位捍卫真理的斗士，被后人誉为"无畏战士"。

在卡尔·马克思逝世五十年之后，中国鲁北平原上一个原本是庄稼地里好把式的农民，被国民党以散布《共产党宣言》的罪名钉死在厚厚的城墙上。他犹如布鲁诺一样，把《共产党宣言》传遍了鲁北平原上的每一个角落。

刘良才不是什么理论家，他是只念过几年私塾的地地道道的农民，但他能把《共产党宣言》活学活用，带领觉醒的农民起来闹革命，留下千古美谈。

杀了马克思主义的一个忠实拥护者，厉文礼立了大功，也因他有着比较丰富的战斗经验和指挥才能，后来兼任山东省第八区游击司令官。

在国共交战中，厉文礼竟然一直安然无恙。解放以后，狡猾的厉文礼隐藏下来，后被人举报，在1953年轰轰烈烈的镇压反革命分子运动中落网。在审查时，厉文礼对杀害共产党员刘良才的事避重就轻，百般抵赖。

但他没有想到，二十年前那惨绝人寰的一幕，被一个亲眼看到的学生记录了下来。那天的天气，刘良才就义时的神态，包括一群鸽子在城墙上空盘旋等等细节，都有详细的记述。

二十年后，当年的学生已为人父。当他听到厉文礼被捕的消息后，连夜步行几十里，找到了人民政府。和厉文礼对质时，他指着厉文礼的鼻子，含着泪水说：知道我为什么把这些细细记录下来吗？就是要等有朝一日和你这个刽子手算总账！上天有眼，我终于等到这一天了……

1954年1月21日，昌潍人民法院宣布判处厉文礼死刑，立即执行。

厉文礼于当日在安丘县夏坡村被枪决。厉文礼倒地后，阴沉沉的天空竟然飘下了一场大雪。

当地老人说：好几年没下这样的大雪了，这是老天爷为良才下的呀！

厉文礼被枪毙的消息传到了广饶县大王刘集村。刘良才的遗孀姜玉兰，让孙子刘奎相在刘良才的遗像前点上了三炷香，带着孩子们在丈夫的遗像前磕了三个头。

姜玉兰站起身，看着窗外漫天的大雪，对孙子们说：苍天也知道人意呀！二十年了，我白天黑夜一直盼着呢，你爷爷他……他总算是能闭上眼睛了！

姜玉兰泪流满面。

曾任中共广饶县通信员的刘茂椿记得，1933年冬季的一个夜晚，他接到一个任务，用骡子送一个人到刘集村姜玉兰家。刘茂椿是刘集人。那个人是中年男子，头戴礼帽，身着长衫。

中年人骑上骡子，什么也没有说；在前边牵着骡子的刘茂椿，什么也没有问。到了刘集村姜玉兰家门前，中年人下了骡子，说声"谢了"，就转身去敲姜玉兰家的门。刘茂椿则骑上骡子，连夜回到了驻地。

中年人进了姜玉兰家后，对姜玉兰说：嫂子，刘良才同志在潍县牺牲了。家里谁也不要去，敌人正等着我们的人上钩呢。保重，嫂子！中年人说完这几句，就匆匆走了。

姜玉兰靠在院门上，捂着嘴低声哭了起来。

她曾告诉孙子刘奎相：当时真想放声大哭一场，可又怕被人家听到，就把哭声压着，一声声吞进了肚子里。那是个什么样的年头，哭都不敢大声，把我憋得肚子生疼呀！

姜玉兰缩在被窝里，流了一夜的泪。

七七事变后，姜玉兰加入了共产党，她的儿子和两个女儿也陆续加入了党组织。抗日战争时期，姜玉兰一直是乡、村妇救会的主任。她的二女儿是妇救会的组长。在抗日战争最艰难的日子里，她带领子女在自己家里挖了一个地道，很多伤员曾经在这里养伤。

1969 年，姜玉兰溘然长逝，享年八十六岁。

我们采访时听说，姜玉兰临终卧床那几天，神智迷离，嘴里反复念叨着：我该走了，该找你们爷爷去了。到了最后的时日，姜玉兰清醒了，双眼有神，目光灼灼。她坐起身，温和地看着床前的每一个后辈，孩子们以为老人转危为安，都很高兴。

姜玉兰拉过儿子刘西路的手说：往后啊，你们谁有空，就去找找你爸爸的遗骨吧！要是你们有能力了，就把他请回来，别让他一个人孤零零地在外边……

姜玉兰见后辈们都听话地点头，笑容绽放在了脸上。她说了句"我找老头子去了"，泪水就从眼角滑落出来，随后慢慢地闭上了眼睛。

革命老人姜玉兰出殡的那天，县里、乡里都送来了花圈，加上十里八乡的乡亲送的，花圈排起来有几百米之长，从姜玉兰家的门口一直摆到了大街上。参加追悼会的人也很多，有县、乡的领导，还有十里八乡自发来的村民，送葬队伍蜿蜒数千米。可见姜玉兰老人的威信和影响。

姜玉兰去世后不久，刘西路为了实现母亲的心愿，于一个春日出发，在潍坊一带寻访了数日，后经人指点，在潍坊烈士陵园找到了父亲的坟茔。

一个春雨绵绵的中午，当刘西路远远看到墓碑上"刘良才"三个字时，就像小时候看到父亲在前边等候着他一样，只觉得两眼一热，泪水和雨水一下子模糊了视线。他踉跄着跑过去，跪倒在父亲的坟前，放声大哭。

刘西路的儿子们也多次到潍坊烈士陵园祭奠过刘良才。刘西路的儿子刘奎相告诉我们：我奶奶死的时候嘱咐我父亲，让他将来有机会把爷爷请回来。我父亲走的那一年也嘱咐过我们，说他没有能力办这件事了，让我们将来办。

2000年，我们生活富裕了，也有这个能力了，决定把我爷爷请回来。拿着县上开的介绍信，请人写了我爷爷的牌位，我们就去了潍坊。可到了烈士陵园，我吓了一大跳：里面全变样了！在老地方没能找到我爷爷的坟墓，后来在另外一个地方找到了，就一个小土堆，一看就是个新坟头，旁边还立了块小墓碑。我爷爷过去的墓很大，上面长满了草，墓碑也很大。我打听了一下，听说是烈士陵园统一规划了，过去的墓都平了，这新墓里根本就没有死者的骨头了。我们当时就哭了。最后没办法，我们就把牌位摆在坟前，跪下磕了几个头，又捧了几把土放在红包袱里，说了句"爷爷跟我们回家吧"，就算是把他老人家请回来了。

魂兮归来。

刘良才的遗骨虽然没有找到，可他的灵魂已回到故乡。

2000年清明节，刘良才牺牲后的第六十七个年头，他的后人在刘集村东头的地里为爷爷起了一个大坟。立碑那天，花圈布满了坟地周围，唢呐声响彻晴空。

很多人并不知道，这只是一座空冢。

与刘良才墓相偎的，是姜玉兰的坟茔。

叛徒王天生等人，后来陆续被锄奸队处死。

238

就在刘良才牺牲前几个月，刘考文被判了五年徒刑。

1937 年 11 月 10 日，刘考文才走出监狱的大门。出狱后不几天，他就与党组织接上了关系。后来他得知，自己在狱中五年，外面发生了西安事变和七七事变，国内形势可谓风云变幻。刘考文不禁感叹，真是"洞中方七日，世上已千年"。

刘考文向党组织报到后，边调养身体，边投入了新的斗争。1939 年 6 月，他参加了抗日队伍，后进入抗大学习，毕业后回到原部队当了一名干事，全国解放后任山东省建设厅劳资处处长。他 1974 年离休，1991 年病逝，享年八十二岁。

刘考文后来得知，他是被当了叛徒的省交通员任玉书出卖的。任玉书是广饶大王封庙村人，曾担任过封庙村党支部书记。被他出卖的，还有延春城、耿延铭等人。

延春城坐了五年监狱后，同刘考文一样，也在 1937 年 10 月被释放出狱。延春城当时被关在山东省第一监狱"新字 2 号"牢房。为了对付共产党的暴动人员，韩复榘下令专门成立了一个"军法会审委员会"，也就是军队、法院两方人员联合组成的审判委员会。对参加暴动者，韩复榘一律向右捋胡子，格杀勿论；对暴动嫌疑者，全部判处无期徒刑。

延春城后来跟朋友说：要是没有 1937 年的第二次国共合作，我就老死在监狱里了。

延春城出狱两个月后，奉命与吕乙亭、任天纵等人组建广饶县抗日武装，史称"鲁东八路军第九支队"，延春城被任命为支队司令员，任天纵担任政委，吕乙亭为副支队长兼教练。

九支队成立不久，在一次伏击日军途中，内部兵痞发动了兵变，武器全部落入兵痞之手。幸有兄弟部队及时出兵相助，这才化险为夷，九支队也由此解散。

延春城后来又在一支抗日独立营中当过营长。1948年2月张店解放后，他担任张博铁路局局长，后又到济南铁路局林业所当了所长。

全国解放后，组织上逐一给烈属发放抚恤金。延春城的儿子延宪孟是革命烈士，一天上午，一位工作人员专程给他送来三百六十元抚恤金。延春城捧着抚恤金，很长时间没有说话。最后，他对这位工作人员说：国家现在是困难时期，我把这笔钱全部捐给国家了，相信宪孟在天之灵也会乐意。

说完这话，延春城泪流满面。

1959年2月，患有严重风湿性关节炎的延春城，不得不离开了工作岗位。他的关节开始肿大、变形，难以伸展，生活也不能自理。到了晚年，本来就身材瘦小的延春城，体重还不足四十公斤，让很多前来探望他的战友都唏嘘不已。

病休后，组织上为了照顾他，给他配了专车，还派了专人伺候，可都被他一一退回了。时任山东省委书记的谭启龙听说后，专门到他家看望。

谭启龙说：你过去为党做了不少工作，现在病了，组织上照顾你是应该的啊！

延春城说：有工作人员在身边，我心里总觉得不踏实，他们都年轻，身体壮，力气大，可以去干其他的事，照顾我一个废人，浪费了。

后来，随着病情逐渐加重，延春城才开口向组织上要了一辆人力三轮，进出都由妻子蹬三轮车拉着。

延春城没上过几年私塾，很多字都认不全，靠自学竟也能写得一些文章。有一天，他让孩子找来一本《共产党宣言》，拿着它，延春城一时热泪盈眶。见孩子们都很不解，他平静了一会儿说：当年刘良才就是靠这本书，领着我们农民兄弟起来闹革命的，可惜他死了，死得太惨了……老伙计要是活到现在，该多好呀！

这以后，他每日都读《共产党宣言》，这本书一直放在枕边，随时都拿起来看几段。他对老伴说：革命那些年，工作忙，没时间细细看，现在得机会了，要好好学习。

延春城晚年一直都被病痛折磨，后来又患上了癌症。1973年5月的一天，他平静地走了。家人发现时，他手里竟还拿着那本《共产党宣言》。

老伴哭着说：老头子，你还带着这本书走呀？松松手吧……老伴想给他拿出来，可试了几次，都没能扳动他的手指，书和人，犹如一个整体，只得作罢。

延春城享年八十岁，是带着《共产党宣言》走的。

还有刘集的早期共产党员刘英才，在监狱里遭到国民党的百般折磨和摧残，后染上肺结核，病入膏肓。敌人见他气息奄奄，把他抬出监狱的大门后，扔到了墙根下。家人闻讯把他抬了回来。二十天以后，刘英才就离开了人世，年仅三十一岁。

三十年代初，刘良才领导 "砸木行"等斗争后，国民党广饶县政府开始大肆搜捕共产党。

黑云压顶，一时间，人心惶惶。

有的共产党员和积极分子，成了墙头草。他们开始并没有想到，朝着《共产党宣言》里说的好日子奔，会这样难，不仅要受皮肉之伤，到头来还要搭上性命，连累家族。

有的人胆怯了，如惊弓之鸟；有的人忙不迭地投进敌人的怀抱，成了叛徒。

刘英才也开始心生恐慌。

1932年夏日的一天，他急急赶到县城，找到了广饶县国民党党部的李琪。

刘英才的哥哥刘子久有个儿子叫刘岱东，曾在广饶县立初级中学读书。他聪颖勤奋，长相俊朗，深得同学李媚的喜爱，后这对少男少女成为恋人，并最终结为夫妻。李媚就是李琪的女儿。

刘英才一见到李琪，就信誓旦旦地表白，自己早就不干共产党了，恳求他替自己美言开脱。

李琪见到刘英才，不禁大吃一惊，指着他的鼻子吼道：你们都说《共产党宣言》能让人过上好日子，整天用《共产党宣言》蛊惑人心，发动什么群众，现在怎么知道害怕了，坐不住了？那刘集村在县里是挂了名的，你也上了黑名单。你应该走得远远的！今天跑到我这里来，这是要害了我，也要害我的女儿呀！当初我就不该让她嫁给你们刘家……看看，看看，埋下的祸根现在算是开花结果了。结的什么果？是他妈一颗吃不了兜着走的苦果子呀！

刘英才见李琪这样，就生气道：算我看错了你！扭头就要走。

李琪沉吟了一下，又急忙把他拦住，换了笑脸说：咱们毕竟是亲家，怎么也不能见死不救呀！这样吧，你今晚住下，明天我去想办法。

李琪先稳住了刘英才，第二天就偷偷地告了密，出卖了他。

当刘考文被送进监狱的时候，刘英才早就被捕入狱了。

刘考文后来这样回忆：一进监狱，我吃了一惊——刘英才怎么也在这里！1928年秋天掐谷穗后不长时间，因为环境恶化，刘英才曾妥协不干了，怎么现在也入狱了呢？因为同监有许多普通犯，说话不方便，我就将他拉到一边，问他是怎么被捕的……

刘英才对刘考文说，自己已经过了一堂，开始挨板子，觉得不算重，后来接着被抽了鞭子，也压了杠子，就有点受不住了。刘考文急急问他：供出别人了吗？刘英才说没有。他摸着伤口道：真没想到，咱照着大胡子的话去做，会这样苦。刘考文说：大胡子在《共产党宣言》中说了，推翻他们就得用暴力，有暴力就得吃苦，就得不怕流血丢性命。你千万要撑住，打轻了，咬住牙不吭气；打重了，昏了自然也就顶过去了。刘英才点了点头：你放心吧，我不会成为叛徒的。

刘考文回忆说：尽管这样，我还是不放心，怕刘英才顶不过去。在广饶监狱关了不久，我就和刘英才一起被押到了济南。到拘留所没几天，我和刘英才被送到军法处受审。先审刘英才。他被带进去以后，询问声、吓唬声混杂着打人声和刘英才的哭叫声，不时传进我耳里，刘英才能扛住吗？我一直在心里嘀咕。

但刘英才最终还是扛过去了。他没有成为叛徒，而是成了一名革命烈士，被后人敬仰和纪念！

2. 是《共产党宣言》让我走到今天

延伯真是大王镇延集村人的骄傲。他的妻子刘雨辉是刘集人的骄傲，同样也是延集人的骄傲。

延集村在建设山东省第一个党支部纪念馆的时候，延伯真、刘雨辉的生平是这座纪念馆的主要内容。为了搜集他们的事迹，延立福和其他同志在外地奔波了数月。为做到心中有数，延立福还专门画了个路线图，路线图共分两个阶段，第一个阶段有青岛、济南、烟台，第二个阶段是黑龙江省的东宁、北安、哈尔滨、沈阳。

延立福告诉我们：我为什么分出了两个时间段？这两个阶段，一个是延伯真在山东的革命经历，第二个是在东北的革命经历。烟台，其实是他革命生涯的转折点。

2011年酷夏的一天，延立福和延伯真的侄子延东宁来到了沈阳。两位老人都已年逾六十，延东宁是军人出身，身体比延立福要好些；延立福患有心脏病，心脏搭过桥，走不多远，就气喘吁吁。他们出了车站，找了辆出租车，就直奔延伯真的家。

延伯真的小儿子延国宁看到家乡来人，很是高兴，忙着端茶递水。

抗日战争时期，延伯真的大儿子延志宁、二儿子延仲宁，当时才十几岁，可都成了出色的小情报员。后来二人从苏联的大学毕业，参加了苏联卫国战争，随着部队一直打到了德国的首都柏林。为此兄弟双双获过苏联卫国战争的奖章。中苏关系破裂后，他们家庭的成员几乎都受到牵连。延国宁当年从苏联一所著名大学毕业后，回国从事原子弹研究，因受牵连离开研究部门，到了一所大学任教，退休前是大学教授。

受到牵连的还有延伯真的女婿吕飞前、女儿延希宁。吕飞前早年毕业于燕京大学，是一位进步学生，同无数向往延安的大学生一样，于1948年1月到了革命圣地延安。解放后，他被派往印度加尔各答担任中国总领事馆副领事、领事，后来受到牵连，不得不离开了外交部。

在延集村纪念馆，我们看到了一幅珍贵的照片。画面中，一位高雅、美丽的年轻女性正和周恩来总理热烈地交谈着，她就是延希宁。新中国成立后周总理率团访问苏联，延希宁是访问团的工作人员。二十世纪五十年代中期，总理参加完亚非拉会议途经印度时，接见了总领事吕飞前和他的夫人延希宁。

这张照片就记录了当年的场面。

延立福他们这次不虚此行。

大家一番寒暄后，延立福说明了来意。延国宁哈哈一笑：我爸爸老是说，过去的事没有什么可值得炫耀的。说着，他从一个杂物间拖出了一个皮箱子：里面都是陈年旧物，你们看吧，看中了什么就带走，放在这里，反正我也没有什么用处。

箱子上满是灰尘。延立福用抹布擦了几下，轻轻打开了它。箱子里都是些书籍、资料，因为时间久远，纸张都已泛黄了，也少了韧性，拿到手里脆如薄饼。

令延立福惊奇的是，箱子底层还压着一个类似长锤子的工具。延立福拿起来反复端详：这长锤子精致而灵巧，手柄是不锈钢做的，有八十多公分长。延国宁见延立福有些好奇，笑着拿过锤子，用手拧了几下，锤头就拧了下来，原来里面有螺丝。延立福看看锤头，里面似乎有些机关。延国宁说：这是老爷子当特工时用的特制工具，能防身，还能勾在通讯线路上监听。这手柄里也有机关呢，孩子们以前拿着玩，都弄坏了。

打开了一个箱子，也打开了一段尘封的历史。

特别是那把特制的锤子，给延伯真和刘雨辉的人生打上了神秘的烙印。

延集村有延氏三兄弟，是国民党里一个中将、两个少将，被蒋介石称为"延氏三杰"。可最为延集人津津乐道的，还是延伯真。很多人都认为，延伯真要是没有犟脾气，后来肯定能成为共产党的大官。

延伯真早期是山东省委重要领导成员，那时书记是尹宽。在中共党史上，尹宽也是一个非同凡响的人物。他早年曾积极投身五四运动，是有理想的进步学生，1919 年 12 月 25 日，尹宽同蔡和森、蔡畅、向警予、陈延年、陈乔年等人一道，乘坐"央脱莱蓬"号邮轮前往法国勤工俭学，寻找救国救民之路。

1922 年 6 月，尹宽参与组织了旅欧中国少年共产党，并担任旅欧中国少年共产党中央执行委员会委员。后来，他因为追随陈独秀反对中共路线，被开除出党。这以后，尹宽多次著述反对共产党，1950 年 10 月 6 日被上海市公安局逮捕，长期关押于上海提篮桥监狱。1965 年 9 月释放后，到桐城县石南公社双墩大队李坂生产队接受再教育。1967 年 7 月 11 日，走完了他悲情的一生。

据尹宽后来回忆，1925 年 2 月，中央派他到山东担任省委书记（时称山东地方执行委员会书记）时，曾告诉他，到山东后联系的第一个人是邓恩铭，再就是延伯真。

邓恩铭与中央的通信中，也多次提到过延伯真。其中有封信这样写道：伯真兄除固执点外，其他均好。邓恩铭写这封信的时候，任青岛支部书记，延伯真则是支部宣传委员。

可以看出，当时中央也是很看重延伯真的。

在延伯真的回忆录中，我们发现了这样一段话：

> 1925 年至 1927 年，党调我到济南工作。这时，党在济南是个地方组织，领导全山东的活动，地方书记是尹宽同志，这时王尽美同志已经病逝。我担任组织工作。

延集人说延伯真脾气犟，这在邓恩铭给中央书信中也得到了印证。只是这"犟脾气"，被邓恩铭称作了"固执"。

这很可能是导致他命运轨迹成为抛物线的主因。

他在广饶大王延集村成立了山东省的第一个农村党支部，即便放在全国，也是排在前几位的。他负气到了烟台后，在烟台又成立了党支部，从而打开了烟台的革命局面。据说，延伯真在大革命时期，直接创建五个党支部。他早期发展的一些党员，在当地也都很快创建了党支部。在延伯真当年曾经活动过的省市中，各地党史资料里都有他的名字及记述。

自从延伯真 1927 年去了烟台，他的命运就出现了拐点，这也是延伯真一生中的痛。

是什么原因导致了这个结果？这要从当时的山东省委书记吴芳说起。

吴芳是湖南华容人，1899 年出生。1921 年春天，他与刘少奇、任弼时等人一道离开中国，远赴苏联莫斯科东方共产主义劳动大学学习。他们出国后没几个月，中国共产党成立；这年年底，吴芳和刘少奇加入共产党。四年后的 1925 年春天，吴芳回到了祖国。1926 年 9 月，中央派他到山东省担任省委书记。1930 年 9 月，他被敌人枪杀。

延伯真比吴芳大两岁。据说，他有些看不惯吴芳的做派。由于吴芳在苏联生活过几年，生活上可能比较挑剔，穿戴上也比较讲究，平日里头发梳得一丝不乱。更令延伯真不能容忍的是，吴芳竟经常组织一些同志打麻将。

而吴芳，可能也看不上延伯真的脾气秉性，觉得他没见过大世面。

这样，两人之间就有了芥蒂。

后来，延伯真曾谈起过这段往事：

我因为好久没有党的信和北伐军的消息，感到许多问题没有办法，有请求办法的必要，便去济南找到地方书记吴芳，这才知道蒋介石叛变了革命。我把自己的工作报告了一遍，他也没有具体办法。我提出，要到汉口去看看情形，他也未坚决表示可否，但是把地址告诉了我。我就这样糊糊涂涂地往武汉去了。

我在汉口找到邓恩铭，他也是山东地委负责人之一。那时党还和唐生智、汪精卫等合作，在武汉我才知道，党在领导路线问题上有斗争。我参加了几次会议，也得不到什么要领。不久，唐、汪也叛变了，我又返回济南。

回到济南，才知道发生了一件出乎我意料的事：在我去汉口期间，吴芳召集了一个会议，给了我个留党察看的处分，理由是我犯了自由行动的错误。当时我对这个处分不服，同吴芳争执起来。我的理由是，我去汉口，虽未经过组织上的正式批准，但吴芳告诉了我地点，等于是默认许可，他应负些责任。同时，开会讨论这些问题，又未让我参加、申辩，所以我不接受这种处分。最后吴芳问我究竟接受不接受，我说，在少数服从多数的原则之下，我暂时接受；但我同时提出要求，请吴芳重新召开会议讨论这个问题。吴芳当时答应了，以后却又借故拖延不实行。他把我调到淄川煤矿工作，不允许回到旧地方去。

在淄川，领导工作的是刘俊才同志（即刘子久同志）。我希望他转告吴芳，重新开会讨论我的问题，但始终也没有答复。这让我变得很不安心。我等得不耐烦，又到济南去见吴芳，但吴芳不见我。最后我给吴芳留下了一封信，口气也很强硬："假设你对我的问题再不设法处理，我就退党"。这大概让他们以为我要叛变了吧！在这种情况下，我怕误会越闹越深，将来后果不堪设想，就决意离开济南。但我对革命工作决不死心。我知道山东几个大城市都有了组织，只剩下烟台还没有，就决心到烟台去把组织搞起来，做出个样儿给他们瞧。一失足成千古恨，再回首已百年身。我就这样与党组织失掉关系二十年。回头想想，这都是自己英雄主义和少年负气造成的。

1927年初秋，正当延伯真心情郁闷的时候，他一直钟情的女性也陷入了苦闷之中。她就是延伯真的同乡——刘集村的刘雨辉。这个曾经把《共产党宣言》带回乡村，并使它在农民中得到传播的女共产党员，被济南女子职业学校开除了。

一天，刘雨辉刚走进办公室，就被校长杨光香叫去了。在校长室，杨校长递给刘雨辉一张纸，她展开一看，是辞退信。

刘雨辉当时就怔住了，白皙的脸上满是疑惑：校长，我一直都循规蹈矩，为什么要辞退我？

杨校长面无表情地说：我不能容忍一个共产党员留在我们的女子职业学校里，否则会给全校师生带来灾难。你尽快离开这里吧，我会给你保密的。

刘雨辉明白了。她知道，此时说什么都是苍白无力的。

刘雨辉给杨校长鞠了个躬，转身快步走出了校长室。

在秋叶飘零的季节，走投无路的刘雨辉回到了家乡。走在满是落叶的乡间小路上，刘雨辉怅然若失。秋风吹乱了她齐耳的短发，也吹起了她心头的万般愁绪。

若干年后，刘雨辉经常向女儿说起自己当时的心情。她说：我一个人走在回家的路上，泪水也流个不停。家乡越来越近了，可脚步也越来越沉重。

刘梅春听说女儿被学校开除，立刻就跳着脚叫了起来：这个家算是让你毁了！你是共产党，你两个弟弟也是共产党，我们家一窝子共产党……今天你被开除，明天会有更大的祸害等着我们刘家。想我刘家祖辈都是安分守己，可到了我这里，竟出了你们这些不肖之子！就是你当初带回本什么《共产党宣言》，把我们家搞乱了，把刘集村搞乱了！从今以后，我没有你这个女儿，你也没有这个家！

刘梅春说完，放声大哭。

刘雨辉的母亲刚要劝说，就被刘梅春堵了回去。

刘考文和刘奎文纷纷指责父亲。刘梅春暴跳如雷：好，好！你们大了，都不听老子的话了……我刘家算是走到头了！

父亲一番绝情的话，让刘雨辉泪如雨下。她哭着说：不用你赶我，我明天就走！

这一夜，刘雨辉辗转难眠。在这个虫声唧唧的秋夜，刘雨辉做出了决定：嫁给延伯真。

想起延伯真看向自己的炽热眼神，刘雨辉冰冷的心里升起了一丝温暖。

第二天早晨，刘雨辉把自己的决定告诉了母亲，刘母的眼泪一下就涌了出来：孩子，你这是毁自己呀！延家那么穷，又拖着两个小孩，你去了就当后妈，这不是眼睁睁地往火坑里跳吗！

刘雨辉平静地摇了摇头：可我已经决定了。

刘母知道女儿的性格，也知道女儿眼下的处境，她长叹一声说：事到如今，也只能这样了。你也不小了，成了老闺女就嫁不出去了。但这事千万别和你爸说，他这炮仗脾气，一点就着。

生活往往具有戏剧性。过去，很多同志曾经给刘雨辉和延伯真牵线搭桥，可她远远地躲开了；可当人生出现变故的时候，生活又陡然把她推到了另一面。

刘雨辉晚年跟子女回忆起这件事的时候，总是禁不住笑。她说：最初我是不看好你们爸爸的，后来学校把我开除了，反倒成就了我们的姻缘。

延伯真的记录也证明了刘雨辉的这一说法：

> 刘雨辉入党后，我们就经常在一起组织一些活动，有些同志给我们撮合，起初刘雨辉不允，后来济南女子职业学校的校长杨光香查出刘雨辉是共产党，立即把她辞掉了。她没了职业，父亲又是一个极顽固的乡村知识分子，家中发生了尖锐的冲突，刘雨辉就决定离家出走。在这种情况下，她和我结了婚。

那天早上，刘雨辉和母亲说完那番话后，就提了些点心来到延集村延伯真家。家中突然来了个洋气的城里女人，延父有些慌乱，一时不知该说什么。刘雨辉倒是落落大方，说自己是刘集的，名叫刘雨辉。延父一听就笑了：知道了，知道了，伯真多次跟我说起过你。

刘雨辉也不知延伯真跟他父亲说过些什么，双颊一下飞上了两朵红云。

两人相对无言地尴尬了一会儿，刘雨辉竟噗嗤笑了：眼前这个老人，很快就是自己的公公了。

延伯真的弟弟和两个儿子也在旁边，好奇而局促地看着眼前的漂亮女人。

刘雨辉问清延伯真的住址，就启程去了济南。

刘雨辉在黄昏时分站在延伯真门前的时候，延伯真又惊又喜，心中的阴霾也一下子烟消云散。他急忙把刘雨辉让进房间。刘雨辉微笑着说：我都找了你半个多月了……说着，眼里泛出了泪花。

刘雨辉说完了自己的遭遇，两人一时都沉默了。过了一会儿，刘雨辉低声说：我们就……生活在一起吧，不知你有什么意见？

延伯真兴奋得一下子抓住刘雨辉的手：真的？我……我同意！

两人相视一眼，紧紧拥抱在一起。

过了一会儿，延伯真突然想到了什么，说：你先等着，我出去一下。

不长时间，延伯真带着很多吃的东西回来了，还有一瓶酒。让刘雨辉高兴的是，延伯真还特地买了两根红蜡烛。

这一夜，应该算是延伯真和刘雨辉的新婚之夜。

如延伯真所述，他给吴芳挥笔匆匆写就辞别信后，就于1927年深秋的一个下午，启程去了烟台。

延伯真背着简单的行李，走在被秋雨淋湿了的街道上，心里五味杂陈。但性格使然，他还是义无反顾地走了下去。

延伯真知道，自己在烟台举目无亲，又囊中空空，肯定寸步难行，就连最基本的温饱都难以解决。所以，他先求到了乡党邓天一的门下。邓天一很看重延伯真，见他来求，就很痛快地提笔给烟台牌照局的局长写了一封推荐信。凭着这封信，延伯真成了牌照局的一名调查员。

在烟台落脚之后，延伯真就开始着手建立党组织。在延伯真到烟台之前，其实已经有几个从外地来此落脚的共产党员，也有了党小组，代表性的人物是徐约之。这以后，延伯真又发展了两名党员。不久，他与徐约之等人一道，成立了烟台历史上第一个党支部，徐约之任支部书记。

延伯真还专门把烟台成立党支部的事，以书信的形式，向省委做了汇报。

延伯真性格中确实有一些个人英雄主义色彩，但从他的整个革命历程来看，他身上更多的是对革命的执着和热情。

当年在青岛乃至烟台从事革命活动的时候，延伯真经常看到，有大批大批的难民为了讨生活，不惜背井离乡，骨肉分离，踏上了漫长的闯关东之路。每每这时候，他的脑海里就闪出了这样的念头：到东北去，把他们都组织起来多好！

延伯真后来回忆说：我在青岛和烟台的时候，常见到许多难民源源不断地往东北去，就产生了一种幻想——假设我到东北去，找到这些难民，把他们组织起来，是何种有为的事。想到这些，我就摩拳擦掌，跃跃欲试。在这种动机支配下，我马上设法去东北。烟台中学有个教员叫盛美东，他说东北有他许多亲友，我俩决定在大连会合。我先到大连，在中华客栈住了二十多天，路费花光，挨了几天饿。盛美东到大连后，借上路费，我们就一块到了哈尔滨。

其间的艰难，远非他回忆中这样轻描淡写。

1927年的延伯真，已到而立之年，他的长子十二岁，幼子仅八岁，弟弟十三岁，而父亲已经五十九岁。延伯真在外奔波多年，延父带着三个孩子，真是含辛茹苦，其艰难不言而喻。

在延伯真去烟台的时候，刘雨辉到了延集。这一次，她是作为延家媳妇出现的。几天后，刘雨辉带着延伯真的幼子延仲宁去了青岛——朋友给她找了一份在青岛毕家村当教员的工作。

1928 年春节过后，延伯真回到延集村。

跟父亲拉了一会儿家常，延伯真就把自己要去东北的打算说了。延父张着嘴看着儿子，一时竟没能说出话来。过了很久，老人才道：我已经是黄土埋半截的人了……可你得为这几个孩子想一想呀！那东北老远老远的，你拍拍屁股走了，将来我两眼一闭，这几个孩子，光你媳妇一个人能顾得过来？

延父说完这话，蹲在地上抹开了眼泪。

延伯真无言以对。兵荒马乱之年，他觉得说什么都无法安慰年迈的父亲。

沉默了一会儿，延伯真说：我在东北有了落脚点后，就让雨辉和仲宁先到东北去。其他事，只能走一步看一步了。

1928 年 3 月，延伯真还是决定启程。他刚出家门，老父亲就把他叫住了。老人走上前，向延伯真衣袋里塞了件东西，扭过头去挥挥手，示意儿子走。

延伯真伸手从口袋里摸出来，低头打开一看，见是几块银元，就急忙对父亲说：我用不着，留给家里用吧。

延父还是扭着头，嘴里说道：穷家富路啊，那么远的路程，你用得着。

延父说完再挥挥手，低声说：天不早了，你……走吧。

说完，他转过身蹒跚着走了。

泪水一下子盈满了延伯真的眼眶。

延伯真看着父亲走远的背影，突然想到，几年前自己也是这样离开延集，离开亲人的，只是这一次要远行了。

延伯真走出村口，不禁又回过头，忽然看到父亲的身影在小巷口闪了一下，又消失了。知道是父亲在偷偷地送别，他心中不禁百感交集。

1931年夏天，苏联远东情报局情报员韩心平，把延伯真介绍给了远东情报局。那时，延伯真的公开身份是东宁县某小学的教员。东宁县东与前苏联接壤，不远就是中苏界河，延伯真家就在界河附近。延伯真每次到苏联去，为了躲避敌人的盘查，都要绕很远的路。

延伯真与远东情报局接上头之后，接受了这样一个任务：在东宁县成立情报站。

从1931年到1946年，这十五年间，延伯真和妻子刘雨辉以及儿子，都在秘密为远东情报局工作，给远东情报局搜集提供了大量的情报。

延伯真和刘雨辉这段历史鲜为人知，因为他们和党组织已经失去联系多年。这段经历，延伯真在自己的回忆录中也只是一笔带过。后来，随着远东情报局的部分档案解密，人们才了解到延伯真和刘雨辉的非凡历程。

延伯真有着超常的记忆力，刘雨辉则细心周密，夫妻二人配合默契。延伯真平日里非常忙，有的情报由他写出粗稿后，刘雨辉再抄写誊清；或延伯真口述，刘雨辉执笔记录。

为确保万无一失，刘雨辉把情报缝在延伯真或延仲宁的衣服里。刘雨辉后来回忆：情报缝在棉衣、棉裤里比较容易，夏天就比较麻烦，因为衣服都很薄，我就缝到他们的裤袋和鞋子里。

延伯真的二儿子当时年仅十三，递送情报的任务大都落在他肩上。一路上，他不仅要应付日伪军各种盘查，还要穿越高过头顶的杂草地。茫茫荒野，常有野兽出没。有一次，延仲宁被一匹狼拦住了去路。那狼高大威猛，面对手持木棍的延仲宁，竟没有一丝怯意。双方对峙了不久，这匹饿狼就扑了过来，延仲宁手中的棍子还没举起来，就被它扑倒在地上。他只觉得胸口一阵疼痛，很快就晕了过去。幸亏有个猎人经过，把他从狼口里救了下来。

1934年秋天，延仲宁到苏联学习去了，一个叫贺伯珍的人接替了他的工作。贺伯珍是山东牟平人，也是一位情报人员。

延伯真和刘雨辉特工生涯中最光彩的一页，是他们成功地获取了"东宁要塞"的情报。

日本关东军盘踞东北后，为巩固其地位，同时为对付北线虎视眈眈的苏联军队，实现更大的侵略野心，在中苏边境确定了四个作战区域，把南起吉林珲春、北至内蒙古海拉尔约四千公里的中苏边境划作了战略要地，在这条蜿蜒漫长的战略防线上，他们规划了十余处超大军事要塞群，依次是珲春要塞、东宁要塞、鹿鸣台要塞、绥芬河要塞、观月台要塞、半截河要塞、庙岭要塞、虎头要塞、富锦要塞、凤翔要塞、霍尔莫津要塞、瑷珲要塞、黑河要塞、法别拉要塞、海拉尔要塞、乌诺尔要塞、阿尔山要塞。

这些要塞都以"特"、"甲"、"乙"、"丙"、"丁"区分，"特"为要塞群之首，其他次之。这些要塞群长度相加有一千公里，里面近十万个永备工事星罗棋布，密密匝匝。关东司令部最高长官下令，特级工事的掩体厚度至少四米，要能抵挡数百毫米口径、一点五吨重的炸弹的超强打击。

在这众多的要塞群中，东宁要塞被列为"特"。它坐落在在牡丹江市东宁县三岔口镇南九公里处，与中苏边境相依。当年，它被关东军司令部列为"国境一级阵地"，是关东军打击苏联军队的杀手锏。

据《东宁县志》等有关史料记载，1941年，日本关东军在东宁县驻扎有三个师团、一个独立旅、一个国境守备队，总兵力达到十三万人，而当时该县人口还不到三万五千人。其他要塞的驻军最高长官多为少将，而这里仅中将就有三个，少将十一个。驻东宁地区的关东军不仅数量多，而且兵种齐全，五花八门，有步兵、骑兵、坦克兵、装甲兵、通讯兵、航空兵、各种炮兵、工程兵、舟桥兵、汽车兵、卫生兵等等。兵力部署主要分布在三岔口、东宁等要地。

日本关东军第五任司令官梅津美治郎叫嚣：我要把这庞大的要塞群建成东方的马其诺防线！比法国人的马其诺防线还要强百倍、千倍！

何为"马其诺防线"？第一次世界大战结束后，法国军方从大战中看到了战争危机，为防备德国和意大利，他们开始在边境上建造防御工事，该工程总投入五十亿法郎，相当于 1940 年整个法国一年的财政预算，仅钢铁就耗去了十余万吨。这一系列防御工事，全长七百多公里，碉堡一千余个，部署了三百多门各类火炮，有一百多个炮塔。因为该工程由时任法国国防部部长的马其诺主持，被称为"马其诺防线"。

法军以为这下高枕无忧了。岂知 1940 年 5 月的一天，德军绕过马其诺防线，攀越阿登山区，成功进入法国境内，并很快占领了整个法国。

马其诺防线，遂成为战争史上的一个笑柄。

而马其诺防线比起东宁等要塞群来，还是小巫见大巫，难怪日本关东军司令如此狂妄。

东宁要塞群从 1934 年起建造，至 1945 年完工，历时十一年。据史料记载，日军在中苏边界沿线兴建要塞期间，动用中国劳工就达百万之众，仅东宁要塞就有十七万劳工。东宁要塞完工后，绝大部分劳工被日军秘密枪杀。

据东宁县的老人讲，1932 年左右，东宁县就被隆隆的爆炸声笼罩了。后来人们才知道，那是日本鬼子在开山炸石。这期间，日本人多次到东宁县拉民工要伙夫，没有劳力的，就以钱来抵。

延伯真也觉察到有异。为探究竟，他多次前往山区侦查，因日军守卫严密，无法靠近目标，但远远可以看到前方尘土飞扬，人群密如蝼蚁。

延伯真和刘雨辉分析，日军大兴土木，肯定是在修建什么工事。延伯真把这情况马上汇报给了苏联远东情报局，情报局上层立即召开紧急会议，并专门让延伯真列席。有专家认为，东宁与苏联为邻，日军的阴谋肯定是针对苏军的。最后情报局指示，要延伯真尽快搞到有关情报。

延伯真喜交往，善鼓动，每走到一地，都会结交大批朋友，这也利于他开展革命活动。他刚到东宁县不久，有一次在饭馆吃饭，听到邻桌的人说一口地道的山东话，就走过去打招呼，由此和王书焕、王蓬一兄弟俩相识并成了好友。

王书焕兄弟在山东老家时，曾用铁锨拍死一个日本兵，为躲避追杀，在一个月黑风高夜逃走了。提起日本鬼子，兄弟二人牙齿都咬得嘎嘣响。交往久了，心里话就多了，关系也日渐加深。

有一次延伯真险些被日本兵捉住，是这对兄弟出手相助，才得以脱身。王蓬一对着延伯真比画了一下，意思说，你是八路吧？延伯真微笑着点了点头。王书焕说：太好了，杀鬼子也有我们一份！以后用着我们兄弟时，尽管说。

东宁县有一家照相馆，主人叫姜延平。一次延伯真去照相，姜延平边忙边叹气，延伯真问他为何长吁短叹，姜延平说：我这段时间几乎天天被日本人拉去照相，这样下去，我不成了汉奸了嘛！延伯真说：只要不跟着日本人做坏事，就不算是汉奸。

姜延平说：开始日本人让我给当兵的照，时间久了，可能也信任我了，就让我照他们的防御工事。做这事，算不算汉奸哪？

延伯真心里一动：防御工事？

姜延平说：你还不知道？日本人现在疯了，就像老鼠打地洞一样，天天在那里瞎折腾。

两人攀谈了一阵，姜延平突然问延伯真：兄弟，听你口音，是山东人吧？

延伯真点了点头。

姜延平高兴地说：你们山东人好啊，厚道！

延伯真笑着问：怎么个厚道法？

姜延平说：我认识两个王姓兄弟，也是你们山东人，当年我流落街头，腿上还受了伤，他们把我叫到家里去养伤，伤好走的时候，还送了我一些钱，要不我哪有今天……他们一个叫王书焕，一个叫王蓬一，恩人的名字，我时常念叨，我得记一辈子呀！

延伯真心里一阵惊喜，不禁喊道：太好了！

这一声叫，把姜延平吓了一跳。

延伯真自知失态，说了声"谢谢"，起身告辞。

出了照相馆，夜幕已经降临。延伯真直奔王氏兄弟家。

当天晚上，延伯真和王氏兄弟，在姜延平的照相馆与他谈了很久。

听了延伯真的计划，姜延平脸都白了，他连连摇着手说：不行，绝对不行！这可是要杀头的呀！

延伯真说：危险肯定有，但我们会全力保护你。都是中国人，不能眼睁睁地看着日本人折腾下去，将来我们会死多少人哪！

王蓬一也说：兄弟啊，不把这帮兔崽子赶出去，我们永远过不上好日子！

姜延平不停地抽着烟，最后他一把扔掉烟蒂，下了决心：豁出去了！作为一个中国人，我是不能袖手旁观。

姜延平最终答应，为延伯真提供东宁要塞的情报。

延伯真回忆录中有这样一句话：后来，姜延平借机将东宁一带的阵地构造照片图样，连人带物等整个地拍摄下来。我很快就送到了苏联远东情报局。

可以肯定的是，东宁要塞情报确实是照相师姜延平提供的。但是，如此重要的一个天字号工程，敌人防护肯定也非常严密，姜延平是怎么应付敌人，又是如何将情报带出来的呢？

很遗憾，由于史料的缺失，我们已无从查考。

姜延平完成任务之后，为了他们全家的安全，延伯真介绍他们去了苏联。

1936年10月的一天，姜延平举家到了苏联，从此再无音讯。那段神秘的历史也随之消失了，成为一个永远的谜团。

关于东宁要塞的情报传奇，几乎鲜有资料记载。

日本宪兵队很快发现中国照相师神秘失踪了。在日本狂热分子眼里，东宁要塞就是日本扩张的希望，是他们攻打苏联的杀手锏，照相师如果是情报人员，东宁要塞就会暴露无遗。

关东军立刻派出大批军警，在县城进行拉网式的大搜查。此时，延伯真一家人也早已转移到了绥芬河及北安县一带。

在这里，延伯真并没有销声匿迹，他又成功策反了日伪团长西久贞。

延伯真在东宁县当教员的时候，结识了教育局局长申鸿泰。后来申鸿泰官运亨通，当上了北安县的一县之长。为开展工作，延伯真就投到了他的门下。申县长一直觉得延伯真是个老实本分之人，就留他在县衙里当差。

1938年除夕，申鸿泰举办新年团拜会，宴请北安县各界名流，延伯真也在现场听差。为了寻找可用之才，他找借口翻看来宾签名簿，在众多的名字中，一个叫西久贞的人引起了延伯真的注意，他的名字后面有这样的介绍：山东广饶人，校级军官。

延伯真心中暗喜，他端起酒杯走到西久贞的席前一一敬酒，敬到西久贞跟前时，延伯真貌似随意地问道：西团长，听口音，您是山东人吧？西久贞打量着延伯真说，是啊！这人呀，什么都好改，唯有乡音难改啊！说着，西久贞眼圈竟红了：哎！多少年没回家了，也真是想呀！

延伯真说：西团长，我也是山东人，听您说话，亲切得很哪！

西久贞高兴地说：太好了！老乡见老乡，两眼泪汪汪。来，干了这一杯！

两人端起杯来一饮而尽。

延伯真说：我是山东广饶的，不知团长是哪里人？

西久贞眼睛一下子瞪大了：啥？广饶？我也是呀！

越说越近乎，西久贞用力拍了一下延伯真的肩膀，大声道：我西久贞是个爽快人，山东大汉嘛！以后有什么事，尽管找我。哪天你到我驻地来，咱们兄弟一醉方休。

几天过后，延伯真来到了西久贞的驻地。西久贞很是高兴，并设宴盛情款待。

酒过三巡，菜过五味，西久贞不禁一声长叹，声调悲凉：兄弟，那天我就看出来你是个可靠的人，愿意和你说说心里话：我这气儿，不顺哪！很多人都说我是个响当当的团长，响什么呢？真没什么可自豪的，给日本人干事，羞先人呀！你可能也看不起我西久贞吧？兄弟你不知道，在小日本面前，我赔着笑脸，可心里恨不得捅了这帮孙子！老弟你可以打听打听，我对老百姓怎么样？我手下的人，没一个敢欺负老百姓的！很多人见了我也都伸这个……西久贞说着，伸了一下大拇指。

延伯真说：我看得出来，西团长是有正义感的。既然你跟我掏心窝子，那我也说实话实说——日本鬼子早晚得完蛋，蒋介石也靠不住，能救中国的，还是共产党。

西久贞若有所思地点了点头：兄弟你说得有道理。共产党开始就是个小不点儿，谁也没看在眼里，可现在越来越成气候了。

延伯真借机道：我推荐你读本书，书名是《共产党宣言》，它让整个世界的无产者都行动起来了，这也是共产党走向胜利的武器。为什么民众都拥护共产党？共产党是为穷苦人谋幸福的。这些道理，《共产党宣言》多少年前就提到了。

西久贞说：难怪老蒋这么恨这本书，过去我也很想一读，可一时没找到。

延伯真说：正好，我那里有一本，我给你送过来。

西久贞狐疑看了一眼延伯真：兄弟，你好像有些来头呀……不怕我把你卖了？

延伯真哈哈一笑：我又不是共产党员，值不了几块大洋，只是也和你一样，有些民族责任感。过去我是读了些书的，其中就有《共产党宣言》，读了觉得有道理，就想推荐给老兄也看一看。我不信老乡会把我卖了！

不久，延伯真给西久贞送来《共产党宣言》，两人又深谈了一次。

1938 年春的一天，西久贞骑马来到了北安县政府，找到延伯真，急急地说：小日本要出手了，准备出兵诺门坎，他们无非就是想试探一下苏联的反应和军队实力。我也要被派过去，你看怎么办好？

延伯真说：要我说，这正是你摆脱日本人的良机。阵前起义，把你的队伍拉到苏联去！

1938 年 5 月，诺门坎战斗打响。苏联元帅朱可夫亲自上阵指挥，苏联红军给了日军沉重打击。双方激战中，西久贞带人消灭了自己团里的十几个日兵，最后率队伍投诚。此举一下子打乱了日军的部署，令日军措手不及。

1940 年夏天，西久贞离开苏联，取道新疆到了延安，后加入了共产党。1945 年建立东北解放区时，西久贞又随军回到东北，始任黑龙江省财政厅副厅长，后担任辽宁省财政厅厅长，于 1962 年病逝。

西久贞晚年经常念叨起延伯真。他说：没有延伯真，就没有我西久贞的今天，是延伯真和他的那本《共产党宣言》，让我下了起义的决心。

西久贞阵前倒戈，让伪满政府非常恼火。北安县县长申鸿泰的随从张三贵乘机进言：依我看，就是延伯真策反了西久贞！他自从看了那本签名簿后，就有意识地接近西久贞⋯⋯这事儿，我可曾经提醒过您的呀！

申鸿泰也心里嘀咕，就旁敲侧击地问延伯真：这西久贞怎么突然当了叛徒呢？伯真呀，你和他往来频繁，交际颇深，可难脱干系！

延伯真平静地说：申县长，因为我们是同乡，往来多一些，这是人之常情。我延伯真是个教书人，平日小心谨慎，唯恐惹上什么官司，带来性命之忧啊！

申鸿泰察看延伯真脸色，见他一脸无辜，也就少了些怀疑，放过这事不提了。更重要的一点，延伯真是他留在县府当差的，一旦深究出问题来，他也难逃干系。

申鸿泰本想就此辞了延伯真，又苦于找不到借口。没想到过了几天，延伯真却自己提出了辞呈。他对申鸿泰说：我家里人口众多，想找个薪水高一点的差事做，这样也可缓解家中的窘境。

申鸿泰乐得如此，就满口答应了。

延伯真主动辞职，是有缘由的，因为这时贺伯珍带着新的任务从苏联回来了。

贺伯珍回来的时候，面黄肌瘦，一脸病态，走路摇摇晃晃的，延伯真忙问原因。贺伯珍没开口眼圈就红了，他对延伯真、刘雨辉说：我以为咱们再也见不上面了。

　　原来，贺伯珍到苏联送情报的时候，正遇上苏联肃反运动，贺伯珍被逮捕关押。苏军说他是日本特务，对他进行了一番拷打，然后把他关进了一间又潮又湿的牢房里。

　　有一次，一个高级别的军官来审问他，贺伯珍说：我是中共党员，这几年一直为远东情报局工作。这位军官听了，觉得非同小可，立即把这件事报了上去。

　　终于有一天，远东情报局来人把贺伯珍带走了……

　　延伯真听到贺伯珍的诉说，叹了口气，又见他一脸的委屈伤心，就说：革命就是这样，不仅要吃得了委屈，还要随时准备牺牲。我去年回了一趟老家，才知道我们一个很优秀的同志牺牲了。

　　说到这里，延伯真拿起枕边的一本书：这个人叫刘良才，他就是用这本《共产党宣言》，带动了一大批的农民起来干革命。刘良才走到哪里，就把《共产党宣言》宣传到哪里……

　　贺伯珍默默拿过这本《共产党宣言》，低声说：与他相比，我做得还很不够。在苏联的时候，我看到很多人在学习《共产党宣言》。我也准备好好看看这本书。

　　1939 年冬天的哈尔滨，格外寒冷。就在初冬的一个雪天，延伯真、刘雨辉举家搬到了这里。

　　延伯真与前妻生的两个儿子已经到苏联学习。他和刘雨辉婚后又育有三女一男。为保证安全，延伯真和刘雨辉一年要搬几次家，孩子们也跟着他们四处奔波。

　　这一次搬家，是依照远东情报局指示，到哈尔滨设立电台。经过四处寻觅，他们把电台的地点选在了哈尔滨市郊一个叫顾乡屯的地方。

为了作掩护，延伯真租下两间房子，开了家切面店，平日里由贺伯珍打理。贺伯珍孤身一人，他哥哥去世后，为了照顾嫂子贺徐氏和侄子，同时也为便于开展工作，就把他们娘儿俩接了过来一起生活。

在切面店里，贺伯珍白天经营店铺，晚上通过电台，把延伯真和刘雨辉搜集的情报，发给苏联远东情报局。

1941年3月的一天早上，贺伯珍像平日一样打开店门，就看见一帮日本宪兵和伪警察从远处围了过来，在前边带路的，竟是当年和自己一起从事情报工作的刘青选。刘青选看到贺伯珍，就尖叫起来：就是他！别让他跑了！贺伯珍知道，自己被叛徒出卖了。

贺徐氏趁敌人注意力全放在贺伯珍身上，低声对儿子贺方彦说：敌人来了，快去告诉你刘叔叔。

贺方彦还不到十岁，可人很机灵。他见几个日本兵在撵鸡，也赶过去装作帮忙，一会儿工夫就跑远了。

刘青选讨好地对带队的警察说：咱们先隐蔽起来，一会儿，肯定还有大鱼来投网。

贺徐氏说的刘叔叔，名叫刘明先，是个小商人，在延伯真的切面店不远处开了一家商号。刘明先和延伯真是同乡，延伯真每次过来，都先到刘明先的商号小坐，刘明先还不知道，他这里已经被延伯真当成了一个瞭望点——站在刘明先的商号里，打开小窗子，就能看到切面店的情况。

延伯真正向这里走来。半路上遇到刘明先，他正欲打招呼，刘明先先开口了，他气呼呼地说道：老乡，你的切面店被日本人包围了，你千万不要过去！延伯真故作惊讶，和他说了几句话就匆匆走了。

日本人在包围切面店的同时，另一干人马也到了太平桥一带。刘青选在供出贺伯珍时，也供出了刘雨辉。只是刘青选没见过刘雨辉，因此在确定性别的时候，他想当然地把刘雨辉定为了"男性"。

当年，延伯真他们每到一地居住，为保证安全，夫妻二人都分头落户。在哈尔滨，延伯真的户口放在了市郊的沙漫屯，刘雨辉落到了太平桥，户主一栏是刘雨辉，性别栏是女。日本人找不到"男刘雨辉"，就把太平桥所有的刘姓男户主全都抓到了警察局审问。在日本人还没反应过来的时候，延伯真和刘雨辉，已经带着孩子们转移了。

延伯真、刘雨辉晚年时，孩子们经常和他们开玩笑，说他们"老奸巨猾"，"狡兔三窟"。

贺伯珍连同嫂子贺徐氏，最后都被日本人带走。为了让贺伯珍屈服，日本人用上了各种刑具。贺伯珍长得干瘦，夸张一点说就是皮包骨头，刑具上身后，那真是皮开骨露。

日本人知道，如果这位苏联远东情报局的情报员松了口，将会有着惊人的收获。关东司令部下令，用尽千方百计都要让贺伯珍招供，但贺伯珍始终坚贞不屈。叛徒刘青选恨恨地说：他这个人的嘴，你就是用钢钎撬也得撬开。

日本人最后动用了刑具中的杀手锏——关东军号称刑具之王的绞肉机。

这种绞肉机是特制的，出口就对着犯人，为了震慑犯人，他们开动机器后，先拿一大块肉扔进绞肉机里，一会儿工夫，那大块的肉就变成了细碎肉丁从出口涌了出来。

日本人先从贺伯珍的脚绞起。绞肉机如同巨兽一般，很快就把贺伯珍的半边脚吞了进去。贺伯珍一声惨叫，就晕了过去。

贺伯珍醒过来后，日本人围上来，瞪大眼睛等着他开口招供，贺伯珍依然不承认自己是共产党员，还说不明白远东情报局是干什么的。日本人又继续绞他，直到把贺伯珍的身体绞尽，方才罢休。

贺徐氏虽不是情报人员，可也是贺伯珍的得力助手，平时把门望风，处理一些文件。日本人见贺徐氏是个小脚女人，说话轻声细语，并没把她放在眼里，贺徐氏也故意装出一副胆小的样子。

　　日本人先给她灌辣椒水，接着又上了几次刑。一番折腾后，贺徐氏就昏了过去，醒来后就放声大哭，还是一问三不知。日本人看她也不像共产党，最后只得放了。

　　得知贺伯珍牺牲的消息，延伯真和刘雨辉泪流满面，孩子们也都放声大哭。贺伯珍孤身一人，形单影只，延伯珍、刘雨辉与他相识后，就一直视他为亲人。有很长一段时间，贺伯珍吃住都在延家，与延伯真的几个孩子，感情也都很深。

　　刘雨辉这时候还不知道，她的弟弟刘奎文也已经于两年前牺牲了。

　　1932年2月的一天，刘奎文离开了家乡。等他风尘仆仆地踏上东宁县这片土地的时候，已是人间四月天了。而东北的四月，还是寒气逼人，到处白雪皑皑，俨如内陆地区的深冬。

　　黄昏时，刘奎文终于找到了姐姐的家门。

　　一路风餐露宿，刘奎文蓬头垢面，面黄肌瘦。如果不是喊了一声姐姐，刘雨辉险些把他当成了上门乞讨的乞丐。

　　刘奎文告诉姐姐，身上的钱不够用，自己一路上不是步行，就是扒煤车，真是饥寒交迫。

　　刘雨辉一把抱住刘奎文，心疼得放声大哭。

　　晚上，姐弟二人在炉火旁一直聊到了深夜。

延伯真提出要送刘奎文到苏联大学学习。刘奎文开始并不同意，他说：我来东北，是为参加革命，怎么能去学习呢？延伯真说：学习与革命并不矛盾，有了更多的知识，对革命的贡献会更大。

刘奎文思来想去，觉得有道理，就随延伯真去了苏联。苏联政府把刘奎文送到了海参崴东方大学学习。刘奎文勤奋好学，很快就脱颖而出。毕业后，学校要他留校任教，但刘奎文早就归心似箭，执意不肯。东方大学的校长亲自出面做工作，刘奎文才勉勉强强留下了。

1935 年 7 月，驻共产国际的中国共产党代表团根据共产国际发布的建立国际反法西斯统一战线的最新方针，起草了《为抗日救国告全体同胞书》。1935 年 8 月 1 日，中华苏维埃中央人民政府、中共中央联合发表了《为抗日救国告全体同胞书》。这就是史上有名的《八一宣言》。

远在苏联海参崴东方大学的刘奎文看到《八一宣言》，热血沸腾，再也按捺不住，给学校留下一封告别信后，当晚就回了东北。

刘雨辉的女儿延希宁回忆说：我的母亲刘雨辉，大约在 1935 年冬天接到一封叔叔发来的信，这封信是我叔叔从黑龙江省密山一带发出的。叔叔告诉我母亲，天寒地冻，没有棉衣真受不了，让我母亲尽快做一套。我母亲很快就给他做好了一身棉衣和两双棉鞋寄去，嘱咐他收到后务必来信告诉一下，可叔叔再也没有回信。我母亲再写信，还是音讯全无。

这段时间，刘奎文干什么去了呢？我们查阅了广饶县党史资料，在党史资料中看到了这样一段话：

刘奎文 1935 年 8 月返回祖国，先后在黑龙江省的密山、勃利一带进行抗日斗争。不久被伪满第六军团逮捕，经党组织营救出狱，后到梨树镇煤矿做工，这期间他的生活非常艰苦，连御寒的棉衣都得靠姐姐刘雨辉。1936 年 2 月，刘奎文与党组织取得了联系，5 月，奉命到饶河县担任县委书记。是年，他率领一支抗日联军与日本侵略军作战时壮烈牺牲。时年只有二十五岁。

我们在东北采访期间，经多方了解和查阅各地党史资料，起码搞清了一个问题：刘雨辉寄出棉衣、棉鞋的时候，刘奎文已经被捕了。他是穿着单薄的衣服在监狱里度过那个寒冬的。刘奎文被放出来的时候，身体已多处冻伤，双脚溃烂得不敢落地，是被狱警抬着扔出来的。他无法行走，艰难地爬到了附近一个老乡家里。

等刘奎文在这个老乡里家养好了伤，与党组织也彻底失去了联系。为了生存和寻找党组织，刘奎文到了梨树镇煤矿下井挖煤。他身体还很虚弱，走路摇摇晃晃的。矿主见刘奎文这个样子，就不想留他，工头说：这年月工人越来越难找，多一个喘气的，总比找不到人好呀！一句话提醒了矿主：好，给他加点饲料，养好身体，好给咱们拉犁！

1946年3月的一天，一位叫刘明华的中年人，几经周折找到了刘雨辉。他从行囊中拿出一件棉衣和两双棉鞋，声音低沉地对刘雨辉说：这是刘奎文同志的遗物。

刘雨辉登时就怔住了。她一下子把棉衣抱在怀里，喊了声"弟弟"，泣不成声。

这棉衣和棉鞋是刘雨辉在煤油灯下一针一线缝起来的。刘雨辉抚摸着棉衣，就像抚摸着弟弟一样。令刘雨辉心痛的是，弟弟竟没能来得及穿上。那个冬天，他经受了怎样的寒冷啊！

当年刘雨辉寄出的包裹，在刘奎文被捕几天后才到，刘明华替他收下。不久，刘明华也转移了。这之后，刘明华带着棉衣棉鞋多次寻找过刘奎文，可都没能找到。

在以后的许多年中，刘雨辉一直都没能从当年那种心痛中走出来。

特别是最初那段时间，她几乎每天晚上都从梦中哭醒。在梦中，弟弟穿着单薄的衣服，站在雪地里喊叫着：姐姐，我冷！姐姐，我好冷呀！

1945 年 8 月 6 日，美国空军向日本广岛长崎投下了原子弹。两天以后，苏联对日正式宣战。日本人岛田俊彦在其著作《日本关东军的覆灭》中写道： 1945 年 8 月 9 日凌晨 1 时许，关东军总司令部接到驻牡丹江第一方面军的电话报告：东宁、绥芬河正面之敌已开始进攻！

当年的日本关东军混成旅第一三二旅七八三大队作战日志中有这样的记载： 1945 年 8 月 9 日开战第一天，苏军对第一边境守备队的各个阵地进行了猛烈的攻击……

在苏联的有关解密档案中有这样一段话：1945 年 8 月 9 日零时刚过，苏军第三十九军即冒着大雨，避开位于正面的日本关东军的驻垒地域，从法捷耶夫卡地区越境向东宁挺进，揭开了远东战役的序幕。

就在历史记载的那个时刻，东宁要塞在苏联红军大炮、坦克、轰炸机的准确打击下，防御工事很快就损失了过半。双方激战到第七天，大部分日军向吉林溃退了，少量日军还在负隅顽抗。

8 月 15 日，日本天皇裕仁在无奈中颁布了投降诏书。

当时，东宁要塞通讯设施已被苏军悉数炸毁，里面的日军还不知道天皇的诏书。苏联红军用飞机把牡丹江的日军参谋河野贞夫中佐拉过来劝降，这位中佐向负隅顽抗的日军传达了天皇投降书后，数百名日军才挑着白旗走出了要塞。

东宁要塞之战是第二次世界大战中的最后一战。

随着东宁要塞的攻克，第二次世界大战落下了帷幕。

看到这一幕，我们怎能不向这胜利背后的情报人员致敬？历史应该牢记这些名字：延伯真、刘雨辉、贺伯珍、贺徐氏……

1946 年夏天，延伯真和刘雨辉双双参加了东北野战军。延伯真在第六纵队先后担任过厂长、股长、科长，而刘雨辉则在六纵担任过会计、保管员、保密员。

参军第一天，延伯真和刘雨辉就请求组织恢复他们的党员身份。后来，延伯真的上级领导张侠，曾让延伯真到东北局组织部说明情况，他还专门让延伯真给东北局组织部部长林枫的秘书李之琏带去了一封信。信的内容如下：

> 李之琏同志：
>
> 我在六纵后勤军事科任政治协理员，下面有三个厂，延伯真同志是其中一个厂的厂长。该同志 1923 年入党，是一位老党员，因当时组织比较混乱，他到武汉找邓恩铭时，被当时领导同志视为自由行动，并给予了处分。延伯真同志觉得处理不当而负气离开济南，他到东北后，每到一处，就主动发展党员，成立党支部。他因入党时间长，具体证明人也一时找不到，直到现在还没有党的关系，他明天想去组织部找你谈谈，请予以接待，并希望给出解决办法。

1949 年 9 月，新中国成立前夕，这对革命伉俪参军的第三个年头，党组织终于批准他们成为中国共产党党员。

接到组织通知后，这对与党组织失去联系二十年的夫妻，激动得相拥而泣。

东北解放后，延伯真和刘雨辉做的第一件事，就是去寻找贺伯珍的嫂子贺徐氏。贺伯珍当年也与党组织失去了联系，在延伯真的奔走呼吁下，组织上追认他为中国共产党党员、革命烈士。

而贺徐氏和她的儿子，也有了相应的待遇。

1952 年，延伯真和刘雨辉双双转业到一机部销售局工作。延伯真在销售局沈阳办事处任科长，刘雨辉则为一般工作人员。

延伯真在科长岗位上干了整整十年。到老，他的性格一直未变，这也许是他未能走上更高台阶的一个重要因素吧。

1962 年，他退休赋闲。

了解延伯真经历的一些同志纷纷为他叫屈。有的说他二十年代初就是省委主要领导了，一生可谓劳苦功高，最后退休时竟只是一个小小的科长，很不公平。

延伯真说：比起牺牲了的同志，我已经很知足了。

延伯真一生只向组织提过两次要求，一是请求组织恢复自己中共党员的身份，二是请求组织批准贺伯珍为革命烈士，让烈士在天之灵得以安息。

建国后，地方党史办都在搜集、整理革命历史资料和人物传记，在广饶党史资料里，有很多人的回忆录，对早期革命人物也有详细记载。而有关延伯真的资料，只有他在 1948 年 7 月向组织申请恢复党员身份时写的一份简单的情况说明；刘雨辉的资料，更是寥寥无几。

采访中我们得知，延伯真和刘雨辉都没有写过回忆录。广饶县党史办曾经多次给延伯真去函，希望他能写点什么，可延伯真一直都未动笔。

他曾经说：能够活下来就是最大的幸福了，多写写那些革命烈士吧。

这就是延伯真。

1968 年，七十一岁的延伯真在沈阳病逝。他的妻子刘雨辉八十五岁时去世。

他们走得都很安然。

延集村第二个传奇人物应该是延安吉。从延安吉与朝鲜最高统帅金日成的合影照中，就可以看出他经历非凡。

延安吉 1902 年出生，比延伯真小五岁。因家境贫穷，九岁时才进乡私塾，平日里边读书边给地主放牛，所以他倍加珍惜有限的学习时光。

后来，他以优异成绩考进了青州第十中学。不久，他见家中拮据，为了早日养家，中途退学进了济南北园护士学校。学习了几个月后，父亲撒手人寰，延安吉不得不辍学回家务农。

同延伯真一样，延安吉思想也非常活跃，对社会种种黑暗和不公愤愤不平。

延安吉入党后，很快发展了延集村的延春熙、延俊章、延安庆等人入党。根据党的章程，延安吉成立了延集村党支部，他出任书记。

这就是我们多次说到的山东省第一个农村党支部。

1925 年春天，延安吉被党组织派到青岛开展革命活动，公开身份是青岛四方小学教员。当时，青岛只有一个党支部，延安吉就是成员之一，另外还有赵玉章、王元盛、李春荣等人。

到青岛不久，延安吉就参与了暗杀叛徒郭福祥的行动。郭福祥是火车司机，叛变后出卖了共产党员李慰农。

李慰农是中共早期党员，1922 年曾与赵世炎、王若飞、李维汉、周恩来、陈延年等十八人赴法国勤工俭学。周恩来当时担任中国社会主义青年团旅欧总支部书记，李慰农则是总支部成员。1923 年冬天，李慰农离开法国，到苏联莫斯科东方大学学习。1925 初，归国后的李慰农在青岛成立了第一个支部，任支部书记，不久又担任了青岛市委书记。被捕后，很快就被敌人枪杀。

后来延安吉回忆除掉郭福祥的过程：青岛党支部的李春荣有个当土匪的舅舅，一次在从青岛四方到沧口的路上，打死了纺织厂的一个日本经理，抢了许多钱，把钱放到了我的宿舍里，警察赶来时，他已经跑了。后来我们处决叛徒郭福祥，就是向李春荣的舅舅借的枪。由我通知郭福祥到胶州湾岸边芦苇塘里的一条小船上开会，郭福祥一到，就被枪指住。我对这叛徒早就恨之入骨，喊了句"狗叛徒拿命来"，扑上去就抱住了这家伙的腰。郭福祥长得人高马大，身上有把子力气。他见我个子瘦小，想甩掉我，我用双手紧紧抠住他的肚皮，他甩了几次也没甩掉我。其他几个人见状也都扑了上来，人多力量大，一会儿工夫就把叛徒压在了船板上，用准备好的绳子捆了个结结实实。我说：根据青岛市委的决定，判处你这叛徒的死刑！你那两万块钱的赏钱，就到阎王那里去花吧！我话音刚落，那几个人抬起郭福祥，喊了声"一、二"，就把他扔进了海里。不一会儿工夫，郭福祥就沉下去了。

1926 年深秋，组织上派延安吉到黄埔军校学习。山东一共有二十名学员，延安吉被任命为领队。

行前，延伯真给了延安吉二十元钱作路费，还专门找国民党山东省党部主任委员范子遂写了介绍信。

延安吉离开广饶延集村那天，特地到刘集村与刘良才见了一面。刘良才很是高兴，他握着延安吉的手说：太好了！学好本领，以后干起革命来就更有力量了。

延安吉说：当年听你讲《共产党宣言》，我觉得眼前一下子就亮堂了，革命的想法也更坚定了。

1926 年初，刘雨辉把《共产党宣言》带到刘集，延伯真提出先给延集村的共产党员读几天，延安吉就是这时候看到《共产党宣言》的。他曾带着大家学习了几天，可一时很难读懂。不久，延伯真就把这本书还给了刘雨辉。

延安吉听说刘集村的夜校办得好，有天晚上专门跑来取经，恰逢刘良才讲《共产党宣言》，延安吉也坐下来听，越听越有味。这以后，他又多次来听讲。

延安吉晚年回忆说：我读书时间比刘良才要长，可《共产宣言》没他读得好。后来我之所以忠诚于革命事业，是与当年跟着刘良才学习《共产党宣言》分不开的。刘良才是我很好的老师。

延安吉是黄埔军校第六期学员。他们入校不到一年时间，蒋介石叛变革命，黄埔军校也开始了"大清党"。

延安吉回忆说：国民党在黄埔军校开始"清党"。他们先是集合站队，谁是共产党员谁自己站出来。因为组织事先有指示，当时没有一个人站出来。他们看这招不行，又换了所谓的"公推方法"，说共产党最革命，谁最革命谁就是共产党。我在军校里常给同学们讲《共产党宣言》，这样推来推去，就把我推进了监狱。国民党员郑国洞、黄百韬，越南的黄文欢、武元甲也被推进了监狱。

延安吉被关进监狱不久，腿上就生了个疮疖，疼痛难忍。一个老军医过来看了一眼：小恙也值得这么大惊小怪吗？说完扭头走了。

这疮疖由小变大，由软变硬，没多久，延安吉已经疼得不能行走了。过了几日，硬块又变软了，成了一个脓包，延安吉发起烧来。

老军医又来了。他从药箱中拿出碘酒，先在延安吉的脓包上擦了几下，接着抽出手术刀就割，疼得延安吉一下子昏了过去。

等他醒来的时候，这个老先生还在割。延安吉看了一眼，吸了口冷气：你不割脓包，割我的好肉干什么？那老先生不听，还在颤颤抖抖地割。延安吉从他手中夺过刀来，照着脓包一刀下去，脓水喷涌而出。

延安吉回忆说：我疼得一下子又昏过去了，醒来时，老军医正拿着小瓶给我倒碘酒，这比刀割还疼。我出了一身冷汗，又晕了过去。

当年的监狱生活让延安吉刻骨铭心。病魔接踵而至，不久他又患上了急性肠胃炎，上吐下泻，几天下来，整个人都变了样子。难友王华让胖头狱警派医生来，胖头狱警瞪着眼睛吼道：拉肚子算什么？拉不死人的！

第二天监狱放风的时候，王华见延安吉一直没动静，喊了几声也不见响应，就把手指伸到延安吉的鼻孔一试，不禁跳着脚喊了起来：不好啦，死人了，死人了！

大家闻声围了上来，有人摸了摸延安吉的手脚，惊叫道：这都死了多长时间了，手脚都冰凉了。

正乱着，一个大汉走上前来，他蹲下身摸摸延安吉的手腕，从怀里掏出一截管子，拔开盖子，抽出来一根针，在延安吉身上就是一阵扎。不大工夫，延安吉哎呀一声叫了起来。

周围的人大为惊喜，鼓起掌来，对眼前的这个大汉刮目相看，有人叫道：这真是华佗再世！

延安吉醒来后，发现眼前一片漆黑。那大汉也不作声，又是一阵扎。过了一会儿，延安吉慢慢能看清了。

大家见延安吉起死回生，都感叹着慢慢散去。

第二天放风的时候，大汉又过来探视延安吉。两人攀谈起来，才知道原来都是山东的老乡。

大汉是寿光人，名叫褚燕山，曾在农民运动讲习所听毛泽东讲过课。让延安吉高兴的是，褚燕山竟是寿光张玉山发展的党员。褚燕山握着延安吉的手说：我听张玉山同志说起过你，只知道你在黄埔军校学习，没想竟在这里遇到了你。

广州监狱又美其名曰感化院，监狱长叫何思远。为了感化这些"赤色分子"，何思远派出五十余名"教师"。当时，监狱里的共产党成立了"特委"，特委要求每个共产党员对他们进行"反感化"。双方交锋一阵，这些人都无功而返。

有天中午，宪兵队送来了一个犯人，和延安吉他们关在了一起。犯人名叫周强，二十多岁的年纪，白净的脸，鼻梁上还架了一副眼镜。

周强被押进来后，胖头狱警一脚把他踹倒在地：不好好改造，到时候要了你小子的命！说完瞪了周强一眼，恶狠狠地走了。

周强痛苦地爬起身来，见延安吉在身边，一把握住他的手说：同志，我叫周强，你呢？

延安吉看了周强一眼，扶他坐好，回答道：我叫延安吉。

周强用力晃了晃延安吉的手：我可找到党了！说着就摘下眼镜抹开了眼泪。

过了一会儿，他再次握住延安吉的手说：我是从别的监狱转过来的，吃尽了苦头，可还是坚持过来了……同志，我坚持过来了呀，为我高兴吧！共产党员都是硬骨头，这些恶魔岂能打垮我们！

延安吉也用力握了一下周强的手：好样的！

周强迫不及待地问：咱们的特委都有哪几个人？你告诉我，我有重要情况向监狱党组织汇报。还有，特委组织学习《共产党宣言》了吗？我很久没看到这本书了，快给我看看！

延安吉盯住周强的眼睛问：有什么重要情况？

周强回答道：非常重要的情况，见到他们再说。

延安吉从他的眼神中捕捉到了一丝慌乱，就机警地说：这里哪有什么特委，不要乱说。《共产党宣言》听说是头号禁书，谁还敢看这东西？小心丢了性命！

周强面现失望，点了点头，借故走开了。

延安吉也是监狱特委成员之一，他觉得周强的身份值得怀疑，就利用放风的机会，把这一情况报给了特委领导林强（化名）。林强说：告诉大家提高警惕，看看这家伙到底什么货色。

周强每次看见工农出身的人就眼泪汪汪，抱怨狱中的党组织抛弃了他，让他这个没娘的孩子像风筝一样在空中飘。

在狱中，延安吉争取了一个叫李五的狱警。巧的是，李五也是广饶人，家中有一门亲戚和延安吉同村。李五当年也是进步青年，同情共产党。在监狱里，他算是个小头目。

有一天，李五悄悄告诉延安吉：周强就是个叛徒，千万不要上他的当！

延安吉立刻把这消息告诉了狱中的每一个党员。

周强被大家彻底孤立，知道自己装不下去了，就露出了真面目，横行霸道起来，对狱警也骂骂咧咧的。

一天中午，特委的一个成员正看一份消息，不小心被周强一把抢去了。周强如获至宝，马上交给了李五。他高兴地说：别看表面说了些无关紧要的事，其实这是一份密信，你马上交给上峰。

李五接过看了一眼，挥挥手，不耐烦地说：好，知道了。

李五马上把这件事告诉了延安吉：你们尽快想办法，我先压下来，但明天无论如何得上交了，不然这小子反咬我一口，我就吃不了兜着走了。

延安吉脸色大变：好，你先稳住他，我们马上想办法！

这时已是下午四点多钟，放风的时间就要到了。延安吉抓紧把情况汇报给了特委书记。经过研究，大家一致同意除掉叛徒，时间就定在放风的时候。

延安吉找了几个壮汉，其中就有褚燕山。一听延安吉的计划，褚燕山就急了：这样不行，几个人围着他打，目标太大，还容易暴露更多的同志。

延安吉说：事到如今，只能这样。

褚燕山神秘地一笑，说：交给我一个人就行……

他在延安吉耳旁低语了一阵。延安吉听了直点头！

放风时间到了。两万多犯人像潮水似的一下子灌满了整个院子。延安吉带着几十个人，像围猎一样，慢慢把周强圈了起来。

周强正低头骂骂咧咧地往前走，被前边的人撞了个趔趄，抬头一看，见个壮汉像堵墙一样挡住了自己的去路，登时就火了：好狗不挡道，你差点把老子撞倒了！

壮汉正是褚燕山，他浓眉耸起，双眼射出两道寒光：小子，留着你也是害人，今天老子就把你送走！

褚燕山没等周强反应过来，双指就戳在了他身上，出手之快，如闪电一般。周强哼都没哼一声，就扑通倒在了地上。

延安吉等人慢慢散开。

人群中一声惊叫：死人了！几个狱警闻讯跑来，发现周强已经气绝身亡。军医赶来察看，全身竟没检出伤来。

原来，这褚燕山是有些武艺的。

延安吉入狱后，他的族侄延瑞祺一直在设法营救。延瑞祺时任西安中山大学校长，后为国民党中将师长，国民党高级法院的院长罗文庄是他的老师。他多次给罗文庄打电话发电报求情，罗文庄碍于情面，最后着人放了延安吉。

延瑞祺不希望这位年轻的族叔再跟着共产党受苦、受罪，搞不好还有性命之忧，就写信让延安吉到中山大学来，并许以重任。劝说延安吉的不仅有延瑞祺，还有他的同乡、国民党高级将领李玉堂。李玉堂当年投考黄埔军校时，一时拿不出路费，全靠延安吉倾囊相助。后来，李玉堂知道延安吉在狱中生了疥疮，特派人送来了药品。为了营救延安吉，他也想了不少办法。

延安吉出狱时，李玉堂特地派副官来邀请其到军中任职。面对着锦绣前程的诱惑，延安吉想都没想，一一谢绝。

他寻找组织心切，出狱没几日就离开了广州。

延安吉没有料到，寻找组织的路如此艰难而又漫长。

延安吉后来回忆：按照党组织指示，我从广州先到了上海，春节后又去了青岛，但都没有接上党的关系，无奈只得去了天津，但在天津也同样落空了。那时是1931年初春，从我出狱，已经过去了三个多月。在天津待了几日，我又去了北京。看身上的路费还够，我就决定到哈尔滨去，总觉得哈尔滨离苏联近，苏联又是十月革命一声炮响的地方，哈尔滨的革命火种肯定是不少的。

后来也有人问延安吉，为什么不直接回家乡寻找党组织？这是因为延安吉当年在家乡已经彻底暴露了身份，他的哥哥延安庆到广州探监时，特地嘱咐弟弟千万不要回老家了：村里有些党员叛变，回去也是飞蛾扑火。到哪里也是一样革命，出了监狱后，远走高飞吧！

延安吉赶到哈尔滨时，身上已无分文。东北的初春，还是天寒地冻，一片肃杀，傍晚寒气更是凛冽，风吹在脸上，像刀割一般。

延安吉一路从南方来，衣衫单薄，更觉得掉进冰窟窿里一般。

夜晚路上行人已断，延安吉知道，在外面对付一夜的话，第二天可能就永远醒不来了。他四处看看，走进一家小旅店想碰碰运气。店主一听他身上没钱，眼光就落到了他手里的小包上。延安吉明白店主的意思，故意作出一副不舍的样子说：这小包也是值些钱的……我住个几天，就用它抵了房钱吧。

店主拿过包看了看，点点头算是答应了。

房钱解决了，但饭钱还没有着落。那店主说：正好店里有个伙计回家了，你先帮几天工，算是饭钱，等他回来你再想办法。兵荒马乱的，我也帮不了你多少忙。

延安吉在小店里住了几日，也没有找到党组织，店主人已有些不耐烦，说：我这是小本生意，实在是难以容留了。

延安吉听得脸红耳热，正不知怎么好，旁边有个人凑上前来：你是山东的吧？

延安吉听出他是山东口音，心里一热，急忙说：我是山东的。

那人一把拉住延安吉的手说：我听到山东话，心里就有一团火……你还没吃饭吧？

一听"饭"字，延安吉的肚子咕咕叫得更厉害了，嘴上却说：吃了一点。

这人见延安吉说话有气无力的，拉着他就坐在了旁边的桌前：我比你大，你就喊我刘大哥吧。出门在外，谁还没个难处？遇上老乡就是亲人……你看，这些菜够不够？不够咱们再要。

延安吉见刘大哥穿得也有些褴褛，急忙说：足够了，足够了。

饭后，刘大哥把延安吉送到了一个姓黄的老乡家。黄师傅是个小生意人，平日里替人加工一些小铁床。

刘大哥大咧咧地说：黄师傅，这小延兄弟也是咱们老乡，没处去了，你看他身单力薄，挺可怜的，你收下他吧，多少也能帮上你的忙。

黄师傅看了延安吉一眼，笑道：看他长得这么瘦小，还能干这力气活？

刘大哥哈哈一笑：瘦是瘦了点……可小老乡落难了，咱们能不拉上一把？

黄师傅家就父女俩，女儿十三岁。房子很小，晚上三人就睡在一个炕上。延安吉边给黄师傅帮工，边寻找党组织。

几个月后，上海的朋友寄来了一封信，信中告诉延安吉：苏家屯有一个同志。

延安吉喜出望外，第二天早上就去了苏家屯，整整找了一天，最后才找到，但抬眼一看，心里就凉了半截：这个同志的家已经被大火烧毁，到处一片狼藉。

延安吉正徘徊失落，一位过路的老大爷打量了他一眼，说：别看了，快走吧！这张大兴是个共产党，前几天刚被一帮子国民党兵杀了，房子也让他们给点了火。这几天，还常有不三不四的人来这里转悠呢。

延安吉只得郁郁而归。快到黄师傅家了，远远看到一帮人围在那里，延安吉的心一下子提到了嗓子眼上。

延安吉后来回忆：当时，看到那么多人站在那里，好像还有几个警察，我以为身份暴露了，一时没敢回去。后来我才知道，是黄大哥家被土匪抢了。我安慰了他一番，把身上的工钱给了他一半，就离开了。

延安吉最后决定，回故乡寻找党组织。从离开黄师傅家那天，他就踏上了漫长的回家之路。

延安吉身上的钱只够买到长春的车票。中午出了长春车站，迎面就是漫天的大雪，他已是饥肠辘辘，腿也软了，再走下去就会倒毙在路上。他鼓起勇气走进一家小店，店老板三十多岁，人高马大，见有客人来了，笑容就爬到了脸上。

延安吉低声道：老板，我身上没钱，可还要赶路……能不能给点吃的？

老板眉毛竖了起来：原来是个乞丐！这年头，谁顾得上谁，滚出去！

延安吉受到呵斥，无地自容，一时怔在那里。

一位吃饭的老大爷看不过去，他叹了口气，对老板说：年轻人，不是逼急了，谁也不会张口讨饭的。说着拿起桌上的两个火烧递给了延安吉。

延安吉缓过神来，接过热乎乎的火烧，泪水一下子模糊了视线。

他给老人深深鞠个躬，走出了小吃店。

延安吉冒着大雪，顺着铁路向南走去。向南就是家的方向，就是亲人的地方，也是有党组织的地方。

延安吉出狱后，身体一直很虚弱。回家路上，有时数十里路都没有人烟，讨不到饭，他只能饿着。开始，他每天坚持走五十公里，可几天后，他的双腿就肿了，脚也冻伤了，走的路越来越少，与其说是走，倒不如说是挪动着。这样一天下来，也走不了多少路。

延安吉离开广州时，曾让朋友找到一本《共产党宣言》放进行囊。这本书，陪伴他度过了那段艰难岁月。他后来对战友说：是这本书给了我生存的希望，它支撑着我走下去，一直走下去……

有一次，延安吉饿得实在不行了，走进了一户人家。男主人正在做饭，房子里大大小小几个孩子，正眼巴巴地盯着锅里的食物。男主人抬头看到延安吉，不耐烦地说：前边还有人家，你到别处要吧。我也是个讨饭的，讨一天还填不饱这几个小兔崽子的肚子呢！

延安吉央求道：大哥，你行行好，就留我暖和一夜吧，我实在走不动了，今天风太大，我被风吹得站都要站不稳了。

男主人看他可怜，叹了口气，点点头同意了。

这家人的炕烧得很热，延安吉躺在上面，浑身说不出的舒坦，一觉就睡到了第二天早晨。男主人已经做好饭，见延安吉醒了，就招呼他起来一起吃。尽管延安吉饥肠辘辘，也只喝了一碗粥。他见那几个孩子喝着碗里的粥，眼睛还盯着锅里的，知道这家人实在艰难，不忍心再去盛第二碗。

继续走下去，他进了一个小镇，刚准备讨口饭吃，就有几个警察围了上来。为首的警察长得又瘦又高，像根麻秆，他盯着延安吉，怀疑地问道：你是干什么的？

延安吉喘息几声回答：走道的。

麻秆火了，骂道：妈的，你是没吃饭吗？声音小得像蚊子哼哼。

延安吉苦笑了一下：我是没吃饭，几天都没吃了。

往哪里走？

往南走。

你家在哪里？

在山东。

为什么不坐车？

没有钱。

你行李呢？

我什么东西都没有。

麻秆端详了延安吉一阵说：一看就不是个好东西，押起来！

延安吉被押进一间屋子，里面炉火烧得很旺，暖暖的，暖得延安吉不想走了。正享受着短暂的温暖，麻秆上来就搜他的身，最后从他怀里掏出一本书来，麻秆低声念道：《共产党宣言》……话音未落，麻秆一下子变了脸色：你是共产党！他后退一步，赶忙就拔出手枪。

围在炉火旁的几个警察都腾地站了起来，也纷纷抽出了腰间的枪。

见他们如临大敌，延安吉平静地说：共产党是这本书的名字，我不是共产党。这是我捡的，一个人走路，平时看着好解闷。

麻秆匆匆翻了几页：妈的，都写了些什么乱七八糟的……说着，随手把书丢进了炉子里。

延安吉急了：你为啥烧我的书！

麻秆骂道：一个叫花子，看什么书？癞蛤蟆戴眼镜，充什么文化人？快给我滚，再闹下去，看老子宰了你！

走出房子，延安吉抬眼一看，太阳被不远处的西山托住了，落日余晖给冰雪小镇镀上了一层凝重的红。延安吉凝视远方，心里想：何处是今晚落脚的地方呢？

慢慢地，红色渐渐褪尽，夜色变浓。寒风袭来，延安吉不禁打了个寒战。

延安吉已经两天没有进食。他勉强挪动着脚步，没走出多远，就软软地倒在了雪地里。

等他醒来，周围已经漆黑一片。延安吉想站起来，可双腿怎么也不听使唤。他知道这样下去意味着什么，就咬住牙根，在地上爬行起来。

爬行了一段距离，延安吉看到眼前透出了一丝亮光。原来几步外就是一户人家。延安吉看到了希望，身上好像也多了一分力气。他奋力爬到住户的门前，敲了几下门，就昏了过去。

门开了，闪出一个汉子，问了几声谁，见没动静，低头刚要关门，忽见脚底下躺着一个人，不禁吓得大叫一声。家人忙端来一盏煤油灯察看，见延安吉还有气，就把他抬到了炕上。

这是一个三口之家，男主人名叫王强，三十多岁，有个儿子。王强看了看延安吉，吩咐媳妇道：端碗粥来，看样子是饿晕了。

在王强家，延安吉昏睡了三天才醒过来。王强说：你的脚肿得像两个大馒头，鞋都脱不下来了，还是我拿剪刀剪开了个口才扒下来的。我在热水里放了些药草，给你泡了三次，脚就消肿了。看来你是饿了累了，整整三天都没睁眼呀，给你泡脚，你都不知道。

虽然延安吉三天没有吃饭，可一口粥都喝不进去。王强道：兄弟，你这是饿过劲了。说完用开水给他冲了个鸡蛋，延安吉才勉强喝了进去。

女主人开口说话了，一张嘴就无遮无拦：看看你这模样，破衣烂衫，胡子拉碴，脸上的灰厚得像堵墙，一身臭气能熏死牛。我们家开着个小旅馆，有你这样的在这里，谁还来住呀！不远处有个破庙，你去那里吧。再说，你病快快的，万一有个好歹，我们也担待不起！

延安吉有些难为情，想从炕上坐起来，可挣扎几次都没能起来。他喘息着说：大嫂，我确实走不动了，求你先让我住几天，有客人来，我就走。

王强白了自己的女人一眼，说：兄弟，别听她的，等你养好身体再走。说着他使了个眼色，女人就跟他走了出去。

女人再回来时，对延安吉的态度竟一下子变了，忙前忙后地照应起来。

过了几天，王家忽然来了几个国民党兵。王强不在家，女主人喊那领头的"刘班长"。刘班长自打进门，眼睛就在这女人身上转，女人也眉欢眼笑地回应他。两人搭讪了几句，就进了另一个房间。

刘班长出来的时候，神情似乎有些疲倦，他盯着延安吉看了一会儿，突然问道：愿意当兵吗？没等延安吉回话，他又大声道：不愿意也得去！

几个兵很快绑了一副担架，抬起延安吉就走。

延安吉听那刘班长对女人说道：十块现大洋，我给你放桌子上了。再有像样的壮丁马上告诉我，亏不了你的！

那女儿嗲声嗲气地说了声"好"。

后来延安吉才知道，附近不远就有个国民党的大兵营，最近正忙着抓壮丁，已经抓得路无行人，店无客人了。

延安吉被抬到军营后，一个当官的看看他，就骂刘班长：你抬来一个快死的人算什么？

刘班长急忙说：这不是一时找不到合适的嘛！

当官的挥挥手：那先送医院养着，好了再来。

几个兵把延安吉抬到医院，找人给他理了发，洗了澡，最后又把他抬到了雪白的病床上。接着有医生过来检查身体，开单子下药。

有天下午，忽然来了一个连长查房。查到延安吉的病床，他盯着延安吉的脸，反复端详了几次，最后拍拍脑门走了。

第二天上午，这位连长又来了，同样又是一阵端详。

延安吉开始莫名其妙，后来觉得这人面熟，就在脑海里反复搜寻，可一时记不起来。

连长突然开口了：你姓延吧？

延安吉摸不准他的来路，就故意咳嗽起来，不答话。

这位连长又说：我看你的样子……有点像我一个亲戚……

一句话提醒了延安吉：你是张小宝？

连长一把抓住延安吉的手，惊喜地说：表哥，怎么在这里遇上你了？你不是参加了革命党，进了黄埔军校吗？

延安吉笑了笑：说来话长啊！

张小宝道：那先别说了。你就在这里安心养病，一切有我呢！

有了张小宝，延安吉的待遇一下子提高了不少。

延安吉病愈后，张小宝把他力荐给了王团长。王团长很高兴：好，现在正是党国用人之际。对了，他不是黄埔生么？咱们的宋教官有事出去了，下午就让你表哥先给士兵上堂课。

延安吉一堂课下来，王团长大着嗓门直叫好，他一拍桌子道：从今天起，你就是我的少校副官。

延安吉刚要推辞，王团长就黑下脸来：怎么，嫌这官小？告诉你，可不要开小差！要是溜了，本团长拿你亲戚是问！

延安吉后来随着张学良部队参加了几次对日作战。1931年夏末，部队在安国县休整时，晚上王团长赌博赢了不少钱，一时兴起，就让延安吉回乡探亲，还给了他几百元的路费。延安吉寻找党组织心切，第二天就踏上了回家的路程。

1931年仲秋，一轮明月挂在阳河上空的时候，延安吉在月色中终于踏上了家乡的土地。

这个历尽苦难的汉子，站在延集村村头，热泪长流。

急于寻找党组织的延安吉，第二天就去了延春城家。只有延春城的儿子延宪孟一人在家，延安吉从他嘴里知道，延集村的支部已经瘫痪，延春城去青岛、济南一带寻找党组织，还没回来。

延宪孟才十五岁，年纪虽小，可也是村里的积极分子，他还带着一帮团员青年一直在活动。

延安吉只得坐等延春城的消息。

延集村小学被土匪刘黑七碰坏殆尽，延安吉决定把小学恢复起来。他打扫了院子、教室，维修了桌椅，没几天工夫，就开门纳学了。延孟宪也来学习。最初只有学生三五个，后来发展到百余人。延安吉见自己一人难以承担，又陆续聘请了几个教师。

有一天，延宪孟告诉延安吉，他爸爸回来了，让他去一趟。延安吉马上就赶到了延春城家。

延春城一见延安吉，也不废话，开门见山地问：你还干不干共产党？

延安吉的脸一下子憋红了：我还干不干？我是豁出命来在寻找组织呀！我从东北一路走回来，靠的是什么？靠的是装在心里的那本《共产党宣言》！

延春城说：好！我马上再给你报上去，等着上级党组织批准吧。

延安吉点点头说：那我就等着组织的消息了，可要快一点呀！

如前所述，博兴暴动后，延春城被叛徒出卖，很快被捕了。延安吉也是危险重重。在这危急关口，他还是决定：除掉叛徒延佃滨。

延安吉有位族孙叫延金波，手里有支匣子枪。延安吉找他借到枪，当晚就把延佃滨叫了出了家门。

延安吉说：现在延春城坐了监狱，咱们两个得保持好联系。走，我请你喝一杯，顺便研究些事。

延佃滨也正想从延安吉口中多得到些东西，就说：镇上有家饭馆不错，我领你去。

月色朦胧，两人一前一后，走进了一条长长的胡同。延安吉见时机已到，拔出手枪对准了延佃滨的脑袋。刚要扣动扳机，旁边一户人家的门突然开了。

听到声音，延佃滨一扭头，恰巧看到延安吉手中的枪，他不禁打了个机灵：你怎么有这家伙？

延安吉含糊地说：防身用的，听到开门声，我以为有情况呢。说着就训斥那开门的人：大晚上的，你开什么门呀！

延佃滨见势不妙，怔了怔，眼珠一转说：对了，我想起一件事来，今晚就得去办，咱们过几天再见面吧。现在风声紧，我也有危险，你这些年一直在外地，没什么事了，就在村里安安稳稳地好好教书吧，哪里也别去。

延安吉知道，这是延佃滨想稳住自己。果然，没出几天，就有一队便衣来到了延集村。

延宪孟正在村口，有个便衣问他：延安吉老师在学校吧？

延宪孟回答：不在，他到地里干活去了。

延安吉后来回忆：第一次来了十二个便衣特务抓我，是延宪孟跑来告诉我的。我赶紧从学校里出来，在校门口和便衣队的头头撞了个对面。那头头问我：小延老师在里面吧？我点点头：正在给学生上课呢，你们先进去吧，我去给你们打壶水。我看他们都进了院子，撒腿就跑。第二次来了一百多人，把胡同两头都堵了个水泄不通，我越墙到了另一家住户，从前边那条街逃走了。这以后，我就睡在村外的瓜棚里。没几天，县政府派出了三百多人，把整个延集村都围了起来，拿着我的画像挨个排查。看来，敌人不抓到我是不甘心的，我就于1932年又去了东北。离开家乡的时候，组织上还没有批准我重新入党。

这年春天，延宪孟以全县第二名的总分成绩考进了广饶中学。几个月后，县城里的敌人准备设下圈套诱捕延宪孟，同时还要抓捕他的哥哥延海亭。

内线马上把这消息告诉了延宪孟，兄弟俩也双双去了东北。

1933年夏天，延安吉辗转到了吉林省抚松县。他没想到，在长白山脚下这座小县城里，竟意外地遇上了广饶同乡成肇基，从而终于和党组织取得了联系。

成肇基是1926年在青州读书时加入的共青团，后去了东北，在抚松县农会中学当教员。

他乡遇故知，两人都高兴万分。成肇基把延安吉拉到一家小饭馆，让店家上了几碟小菜，烫上了一壶老白干，两人边喝边聊。

几一杯酒落肚，成肇基问延安吉：你还干不干共产党？

延安吉说：这些年，我一直都在寻找党组织呀！

成肇基点点头：那太好了！在城南，有一家兄弟照相馆，掌柜叫张蔚华，是抚松县地下党组织负责人……

延安吉迫不及待地说：你马上带我去一下。

第二天，成肇基就带着延安吉来到了兄弟照相馆。他对张蔚华说：这是山东的延安吉，大共产党。

大共产党，指的是共产党员的干部。

延安吉一把握住张蔚华的手，高兴地说：太好了，可找到组织了！

张蔚华1912年出生，时年二十岁，比延安吉整整小十岁。在抚松县，张家可谓一方豪绅。张蔚华父亲名为张万程，山东人，少年随父闯关东至此。开始，张家做些煎饼、豆腐等小生意，后日积月累，也有了些本钱。

张万程从小脑子灵活，觉得自己不能小富即安，做大买卖才能赚大钱。他与朋友合伙开了个杂货店，名为"天成永"，注册资金有数千元之多。当时抚松地面上，其他商家注册资金没有逾千的，可见张万程的眼光和实力。张万程虽家有万贯，可为人正直、善良，在抚松县有口皆碑。

朝鲜最高统帅金日成这样评价张万程：张万程是位热爱祖国、主张维护民族权力的有良心的民族主义者。本来，他是可以不问世事、平安度日的，可是他同情为光复祖国而不辞辛苦，日夜奔波的革命同志……

张万程是中国人，他如何结识了朝鲜领袖金日成呢？

抚松县与朝鲜毗邻，日本人占领了朝鲜半岛后，很多朝鲜人涌到了抚松县，其中包括朝鲜独立运动领导人金亨稷，也就是金日成的父亲。金亨稷与张万程相识、相交，后来成了无话不说的朋友。

张万程把儿子张蔚华，连同金亨稷的儿子金成柱，即金日成，送进了抚松县第一小学读书。两位少年同班同桌，后来又成为同甘共苦的革命战友，结下了一段跨域国界的生死情谊。

1931 年秋天，张蔚华购买了四十条步枪送给了金日成。在这之前，张蔚华已经给金日成提供了十二支手枪。十九岁的金日成在正安图县酝酿组建反日人民游击队，急需枪支弹药。张蔚华的枪可谓雪中送炭。

一年后的 1932 年 4 月 25 日，反日游击队正式成立，金日成担任队长兼政委。这支部队就是朝鲜人民军的前身。后来，4 月 25 日被朝鲜官方定为朝鲜人民军建军节。

1993 年，金日成接见张蔚华后人时说：没有张蔚华送的枪，就没有今天的朝鲜人民军。说完这番话，八十高龄的领袖落泪了。

1932 年，金日成介绍张蔚华加入了中国共产党。为了支援抗日队伍，张蔚华在抚松开了"兄弟照相馆"和"兄弟书局"。

这两个地方，都成了张蔚华为抗日部队提供各种急需物资的据点。

延安吉到抚松后，经张蔚华介绍，在一所小学当了教师。因他身材瘦小，大家都称他小延老师。延安吉主要负责交通和情报，为便于开展工作，张蔚华出资，让延安吉开了一家"丰顺来客栈"。

这时，延宪孟从通辽给延安吉寄来一封信，诉说自己寻找党组织的艰难境遇。延安吉马上写信，让他赶到抚松。延孟宪来到后，成了丰顺来客栈的一名伙计，暗地里干交通员的工作。

延安吉对张蔚华影响很大。张蔚华毕竟年轻，入党时间也晚，延安吉就常给他讲《共产党宣言》。后来，他还设法找来一本《共产党宣言》让张蔚华看。

张蔚华很感动，对延安吉说：看了这本书，觉得自己就像在熔炉里锻炼了过一样，意志更强了。

两人情谊也日渐笃深。张蔚华和妻子都把延安吉视为亲人，平日里以兄长相待。

情报站成立不久，延安吉就和张蔚华争取了警察署长孙凤祥。

有一次，日本人让孙凤祥率骑兵队运送一批军火，孙凤祥却有意将军火送给抗日联军。延安吉听说后，立即让交通员把情报送到金日成部。金日成马上派出一个连进行伏击。

中午，马队进入伏击圈，枪声就响了起来。按照预先约定，骑着白马的孙凤祥就势跑进了北边的树林子。一个班的战士纵马追了过去，边朝空中放枪边喊：抓住大汉奸孙凤祥，抓住大汉奸孙凤祥！

战斗很快结束，抗日联军得枪支数千，子弹近百万发。金日成亲自签署命令嘉奖了延安吉和张蔚华。

抚松县虽不大，却是长白山的战略门户，除了驻扎着日军守备部队外，还有大量的伪满杂牌军。

1936年8月，抗日联军一军西征，总部决定攻打抚松，这样可以钳制一批日军，减小一军的压力。

战斗前夕，延安吉就和其他人先摸清了敌人的布防，延安吉又亲自把情报送给了作战部队。

攻城部队除了联军各部部分兵力以外，还调动了抗日武装义勇军万顺部、李洪滨等部。二军六师师长金日成担任前线总指挥。

延安吉觉得自己对抚松县地形熟悉，又有着一定的军事知识，就参战了攻城战斗。

8月17日凌晨，整个抚松县城被密集的枪炮声覆盖了。

战斗一开始，作战计划就被打乱，李洪滨部提前吹响冲锋号，而万顺部却没有按照预定时间到达目的地。

见形势逆转，金日成马上实施第二套作战方案。一声令下，攻进县城的部队迅速撤了出来，并很快在既定地点东山和马鹿沟一带设下了伏兵。

抚松日军指挥官佐雄见对手溃逃，不禁大喜，下令乘胜追击。

天已近拂晓，天地间浓雾弥漫，进入联军包围圈的日军悉数被歼。

8月18日中午，等日军大批援军赶到抚松时，抗日联军已经踪影全无。

后来，金日成将军说：抚松一战，一举两得。既打击了日军，又吸引了一批追赶一军的敌人，一军可以大松一口气了。

延安吉参加了抚松战斗，身份暴露，不能再做地下工作了。张蔚华把他送到了金日成部队。金日成见到他俩很是高兴，连声说：你们可立大功了。

张蔚华说：延安吉同志为此暴露了自己，不能再待在抚松县城里，我把他送来参加你的队伍。

金日成握着延安吉的手说：小延老师，欢迎你！

多年之后，金日成在他的著作《与世纪同行》中这样描述：他（张蔚华）带来的三个年轻人中，有一个小延老师，原来是教员。他在我们部队进入白山头地区活动的时候，在密营里的树干上写了很多的标语，如今还留在密营里。

金日成主席提到的这段历史，是延安吉给金日成当秘书以后的事。

延安吉参加部队以后，感到部队战术意识差，作战就靠猛打猛冲，这一点他在抚松战斗中就深有体会。

有一次，金日成决定攻打南岗，并很快就做出了战斗部署。

延安吉听说后马上找到金日成，他开门见山地说：金指挥，这仗不能打！

金日成浓黑的眉毛蹙了起来，有些不悦地问：小延老师，怎么不能打？

延安吉道：古人说，知己知彼，百战不殆。据我了解，南岗情况很复杂，我们对敌方一无所知，怎么能盲目决战呢？我觉得，打仗要有勇有谋，谋略为先。要是只有勇，那就是猛张飞了，打起仗来会吃大亏。

金日成盯着延安吉，一时没有说话。延安吉觉得自己因为着急，措辞有些激烈，金指挥肯定是不高兴了。他正不知所措时，金日成抄起电话，下达了暂时停止攻打南岗的计划。

延安吉如释重负。

金日成回过身来，一把握住他的手，高兴地说：小延老师，没想到你还懂军事！

延安吉不好意思地笑了笑：我在黄埔军校学习过，平时也注意研究一些军事。

金日成连声说：好，好！你看这样行吗？从今以后，你就担任我的秘书，多给部队的领导干部讲讲古今军事谋略。

这之后，行军途中，延安吉常给金日成等师领导讲解《孙子十三篇》等军事著作。

1937 年夏末，金日成部队奉命转移。出发的第一天，延安吉就感到自己腰酸腿软，头晕目眩。他摸摸自己的额头，有些烫手。

部队进入茂密的森林后，延安吉越走越慢，渐渐落到了队伍后面。金日成对掩护班的王班长说：一定要保护好小延老师！

王班长不敢懈怠，带着几个战士陪伴在延安吉的左右。

延安吉对王班长说：虽然敌人主力被咱们甩掉了，可警察的鼻子比狗还灵，他们四处寻找，专门抓咱们这些掉队的人。人多目标大，你们先走，前边就到宿营地了，我休息一下，就去找你们。

王班长觉得有理，就把延安吉的身上的东西都扛到自己肩上，带着几个战士先行走了。

延安吉坐在树桩上休息了一会儿，想站起来，可头晕得厉害，两腿就像嵌进了地里。他只好再歇歇，可不久竟迷迷糊糊地闭上了眼睛。

等他再睁开眼皮时，夜色已经降临。他忽然听到不远处有一声响，从身后传来。

肯定不是自己人！

延安吉一下子警觉起来，脑子也清醒了许多。他想马上站起来，可双腿就是不听使唤。

与其落入敌手，还不如滚到坡下去。延安吉想到这里，就地滚了下去。

这一滚，延安吉与部队失去了联系。后来他才知道，王班长率领战士来回找过他几次。为此，金日成还严厉地批评过王班长。

夜晚寒气逼人，延安吉爬到一棵大树底下，把落叶都集中到自己的身下，然后又抓了一些叶子放在自己胸前，很快又昏昏沉沉地睡了过去。

等他醒来的时候，已是第二天上午。几缕阳光透过茂密的枝头落在了身上，他觉得温暖无比。

晚年时他回忆道：早晨的太阳透过森林照在我身上，就像在母亲的怀抱里那样舒适。太阳移动，我也随着移动……太阳落山了，慢慢地，又是一个夜晚到来了。

这天晚上，延安吉升起了篝火。他坐在旁边烤着，直烤得大汗淋漓，通体舒泰。

延安吉后来跟金日成这样描述那天晚上的情景：我忽然听到有树枝的响动，声音从远而近，好像是人的动静。我的病一下子减轻了不少，精神也高度紧张起来。我把手枪顶上子弹，躲在一棵大树后面观察情况，看看到底是敌人，还是我们的人。这时黑影近了，原来是两个警察。他们站在在火堆前四处查看，一个人道：倒霉！跟踪了一天也没抓到一个掉队的，这肯定是猎人点的火。走吧，小心让野兽打了咱们的牙祭。

警察走后，延安吉又回到火堆旁。不知不觉天已发亮，他感到口渴，想找水喝。在不远处，他找到了一条水沟，水很清澈，两旁像针样的嫩草争着向上长，青蛙在高声歌唱。延安吉喝了几口水，觉得饥饿难忍，想着要吃点什么，忽有一只青蛙从草中跳了出来。他猛地扑了过去，因为用力过猛，额头都磕破了。他哪里顾得上这些，还是奋力捕捉这只肥大的青蛙，最后终于抓到了手里。

延安吉观察了下地形，见不远的地方有个石洞，附近有不少的干柴。他就生了火烧起青蛙来。吃完了这只青蛙，延安吉觉得身上增加了不少力气。

那个阴沉的早上，延安吉走出了很远，也没有走到森林的尽头。他出发时做了记号，走了很久，却发现又回到了原地。

茂密无边的森林，犹如辽阔的海洋。迷失了方向的延安吉，像一叶小舟随波逐流。

从1937年8月到11月，延安吉在森林里足足被困了三个多月。他单薄的身体，经受了无数次的风雨，衣服湿了又干，干了又湿。更难熬的是饥饿，还有令人恐惧的野兽和可怕的孤寂。

在森林里转悠的日子，延安吉能吃的都吃过了。开始，他身上有火柴，可以烧东西吃。后来火柴没有了，他就钻木取火。可是遇上连绵的雨天，费了很大的力气也难以取到一点火星。

延安吉饿极了，只得生啖老鼠。他闭上双眼，一口咬了下去，瞬间一股血腥味弥漫了整个鼻腔。他哇哇吐了起来，好像整个胃囊都要吐出来。

延安吉告诉自己，要想活着走出去，要想继续革命，就得把老鼠生吞下去。为减少咀嚼的时间，他用匕首先把鼠肉切成肉丁，等胃中平息下来，他屏住呼吸，抓起肉丁塞进口里，直接吞了下去。等把这只老鼠全部吞进胃里，血腥味又蹿了上来，延安吉一时难以控制，赶紧抓起一把泥土咽进了肚子。

吃完老鼠，延安吉又出发了。走累了，他就抽出匕首在粗壮的树干上刻下几行字。

解放后，他对战友们说：看了这些字，我就有了力气，有了活下去的希望。

二十世纪七十年代的一天，伐木工人在林中发现了这些刻字。刻有字迹的树木，足有三百株之多，惊动了当地公安和党史部门。他们发现，每株树干上字体依然清晰可辨，什么"起来饥寒交迫的奴隶"，"全世界无产者联合起来"，"《共产党宣言》是每一个觉悟工人必读的书"，"无产阶级要获得解放，必须用暴力推翻资产阶级而建立自己的统治"。这些标语，有的是《国际歌》的内容，有的则是《共产党宣言》的内容。

这就是朝鲜领袖金日成主席后来所提到的"密林标语"。

1937 年 11 月 5 日，延安吉在密林中遭遇了一只巨大的黑熊。

他正用刀划破树皮取水喝，忽然有两只手搭在了自己的双肩上。

延安吉心想：糟糕，这下遇上敌人了！

他用余光一看，见肩上是毛茸茸的爪子，马上意识到是黑熊。他就势倒在地上，闭上眼睛，屏住了呼吸。

那黑熊在延安吉的脸上嗅了嗅，见没有反应，又伸出爪子在他的脸上扒拉了几下，悻悻地扭头走了。延安吉觉得脸上疼痛难忍，用手抹了一把，手上全都是血。

一位蓄着长须的老猎人恰巧经过，见延安吉躺在地上，满脸是血，急忙把他拉了起来：年轻人，你这是怎么了？

延安吉见是一个老人，不禁一阵惊喜——他已经几个月没有见到人了！唯恐老人跑了，他紧握住老人的手回答道：被黑瞎子挠的。

老人从怀里摸出一个小瓶，往手里倒了些面粉状的东西，然后撒在了延安吉的伤口上，血一会儿工夫就止住了。

1937 年 11 月 20 日，这位可敬的老人终于把延安吉送出了茂密的森林。抬眼看看晴朗的天空，连绵的山峦，还有透明而又温暖的阳光，延安吉泪流满面，他向老人深深鞠个躬，踏上了新的征程。

当延安吉还在茂密的森林穿行的时候，张蔚华走上了不归路。

1937 年 10 月的一天，共产党员郑学海突然来到了兄弟照相馆。他和金日成、张蔚华是小学同学，彼此之间都很要好。郑学海和张蔚华说了一会儿话，似乎随意地问道：成柱的部队最近在什么地方？找个时间，咱们应该去看看他。

金日成当时名为金成柱。

张蔚华随口说：我知道，前几天我刚给他送过物资。

张蔚华刚要说出金日成部队驻地的时候，突然意识到了什么，马上改口道：但他们很快就转移了，现在我也不知道他们在什么地方。

郑学海不动声色地说：那，以后再说吧。他话头一转，又随意说起了别的事。

郑学海已经投敌叛变。

张蔚华为人真诚老实，又缺乏警惕，竟没有觉察到可疑。两人分手后，他在照相馆里，同往常一样忙碌着为客人照相。

第二天下午，伪满警察突然把张蔚华带走了。

金日成在《与世纪同行》中回忆道：他推诚待人已成为习惯，作为地下党组织负责人，他过于天真老实，缺乏警惕性，这使他变成了被五花大绑的囚徒。敌人妄图通过张蔚华查出我们司令部的位置，发现能够一网打尽抚松地下组织的线索，对他施行了种种严刑拷打。

张蔚华的父亲张万程花钱把张蔚华保释出来，但日本宪兵队队长相田给了张万程一个条件：保释期限三个月，继续交代抗日联军去向，宪兵队随传随到。相田嘿嘿干笑着说：千万不要想着逃跑，你们中国有个成语株连九族，还有个城门失火殃及池鱼，如果张跑了，不仅拿你们全家问罪，周围的住户一个也跑不了！

张蔚华听说后痛不欲生：爸爸，你糊涂呀！你不应该保释我！日本鬼子这是一箭双雕，又拿了钱，还要诱捕金成柱！

张万程长叹一声：我这也是爱子心切……咱们再慢慢想办法吧。

张蔚华欲哭无泪：爸爸，我连累全家了，儿子对不起你们。他给父亲深深鞠了个躬，随后一脸凛然：我不会让日本人的阴谋得逞的。

张万程看着儿子的神情，着急地说：孩子，咱们可不能做傻事！

1937年10月26日，张蔚华在自己的照相馆里枯坐了一夜。

第二天早上，地下党员宋庆泽来到了照相馆，他握着张蔚华的手说：听说你出来了，我赶过来看看你。

张蔚华说：正好，你马上替我送封信给金成柱。

说完，他匆匆写道：郑学海叛变，敌人正派特务秘密侦察朝鲜人民军司令部所在地，万望从速将司令部转移别处为要。

宋庆泽走后，张蔚华打开装满升汞的瓶子，仰头喝了下去。

升汞学名氯化汞，有剧毒。只一会儿，张蔚华就感到自己腹部疼痛难忍，双腿也慢慢没了力气。他无力地坐在椅子上，大口大口地呕吐起来。

刚到店里的伙计王三见状不好，连声问张蔚华怎么了。

张蔚华用手指指桌子上的瓶子。王三明白了，马上跑去告诉了他的家人。

张蔚华的父亲、母亲和妻子很快都赶到了照相馆。

张蔚华已气息渐弱。看到儿子痛苦的样子，张万程捶胸顿足，老泪纵横：儿呀，儿呀！你让我们全家还怎么活！照相馆里哭声一片。

张蔚华低声说：你们都不要哭了，用我一个人的命，换取金成柱和抗日联军的安全，值！我遗憾的是，没能拿起枪和金成柱一起去杀小鬼子……

宪兵队队长相田带着军医官闻讯赶来。军医官上前查看了一番，走到相田面前摇了摇头。相田大怒，骂了声"八格"，扭头就走了。

张蔚华慢慢闭上了眼睛。

张蔚华自尽的那天，他的妻子王雅清发现照相馆里的桌子上有张纸，上面密密麻麻地写满了"生死"二字。

这一夜，张蔚华内心该经历了多么大的痛苦煎熬！

得知张蔚华自尽，金日成泪流满面，连续几夜都未能成眠。后来他在回忆中写道：接到张蔚华自尽的噩耗，我一连几天都夜不能寐，食不下咽。我感到空虚，仿佛苍天哗啦一声在我身边崩塌下来。我感到胸口郁闷疼痛，好像重重地挨了一闷棍。我神魂游荡，犹如从万丈悬崖坠入无底的深渊。在那悲痛欲绝的日子里，在我胸中不知响起几百遍悲愤凄咽的挽歌。

日军侵略中国，在很多地方推行了"保甲制"，一般十户为一甲，一旦有人犯事，不仅株连全家，还会连带其他人家。张蔚华自尽后，日本人大为恼火，准备实施甲内制裁。张万程倾尽家财打点，日本人才罢休。

1937年初冬，延安吉回到抗日联军后，开始兼任两个连的指导员，后在一个名为全光的人领导下编《晨光》报纸。

这期间，延安吉在《晨光》上发表了数篇《共产党宣言》读后感，在官兵中反响极大。

1939年的一天，延安吉在转移途中听到了延宪孟牺牲的噩耗。

后来延安吉回忆：我听说他死得很惨。他率领战士掩护大部队转移，任务完成后，因过度疲劳掉队睡在路旁，被敌人俘虏了。在半年多的时间里，他受尽了酷刑，可什么都没有招。敌人砍下他的头颅挂在电线杆上示众，后来被我们的同志偷偷取下来，埋到了松柏苍郁的松花江江岸。

1941年的春天，全光叛变，带日本人去捉拿延安吉等人。延安吉率领几个战士边打边撤，最后落入敌手。日本人枪毙了一大批人，延安吉中弹后，奇迹般没有伤及性命，被猎人从死人堆里救出，背回了家中。

伤愈后，延安吉又踏上了寻找党组织的路。

1946 年的冬天，山东渤海区八路军受命改编第六纵队，不久就开赴东北。

一天下午，正在路上寻找组织的延安吉遇上了六纵队。这位与党组织失去联系整整九年的汉子，立即参加了这支队伍。

二十世纪四十年代末的东北，因为很多区域还在国民党手里，我军一些战略物资和部队需要从朝鲜境内经过。东北野战军特地派出特使赴朝鲜协商，曾经担任过金日成秘书的延安吉也是其中一员。

当延安吉出现在金日成面前的时候，金日成微微一怔，随后和延安吉紧紧拥抱在了一起。金日成连声喊着：小延老师，小延老师，我的兄弟，你可好呀？

两人相拥相视，都热泪盈眶。

谈起张蔚华的时候，两人的心情都沉重起来。金日成沉默了良久说：将来有机会，你要去看他们，我也一样。

延安吉点了点头：我们最不能忘记的，就是牺牲的战友……

是啊！多少年来，金日成没有忘记张蔚华，延安吉心里一直没有放下张蔚华。

1949 年 5 月的一天，延安吉来到抚松，他手提礼品，穿过几条街道，直奔张蔚华的老宅。

多年过去了，周围的一切几乎没有变化。延安吉远远看到，张宅门前的那棵老柳树已经绿了，在春风中摇曳着。

延安吉走进院子，他还像当年那样喊了声"弟妹"。

一个女人应声走出来，她打量了一眼延安吉：你找谁？

延安吉问：这是张蔚华家吧？

女人点点头。

延安吉又问：那王雅清呢？

女人疑惑地看着延安吉：我就是呀！

延安吉一下子怔住了，这就是张蔚华的妻子王雅清吗？当年的王雅清可是一个风姿绰约、衣着得体的女人，现在，她也就是三十多岁的年纪，可站在自己面前的这个女人，看上去有五十多了，衣着陈旧，举止还有些木讷。

女人此时也在反复端详着延安吉，看着看着，眼里忽然闪出了一丝喜悦：你是延安吉吧？延安吉说：是我！

女人的泪水迸涌而出：大哥，我可把你盼回来了！说着扑在延安吉的怀里放声大哭。

几个孩子从房里跑了出来，一个个衣衫褴褛，面黄肌瘦。

延安吉禁不住两眼一热，泪水落了下来：弟妹，你们怎么过成这样？

王雅清哭着说：大哥，受穷我不怕，我只盼着能给蔚华一个说法！过去和蔚华在一起的那些人都不在世了，我就天天盼你来，头发都盼白了呀！

张蔚华的父亲张万程听到声音走了出来：是小延老师？

延安吉急忙迎上去，老人一把握住延安吉的手：老天有眼呀！我家蔚华可有人证明了……

王雅清从房子里拿出一本保存完好的笔记本，双手递给延安吉。

延安吉打开一看，扉页上方写着几个大字：《共产党宣言》读后感。下面是几行娟秀的文字：这是我读《共产党宣言》的心得，偏颇之处，留待将来和延安吉大哥交流。

延安吉向后翻了翻，都是密密麻麻的文字，字迹一丝不苟。

延安吉只觉得两眼一热，泪水落在了纸面上。他说了句"我的兄弟啊！"就泣不成声了。

日本鬼子投降后，伪满政府也轰然倒塌，抚松县的国民党也活跃起来。

作为抚松名士的张万程被推荐当了临时政府的县长，他的长子也成了国民党抚松县党部委员。

父子俩硬被推上抚松县的政治舞台，可以说是不得已而为之。但他们万万没有想到，这都为张蔚华的历史蒙上了阴影，也为他以后的待遇平添了障碍。随着当年同张蔚华一起共事的几个地下党员相继离世，再也没有人为张蔚华证明了。

1946年1月，抚松县开展了"反奸清算"斗争，张万程一家也受到冲击。让张家不能接受的是，没人承认张蔚华是共产党员。

这也正是金日成所担忧的。他在回忆录中写道：

每逢回忆起张蔚华，我就想到他的父母妻子。……我在想，张蔚华虽然是立了很大功劳的革命烈士，但因为他是主要搞地下工作的人，群众能把他这个大富家子弟不当反动派或叛徒看，而看成是共产主义者吗？

延安吉离开张家的时候，对张万程和王雅清说：你们放心，我会为蔚华兄弟的事找组织的。你们家境困难，就让我把金禄带走吧，我来供这孩子读书。

当时，延安吉在沈阳某部工作，张蔚华的女儿金禄跟着他生活了很长时间，这给困难时期的张家帮了很大的忙。

抚养烈士女儿的同时，延安吉也在为张蔚华的事奔走呼吁。

1953年，辽宁省人民政府确定张蔚华为革命烈士，并向他的遗属颁发了烈士证书。

面对着这份迟到的证书，张家人喜极而泣。

不久，张万程离世。临走时老人说：这下我可瞑目了，九泉之下，也可以面对儿子了……

共和国三年自然灾害期间，已经转业到吉林省实验中学担任总务主任的延安吉，担心张家境况，又把张蔚华的孙子张琪接到身边生活。这时延安吉年已六十，已经不再是当年的小延老师。张琪年仅七岁，为给他补充营养，老人专门买来一只羊饲养，小张琪每天都能喝上新鲜的羊奶。

延安吉少时，父母给他定下过一门亲事。因为是捆绑婚姻，他对妻子并没什么感情。后来有人说：你就干脆离了吧，再重新找一个。延安吉摇摇头说：我们那里大都是离婚不离家，那不更苦了她了？延安吉没有像某些战友一样，进了城换老婆，可他也没和自己的妻子生活在一起，几十年形单影只，孑然一身。

后来，他见张家孩子都长大成人，日子也如芝麻开花，就对王雅清说：你嫂子这辈子不容易，我亏欠了她，我该回去和她团聚了。

二十世纪八十年代初，延安吉回到了老家，老夫妻相见，平静如水。你可回来了。老伴只有这句话，就默默地给延安吉端上洗脸水。延安吉从妻子的话中听出的是喜悦，虽然里面还有淡淡幽怨。延安吉感动之余，心里也升起了深深的歉疚。

广饶县有关部门，很快就把延安吉安排到了老干部休养所。这对风雨老人开始了新的生活。

晚年的延安吉，听说县里博物馆收藏着一本《共产党宣言》，就执意要看看。博物馆的工作人员把这本书捧到他面前的时候，老人激动得难以言表：这不就是我们当年学习的那本《共产党宣言》吗？多少年了啊！

老人不胜感慨。

第二天，延安吉托人找来了一本《共产党宣言》。这以后，他每日必坐在案前用毛笔抄写，雷打不动。不出一年，延安吉书写了《共产党宣言》的全部内容，字体皆为小楷，端庄、凝重、厚实。

有老板闻讯后，欲出高价买来收藏，延安吉大怒：我无意于书法，这是我的灵魂，岂能卖你？

1985年4月的一天，延安吉从电台中听到了朝鲜金日成主席接见张蔚华遗属的消息。

他说了声"好"，泪水溢满双眼。

一年后，延安吉病重卧床。他对孩子们说：七十三、八十四，阎王不叫自己去。我要走了……

延安吉果然在八十四岁这年离开了人世。

3. "一门三英"匾做了棺材板

雨后的农家小院清新凉爽。院中的黄瓜秧子被雨水浇灌后，显得格外生机茂盛，上面已经挂满了指头长的小黄瓜。

在黄瓜架旁，刘集村的村民刘端文带我们走进了他的家族史。

刘端文六十八岁，衣着整洁，头发梳得也很有条理。谈起家族往事，还有那些至亲至爱的家人，这位七尺汉子的眼里，不时闪着泪光。

1947 年前后的一天，四边县政府给刘家送来了一块匾。此匾长一米有余，宽七十多厘米，上面刻有"一门三英"四个大字。

第二天一大早，刘家杀猪宰羊，招待前来祝贺的亲朋好友和左邻右舍。

这时候，最高兴的当属刘家掌门刘学福。他的两子一孙，都是军中响当当的英雄。四边县政府送来的这块"一门三英"匾，就是对这个家庭最高、最好的褒奖。

1950 年，共和国成立的第二年，"一门三英"匾，最终化成了三张烈士证明。

刘学福膝下三子，长子刘泰山，次子刘寿山，三子刘仁山。刘泰山、刘寿山都是刘集的早期党员，跟着刘良才学过《共产党宣言》，砸过木行，也掐过谷穗。每次兄弟俩从夜校回来，都把刘良才讲的《共产党宣言》中的道理说给父亲听。

刘学福说：这书里的话没错，不跟他们斗，咱们穷人就拔不掉穷根子。往后呢，就冲着马大胡子的话，咱们全家都要起来跟着刘良才干！不干没活头，干了，也许能过上好日子呢！

刘寿山的妻子李秀英见丈夫经常半夜回家，还按时要几个铜钱，就心里嘀咕，以为丈夫在外边有了相好。多次追问，刘寿山都笑而不答，却仍然我行我素。

李秀英只好去找公公刘学福。

刘学福知道些内情，好言安慰道：你放心，小兔崽子敢做对不起你的事，我就砸断他的腿！

后来，刘良才的妻子姜玉兰介绍李秀英加入了共产党，李秀英每月要交两个铜板的党费，她这才恍然大悟。

一日，刘寿山深夜回来，见李秀英哼着小曲，眉宇间泛着喜悦。刘寿山就有些奇怪，自己这么晚回来，要是在往日，妻子早就怒火中烧了。刘寿山正欲询问，李秀英噗嗤一声笑了：往后啊，我每个月也要交两个铜板了。

刘寿山怔住了：你入党了？

李秀英严肃地说：不错。以后，咱们就是同志了。

刘仁山的妻子也姓李，出嫁前没有大名，与刘仁山结婚后，都叫她刘李氏。李秀英入党不久，刘李氏也加入了共产党。时任刘集村妇救会会长的姜玉兰说：你现在是党的人了，该有个自己的名字了，跟着你嫂子排，就叫李月英吧。

刘家三英之一的刘端智,是刘学福的孙子,刘泰山之子,参军时二十岁,之前早就定下了婚事。当兵没几个月,他因为作战勇猛,火线上成了班长。

听说女婿当了官,岳父高兴之余,也颇有些担忧,担心刘端智将来变成陈世美,着急之下,就找亲家催婚。

刘学福说:男大当婚女大当嫁,板子(刘端智小名)也不小了,那就结吧。

当时刘端智就在附近一带活动,听到家里传来的口信,就报给了队长。队长哈哈一笑说:这是好事,过几天你就回去进洞房吧!

结婚当日,双方都准备妥当。女方的花轿已在路上,刘家门口也响起了唢呐声。

刘端智前一日带回口信,说要骑着一匹高大的枣红马回来。一大早,街筒子里就站满了人,眼睛都齐刷刷盯着村口,等着枣红马出现。

有人来飞报,说花轿马上就到村口了。大家都急了起来。刘学福说:怎么还没听到马蹄声呢?

太阳升到一竿子高,花轿就落到了刘家门口。刘端智还是不见踪影,刘泰山就带着一帮人迎出了村口。

这时,远远看到几个人抬着口棺材走了过来。有人就喊:不要从这里走,这里有结婚的!

那些人不听,转眼抬着棺材到了跟前。刘泰山急了,刚要发脾气,对方为首的一个人先开口了:老乡,刘泰山家在哪里?

刘泰山慌了:我就是刘泰山!

对方一脸悲戚,上前握着刘泰山的手说:刘端智同志昨天晚上牺牲,我们把他送回来了。

喜事变成了丧事,刘家上下悲痛欲绝,刘学福枯坐了一夜。

第二天早上,他红着眼对大儿子刘泰山吼道:给你二弟、三弟捎信,让他们在队伍上狠狠地揍那些小兔崽子！

李月英说：告诉他们，伺候老的照顾小的，有我们呢！让他们在队伍上安心打仗！

李秀英、李月英妯娌俩，白天忙家务，夜晚站岗放哨送情报。

刘端文告诉我们：当年我们家蒸馒头卖，碉堡里有咱们的内线，母亲和俺二娘为了传送情报，常到碉堡里送馒头。

刘家当年是刘集响当当的红色堡垒，几乎每天都有队伍上的人来吃住。

一日，刘集村来了日本鬼子，刘家人都躲出去了，一个游击队员匆忙中躲进了刘家的炕洞里。李月英回来后生火做饭，听到有低微的咳嗽声，细听觉得是在炕洞里，不禁有些吃惊。她就往灶膛里多添了几把柴，咳嗽声骤然剧烈起来。刘泰山也听见了，抄起一把菜刀就跳到了炕上。他刚揭开炕洞，一个黑乎乎的人就钻了出来。李月英细看，是游击队员王宝强！三个人相视片刻，都哈哈大笑起来。

李月英的丈夫刘仁山，后来当了四边特务大队三中队副队长，据说也是个让敌人闻风丧胆的人物。有次打红了眼，他纵马冲入敌阵，挥起手中缴获来的日本指挥刀，连连砍向日兵的脑袋，犹如砍瓜切菜一般，无人能敌。

1945年初，特务三中队改为益寿独立营三连，刘仁山担任三连副连长，连长是刘百贞。两个人配合相得益彰，人送绰号"哼哈二将"。当年十月，刘仁山当了独立营营长，刘白贞则为副营长。

不久，部队准备攻打潍县县城，刘仁山组织独立营攻城演练。战斗正酣时，空中传来了机器的轰鸣声，接着一个黑点由远至近。有的老战士说是飞机来了，新战士惊叫着说像只大蜻蜓……

正议论着，飞机呼啸着俯冲了过来，好像要从他们头顶掠过一般，紧接着炮弹、子弹雨点般泼洒过来。

刘仁山连忙喊"卧倒！"喊得声嘶力竭，大批战士就势趴在了地上。也有的战士看着飞机愣怔在那里，有的则撒开脚丫子狂奔起来。

刘仁山扑上去按倒几个战士，顺手拔起旁边的旗子，接着跑到了不远处的一座大坟顶上，高举旗子在空中挥舞。

敌机一下子咬住了刘仁山。几发炮弹落下来，他的一条胳膊被炸飞了，疼得在地上打滚。飞机转过头又是一个俯冲，机翼上射出了一串子弹，刘仁山停止了滚动。

刘端文的舅舅当时也在刘仁山部队，当时他就卧在一条沟里，离刘仁山只几步之遥。

多年后，当老人向刘端文描述这段往事的时候，好像一下子回到了当日惨烈的场面：孩子，太惨了……你爹的那条胳膊被炸到了空中，啪嗒一声就落到了我的眼前。飞机上又打下了几梭子子弹，像雨点一样密，把你爹的身体打成了筛子眼……你爹那年，才二十六岁！

刘仁山被抬回来的时候，棺材上还有血滴下来。悲痛一下子把李月英击傻了，她紧紧搂着一岁多的儿子，没有眼泪，也没有哭声，两眼也好像一下子空了。

嫂子李秀英哭着说：妹妹，你别这样憋着，要哭就哭出来吧！

李月华还是一动不动地看着远处。

一连几天，李月华竟不知饥饱。一天晚上，家人没注意，她已经连续吃了几个大馒头，又抓起一个往嘴里塞。李秀英发现时，李月英已经肚胀如鼓。

刘学福痛心地说：她这是心疼得不知饥饱了！快拉孩他妈去遛遛，别胀坏了肚子。

李秀英拉着她，在村里几乎走了一晚上。

半个月后，李月英才渐渐清醒。村里人看到，她扑在刘仁山的坟头上哭了整整一个上午。

有人说：别去劝，让她好好哭一场吧！要不，会憋出病来的。

1941年1月，随着新中国的临近，毛泽东决定从全国解放区抽调数万名干部随大军南下，刘学福的次子刘寿山也是其中一员。刘寿山后在四川省云阳县担任组织部长，1950年3月在开会途中被特务暗杀，时年三十九岁。

解放后，刘宅正堂的墙上一直挂着那块"一门三英"匾。

有一天，刘学福站在匾前沉默了很久，最后吩咐儿子：摘下来存着吧。人越老越想孩子，看着它，我心里堵得慌……

1958年春日的一天，老人把压在箱底的三张烈士证突然拿了出来，他对儿子刘泰山说：我这辈子没给你们留下什么，这三张烈士证一定要保管好。你是长子，长子如父，你二弟、三弟不在了，一定要照顾好孤儿寡母。

没出几日，老人安然离世。

1966年深秋的一天，刘端文的奶奶吃罢早饭，看了看窗外的树叶，自言自语地说：树叶都落了，我这老婆子也该走了，该去那边看看我那几个苦命的孩子去喽！

说完这话，老人竟病倒了。

刘泰山见母亲气息奄奄，赶忙喊来木匠打棺材。那木匠是个老行家，随意看了眼墙角边的木材说：还缺一块板子。但刘家全家这会儿竟拿不出一点钱来再去买木板了。刘泰山一时被难住，他来回踱了几步，突然想起了那块"一门三英"匾。

这块匾一直由李月英珍藏着。听了大哥的意思，她的泪水一下子涌了出来，她尖声喊道：不！决不！

刘泰山没想到弟媳反应这么强烈，不禁吓了一跳。

李月英可是刘家的有功之臣，在刘泰山印象中，她从来就没有说过一个"不"字。

刘泰山急得长叹一声，蹲在了地上。

过了一会儿，李月英默默地搬出了那块匾。她轻轻打开裹在上面的薄布。匾很洁净，一尘不染，透着一种肃穆和凝重。

这是一块承载了三条生命的匾啊！每一缕纹理里，都浸润着英雄的血！

李月英用自己的衣袖擦着，泪水像断了线的珠子一样落在了上面。

刘端文含泪拉起了自己的母亲。

李月英扭过身去，摆手示意搬走。刘泰山搬起来放下，放下又搬起来，心里沉重得像压了一方秤砣。

刘端文声音嘶哑地说：大爷，我来吧。

他双手搬起这块匾，紧紧拥在了怀里。

五十多岁的刘泰山抱着那块匾跪在了母亲的床前：老娘啊，这是您的儿子、孙子孝敬您的，就让他们替您遮风挡雨吧。说完磕了几个头。

刘泰山的母亲好像一下子清醒了，指着匾上的字说：我的寿限是苦命的儿子和孙子给的……跟师傅说说，上面的字，留着。

刘泰山对老木匠说：老娘说了，"一门三英"留在板上，不要推掉了。

老木匠看到这块匾，被震撼了。他双手接过放在长凳上，鞠了个躬，一脸的凝重，然后用长锯分成二块，大的，为棺木彩头（指前边的板子），中间刻上一个大大的"寿"字，四面有花纹相衬；小块，为棺木彩尾（指后边的板子），其余边料做了日月（指棺材底部左右两块板子）。

末了，刘泰山让在后彩头上雕上一个"孝"字。

老木匠说：没有这样的规矩啊！随后他明白了什么，用力点了点头。

"一门三英"四个字掩在了棺材里面，"一门"二字在前彩头上，"三英"则在后彩头，"一门三英"竟以这种方式守护着老人，真是感天动地。若烈士在天有灵，肯定也倍感欣慰。这样的棺材，人间再无第二。

棺木完工之日，刘泰山要付工钱，老不匠坚决不收。他说：就算是我替烈士尽一份孝心吧。

乡邻听说刘家的"一门三英"匾用在了棺木上，无不感叹。

刘老太出殡那天，刘集村的人几乎都站在了街上。棺材前那大红的"寿"字被阳光照得红彤彤的。

人群里有个老人突然喊道：老少爷们啊，替烈士送送老人吧！

人群中哭声一片。

刘泰山的母亲卒于1966年。那一年，刘端文恰新婚不久。

2013年6月的一天，当刘端文坐在自家小院里，跟我们讲起当年这一幕的时候，脸上挂满了泪水。

刘端文说：这块匾就是我母亲的命啊！我小时候，经常看到她半夜里擦这块匾，每隔一些日子她就要擦。她对我说：不能让灰尘脏了亲人的脸。

烈士的母亲弥留之际，家人竟找不到一块板子做棺木……

我们感慨不已。

夕阳西下，残阳如血。一缕阳光透了进来，给这座古朴的农家小院平添了几分沉重。

曾经当过妇救会会长的李月英，解放后又成了女社长。她挑担上肩，推车下地，样样不逊男子汉，人称铁姑娘。她耿直厚道，心里装的都是公家的事。

国家粮食困难，为了救济灾区，上级号召多交口粮，为国家解燃眉之急。

李月英留下稍许，其余都交了出去。人家家里还有米下锅时候，李月英家却揭不开锅了，她就用槐叶烀饼子吃。没想到刘端文吃后，脸和胸都肿了，没钱医治，幸亏村里给了十几元钱。村长叹气说：月英呀，你这心眼咋就这么实！就不能多留点粮食？

刘端文痊愈后，脸上褪了一层皮，几年都没变过颜色来。

李月英在外风风火火，可在家里总是失魂落魄的样子，有时候关起门就唱小曲。看到儿子刘端文疑惑的模样，月英一把把他搂在怀里：儿呀，你不要害怕，你妈妈心里堵呀！不唱出来，就堵死了……

两烈士牺牲时，妯娌二人都还年轻，李月英还不足三十岁。当年一位常到刘家歇脚的八路军连长对月英有意。可月英说，自己要专心伺候烈士双亲，抚养烈士骨肉。

李秀英、李月英均未再嫁。

李月英晚年卧病在床，生活不能自理，都是儿子服侍左右，于1976年病逝。

李秀英享年一百有余，于2010年仙逝。

我们在广饶采访时，县党史研究室副主任冯光明，给我们讲了一个他二十世纪七十年代下乡搜集革命斗争线索时听来的真实故事。

当年，商村有个姑娘叫小凤，在参军动员会上，她登上台子高声喊道：谁第一个报名参军，俺就嫁给谁！

小凤送出的郎不久就牺牲了。这以后，小凤又连续送出了四个后生，都为国捐躯。

老人都说她命硬，要不怎么克死了那么多男人？

村里的后生再没有人敢要她。小凤三十多岁的时候，才嫁到了遥远的外村。

解放战争时期，鲁北平原上各村参军踊跃，很多村庄一次就达百人之众，到部队后直接组建成连，并以村庄命名，部队上就出现了很多"商家连"、"周家连"之类的连队。

与此同时，也出现了很多像小凤一样的农村姑娘。

当年，广饶一带几乎家家是抗属，户户有英烈。而在大王刘集一带的村庄，像刘学福一样的革命家庭比比皆是。

男儿前线去打仗，妇女儿童后方忙。刘集如今还健在的老人刘端义、刘茂椿、刘秀兰、刘长贤，当年都是儿童团、妇救会中的佼佼者。

冯广明说：这与当年《共产党宣言》在广饶的广泛传播有关。《共产党宣言》描绘了共产主义的蓝图，大家谁不想过上好日子？与其等死，还不如起来干革命！

4．我去找老伙计们学《共产党宣言》了

二十世纪八十年代前的几十年间，刘百贞在广南一带几乎是无人不晓，无人不知。

当年，他健步如飞，身轻如燕，两米高的墙头纵身都能跃过，人送外号"飞毛腿"。

1946 年 6 月，他与战友夺枪时被子弹击中左胯致残，不得不离开了部队。

这以后，刘百贞就像折了翅膀的雄鹰。他左腿伸不直，行走时蜷着腿，身体歪着，还有些前倾。可他的威望并没有因此减少。村里谁家吵架了，他撕下一片纸，写上自己的名字，差人送去，战火就能马上平息。

刘百贞没读过书，勉强能写几个字。尽管名字被他写得歪歪扭扭，甚至还缺胳膊少腿，可丝毫不影响效果。

有一次，村里一青年报名参军，离开家乡前想把婚结了，可女方不同意。

年轻人急了，就去找刘百贞。刘百贞正歪着身子走路，听年轻人诉说后道：当兵是保家卫国，好事儿，咋能拉后腿？嘴里说着，就掏出了一包烟，撕下一片包装纸，又从口袋里摸出一截铅笔，弯腰就着自己的膝盖画上了

"刘百贞"三字。

那年轻人如获尚方宝剑，当天就送到了女方家。

老岳父拿过纸片一看，马上开口道：孩她娘，老英雄都开金口了，咱还能说啥？马上把闺女送过去！

1967年夏季的一天，时任济南军区副司令员的杨国夫来到广饶县公干。杨国夫是位老红军，当年率领一团兵马参加了万里长征，1938年6月从延安奉命到山东清河组建地方武装，1955年被中央军委授予中将军衔。

临近中午，将军说：你们不要招待了，我到刘集找飞毛腿去！

刘百贞当年曾经是将军帐前一猛将，深得他的喜爱。

将军一踏进刘家院子就喊：刘百贞，快让你老婆给我煎鸡蛋面饼吃！

刘百贞嘿嘿一笑：还用说？早就备下了。当年，你不就是好吃我老婆做的这一口嘛。

杨国夫一到刘集，刘百贞家的那条街就派上了警卫，还有一个警卫陪伴左右。

刘百贞烫了一壶酒，喝到兴致高处，见警卫员腰里有枪，自己手心就像猫挠一样痒：把你腰间的家伙拿来我看看！

警卫员不允，将军眼一瞪：给他！

刘百贞接过手枪反复端详把玩，眼里全是愉悦，嘴里反复说着：多少年没摸了，多少年没摸了……

将军一把摘掉了刘百贞头上的帽子：你个刘秃子呀，都说男人见了女人拔不动腿了，你是见了枪拔不动腿了。当年你要枪不要命，白白折了一条腿，要不你刘秃子还能回来？

刘百贞哈哈一笑，抬手要摘杨国夫的军帽，警卫员忙上前阻拦。杨国夫眼又是一瞪，那警卫员只得作罢。

刘百贞拿着将军的帽子笑道：我说杨秃子，你这是黑乌鸦落到黑猪腚上，只看到猪黑看不到自己黑呀！

两人放声大笑。

刘百贞杀鬼子杀汉奸如麻，可连只鸡都不敢杀，特别是自己家养的鸡，都是找邻居来杀，自己还得躲到一边去，肉也不吃一口。

邻居打趣他：当年小日本裤裆里的家伙你气急了都敢割下来，怎么杀鸡倒心软了？

刘百贞哈哈一笑，说：不一样啊，那可不一样！

1933 年之后，刘集一带的党组织受到很大破坏，随着刘良才、延春城等领导者牺牲、入狱，革命斗争进入低潮。

1937 年"七七事变"后，鲁北平原上又掀起了革命高潮。

曾参加过掐谷穗、砸木行的刘百贞，早就按捺不住了，他找到刚刚出狱的延春城说：你是县委书记，你说说，咱这革命到底还干不干？

延春城回答道：什么话！怎么不干？还要大干一场呢！

刘百贞脖子一拧说：那咱们可不能像只下蛋的鸡一样，老窝在家里呀！

延春城笑了：别急，时机一到，我就告诉你。

一天晚上，刘百贞正在村内走，村民刘学智火烧屁股一样跑了过来，见到刘百贞，气喘吁吁地喊道：闹鬼了，观音庙里闹鬼了！我从那边路过，见里面鬼火一闪一闪的……这不，吓得我没命地往村里跑！

刘百贞说：这世间哪来的鬼？

刘学智见刘百贞不信，急得直跺脚：你去看看吧，要是没鬼火，我明天给你送只鸡去！

刘百贞转身就往观音庙飞奔。到了观音庙，他纵身上墙翻到院内，果然见大殿内有灯光闪烁。

正想探个究竟，有两个黑影从里面走了出来。刘百贞定睛一看，影影绰绰间是两个人，正边走边议论，那东西藏得是否保险。

刘百贞暗中思忖：观音庙每年正月十五才开一次，平日里大门紧闭，这两个家伙在大殿里藏了什么宝贝？

等他们走远，刘百贞来到大殿，见大门紧锁。他回家拿来一根铁棍复又返回，撬开门锁，进了大殿后，脱下外衣遮住了窗户，划了根火柴四处查看，最后在一尊塑像后边发现了一杆长枪，还有一包子弹。

刘百贞一阵惊喜，自语道：奶奶的，这可是上天给我掉下来一个大白馍！

几天后，延春城等人成立了九支队，刘百贞携枪与出狱不久的刘考文参加了这支队伍。后九支队半路夭折，刘百贞、刘考文革命心切，连村子都没有回，就分头参加了其他部队。

1939 年夏天，刘百贞所在的部队三支队在刘家井子遭遇日军，双方立刻展开了一场激战。

三支队被敌人分割，特务团一连二连在坟地打退了日军的数次进攻，后寡不敌众，撤到了刘家井子东门的围墙上。

埋伏在对面土丘上的一挺日军机关枪骤然响起，子弹像蝗虫一样飞了过来，部队在密集的火力网下无法还手。

已经是特务排长的刘百贞喊了声"掩护我！"飞身跃下城墙，一个就地滚，人已经到了土丘下，接着双手一扬，四颗手榴弹就投了出去，爆炸声过后，敌人的机枪声戛然而止。

刘百贞一个箭步跳上土丘，伸手一把就抓住了机关枪的枪管。一个受伤的日军死死握住枪把子不放，刘百贞一脚把他踢翻在地，其他地方的日军反应过来后，都调转枪口向土丘射击。

刘百贞抱起枪，又是一个就地十八滚，滚到围墙下后，躺在那里突然不动了。几个战友急忙把他拖了回去，大家发现刘百贞身上已经多处负伤，双手也被滚烫的枪管烙去了一层皮，血淋淋的。

刘百贞受伤的消息传到支队长杨国夫耳里，杨国夫专门来卫生所探望，一进门就喊：刘秃子，以后你可不能这样玩命！留着你这百十斤，还得给我打大仗呢！

刘百贞在病床上探探身，握着杨国夫的手说：支队长，放心吧，不打完小鬼子，那大胡子也不收我的！

杨国夫眉头一皱：大胡子？土匪吗？

刘百贞笑了笑：不是，是马克思，我们刘集叫他大胡子。

杨国夫欣赏刘百贞，源于几个月前的太河突围。

1939年3月底，上级安排三支队政治部主任鲍辉和团长潘建军等一批干部，到山东抗日军政干部学校学习，营长吕乙亭奉命率部队前去护送。

确定行军路线时，吕乙亭就建议不要借道国民党顽匪王尚志的驻地。王尚志过去曾混进我抗日队伍，后阴谋兵变，被清出部队后投靠了国民党的秦启荣，此人阴险毒辣，要是中途起歹意，后果不堪设想。

关键时刻，吕乙亭又对政治部主任鲍辉说：到鲁南抗日军政干部学校，有很多路可走，何必非得要趟虎穴？

鲍辉却不以为然：现在是国共合作时期，他们胆敢生事？还是按原计划进行吧。

吕乙亭知道再坚持无望，只得继续向太河镇进发。他下令四连派一个排担任尖刀排，排长刘明成把刘百贞叫来：刘百贞，你带领一个班做尖刀排的先锋，把你以往的虎劲给我抖擞出来，这个班，就是尖刀排的刀尖！

当年的太河镇有四百多户人家，滔滔淄河流经此地时，贴着围墙扭了一下腰，随后向北蜿蜒而去。

太河镇筑石围墙，与金鸡山、虎头山、豹眼山相依，四面山峦重叠，地势险要。

刘百贞后来回忆说：我一进太河镇，心里就打了一个哆嗦——要是真打起来，这里就是个很难逃出去的口袋！

刘百贞带着尖兵班，踏上了小木桥。四周很静，村里偶尔穿来几声鸡鸣和牛叫，只有杂乱的脚步声响起。

后边的大队人马已至围墙，就连担任后卫的七连离围墙也只有一箭之遥了。

主任鲍辉高兴地说：都加快步子，过了友军驻地，我们就宿营休息。

鲍辉话音未落，围墙上就有人在喊：老乡，歇歇脚再走吧！吕乙亭抬眼一看，见是几个持枪的便衣，心里就多了几分警觉。

他示意大家警惕，接着和战士们高声唱了"大刀向鬼子们的头上砍去"，歌毕，又喊起了"中国人不打中国人"的口号。

部队几乎都到了围墙时，不远处突然响起了一声清脆的枪响，接着围墙上露出了一架架机关枪，随后枪声大作。

营长吕乙亭马上指挥部队顺河滩向南突围，途中饮弹牺牲。

四连长许子敬率二十八人杀开一条血路，冲出了包围圈。

刘百贞的尖刀班是第一个被装进口袋的。

枪声响起时，他们面前恰有一坑。刘百贞一声"卧倒"，全班战士都扑进了坑里。刘百贞知道此时不能恋战，趁敌人注意力在大部队时，率领全班拿下了一个山头。其他山头的敌人又组织兵力扑了过来，刘百贞他们左突右杀，最终脱险。

他刚松了一口气，又听到后面传来一阵枪声。用望远镜看去，见八路军若干人马被国民党围在了一个山坡上。

这是担任后卫侥幸没有进入围墙的一部分八路军官兵。

刘百贞牙一咬喊道：摸到他们后面，去干他一家伙！

副班长急忙说：这样太危险，恐怕连咱们也保不住了！

刘百贞吼道：不能眼睁睁地看着弟兄们落难！

刘百贞挥挥手，带领战士从小路穿插到了敌军的背后。他喊了一声"打！"几十颗手榴弹投了出去。

敌人猝不及防，顿时乱了阵脚，山坡上的八路军趁机冲了出去。

八路军太河遭遇，史称"太河惨案"。八路军牺牲官兵数人，除了突围的几十人外，其余连同二百余人的抗日军政干部学员尽数被俘。

远在延安窑洞里的毛泽东，听到这消息拍案而起，奋笔痛斥秦顽是"摩擦专家，无法无天"。

刘百贞后率战士归队，全班无一伤亡。这让正为"太河惨案"痛心的杨国夫心里平添了几分慰藉。

刘百贞很快就被提拔为排长。

1939年9月，在刘家井子战斗中负伤的刘百贞，从卫生所回到了部队。他正和排里的战士说笑着，支队长杨国夫的通讯员跑来让他到支队长那里去一下。

刘百贞进了杨国夫的房间，见杨国夫正在看文件，打了个敬礼说：支队长，你找我？

杨国夫放下手中的文件，围着刘百贞转了一圈，接着伸手用力拍了一下刘百贞的肩膀，问：都好了？

刘百贞回答道：全好了，就等着上战场了！

杨国夫哈哈一笑：好你个刘秃子，手心又痒痒了是吧？回去马上收拾一下，明天就离开主力部队。

刘百贞一下蒙了：支队长，你这是唱的哪出戏？

杨国夫示意刘百贞坐下：这次就派你去唱出戏——为了扩大抗日根据地，开展游击战争，咱们要组建广南分队，你就是广南分队队长，支队给你一部分枪支弹药，兵马你自己拉！另外，你还有一个任务：为主力部队输送兵员。

刘百贞回到广饶后，不久就拉起了一支几十人的精干队伍。

在广南一带，他带领便衣队夜袭据点，杀叛徒，除汉奸，威震四方，神出鬼没。日伪一提起那腰别两只匣子枪的刘百贞，就吓得心慌腿软。

一些汉奸为了讨好他，不时给他进贡子弹，刘百贞每次收下子弹，还要教育他们一番：要是坏事做尽，就是送月里嫦娥，老子都不稀罕！

在他的敲打下，一些据点里汉奸成了我们的内线。

杨国夫看到了游击战的力量。1941 年，抗日战争进入相持阶段，已经是清河军区司令员的杨国夫，又组建了四边区特务大队，刘百贞被任命为特务三队队长。

日军一直想拔掉这把插在自己心脏上的尖刀利刃，多次派特务打探刘百贞的行踪。

1943 年 7 月的一天，天气酷热难耐。刘百贞正赤着上身在家里吃凉面，十几个鬼子突然冲了进来。

为首的日军少佐相原看了刘百贞一眼，挥挥手，两个日本兵把一个血人架了上来。刘百贞仔细一看，才发现这血人是刘集村的伪保长刘金贵。

那少佐指着刘百贞问刘金贵：他是刘百贞吗？刘金贵沉默了一下，点了点头。

几个日本兵上来就把刘百贞按在了地上。

刘百贞没过门的媳妇翠花，恰在房子的里间，见刘百贞的两只匣子枪还在床头上，急忙抓起来扔进了咸菜缸里。

相原用手枪拨开帘子，见里面有个女人，大声喊道：统统带走！

刘集村老人刘希增当年是十多岁的顽皮少年，对往事还记忆犹新。

他对我们回忆道：我小时候喜欢打听事，也往心里记，陈芝麻烂谷子的旧事仿佛就在眼前。当时我家就住在前街，那小日本把刘百贞和他老婆押过来后，就分头在我家和邻居家审。小日本先让邻居摘下一扇门板，然后就把刘百贞绑在了上面。他们把门板的一头放在台阶上，另一头在地上，一高一低。当时我还想，小日本这是干啥？接下来我就明白了。开始，刘百贞的头在高处，小日本先提来一桶水，往里面倒了一小袋子辣椒面，拿棍子搅了几下，又用这棍子撬开他的嘴，咕咚咕咚地往他嘴里灌开了辣椒水。刘百贞光着上身，眼看着肚子鼓了起来。小日本坏心眼子可真不少，看刘百贞肚子大了，就把门板掉了过来，这下刘百贞的头就落在了低处。小日本军曹穿着个大马靴，抬脚就踩在了刘百贞的肚子上，边踩边问：你是不是刘百贞？刘百贞可是条刚烈汉子，一口咬定自己叫刘子正。军曹八嘎八嘎地叫着，踩得更厉害了。我看到刘百贞的嘴里冒出一股股的血水，最后把肚子里的凉面都吐了出来……我又跑到俺家看小日本审刘百贞的老婆。鬼子哇啦哇啦地叫，刘百贞的老婆就哭。小日本觉得一个女儿家也问不出什么，就把她放了。最后，他们用绳子绑了刘百贞，牵着他走了，先押到了益都，后又送到了张店。

刘希增说得口干，拿起杯子喝了几口水，抹抹嘴又接着道：那刘百贞可是咱们共产党的红人，小日本拿走了他那还了得。政府就在我们家里商量怎么营救。我们刘集有个汉奸叫刘长瑞，早前被刘百贞争取过来的，政府就找到他想办法，这刘长瑞是小日本的红人，跟张店的鬼子也是朋友，他家里藏了不少大烟，有几块就像床上的小枕头那般大，后来都送给了日本人。那小日本见刘百贞被打得奄奄一息了，还咬着牙说自己是刘子正，就给了刘长瑞一个面子。是村里几个壮汉把刘百贞抬回来的。

刘百贞在部队养好了身体后，到胶东军事干校学习了几个月，就返回了特务四大队。

1945年5月14日，日伪军数千人从博兴一路杀到了四边，对四边区形成了合围之势。特务大队一部在大王菜园村陷入了重围。

刘百贞中队当时驻河沟村。他清晨听到密集的枪炮声，马上判断不远处肯定有劲敌。一会儿工夫，就有兄弟部队的几个人赶了过来，一个战士说：我们刚突围出来，瞧这阵势，日本鬼子来头不小。

刘百贞急忙说道：你们也不要乱跑了，跟我们走！说完，命令部队换上了不久前缴获来的日军服装。

刘百贞率队向东刚走出不远，右翼就赶来一股日伪军。刘百贞看到对方打开了旗语，马上让战士打旗语应对。日伪军见状，不再理会。

刘百贞的部队一路前行，最后得以脱险。

后来杨国夫在开会时讲：这次日军合围，有的部队伤亡惨重，可人家刘秃子就冲出了包围圈，几乎无人伤亡。他带大部队不行，可带小部队，还是绰绰有余的。

1945年8月的一天，县政府的通讯员刘茂椿骑着一匹快马回到了刘集村。他背上的袋子里装满了号外。

刘茂椿满大街地喊：日本鬼子投降了，日本鬼子投降了！他边喊边散发着号外。

就在刘茂椿在各个村庄散发日本鬼子投降号外的时候，刘百贞已经荣升为益寿独立营的副营长。

这年秋季的一天，刘集村一下子驻扎进几支部队。刘百贞安排下自己的人马，就跑到街上跟乡亲们说话。正说着，忽然看到本村的刘端义在面前走过，屁股上的匣子枪来回晃动。有人说：你看这孩子，刚出去几年，屁股上就挂上盒子炮了。

刘端义当时也就十五岁左右，参军后干警卫员。他个子不高，匣子枪的皮带从脖子上挂下来，枪就吊在了屁股上，走起路来晃来晃去的。

刘百贞被晃得眼馋，就喊住了刘端义。刘端义回头见是刘百贞，很高兴，叫着三哥走了过来。

刘百贞说：把你的家伙掏出来给我看看。

刘端义也想炫耀一下，就打开枪套抽出枪交给了刘百贞。

刘百贞啧啧感叹：正规军就是正规军呀，看这家伙亮的，能照出人影来。

刘端义正和乡亲说话，无意中见刘百贞掰开枪身正在抠子弹。

他知道刘百贞见子弹眼红的毛病，赶紧说：三哥你这是干啥？伸手就去夺枪，一只手抓在了枪口上，另一只手抓在了枪柄上。

刘百贞不甘心，攥着枪身紧紧不放。刘端义急得都要哭了：三哥，这枪顶着门呢，可别走了火呀！

话音未落，就听砰的一声响，刘百贞应声蹲在了地上。

刘端义慌忙喊：三哥，你这是咋了？

一旁的乡亲喊道：你还顾他，快看看自己的手吧！

刘端义抬起手一看，掌心血肉模糊。他这才想起，刚才手掌像被什么重物击打了一下。原来是子弹穿过自己的手掌，又打在了刘百贞的左胯上。

这一枪，彻底改变了刘百贞的人生。刘百贞住了一年的院，最后军医宣布他的左腿终生残疾。

刘百贞当时就蒙了，大声吼道：狗腿断了都能接上，这人腿咋还不如一条狗腿啦？老子还得靠这条腿干革命呀！

刘百贞拒不出院，他对医生张雯说：什么时候给我接上，我就走！

那军医是个年轻的姑娘，急得都哭了。

一天下午，杨国夫来到了医院，一进门就吼：刘秃子，你打算在医院里养老呀？

张雯跑过来说：首长，我们尽力了，可刘营长就是不接受……

杨国夫瞪了一眼刘百贞：医生也有无能为力的时候呀！

刘百贞弯曲着左腿在病房里走了一圈：司令员，你看看，我的腿彻底完了呀！刘百贞喊着，声音一下子哽住了。

杨国夫走上前来，轻轻地拍了一下他的肩膀，转身慢慢地走了。

这天晚上，刘百贞在病房里一夜未眠。天亮时，他把床上的被子叠得整整齐齐，就提着自己的东西蹒跚着走了出去。

张雯从窗户里看到了他，就喊着追了出来。她对刘百贞说：刘营长，对不起，我没能治好你的腿。

刘百贞苦涩地笑了笑说：都怪我脾气不好，你别往心里去。这一年，给你添麻烦了。

说完，他举手敬了个礼，缓缓走了。

1947年秋天，刘百贞离开部队回到了刘集村。

从1948年开始，他在村里当了七年的村长。

全国刚解放，这个一等残废军人就开始在村里忙着办教育。当时一些人很不理解，有人说：刚解放，饭都吃不上，还有心思开学办校？

刘百贞是个驴脾气，认定的事就往前走。他先召集全体村民开会动员。大冬天的，他把自己的破棉袄都脱了，就光溜溜地露着上身。他拍拍桌子道：当年有人给我编了个顺口溜：秃头、撇嘴，没有肠子还瘸腿。这秃子是当年剃头被传染落下的毛病，不能怪我；这撇嘴、没人肠子还瘸腿，可都是枪伤呀！

刘百贞用手指了一下自己的嘴说：兄弟爷们，大家看到了，我这下牙全没了，连牙花子都没有了，这是被小日本的子弹打的，把整个嘴都打穿了，所以嘴也撇了。大家再看看，胸口也是被枪打的……这肚皮上也有枪伤，还打断了一截肠子，不是没人肠子，是少了一截人肠子。这裤子嘛，大冷天的，我就不脱了，下边的伤也不数了。我那媳妇当年看我这样子，还差点跑了。

这时有一个年轻人打趣：叔，你不说说你那条左腿是怎么伤的呀？

刘百贞眼一瞪：小兔崽子，哪壶不开你提哪壶！

刘百贞一笑，接着说：当年咱拼了命去干革命，为了啥？还不是为了过上好日子。过去跟着刘良才学《共产党宣言》，那小本本里说将来要过上共产主义生活，到那时候，楼上楼下，电灯电话，要啥有啥。过去打天下靠咱们，将来的好日子就得靠娃娃，可娃娃没有文化不行呀，在座的哪个没吃过睁眼瞎的亏？不当睁眼瞎，咱就得办学校，没说的，家家户户有钱出钱，有力出力！

会开过，刘百贞一家一户去动员那些有钱不想拿的主儿。进了院子，他二话不说，扑通就跪在地上：我替村里的娃娃，给你们下跪了。

刘百贞是有威望的人物，这一跪彻底感动了对方。

刘集村小学在刘集惨案中毁坏殆尽，刘百贞带着父老乡亲盖起了学校。没有桌椅板凳，为动员大家出工出料，他把老母亲的棺材板都献了出来。不到几个月的时间，刘百贞就和父老乡亲打出了一百多套课桌板凳。

"文革"初期，刘百贞也挨了不少斗。

1967年冬季的一天，几个红卫兵硬生生把他架在了台上，下面就开始喊"打倒叛徒刘百贞"。刘百贞气得两眼直冒火：老子啥时候当过叛徒？

当年我刘百贞也是广南一带响当当的英雄好汉！

下面的人又喊：那汉奸为什么白白给你送子弹？你被小日本拿去了，为什么又把你放了？你说你杀了很多鬼子，那为啥连自己家里的鸡都不敢杀？

刘百贞气极，干脆闭上眼不吭声了。

红卫兵头头火了，让刘百贞低头认罪。刘百贞不听，几个人上来就按他的头，按下去后他又挣扎着抬了起来。一个红卫兵火了，一下子把刘百贞的帽子打落在地上。

刘百贞的光脑袋一下子露了出来，下边的人见了都哄堂大笑起来。

刘百贞被批斗回来的路上，天上落下了冬雨。他光着脑袋走在雨中受了凉，晚上就发起烧来。

他阴沉着脸在房里来回走动着，最后对侄子刘家义说：明天，咱们上济南找杨司令去，让他给我写个证明，看看我刘百贞到底是不是叛徒！

刘家义小时候父母双亡，刘百贞把他接到家中生活，情同父子。

刘家义说：明天，他们不是还要继续斗你吗？

刘百贞道：咱一大早就走。

第二天早上，雨还没停，叔侄二人刚要出门，刘家义就看到院门外红卫兵小将已经放上了岗。

刘百贞哼了一声：当年日本鬼子把房子包围了，我照样从房顶走！

刘百贞家的房子有二层土屋，是过去地主家的房子，二层有个很大的窗子。刘百贞让侄子找来绳子拴住窗子一角，先把自行车吊了下去。这辆自行车还是刘百贞当便衣队长时的坐骑。随后叔侄二人拽着绳子，也都滑了下去。

刘百贞有个妹妹，嫁在了十几里外的辛家庄，刘百贞说先去那里落落脚，等不发烧了再走。

一路泥泞，走着走着，自行车轮子就沾满了泥巴，再也骑不动了。

刘家义先扛着自行车走出一段路，然后再回来搀扶刘百贞。这样来来回回，十几里的路，两人几乎走了一天。

刘百贞立在蒙蒙细雨里，茫然地望着远处，不禁一声喟然长叹：当年，我就是冲着《共产党宣言》说的好日子去革命的，这解放了，该带着大家伙儿去闯好日子了，咋又搞这些运动呀！

到了辛家庄村口，刘百贞再也支撑不住了，一屁股坐在了泥地上。

刘家义急忙跑到姑姑家，摘下了一扇门板，和姑姑的儿子一道用这扇门板把刘百贞抬到了家。

刘百贞在妹妹家昏睡了几天才醒过来，接着和刘家义到了济南。刘百贞听说杨国夫的日子也不好过，就和刘家义悄然离开了。

一路上，刘百贞都在反复念叨着这几句：解放了，该领着大伙奔好日子了，咋又搞这些运动呀？这样下去，共产主义什么时候才来呀……

刘百贞回去后，复又病倒。他对孩子们说：我这是心病。

1987 年夏季的一天，县政协召开老干部、老革命座谈会，刘百贞见政协文史资料上把延集村写成了山东省第一个党支部，刘集村党支部比延集晚了两个月有余，看着看着气就短了，脖子上的青筋也暴了出来，就像爬满了蚯蚓一样。

他腾地站了起来，猛地一击桌子，大声吼道：这是胡说，这是瞎咧咧！刘集就是老大，怎么在你们这里，就成了老二了？还有没有王法呀？这《共产党宣言》是在哪里发现的？是在我们刘集村！这革命的火是从哪里烧起来的？还是从刘集村！

刘百贞顾自一问一答，一会儿工夫，就干张着嘴说不出话来，眼睛也直了。大家赶忙把他送到医院。在病房里，他把电灯开了又关，有节奏地翻动着手掌，嘴里反复念叨着：搞反了，搞反了。

几个月过后，刘百贞才渐渐恢复过来，可本来就身患疾病的他，竟从此卧床不起。

这期间，刘百贞的儿子刘峰受伤住院。刘百贞晚年才得此一子，疼爱有加，弥留之际，还问起家人刘峰为什么不来看他。

一日，刘百贞格外清醒，他对家人说：嗨！我这个脾气呀……革命早一点也好，晚一点也好，还不都是为了革命？去争个啥第一……我去找那些老伙计们学《共产党宣言》去了。

说毕，老人永远闭上了眼睛。

在刘峰家，我们看了一副刘百贞晚年的照片。坐在凳子上的刘百贞，腰身挺直，两手抚膝，双眼平视，眉宇中透着一股英武之气。

回味着老人的过去，我们都感叹不已。

第六章　寻找《共产党宣言》

　　1975 年的一天，一位叫刘世厚的老人，把他用生命守护了近半个世纪的《共产党宣言》献给了国家。战争年代，这本书有时被刘世厚藏在屋檐下"雀眼"里，有时藏在粮囤透气孔里。日本鬼子进村扫荡，为保护它，刘世厚冒着生命危险又跑回村里，将它转移到安全地方。这本薄薄的小册子，已被国家定为一级文物，现珍藏在山东省东营市历史博物馆的一个保险柜里，三个特定的工作人员同时在场，才能打开保险柜的门。当年，大王的农民因它起来闹革命，二十世纪八十年代，又因它从农耕经济走上了商品经济的道路。《共产党宣言》的魅力，历久弥新。

1. 刘集惨案那天还发生了什么

在刘集村口，有一座巨大的台式日历雕塑，上面的时间，永远定格在了 1941 年 1 月 18 日。

2013 年 6 月，我们第一次站在雕塑前，不禁好奇，这串数字代表了什么？后来得知，这串平凡的数字，是刘集人七十二年前的一场梦魇，是那天驻扎在这个村里抗日队伍的生死牌。

站在刘集村生死牌前的当天，我们采访了当年的见证者之一，刘集村的刘秀兰老人。

刘秀兰是中共早期党员刘子久的女儿，虽年逾九十，可耳不聋眼不花，对七十多年前的那一幕还记忆犹新。

1941 年的刘秀兰，还是十八岁的花季少女。1 月 17 日晚上，全家人都为即将出嫁的刘秀兰连夜忙碌着。虽逢战乱年代，可在老百姓的生活里，婚嫁依然是头等大事。

一切准备停当，迎新娘的轿子就到了门前。那天是个好日子，迎亲送亲的不止刘家一家。天还没亮，刘集村就响起了一片唢呐声。

刘集村在战争年代被誉为铜墙铁壁的红色堡垒村，几乎每夜都有抗日队伍和地方政府人员在此驻扎。

1941年1月17日晚，刘集村一下子住进了若干人马，有四边县政府各机关，主力部队刘良带的一个排，还有四边大队一中队长王品三率领的新兵连。

正因刘集村是堡垒村，鬼子常来扫荡。当时，据点中有"内线"老聂，每有风吹草动，他都提前来通风报信。这一晚，老聂没有来。有人就说：快过年了，又风大天寒，日本鬼子肯定当缩头乌龟了。

刘希增回忆说：我那时是儿童团员，平时就在村里的自卫团听差。那天晚上他们说：今晚看样平安无事，你回家睡觉去吧。睡着睡着，我爸爸喊我：小崽子，快起来，要出事了！这后来，果然就出事了，还出得不小啊……

刘秀兰和来迎亲的新郎各坐上了一顶小轿。有人喊：时辰到，起轿！唢呐、铜锣、喇叭又欢欢地响了起来。打旗的人先行，一行人踏着薄薄细雪，向村外走去。

送亲队伍行至刘集村的西北门时，乐声戛然而止，轿子也落下了。刘秀兰正纳闷，忽听到前面有人哇里哇啦地叫嚷，刘秀兰心里咯噔一下：不好，遇上鬼子了！她掀起帘子一看，果然围上了一队举着刺刀的日本兵，刺刀在雪地里闪着寒光。

一个鬼子官摸了摸自己尖尖的下巴，突然大声吼道：刘集村大大的坏，八路大大的有！送亲的一个也不许通行。还有几个鬼子嬉笑着围住了轿子，其中一个一把掀开了帘子。刘秀兰惊叫起来，新郎赶忙阻拦，被鬼子一脚踹倒在地。

刘秀兰看到鬼子的时候，敌人已经把整个刘集村围了起来。可刘集村还沉浸在一片寂静中。

东北门上的岗哨，突然看到远处有几个黑影在移动，擦擦眼睛仔细辨别，发现有点像日本兵，就端起枪瞄了瞄，接着扣动了扳机，连打三枪，前边的那个影子不动了。他马上向队部跑去，边跑边喊：鬼子来了，鬼子来了！

整个村庄一下子被喊醒了，大街小巷人声鼎沸。

刘良熟悉地形，带着部队冲出北门脱险了。

王品三率一百余人的新兵队伍出了东寨门，前边就是一片开阔地。日本鬼子早在五十米外的坟地里埋伏了重兵，密集的子弹像大雨一样泼洒过来，王品三的部队应声倒下了一片。冲在前边的刘百贞嘴都被子弹打穿了，他摸出两颗手榴弹投了出去，坟地里的机枪一下子哑了，暴露在空阔地的战士才借机退了回去。

王品三的队伍里都是刚入伍的新战士，很多人连军装上的"八路军"臂章都还没来得及缝上，有的连扣子也没缝。他们在这次突围中损失惨重。

当年一个叫田畦的少年，晚年时回忆说：听大家议论，说东南门死了很多八路军同志。我听说后立即赶过去，只见五十多名同志在野地里躺着，他们都穿着军装，有的被子弹打伤后，又被日本鬼子补上了致命的刀伤。在东门外的寨沟里，也有十多人牺牲了。王品三同志也是在这里牺牲的。这次惨案，光八路军就死了八十多个。

刘希增说：我和我爸爸跟着队伍跑，刚跑到观音庙口，就看到刘百贞提溜着枪跑回来了，满嘴都是血。为了堵伤口，身上的袄都被他撕破了，他边跑边撕袄里的棉花，撕一块刚塞到嘴里，马上就被血染红了，他就再重新塞一块。

鬼子走后，我听说东门那边死了很多人，就跑去看，还一个一个地数那些尸体。正数着，有个人踹了我一脚，说你这孩子怎么这么不懂事。听说鬼子就是埋伏在坟地的，我又跑到坟地里看，那里的子弹皮堆成了小山，都是机枪打下来的。

刘秀兰乘的轿子转到了另一个寨门，再次被鬼子截住。鬼子把机枪就架在她的轿顶上射击，吓得刘秀兰尿了裤子。

鬼子最后还是不让走，送亲队伍只得退回村里。到了刘集烟房那里，刘秀兰看到地上有很多军衣，都是八路军战士脱下来的，他们换上老百姓的衣服，进了老百姓的家中。进了百姓家的，还有当时的地方武装等，足有一百人之多。为掩护他们，这些人被刘集人认作儿子、孙子，甚至被年轻的女人认作了丈夫。

枪声过后，日本鬼子的大队人马开始进村搜捕。

四边县的杜县长在刘茂椿家门口被两个日本兵抓住了，刘茂椿的奶奶颠着小脚跑了出来，她上去不由分说，就打了杜县长两个耳光：你个小杂种，就知道到处野！你三叔儿子结婚，昨晚就说让你去帮忙，你咋到现在还没去？她连说带打，两个日本兵蒙了，不由得松开了手。

刘茂椿奶奶趁势拉起杜县长，就到了村民刘中良家。刘中良家热闹非凡，你来我往，有的传菜，有的贴喜字，有的劈木柴。杜县长进了厨房，系上围裙就开始炒菜。两个跟进来的日本兵看了一圈，也没看出破绽，只得拿了一只煮好的鸡，走了。

刘中良家里这些帮忙的人，大部分都是八路军战士和地方人员。

四边县另外一个干部，情急之下跑进了一个大场院，场院里堆满了红彤彤的辣椒。看大门的村民刘法成见状，急忙拿出瓜皮小帽和长袍大褂：你赶紧换上这套行头，坐到账桌旁，就充个掌柜的吧！

刚安排停当，刘百贞又提着枪跑了进来。刘法成见他浑身是血，就让他藏进了麦秸垛。不一会儿，几个鬼子兵冲了进来，对着刘法成先哇啦了几句，又盯上了掌柜的，掌柜的手里托着瓜皮帽，急忙弯腰鞠躬。鬼子没发现破绽，就散开搜索。一个鬼子端起带刺刀的三八大盖，向麦秸垛里连刺了几下，把刘百贞肚前的棉衣都刺破了，幸好没伤及皮肉。

　　日本鬼子最后留下少数人马焚烧刘集的房子。一时间，刘集上空火光冲天，浓烟滚滚。

　　这时，一幕几乎被后世忽略和遗忘的情景出现了。

　　原本逃到村外的刘世厚一下子急了，撒腿就要往家跑，被他的妻子一把拉住：孩子他爹，你疯了吗！小日本还没走，你要回去送命？刘世厚急得直跺脚：有个东西……可不能烧了，就算搭上我这条命，也得把它抢出来！说完甩开妻子，撒腿就向村里跑去。

　　刘世厚一路躲避鬼子，绕过几条胡同才跑到家里。

　　房子已经烧起来了，不远处还传来鬼子的喊叫。刘世厚不顾浓烟烈火，一头冲进屋，把桌子拉到墙角，随手抄起块砖头，爬到桌子上用砖头在山墙顶部一角敲打了几下，很快就露出了一个雀眼。他伸进手去，从里面掏出了一截竹筒。

　　这当口，房顶上的火落到了他的帽子和身上，衣服多处都烧了起来。他跑出家门，在地上滚了几下，把身上的火扑灭了，接着拔腿就跑。

　　不远处一个鬼子发现了他，边打枪边追过来，子弹呼啸着从他耳边穿过。最后，他凭着熟悉地形，转过一条小巷，才甩掉了鬼子。

　　刘世厚的妻子和他大闹一场，逼着他说出家里到底有什么宝贝，让他这样要钱不要命。

　　刘世厚被逼急了，眼一瞪吼道：别说了！你再闹，我就一头撞死在南墙上！

这下，刘集人都知道刘世厚家里藏着个大宝贝，不然他也不会冒死跑回家去拿。

有人好心当面劝他：世厚啊，鸟为食亡，人为财死。这战乱世道，还是先保命要紧。

刘世厚笑笑，一声不吭。

2．发现首译本《共产党宣言》

1975 年，广饶县"革委会"下发了《关于抢救革命文物的通知》。

当时县里只有文物所，四十二岁的颜华身兼两职，即是所长又是工作人员。接到通知后，颜华寻思，刘集当年是革命最红火的地方，应该先去那里看看。

春天的一个早晨，颜华骑上破旧的自行车就去了刘集。他把革命年代的老党员都召集到了大队办公室。刘百贞、刘泰山他们也都去了。

听说要回忆过去的事，这帮老人好像一下子回到了那个火红的年代，情绪高涨，都欢腾起来，有的高声唱起了《国际歌》，有的唱起了"大刀向鬼子们的头上砍去"。到了兴致高处，很多人禁不住手舞足蹈。

颜华也被感染了，但他没忘记自己的任务。一番启发后，老党员就七嘴八舌开了腔。、

有人说：我家里有个马灯，当年在村里给队伍照明的。

颜华说：这就是革命文物。说着记在了小本上。

刘泰山慢悠悠地说：我家里还有个红缨枪头子，杀鬼子用的。

颜华点点头：这也是。

有个老人突然道：姜玉兰家有个小篮子，她在家门口放哨做掩护用的。

颜华说：这也算一样。

颜华见角落里坐着位瘦高个老人，长须垂胸，上身着件褪了色的旧褂子，头戴圆形薄毡帽，手里还握着长杆旱烟袋，边抽烟边静静地听大家说话，一直没吭声。

颜华凑过去说：大爷，你也说说呀！

刘泰山笑道：他平日里三脚都踹不出个屁来，问他，没用！

老人笑笑，也不说话。

颜华又启发大家：听说，过去刘良才开过夜校，你们当时学了些啥东西？

一句话提醒了这些老人，大家反应更加热烈。刘百贞道：是学习的大胡子。

大家都纷纷响应：对，对！就是那个大胡子。

颜华有些不解：什么大胡子？

坐在角落里沉默的老人脱口而出：《共产党宣言》！

他话音一落，其他人都喊道：对，就是那个小本本——《共产党宣言》。

刘泰山指着角落里的老人，慢悠悠地道：这世厚说得对，当年就是学了这个小本本，大家伙才起来革命的。我和我那个二弟刘寿山，在家里常说起大胡子。

刘百贞说：多少年了，那小本本也找不见了……约莫是四几年的时候，我还问过几个人，可都说不知道……

刘世厚突然接口：我知道，就在我那里！

大家闻言，都大吃一惊。刘百贞盯着刘世厚看了半天，突然拍了下自己的膝盖：这就对了！你平日里不声不响，不多言不多语，交给你最保险了。

刘泰山扭头对颜华说：看样儿，是在他那里！

2013 年 6 月的一天，已经八十岁高龄的颜华老人，谈起这件事还兴奋不已。老人笑着说：我干了一辈子文物，为国家搜集到了不少宝贝，其中《共产党宣言》这本书，是最让我自豪的。

颜华喝了一口水，娓娓道来：刘世厚透露了这个事情之后，我当时就让他拿书来看看，他就找各种理由搪塞。我就想，一个农民，留着本这样的书干什么？那时候我年轻气盛呀，见他不松口，就咬住他，紧追不舍。末了他就拿话堵我，说：书店里这样的书有的是，你去买本不就行了？我说：那不一样，现在是现在的，过去是过去的。后来看着不行，我就找来公社的刘书记，刘百贞也帮着做工作，最后他才把这本书送了过来。当时我也不知道它有多大价值，回去后就给省博物馆挂了一个电话，没想到他们马上就派人来了。

正如颜华老人所述，为了说服刘世厚，公社的刘书记和刘百贞轮番上阵讲道理。二人说得口干舌燥，神疲体倦，一直沉默不语的刘世厚终于开口了，他闷声闷气地说：我回家再想想。说着起身就要走。

刘百贞急了：真是个榆木疙瘩，我们说了一上午，就换来你这句话？

刘世厚笑笑，一言不发地走了。

刘世厚回到家中，在院子里坐了很久。他嘴里衔着那根长杆旱烟袋，一袋连一袋地吸着。夕阳的余晖涂在他垂胸的白须上，还有那张刀削斧砍般的脸上。

良久，刘世厚站起身，从裤腰带上解下那把谁都不让碰的钥匙，打开了墙角边上的箱子，从里面拿出一个用黑漆油过的小匣子，轻轻拉开匣子的盖，从里面捧出一个带有花纹的蓝包袱。

刘世厚粗大的手掌，显得格外小心、灵巧。他把包袱一层层揭开，里面赫然露出了一本薄薄的书，书的封面有一幅水红色的马克思半身像，几乎占据了整个封面。

这就是那本《共产党宣言》。

不久前，老人担心这本书散了，用黑线做了精心装订。

刘世厚将它捧在手里，反复端详，脸上的表情时阴时晴。他低声道：四十多年，四十多年了啊……

他哽住了，眼角溢出了浑浊的泪水。

四十年前那个漆黑的夜晚，刘考文跑到刘世厚家后，从怀里拿出这本书，他郑重地对刘世厚说：我已经暴露了，随时都有坐牢杀头的危险。这本书是咱的革命之本……你记着——人在书在！

说完，他又急急忙忙离开了。

从那时起，刘考文的话就时常响在刘世厚的耳边。

在白色恐怖时期，刘世厚有时把书藏在床底下，有时藏在粮囤的透气孔里，有时藏在雀眼里。

这本书就是刘世厚的一切，他每时每刻都牵挂着它。当新中国成立的消息传来时，刘世厚才长长地松了一口气。

刘世厚后来对孙子刘鸿业说：当年为了保护这本书，就是晚上躺在床上，我也在琢磨着，究竟藏在哪里最保险最安全。日本鬼子扫荡那会儿，一天要藏好几个地方，有时想想不安全，拿出来再换个地方。刘集惨案那天，我人跑出来了，可心还在家里哪！要不是那会儿我拼着性命跑回家抢出来，就随着房子烧了。你奶奶和村里人还以为我藏了啥宝贝……说实在话，就是藏了块大金子大银子，那时候也不能回家取呀，为财宝连命都不要，谁会这么傻？可为了这《共产党宣言》，我啥都不怕！这书要是烧了，怎么去面对死了的人？将来我到那边去，怎么给他们交代？他们肯定会说：刘世厚呀刘世厚，我们为了革命把命都搭上了，可你连咱的《共产党宣言》都没有保护好啊！你们小孩子家不知道，今天咱们能过上好日子，这本书功劳大着哪！

解放后，每到清明节，刘世厚都是先去祭奠烈士，再去祭拜自己的先人。

在烈士坟前，他纸钱烧完，一杯清酒敬罢，就捧出那本《共产党宣言》端端正正地放在墓旁。

他点上一袋烟，像老伙计相聚拉呱那样开了腔：老伙计们，这本书我又带来了，你们看看吧，我保管得好着呢！你们在天之灵就放心吧。只要我活着，每年都来看你们，每年咱们这些老伙计都再学学《共产党宣言》。

说完，刘世厚老人就在墓前磕磕绊绊地念上一段《共产党宣言》。

在众人动员他献书的那天晚上，躺在床上的刘世厚辗转难以入眠，他坐起来复又躺下，一会儿又坐起来点上一袋旱烟。

黑夜里，他每吸一下，烟袋锅子就会闪烁出一丝微弱的亮光，亮光映在老人神情复杂焦虑的脸上。

到底交还是不交？这个念头在老人的心里反复跳动。

四十多年的相守，在老人眼里，这本书好似有了灵性，成了他生命的一部分。

每隔一段时间，他都要把它拿出来放在面前，边抽着烟边久久地凝视着它。在这一刻，他们彼此似乎都在倾诉，也从彼此的相守中得到了慰藉。

十八岁的刘鸿业与爷爷同睡一床。他见爷爷举止反常，就说：交给国家保管着，不是一样呀？人家肯定比你保管得还好！

刘世厚长叹一声道：孩子，你不懂爷爷的心思啊！有这书在，那些死去的伙计，就像在我身边一样。书交了，我这心一下子就空了，空了呀……

　　老人说不下去了。

　　第二天，一向早醒的刘世厚竟没有起床，就这样在床上连续躺了三天。

　　这三天，老人几乎汤水未进，唬得一家人跑前跑后，问寒问暖。刘世厚挥挥手道：你们忙你们的，我还死不了。

　　第四天清晨，刘世厚早早起了床，一下子吃了三个荷包蛋。上午，他提着那个蓝包袱离开了家门，出了村口，来到烈士的坟前。

　　田野里一片葱绿，风暖暖的，一些不知名的小花盛开在坟冢上。刘世厚打开包袱，拿出那本《共产党宣言》。

　　他轻声道：老伙计们，今天我就把这书交给国家了。我是舍不得啊，可我老了，往后也要到你们那边去，书留在我这里，怎么办？交给咱国家也就交给了党，让党世世代代保管着，咱们更放心，是不？四十多年了，我刘世厚……完成你们交给我的任务了！

　　老人泪流满面。

　　刘世厚离开坟地，径直来到大队办公室。

　　颜华为了搜集革命文物，在刘集已经住了数日。他一直耐心地等待着刘世厚的到来，人坐在屋里，眼睛老是往窗外睃。

　　他看到刘世厚提着一个包袱走进来，吊着的心，一下子落了下来。

　　刘世厚把包袱轻轻地放在办公桌上，又轻轻地打开，那碎花包袱像莲花一样绽放开来，露出了那本《共产党宣言》。

　　刘世厚双手捧起这本书，低头看了很久，随后又轻轻把它放在包袱上，低沉地说道：你们可要保管好它，它是咱们庄稼人的大功臣呀！为了它，咱们死了一撂撂的人哪……

　　老人说得很慢，就像唱出来的一样。说完，他转过身走了，开始走得迟疑，走到门前的时候，他加快了步子。

刘世厚一直都没有回头。

颜华从窗户里看到，老人在院子里停了下脚步，抬手抹了一把眼睛。

1979年，刘世厚老人去世，时年八十六岁。

这本《共产党宣言》不久就在广饶县展出，后来被调到省博物馆展览。工作人员觉得刘世厚老人缝上去的黑线影响展览效果，就把它去掉了。

为了让参观者更清晰地看到这本《共产党宣言》，它被置放在了光线明亮、阳光充足的地方。工作人员不知道，这本历经了五十多年沧桑的书，反而变得像婴儿一样娇贵了，它不能被阳光直射，不能经受风吹，应该待在一个舒适的"襁褓"里。

几个月下来，这本书受到了很大的损害。封面上的马克思像变模糊了，纸张也变酥脆了。书回到广饶，颜华捶胸顿足，心疼得直落泪，他连声道：我怎么对得起刘大爷，我怎么对得起刘大爷！

颜华觉得很奇怪，这本书刘世厚老人保存了数十年，几近完好，怎么在博物馆里，反而被损害了呢？

后来这本《共产党宣言》引起广泛关注并得以重点保存，与一个人有关，这人就是余世诚。

1984年的一天，时为华东石油大学副教授的余世城到广饶公干，听说广饶博物馆收藏了一本早期的《共产党宣言》，就立即前往查看。

余世诚对历史有兴趣，也有研究，这本书有两个地方让他眼前一亮，一是书名《共党产宣言》，二是出版时间：1920年8月。

余世诚当时就道：这应该就是马列老祖宗在中国的第一本经典，当年周总理念念不忘，还多次派人寻找呢。

余世诚的一番话，让博物馆馆长颜华有些半信半疑，但也隐隐约约地感到了它的价值。

余世诚见这本书保存不善，心疼不已。回到学院后，他立即向山东省委、省政府和中央编译局做了汇报。

当时的省委副书记、省长李昌安迅速作出了批示：加强研究保护。

中央编译局马恩室副主任、资深翻译家胡永钦也很快赶到了山东广饶。

据颜华回忆，胡永钦来的时候，还专门带了一本蓝色封面的《共产党宣言》。

广饶这本《共产党宣言》宽十二厘米，长十八厘米，封面马克思像上端从左到右印有"社会主义研究小丛书第一种"，下第二行为书名："共党产宣言"。字体都很小。其中，"共党产宣言"字体最大，相当于现在的四号字体。这种安排，可能是当时为了安全考虑。

全书共五十六页，内文由五号字竖排，封底二类似于今天的版权页，自右向左竖排印有"一千九百二十年八月出版"、"定价大洋一角"、"原著者马格斯、安格尔斯"、"翻译者陈望道"、"印刷及发行者社会主义研究社"。

中央编译局的专家胡永钦拿出九月版的《共产党宣言》与之对照，发现八月版的和九月版的仅有两处不同，其他完全一样：八月版的封面颜色是淡淡的水红色，九月版改为了浅蓝色；九月版纠正了八月版的封面书名错误。

八月版封面左下角已经破损，且指痕明显，是当年长期翻阅的结果。

掀开封面，他们发现首页右下角和左上角各盖了一枚朱印，右下角为"葆臣"，左上角为"刘世厚印"。两印遥相呼应，好像达成了某种默契。"葆臣"印典雅讲究，"刘世厚印"显得笨拙厚重。后经我们了解，"刘世厚印"是刘世厚本人所刻。

刘世厚我们已经熟知，他是这本《共产党宣言》的保存者，"葆臣"印又有什么渊源呢？

专家推测，这本最早中文全译本《共产党宣言》，大概是属于一个名叫张葆臣的人所有。

张葆臣何许人？

有关专家在山东寻找未果，后到中央档案馆查阅档案，在浩繁的资料中找到了一份1923年12月15日的《济南地区团员调查表》，从中得知，张葆臣是江苏人，是济南早期的共产党员。

有了这条线索，党史工作人员又顺藤摸瓜，从王辩、刘子久等人那里丰富了张葆臣的历史。

张葆臣当年在济南道生银行供职，负责党内图书发行。道生银行总部设在上海，他以银行职员身份作掩护，经常往来于济南和上海，很多进步书籍，都是他从上海带回来的，其中包括《共产党宣言》。

近水楼台先得月，负责党内发行的张葆臣手里有一本《共产党宣言》不足为奇，可令人奇怪的是，这本书他怎么赠送给了新党员刘雨辉？

张葆臣1923年1月1日入团，应该年龄不大，也可能未婚。有人这样猜想：当年还没有伴侣的张葆臣，是否对刘雨辉产生了爱慕之情？

为了全面考证这本《共产党宣言》，多方人马组成的联合考察组，历经一年，行程万里，在全国各地进行了多处寻访、考察，后确定该书为中国最早的《共产党宣言》译本。

由于广饶版本的原因，考察组也对全国的《共产党宣言》早期版本进行了全面的梳理，逐一解开了一些谜团和史学界之争。

考察组发现，中央编译局和中国革命博物的藏本都是1920年的9月版。中央档案馆收藏的是1924年6月出版的第三版。北京图书馆保存的没有封面，乃是残本，据考察是 1920 年 8 月版。

二十世纪八十年代初，有人在上海档案馆发现了《共产党宣言》1920 年 8 月版，紧接着，上海人民出版社 1981 年在其出版的《党史资料丛刊》第一辑上刊载了介绍文章，引起了学术界的关注。

过去，史学界对中文版《共产党宣言》的出版时间曾有争论。大部分人认为，最早的《共产党宣言》中文译本应在 1920 年 4 月左右面世，再迟也在春内。这种观点来自毛泽东和陈望道的回忆。当年毛泽东曾说，自己 1920 年春阅读过陈望道先生翻译的《共产党宣言》；而陈望道先生后来也回忆说，当年自己翻译的《共产党宣言》，于 1920 年 4 月出版。

但国内从来就没有发现过 1920 年 4 月份的版本。

上海 1920 年 8 月版本发现后，由于是孤本、孤证，大部分人还是不予认同。

功夫不负有心人。后来，联合考察组在上海图书馆又有惊人发现：在这里，他们竟然又找到了一本 1920 年 8 月版的《共产党宣言》。

这样，广饶版本、上海档案馆版本、上海图书馆版本，再加上北京图书馆的残本，起码有四本可以佐证，最早的《共产党宣言》中文译本，是 1920 年 8 月版，而非 1920 年春版。

我们调查得知，广饶版本其实是最早发现的首译本《共产党宣言》，只是深锁在偏僻的鲁北平原上，当年没有通过媒体公之于世罢了。

1991 年，俞秀松的日记在上海发现。据其日记记载："1920 年 6 月 27 日，夜，望道叫我明天送他译的《共产党宣言》到独秀家里去"，"28 日，九点到独秀家，将望道译的《共产党宣言》交给他。"

从俞秀松的日记中，可以判断出版时间一定是在 1920 年 7 月之后，而从维经斯基写给共产国际那封信的落款时间，则可以判断出版时间是在1920年8月17日之前。

有了俞秀松日记的佐证，这本最早的中文版《共产党宣言》，在出版时间上变得更加明确了。

至今，全国现存的《共产党宣言》最早版本，加上1920年版，也寥寥无几，大部分藏本，进了图书馆后都被束之高阁。唯有广饶版本，不仅扎根在最基层的农民群众当中，还影响了鲁北平原上的农民兄弟，并由此掀起了火热的农民革命斗争，又被农民一直珍藏数十年，因而弥足珍贵。

在峥嵘岁月，大王的农民兄弟，都是奔着大胡子在《共产党宣言》中描述的好日子起来革命的。可是解放后数年间，他们一直在贫困线上挣扎、折腾。

大王就是一个胸前挂满勋章的乞丐。

有人也提出疑问：这小本本里说的话，原来不算数啊？

当年参加过革命的老共产党员都不干了，虽然他们也迷茫，可还是坚定地对后人说：好日子有，一定会有！我们赶不上了，但都不后悔，因为我们的子子孙孙肯定能赶上！

在大王镇，我们听说过一个传奇式的人物，叫李培义，被人们誉为"新时期农村改革发展扛鼎人"。有人说，他是大王的第二个刘良才。

此话有些欠妥，可自有道理。

二十世纪二十年代中期，刘良才用《共产党宣言》点燃了农民革命；八十年代中期，李培义又用《共产党宣言》带着大王的农民兄弟，从农耕经济走向了商品经济。

那一天，我们见到了这个传奇人物。李培义粗实高大，朴实的长方脸，笑起来憨态可掬。

李培义出生在解放战争的炮声中，如今已经赋闲在家，虽六十六岁了，可步伐矫健，说话落地有声。

一进大王镇的办公楼，迎面一行字就出自李培义的实话语录：说了算，定了干。

1984 年 1 月，就在华东石油学院的余世诚教授在广饶考察那本《共产党宣言》的时候，四十二岁的李培义正在思考着大王镇企业的崛起问题。

李培义出生在大王镇大王西村。解放前，本地就有顺口溜：北有李家桥，南有大王桥。李家桥的狮子数不清，大王桥的将军真威风。国民党著名"三李"，大王桥村就有二李之李延年、李玉堂上将。大王桥村人在排村里自古至今的"能人谱"的时候，官职不大的李培义也登上了"能人谱"榜。

为啥？因为李培义是大王的第一大功臣。

李培义没念过几年书，可他脑子灵光，辍学后很快就在队里干了会计，1970 年被抽调到镇里参加乡镇企业建设。

1981 年，他当上了大王镇企业总公司的经理，上任伊始，就开始谋划大王乡镇企业这盘棋。

在动员会上，他开口就是大实话：我家祖祖辈辈都在地里刨食吃，如今是扔下赶马车的鞭子干企业。大王不靠山，不靠海，也没什么资源，怎么办？那咱们就没优势了？有！咱的优势就是有着响当当的革命传统！过去咱们光荣，但咱们不能捧着光荣匾过穷日子，这也不是当年那些革命烈士想要的。当年咱有了《共产党宣言》，革命就映红了半边天。我没多大学问，可《共产党宣言》我也看过多少遍。我琢磨着，共产党用暴力推翻了旧社会，现在就得带着一方百姓去奔好日子。

李培义从一些村里选拔了数名优秀的共产党员放进了各企业，又号召各村行动起来，办村办企业。他走到哪里就喊到哪里，办企业就像过去过年老农民盘锅台一个样，几天就得盘一个。

很多农民都不理解。一个庄稼老把式捻着胸前的胡须道：龙生龙，凤生凤，老鼠生来打地洞。庄稼人天生就是在土里忙碌，离开了土地，肯定什么也干不成。俗话说得好啊，玩龙玩虎，不如玩土！

从各村选拔出来的第一批共产党员，当年还都是些毛头小伙子，耕种土地他们都稔熟，一个个也都是村里的好劳力，可对企业，他们一脸茫然。

李培义把他们召集起来后，第一件事就是带他们到刘集村支部旧址宣誓。宣誓结束后，李培义道：没别的道道，今后创业，我们还是靠这精神！

不出几年，这些人都成了乡镇企业的中流砥柱。当年李培义帐前有"五虎上将"，这"五虎上将"是李建华、延金芬、李俊福、刘双珉、赵曰岭，其中李建华算五虎之首。如今，李建华的华泰集团闻名遐迩，是中国新闻纸行业的龙头老大。全国每三张报纸中，就有一张是华泰生产的。不少中央领导人，都光临过华泰。

"五虎上将"之后，又呼啸着冲出一帮"小老虎"。小老虎中的高义新、尤学忠、聂仁卿、许兰祥等人，现在也都成了气候。在这些人里，高义新的金泰集团现在是如日中天。如今，他正和哈尔滨工业大学合作，准备上马一个具有战略意义的项目。他说：我是军人出身，军人讲的就是战略。

时隔数年，华泰掌门人李建华至今还清楚记得当年他就任大王造纸厂厂长时的一段开场白：刘集是我们大王的一面旗帜。在战争年代，我们的前辈就是跟着这面旗帜，实现了耕者有其田的渴望。今天，刘集这面旗帜已经成了一种精神，我们要紧跟这种精神，把不可能的事情变成可能，让大王走上富裕之路！

2009 年 10 月，李培义对坐在刘集村农家小院里的胡锦涛说：大王就是靠马列主义、靠党的领导、靠发挥党的优势发展起来的。

1984 年，李培义主抓大王镇乡镇企业之时，社会总产值是 5054 万元。到他 2004 年卸任大王镇书记，已达 140 亿元，是 1984 年的 277 倍，犹如孙猴子翻了好几个筋斗云。

现在，大王镇已成为全国小城镇建设示范镇、全国重点镇，坐拥一百余家规模企业群，有两家上市公司，四家企业年销售收入过百亿。

我们不愿意罗列太多数字，可有时候，简单的数字也最有说服力。

2011 年，大王镇工业销售收入就破了千亿，乃是山东省的第一个千亿镇。2012 又赚了个盆满钵溢，实现生产总值 200 亿元，规模以上工业主营业务收入 1205 亿元，全社会固定资产投资 140 亿元，进出口总值 30 亿美元，镇级财政收入 5.8 亿元，农民人均纯收入 13762 元。

大王如今腰里的钱袋子满满的，拔一根毫毛也比兄弟乡镇的腰粗。下一步怎么发展？是躺着享受江山，还是重新拉弓上箭，调整思路再跨栏杆？如今大王的土地几乎殆尽，动力运转也到了极限，必须改弦更张，另辟蹊径。

现任书记王国文既有压力，更有动力。他觉得，大王发展已是瓶颈，到了该破题的时候了，不破不立，不冲出这个瓶颈，大王明天就没有大发展。如今他就在谋划一个字：变！

很多人都向我们提起过一个人，说他就是大王的活历史，也有见地。

此人叫李剑童，原是大王镇职业学院的院长，是土生土长的大王人，熬过贫穷，也亲眼见证了大王的兴旺。

在大王采访了数日，我们满脑子都是大王的过去和现在，有大革命时的火红画面，也有经济大潮时的弄潮儿，也想找李剑童作个小结。

李剑童果然健谈，他说：俗话说，一方水土养一方人。大王人骨子里思变，大革命时期，大王就是一锅要开的水，《共产党宣言》传过来后，一下子就让这锅水沸腾了。过去大王信仰马列主义，今天对马列主义的信仰也是有增无减。现在，很多地方的一些企业家，做事绕着党组织走，你要是和他谈马列主义，他还以为你是神经病。大王顶级的大老板多的是，只要镇里组织学党课，不管手头多么重要的事，他们也会停下，准时赶来学习。这，就是大王与其他地方的区别。

3．不能遗忘的国家记忆

1998年5月13日，在世界最大的图书馆——法国巴黎密特朗图书馆里，举办了一场久违的学术会议。这次会议探讨的不是当时热门的学术，而是研讨那本一百五十年前出版的《共产党宣言》。

在很多人心目中，大家应该关心的是一日千里的经济大潮，是动荡不安的世界局势，而那本一百多年前出版的薄薄小册子，早就应该深锁在历史的记忆中。

密特朗图书馆每天都会接待很多读者。一些读者见有学术活动，也走进去听个究竟。当有人了解到这场学术会的内容时，脸上挂满了不屑，摇摇头就走了出去。

可主办方信心十足。这次学术会议，参加者多达一千五百人，来自六十多个国家和地区。他们在这座新潮的现代化图书馆里，探讨得热烈非凡，没觉得有丝毫不合时宜。

一百五十周年，是一个半世纪。在这漫长的岁月里，人类社会发生了天翻地覆的变化，可《共产党宣言》的魅力，仍然吸引了众多不同国籍和不同肤色的人。

德国艾伯特基金会档案馆馆长乌尔利希·卡塔里奥斯博士说：无论过去多少年，《共产党宣言》都有很强的现实意义。马克思没有像一些人说的那样被遗忘了，更不像一些人说的那样被超越了。

莫斯科大学教授布兹加林说：当年俄国被一本《共产党宣言》改变了命运，现在这本书依然具有强烈的现实主义思想。这个思想就是"每个人的自由发展是一切人的自由发展条件"。实现这个原则是今天每个人面临的任务。

法国政治、经济、社会哲学研究中心主任乔治·拉比卡教授说：柏林墙轰然倒塌后，很多人觉得随着柏林墙的消失，马克思主义、社会主义、共产主义等等也要一起被埋葬了，可是几年后，人们又开始对自由主义进行鞭挞、批判，都觉得如果资本主义真要一统天下，我们都会坠入灾难。所以我大声疾呼，人类不能抛弃《共产党宣言》！

1996 年初，也就是这次学术会议的两年前，伦敦有关媒体报道：《共产党宣言》在伦敦每年销量破万册，跻身畅销书行列，可见读者群之庞大。

1939 年冬季的一天，曾志到毛主席住的窑洞汇报工作，见他正在阅读《共产党宣言》，就说：主席，这本书，我记得你读过无数遍了吧？毛泽东一笑道：自从接触这本书，我毛泽东看了不下一百遍了。遇到问题，我就翻阅，有时只读一两段，有时全篇都读。每读一次，我都有新的感受。我写《新民主主义论》时，《共产党宣言》翻过多少次。读马克思主义理论在于应用，要应用就要经常读、重点读。读些马列主义经典著作，还可以了解马克思主义发展的全过程，在各种理论观点的争论和批判中，加深对马克思主义普遍真理的认识。

从二十世纪二十年代中国有了中文译本的《共产党宣言》开始，到1939年冬天，这本《共产党宣言》毛泽东就读了不下一百遍。到他离世，最终读了多少遍，已经无法统计。

解放后，毛泽东不仅自己读，还号召全体党员读。他的秘书田家英回忆：《共产党宣言》中的很多论断，主席几乎都能背下来。

垂暮之年的毛泽东，枕边放着三本《共产党宣言》，两个版本是战争年代出版的。因他视力下降，工作人员又给他配了一本1963年印刷的大字本《共产党宣言》。

毛泽东读《共产党宣言》，很多地方都做了标记，以示重点。随着各个不同发展时期，他做过标记的地方，又数次重复标记。

"共产主义革命就是最坚决地打破过去传下来的所有制关系；所以，毫不奇怪，它在自己发展的进程中要最坚决地打破过去传下来的各种观念。"

田家英发现，毛泽东在这段话旁，开始标注的是直线，后来又标上了曲线；不久，在段落尾又画上了一个圈。

这恰恰是1958年人民公社运动的鼎盛时期。

世界上从诞生第一个社会主义国家开始，资本主义和社会主义这两大阵营之间，就展开了激烈的争斗。

马克思早就说过，只要人类存在，历史就不会终结。

可是在1989年，一个叫福山的美国学者写了一篇名为《历史的终结》的文章，发表在《国家利益》上。福山在文章中说：除了民主自由制度和资本主义，人类社会没有别的进化可能，这就是历史的终结。

他的这番宏论，立刻引来资产阶级的一片掌声。

就在他的终结论调唱响两年之后，苏联解体了。这一下给他的论点加了一个重重的砝码。众多的资本主义国家更是喜上眉梢，西方立时刮起了一股马克思主义失败论的风潮。

"每当人民跟着他们走的时候，都发现他们的臀部带有旧的封建纹章，于是哈哈大笑，一哄而散"。有的外国学者，还用《共产党宣言》中的这段话，来嘲笑马克思主义。

2009 年的一天，也就是福山的"历史终结论"发表二十年后，他在接受日本媒体采访时，一下子改了腔调：客观事实证明，西方自由民主可能并非是人类历史进化的重点，随着中国的崛起，所谓"历史终结论"，有待进一步推敲和完善。

福山能不改口吗？这数年间，中国已经跃升为世界第二大经济体。即使在那场人人皆知的国际金融危机下，中国的经济增长仍位居世界前列。

除此之外，给福山当头棒喝并让他惶惶然收起"历史终结论"的，还有那场席卷全球的金融危机，以及《共产党宣言》、《资本论》和马克思热。

2008 年 9 月，美国的雷曼兄弟投资银行申请破产。雷曼兄弟是全球金融服务行业的大哥大，可谓牵一发动全身，它倒闭没几天，就演变成了一场全球金融危机。金融海啸几乎波及世界每一个角落。

一些经济专家幡然醒悟：马克思不是在一百五十年前，就预言到了这一轮的金融危机吗？

一位西方经济学家说：《共产党宣言》和《资本论》，就是一方照妖镜，照出了资本主义社会的丑行。

西方国家都想起了被他们骂了多少年的马克思。

金融危机风暴过后，马克思著作在英国、德国、日本等一些国家陆续开始热了起来。众多的出版社也闻风而动，紧锣密鼓地忙着出版《共产党宣言》和《资本论》。

英国的《泰晤士报》被誉为"英国社会的忠实记录者"，是英国第一大主流媒体。在某一天的上午，读者突然发现，这张对世界经济、政治、文化都有着影响的大报上，赫然出现了马克思的巨幅画像。

紧接着，英国《独立报》开口了：马克思现在成了我们重新认识热议的人物，我们不得不对他那些对经济繁荣衰退的精妙分析叫好。

同样，马克思在自诩世界老大的美国也热了起来。在这个对马克思主义一度恨之入骨的国家里，众多主流媒体也都纷纷刊登有关马克思的文章。

加拿大约克大学著名的政治学教授利·帕尼奇在美国《外交政策》上直言道：要是马克思这位巨人活到现在，他肯定喜欢说，现在的危机是由资本主义固有的缺陷造成的。资本主义像一个魔法师，无力控制自己召唤出来的魔鬼。

2008 年，恰是《共产党宣言》发表一百六十周年。

一百六十年前，马克思、恩格斯就在《共产党宣言》中言明，无产阶级夺取政权后，要把所有生产工具集中在国家即组织成为统治阶级的无产阶级手中，并由此列出了十项措施，其中之一：通过拥有国家资本和独享垄断权的国家银行，把信贷集中在国家手里。

一些西方国家在《共产党宣言》中找到了这剂良药。他们采用中央银行注入资金法或接管金融巨头法，虽有效果，但收效甚微。可见资本主义的本性使然，不是"东施效颦"就能一朝解决的。

2008 年 11 月，德国特尔里"卡尔·马克思博物馆和研究中心"的主任波维尔教授来到了上海，在与中国同行谈起西方涌起的"马克思热潮"时，这位学者说：西方国家日益严重的社会问题，不能不让人们重新思考马克思主义。在今天乃至将来，马克思主义对人类都有着启示和现实作用。

中国的富强，令远道而来的客人波维尔教授振奋，她说：马克思是一个伟大的思想家，他的思想指导了中国的变革，同时中国人又丰富发展了这位巨人的思想。

"社会主义本质是解放生产力,发展生产力,消灭剥削,消除两极分化,最终达到共同富裕。"邓小平这番话,恰恰与《共产党宣言》的思想一脉相承。这也正是我们今天社会主义改革坚持公有制主体不动摇的根本原因。

北京大学教授、中国社会科学院马克思主义研究所特聘研究员钟哲明说:《共产党宣言》发表至今,实践证明,它的一般原理是正确的,说它并未超越"空想"或业已"过时",都是毫无根据的。

中央党校党建部主任王长江写道:共产党就是把无产阶级利益放在前面,把工人阶级的利益作为自己的利益追求。从这个角度来看,《共产党宣言》在当今乃至今后依然有重大现实意义。

马克思、恩格斯在《共产党宣言》1872年德文版的序言中,以科学严谨的态度写道:不管最近二十五年的情况发生了多大的变化,这个《宣言》所发挥的一般原理整个来说到现在还是完全正确的。个别地方本来可以做些修改。

他们告诫人们,"随时随地都要以当时的历史条件为转移"。希望人们不要死搬教条,照本宣科。

中国结合马克思主义,成功地创造了独具特色的"中国模式"。

1991年,当年曾被斯大林视为坚不可摧的社会主义样板苏联解体。整个人类社会都为之哗然。

由此上溯到1917年,也就是七十四年前,列宁和他的战友们取得了十月革命胜利,由此建立了世界上第一个社会主义国家,把马克思在《共产党宣言》里的预言变成了现实。而这个时期,苏共旗下仅有三十多万党员。随之在1941年开始的苏德战争中,拥有五百多万党员的苏共,历经了残酷的莫斯科会战、斯大林格勒保卫战等一场场战役，最后苏联红军在1945年春天攻克了柏林，目空一切的德国不得不宣布无条件投降。

可是在1991年的寒冬，这个已经拥有一千九百万党员、经历了无数次战火锤炼、无坚不摧的社会主义国家，却在和平时期温馨祥和的圣诞节里解体了。

历史常常会有惊人的相似。

两年前的同一天，另一个社会主义国家罗马尼亚的共产党领导人齐奥塞斯库及夫人身陷囹圄，最后惨遭枪决。

二十世纪八十年代末到九十年代初，东欧众多社会主义国家犹如多米诺骨牌，相继解体，可是最震撼世界的还是苏联突变。

1942年，在延安毛泽东居住的窑洞里，国民党将领、后来被誉为第二代"新儒家"领军人物的徐复观，请教毛泽东如何读史，毛泽东回答道：中国史应当特别留心兴旺时，此时容易看出问题。太平时代反而不容易看出。

把毛泽东的这段名言用在这里，格外意味深长。

前苏联部长会议主席雷日科夫在评价苏联解体时，曾引用过这样一段意味深长的名言：权力应当成为一种负担，当它是负担就会稳如泰山，而权力变成一种乐趣和享受时，那么一切都完了。

苏联解体，自然有各种诱因，其中政权和政党脱离了人民，躺在了腐败的温床上，恐怕是大厦倾倒的重要因素。

当今，腐败之风和脱离群众，成了中国共产党最大的问题。根据公开资料统计，1987年至今的"打虎"史上，共有超过一百五十名省部级以上官员因贪腐行为遭到查处。仅十八大以来，就有十九名省部级官员落马。将来，或许还有更大的"老虎"被打。

从中可见中央反腐的决心！

习近平在 2012 年底当选为中共中央总书记后，向全党发出这样的警示："大量事实告诉我们，腐败问题越演越烈，最终必然会亡党亡国，我们要警醒啊。"

在历史的记忆中，有这样一个画面：1945 年 7 月，中共邀请黄炎培、章伯钧、左舜生、褚辅成、傅斯年等风云人物到延安参观考察，毛泽东主席专门请他们到自己窑洞做客。

宾主坐定，毛泽东问黄炎培等人的感受，黄炎培说，在延安，我们看到了中国的希望。随后，老先生沉吟了一下，悠悠道："我生六十多年，耳闻的不说，所亲眼看到的，真所谓'其兴也浡焉'，'其亡也忽焉'，一人，一家，一团体，一地方，乃至一国，不少单位都没有能跳出这周期律的支配力，大凡初时聚精会神，没有一事不用心，没有一人不卖力，也许那时艰难困苦，只有从万死中觅取一生。既而环境渐渐好转了，精神也就渐渐放下了。有的因为历时长久，自然地惰性发作，由少数演为多数，到风气养成，虽有大力，无法扭转，并且无法补救。也有为了区域一步步扩大了，它的扩大，有的出于自然发展，有的为功业欲所驱使，强求发展，到干部人才渐见竭蹶，艰于应付的时候，环境倒越加复杂起来了。控制力不免趋于薄弱了。一部历史，'政息宦成'的也有，'人亡政息'的也有，'求荣取辱'的也有。总之没有能跳出这周期律。中共诸君从过去到现在，我略略了解的了。就是希望找出一条新路，来跳出这周期律的支配。"

说完，黄炎培静静地看着毛泽东。

毛泽东若有所地地点点头：先生言之有理哇。他深深吸了一口烟，神色凝重地道：我们已经找到新路，我们能跳出这周期律。这条新路，就是民主。只有让人民来监督政府，政府才不敢松懈。只有人人起来负责，才不会人亡政息。

1949年3月5日，党的七届二中全会在河北西柏坡举行。在这次会议上，毛泽东严肃地告诫全党同志：务必使同志们继续地保持谦虚、谨慎、不骄、不躁的作风，务必使同志们继续地保持艰苦奋斗的作风。

在新中国即将到来之时，毛泽东的两个"务必"，意义非凡。

1949年3月23日，离开西柏坡即将动身前往北平时，立在河滩上的毛泽东凝视着远处，意味深长地对周恩来说：今天，是我们进京赶考的日子。

周恩来若有所思地点点头：我们都应当考及格，不要退回来。

毛泽东收回目光，挥着大手说：退回来就失败了。我们决不做李自成。

历史就是检阅台，人民就是裁判员。

记住《共产党宣言》中的这样一段话：共产党没有任何同整个无产阶级的利益不同的利益。

谁维护执行了人民的意愿，谁就会一路前行，风雨无阻！

谁违背扭曲了人民的意愿，谁就会深陷泥淖，寸步难行！

2013年7月，结束在广饶大王的采访后，我们终于有幸目睹了那本书名被错印的《共产党宣言》。

如同一位世纪老人，时光的淘洗已使这本《共产党宣言》残缺不全，它的每一缕褶皱里，都透着老态和沧桑。立在它的面前，我们感受到的却是它蓬勃强旺的生力与激情。

我们坚信：这段《共产党宣言》的中国传奇以及鲁北平原上农民兄弟在其引领下闹革命的诸多故事所汇聚成的国家记忆，无论再过去多少岁月，都将依然鲜活，依然璀璨，直至永远，直至永恒。

后　记

一本《共产党宣言》与鲁北平原上农民的故事，已经流传了数年。关于它的传奇，也不时见诸报端。

这些年，很多朋友都建议我们去写一写。听多了，我们也难免动心。可这样带有政治色彩的故事，能写好吗？特别是在当今社会，人们更感兴趣的是那些娱乐八卦，是被美酒和时尚浸透的快餐文化。但我们又想，越是这样，越能彰显这个题材的珍贵和价值。当人们重新回到理性中来的时候，想必会从中得到一些思考和启示。

尽管这个传奇故事早已成为历史，可我们不能因此而忘记。

故事发生在山东省广饶县大王镇。2013年初，恰巧中国作家协会征集作家定点深入生活，我们毅然把定点生活放在了大王镇的几个村庄。

在大王待了数月，随着采访的深入，我们越来越觉得当初的选择是正确的。粗略统计，我们前后共采访了近百人，记录了几百万字的采访素材，收集了数百万字的历史资料。

后期体验生活期间，正值酷夏，我们走街串巷，与农民兄弟拉家常，说心里话，收获了很多过去没能得到的东西。每一个故事都吸引着我们，都震撼着我们。

现在，当年那些革命见证者和亲历者大都已故去，尚在人世者寥寥无几。很多故事，随着他们的老去，永远消失了。我们其实是在做一次抢救性的采访。

如今，这部报告文学即将出版，我们要感谢崔建国、陈伟颂、王国文、崔洪勋、西牧林、李秀华、李秀珍、王海荣、牟元元、延海建、胡艳、徐文杰等同志。这次采访和创作能够顺利完成，与他们的支持和帮助是分不开的。

该书在创作过程中，参考并使用了部分资料，在此一并表示谢意。

作　者

2013年12月

广饶版本《共产党宣言》的考察报告

联合考察组　余世诚执笔

　　山东省东营市广饶县博物馆收藏着一本 1920 年 8 月出版的中文译本《共产党宣言》。这是一本具有重要价值的珍贵革命文物。1986 年 2 月，山东省委副书记、省长李昌安曾对东营市政协文史委员余世诚副教授关于加强对该文物的保护和研究的建议批示："建议很好，望组织落实。"5 月，在东营市政协的组织下，由华东石油学院余世诚、中共中央编译局胡永钦、东营市政协文史办贾林志和广饶县博物馆颜华组成联合考察组，对该书进行了认真考察。结果如下：

一、版本情况

　　许久以来，人们多认为我国最早的《共产党宣言》全译本是 1920 年 4 月或春出版的。毛泽东同志在谈到他的思想转变时，曾多次讲到他在 1920 年春第二次旅居北京期间,阅读过陈望道翻译的《共产党宣言》。陈望道本人也曾回忆说,该书是 1920 年 4 月在上海出版的。但是,至今没有发现这样的版本。现北京中国革命博物馆陈列的中文译本是浅蓝色封面的 1920 年 9 月的"再版"版本,中共中央编译局保存的也是 9 月本。北京图书馆保存一本 1920 年 8 月版本,为残本,没有封面。中央档案馆保存的则是 1924 年 6 月的"第三版"版本。在相当长的时期内,我国《共产党宣言》早期版本的发现情况,大致就是如此。后来上海发现了 1920 年 8 月出版的全本,在上海档案馆保存。1981 年上海人民出版社出版的《党史资料丛刊》第一辑上,刊载了该版本的照片和介绍文章。上海本的发现,引起了学术界的关注,认为它在很大程度上说明《宣言》的中文全译本最初出版的时间不是 1920 年 4 月或春,而是同年的 8 月。1983 年在纪念马克思逝世一百周年的时候,《光明日报》对此曾作过报道。但是,由于上海本是一个孤本、孤证,仍有人认为《宣言》中文译本最初出版时间是 1920 年 5 月或 4 月。

广饶藏本提出了新的情况并作出了新的说明。广饶藏本,是平装本,长 18 厘米,宽 12 厘米,比现在的 32 开略小一点。书面印有水红色马克思半身像,上端从右至左模印着"社会主义研究小丛书第一种",著者署名为"马格斯、安格尔斯合著"、"陈望道译"。全书用五号铅字竖排,共 56 页。封底印有"一千九百二十年八月出版"、"定价大洋一角"、印刷及发行者是"社会主义研究社"。经调查和研究,我们认为:第一,广饶藏本纠正了过去在上海藏本报道中的不确之处。广饶藏本的封面标题是"共党产宣言",而不是"共产党宣言"。《党史资料丛刊》所刊载的上海 8 月藏本的照片和介绍文章，都标明上海本的封面标题是"共产党宣言"。广饶本和上海本报道的这一不同，引起了我们的注意。我们曾推测它们不是一个版本。但是，当我们亲赴上海档案馆查阅原件时，发现上海的 8 月版本封面标题也是"共党产宣言"。经过对照，广饶本和上海本完全是一个版本。第二，广饶本打破了"孤本"和"孤证"。过去，认为《宣言》全译本在我国出版是 1920 年 8 月说，只有上海档案馆一本实物作证，被称为"孤本"、"孤证"。现在有了广饶藏本，在上海图书馆还查到了同样的一本。这样，再加上北京图书馆保存的残本，至少是有了 4 本 8 月的版本。现在，可以证明《共产党宣言》全译本是 1920 年 8 月出版的。第三，进一步弄清楚了出版情况。从广饶博物馆、上海档案馆、上海图书馆的收藏本封面标题都是"共党产宣言"这一情况说明，8 月版本封面标题之误并不是发生在个别印本之上。这个封面标题错误，显然是因排印和校对疏忽所造成的。并非什么译法不同或其他原因造成的。因为，翻开封面，正文第一页竖排的标题则清楚地印着"共产党宣言"。我们分析，正是因为发生和发现了这一版封面标题的明显错误，又加之很快赠售一空，故在 9 月纠正封面标题错误，进行了"再版"。把中共中央编译局的 9 月"再版"本与广饶的 8 月"出版"本仔细对照，发现 9 月再版除了纠正了 8 月出版本的标题错误和封面印色改为蓝色外，其他一切都相同。从现有已发现的各版本分析，1920 年 8 月版本，就是最早的版本。从 8 月版本封底印着"出版"，9 月版本印着"再版"，中央档案馆收藏的 1924 年 6 月版本印着"第三版"来看，也足可说明。如果 8 月版本之前还有一个版本的话，则 8 月本就应为"再版"，

9月本为"三版"，1924年6月本成了"四版"。

二、传播情况

据调查，广饶收藏的这本《共产党宣言》先是在济南共产主义者手中，其后又传到广饶，经过了一个曲折的过程。这一过程，具体而生动地反映了马克思主义在我国的传播情况。

五四运动爆发的导火线是山东问题。因此，"五四"时期山东的爱国反帝斗争特别高涨、非常广泛。高涨和广泛的政治斗争促进着马克思著作《共产党宣言》在山东的传播。《每周评论》在几个学校寄售。同年秋，王尽美、邓恩铭、王翔千等在济南成立马克思学说研究会，学习和研究的主要文献也是《共产党宣言》。会员马馥堂回忆说："当时主要学习《共产党宣言》。我把《共产党宣言》、《响导》带回家去，我父亲看了，极为称赞，说马克思是圣人。"广饶收藏的这本《共产党宣言》最初就是在济南共产主义者中流传、学习的许多本中的一本。

在广饶藏本《共产党宣言》的首页右下角盖有一方"葆臣"朱红印痕，这说明此书曾为"葆臣"所使用、所保存。而这位"葆臣"是谁呢？经初步调查，他是济南的早期团员和党员张葆臣。中央档案馆保存的1923年12月15日《济南地区团员调查表》表明，张葆臣是江苏无锡人，1922年1月1日入团，后到济南工作，从事青年运动。中央档案馆还有材料说明他是济南团的负责人之一，主管"教育兼发行"工作。据1922年曾任济南党的代理书记的马克先回忆，张葆臣是当时在济南的7名党员之一。据王辩、刘子久等济南地区的早期党员回忆，张葆臣当时在"道生"银行做职员，在党内管党、团刊物的发行工作。"道生"银行是沙俄在中国开设的银行，总行设在上海，十月革命后仍继续开办。张葆臣是该行济南分行的职员，常来往于上海、济南，又在党内负责党团刊物、马列书籍的发行工作，因此，他能收存这个最早版本的《共产党宣言》。这本盖有"葆臣"印痕的马恩原著，曾在济南共产主义者中流传，是可以肯定的。但是，它又怎样传到广饶县刘集村的呢？是通过另一名早期女党员刘雨辉。

刘雨辉是广饶县刘集村人，曾在济南女子养蚕讲习所学习，后到苏州女子产业学校就读，1925年夏毕业后回济南女子职业学校任教。在济南期间，她结识了济南女师的王辩、侯玉兰、于佩贞、刘淑琴、王兰英等许多女共产党员。同年由于佩贞介绍加入中国共产党。她们常和延伯真、刘子久、李耘生、张葆臣等男同志一起学习和活动。这样，那本盖有"葆臣"印痕的《共产党宣言》就辗转到了刘雨辉的手中。1926年春节，她和同乡延伯真、刘俊才（即刘子久）一同回家省亲时，就把这本《共产党宣言》和其他许多马克思主义书籍、党的宣传材料带回了广饶县刘集村。从此，这本革命文献，便在这个偏僻的农村经历了不平凡的50个春秋。

广饶刘集党支部，是在1925年春建立的。刘子久在帮助组建刘集党支部时，曾从外地带回过《共产党宣言》等马列著作和党的宣传文件。

这本《共产党宣言》由支部书记刘良才保存。其后，1926年春节期间，刘雨辉又给刘集支部带来了那本盖有"葆臣"印痕的《共产党宣言》。这样，刘集支部六七个党员，就拥有了2本《共产党宣言》。

这在当时的一个普通的农村党支部来说，是罕见可贵的。支部书记刘良才，经常在晚上召集党员们，在他家的三间北屋里，于煤油灯下学习《共产党宣言》和其他文件。入冬农闲时节，党支部还举办农民夜校，由刘良才或其他党员宣讲革命道理和文化知识。《共产党宣言》又成了刘良才等同志备课的好材料。我们在考察现在广饶收藏的这本《共产党宣言》时注意到，由于这本书当年被经常翻阅，以至于在书的左下角留下了明显的黑污痕迹和破损。农民出身的刘良才，只读过几年私塾，文化不高。但他勤学好问，眼界开阔，加之他对农村的阶级压迫、阶级剥削有很深的体会，所以能很快地理解马列著作的基本原理，并能深入浅出地宣传给农民兄弟们。他从《共产党宣言》等著作所阐明的无产阶级劳动人民求解放的道理中，认识到只有进行革命才能摆脱贫困，才有出头之日。他经常给穷哥们讲道："现在世道不改个样子，穷人家就难以改变贫困的命运。穷人家是走得慢了穷撵上，走得快了撵上穷，不紧不慢朝前走，扑通掉进穷窟窿。永无出头之日。穷人要改变自己的命运，就得'万国劳动者团结起来'，跟着共产党奔共产主义。"他说，"共产党主张实现共产主义，将来不但在中国，而且在全世界都要实现共产主义。"他常拿出《共产党宣言》，指着封面上马克思像给大家说，这些道理都是他讲的。大家听得津津有味，而且深深被感动了。大家说，"大胡子"（指马克思）说到我们心上了，我们照"大胡子"说的去做，没错。

于是，在党的领导下，革命的星星之火很快由刘集、延集燃烧到全县。1928年12月，中共广饶县委成立，1929年初刘良才担任县委书记，下辖8个支部，党员发展到70人。党领导的贫民会会员达500人，能影响五六千农民。此外，还成立了青年团、少先队、工会等组织。党领导群众进行了"觅汉增资"、"吃坡掐谷穗"、改造"红枪会"、"砸木行"等斗争，打击了敌人，鼓舞了人民。

众所周知，《共产党宣言》是马克思主义著作在中国传播得最早、最广泛的一部。它在大城市，在知识分子中，在领袖人物中发挥过极为重要的作用。这方面已有许多资料作出了说明。但是像广饶藏本这样的传播情况，则是不多见的。它在当时山东这样经济、文化不发达的省，在广饶这样偏僻的县，在刘集这样只有百多户人家的小村，在贫苦农民当中传播，发挥着实实在在的作用，这对我们认识"五四"后马克思主义在中国传播的广度和深度，不能不说是一个突破。

三、保存情况

作为革命文物来说，广饶藏本《共产党宣言》的宝贵之处就在于，它不是被束之高阁在某图书馆或某个角落静静躺了几十年的一本书，而是同革命的风雨相联系，历经战火的磨难，饱浸着烈士的鲜血，经过几代革命者的保存，终于传给后世的珍贵文献。它有一番可歌可泣的经历。

大革命失败后，国民党反动派逐步控制了山东，广饶形势越来越严峻。1930年11月，县委领导几百名党、团员和群众，在韩桥庙会上"砸木行"，引起了反动派的恐慌和仇视。随后，他们加紧了对共产党员的大搜捕。在白色恐怖下，刘良才和刘集党支部不得不销毁党的机密文件和学习材料。但是他们却把印有红色马克思头像的这本《共产党宣言》包裹好，密藏起来。过了几个月，形势更加恶化，敌人多次搜捕刘良才未遂。1931年2月，山东省委调刘良才离开广饶，到潍县担任中心县委书记。临行前，他把这本《共产党宣言》转交给刘集支部委员刘考文保存。刘考文把它藏在粮食囤底下，有时又封进灶头，有时转移到屋顶脊瓦下面，一直没有暴露过。1932年8月，广饶邻县的博兴暴动失败，广饶党组织也受到严重损失。刘考文估计到自己有可能被敌人逮捕，就把这本《共产党宣言》转交给忠厚老实、不太引起敌人注意的老党员刘世厚保存。不久，刘考文等一批党员被捕，刘良才在潍县也惨遭杀害，广饶党的活动转入低潮。但是，刘世厚和刘集的许多觉悟的农民，都坚信"大胡子"在《共产党宣言》中所讲的，敌人的灭亡和革命的胜利是同样不可避免的。刘世厚把这本《宣言》，作为对过去斗争岁月的念想，对未来革命胜利的憧憬、希望和寄托，精心收藏起来，因而未落入敌手。

国民党反动派，在其统治区实行法西斯专政，疯狂地、大规模地进行文化"围剿"。从三十年代起，他们颁布了许多法令，把676种社会科学书刊定为"非法"的"禁书"，《共产党宣言》被列为禁书之首。他们对保存或阅读马列著作者，加上"危害中华民国"等罪名，或判刑监禁，或处死，这样的事例全国各地时有发生。但是，敌人万万没有想到，在山东广饶刘集村的一座破旧民舍里，却保存着一本中国最早的《共产党宣言》。刘世厚用油纸把它严实包好，再装进竹筒里，有时埋在床铺下面，有时藏在屋山墙上的雀眼里，一次次躲过了敌人的眼睛。

抗日战争时期，地处广饶、益都、寿光、临淄"四边"地区的刘集一带，斗争更加激烈残酷。在那艰苦的年月里，日本鬼子和伪军曾三次"扫荡"刘集村，全村房屋几乎被烧光了，但在刘世厚的保存下，这本《宣言》安然无恙。最严重的一次是在 1941 年 1 月 18 日，日、伪军一千余人突然包围了刘集，见人就杀，见房就烧，全村立时成为血河火海。在敌人的暴行下，我 83 位同志被杀害，五百多间房屋被烧，酿成了闻名的刘集惨案。已经逃出村的刘世厚，心里总惦记着这本书，又潜回村里，硬是在火海中，从屋山墙的雀眼里抢救出了这本《共产党宣言》，使之又度过了一次浩劫。

在解放战争时期，广饶刘集一带虽然已成为解放区，但形势仍然很不安定，时常受到国民党军队的侵扰。刘世厚还不得不到处藏匿这本书。全国解放后，天下太平了，刘世厚才放心地把它从藏匿的地方拿了出来。

这本《共产党宣言》，虽然经过几十年的战争风云和数十载的峥嵘岁月，纸张焦脆了，装订开裂了，边角也破损了，但那水红色的马克思头像还那样清晰。这本书中宣告的真理，在中国已经和正在成为现实。刘世厚老人非常珍惜这本饱经沧桑的不平凡的书，他穿针引线，仔细地把这本快散架的书装订好。还在首页的左上角盖上了一枚"刘世厚印"，与最早收藏此书的"葆臣"印痕相映。然后，用一块老蓝布包袱包起来，放进小漆匣里，再放进大箱子里。老人常常拿出这个小匣子，打开包细细端详一番。这成了老人的一种享受，小匣子也成了他的"宝匣"，家里别人都不能动。一直到他 84 岁高龄时，才把这本宝贵文物献给了国家。

四、捐献情况

1975 年秋天，广饶县文管会颜华同志到刘集村，召集老同志座谈革命历史和征集革命文物。参加会议的都是七八十岁的老人，他们深情地回忆了当年刘集党支部的创建情况和党员群众的学习、斗争生活。兴奋时，这些老人甚至手舞足蹈，唱起了当年的革命歌曲。有的献出了当年用过的梭镖，有的送来了当年开会学习用过的煤油灯，刘世厚则提到他还保存着当年大伙儿学过的那本"大胡子"的书。刘老所谈情况一下子引起了大家的极大兴趣和文管会的注意。大家都希望刘老拿出来献给国家。可是，刘老此时倒有些犹豫了。他一是舍不得，二是不放心。这本书在刘集村经历了半个世纪，自己保存了四十多年，度过了多少艰难险阻，确实是舍不得。再说，献出去后能保管得好吗？能像自己那样经心吗？确实有点不放心。但是，经过大家的劝说和动员，他还是献给了国家。大家在几十年后又看到了这本《共产党宣言》，心情都很激动。刘集发现了这本"大胡子"马克思写的"宝书"的消息不翼而飞，很快传遍了全乡、全县。县文管会也为能征集到这份珍贵文物而高兴。

不久，这本《共产党宣言》原本奉命调省城参加展览。或许是出于好心，主办展览的同志拆去了刘老精心装订的黑线，并把它陈列在展览室内阳光最充足、光线最明亮的地方。由于常常受到阳光的直射，6 个月的展期完后，该书的面目大变。本来还很清晰的封面字迹和马克思头像，由于褪色而模糊不清了；纸张更加焦脆了，一动就掉渣，拆去了原装订线，全书几乎散了架。

1985 年，东营市政协在编纂文史资料时，注意到了广饶藏本《共产党宣言》的价值。一些文史委员查阅了此书，并在文史委员会上进行热烈的讨论。大家认为，广饶藏本《共产党宣言》，既有重要的学术价值，又有深刻的传统教育的意义，还对我们的文物征集、文物保护工作有许多启示。它是我们东营市的一"宝"，又是我们全国的一份珍贵文物，一定要加强研究和妥善保管。

1986 年省长李昌安批示后，东营市委和市政府立即成立专门小组，落实这一批示。5 月 8 日，市委宣传部和市府文化局在广饶召开授奖大会。目前，县博物馆正采取技术措施，加强对该书的保护和管理。

1987 年 5 月 11 日

附录二

广饶藏本《共产党宣言》复制版书影

共產黨宣言

有一個怪物，在歐洲徘徊着這怪物，就是共產主義舊歐洲有權力的人都因爲要驅除這怪物加入了神聖同盟羅馬法王俄國皇帝梅特涅基佐（Guizot）法國急近黨衛國偵探都在這裏面。

那些在野的政黨，有不被在朝的政敵誣作共產主義的嗎那些在野的政黨，不都是用共產主義這名詞作同罵的套語嗎？由這種事實可以看出兩件事

更急進的在野黨對於保守的政黨，對於其他

一共產主義已經被全歐洲有權力的人認作一種有權力的東西。

二共產黨員已經有了時機可以公然在全世界底面前用自己黨底宣言發表自己的意見目的趨向並對抗關於共產主義這怪物底無稽之談。

我們從此可以曉得做有產階級基礎底生產和交換機關是萌芽在封建社會裏面這

種生產和交換機關發展到一定地步封建社會的生產及交換狀況換句話說就是農業和

手工業底封建的組織簡括些說就是財產底封建的關係便不能和那已經發展的生產力

適合了這種關係便變成了許多障礙物這種關係便必要崩壞的結局果然倒壞了

於是自由競爭便來代替了他們的地位適合這自由競爭的社會和政治組織也就跟

着出現有產階級的經濟和政治權力也就跟着得到了

同樣的運動又映到我們的眼裏了有他的生產交換財產關係的近代有產階級社會

就是惹起這般大規模生產和交換的社會好像術士念咒召來魔鬼現在卻沒有鎮伏他的

能力了數十年來的工商史只是近代生產方法對於近代有產階級的生存和

統治權的財產關係謀叛底歷史證明這個事實只要舉出商業上的恐慌就夠了這種恐慌

隔了一定期間便反復發生一囘兒過一囘常常震動有產階級社會底全部在這種恐慌的

時候不但當時現存的生產品大部分破壞連從前造成的生產力也要一同破壞在這種恐

慌裏面發生一種古代夢想不到的流行病——就是生產過度的流行病社會突然現出囘到

野蠻的景象仿佛舉世大戰衣食全要斷絕一切工商業現出就要破壞的

狀況這是甚麼緣故呢這全是文明過度衣食過度工業過度商業過度底緣故在社會指揮

之下的生產力不能再促進有產階級財產制度底發達了而且他的權力太大無法救正那

些制度他雖然受那些制度的束縛一旦打破了束縛他便使有產社會全部擾亂使財產制

度根本動搖有產階級社會底制度太過挾小不能包含那大生產力所產出的財富那麼有

產階級怎樣逃出這種恐慌呢他不外：一面用強壓力毀壞生產力底大部分一面開闢新市

場亚盡量掠奪舊市場這可以說是朝着更廣大更兇猛的恐慌方面走去把防止恐慌的手

段拋棄了

如此有產階級顛覆封建制度的武器現在卻向着有產階級自身了

共產黨宣言

五十六

一千九百二十年　八月　出版

定價大洋一角

原著者　馬格斯　安格爾斯

翻譯者　陳望道

印刷及發行者　社會主義研究社

图书在版编目（CIP）数据

国家记忆：一本《共产党宣言》的中国传奇 / 铁流，徐锦庚著 . -- 济南：山东文艺出版社，2014.1
　ISBN 978-7-5329-4469-9

　Ⅰ . ①国… Ⅱ . ①铁… ②徐… Ⅲ . ①报告文学 – 中国 – 当代 Ⅳ . ① I25

中国版本图书馆 CIP 数据核字 (2014) 第 044134 号

国家记忆

—— 一本《共产党宣言》的中国传奇

铁流　徐锦庚　著

- -
主管部门　　山东出版传媒股份有限公司
出版发行　　山东文艺出版社
社　　址　　山东省济南市英雄山路 189 号
邮　　编　　250002
网　　址　　www.sdwypress.com
- -
读者服务　　0531-82098776（总编室）
　　　　　　　　0531-82098775（市场营销部）
电子邮箱　　sdwy@sdpress.com.cn
- -
印　　刷　　山东临沂新华印刷物流集团有限责任公司
开　　本　　710 毫米 ×1000 毫米　1/16
印　　张　　25
字　　数　　258 千
版　　次　　2014 年 1 月第 1 版
印　　次　　2020 年 4 月第 4 次印刷
书　　号　　ISBN 978-7-5329-4469-9
定　　价　　48.00 元
- -